Fallifa-Stadt
Arenpol
Brug
Fallifa
Pelkus
Plera
WONSPIEL
Giabella
Idri-Seen
Kessis
ogwu
Tandari
Soim-Hügel
Ori-Inseln
Hondliz
Fahl
Tokbar
Diglos
Rostari-Wüste
Simmis-Wald
Bakur
FUSSLAN

NICOLE GOZDEK

Die Magie der Lüge

NICOLE GOZDEK

# Die Magie der Lüge

Roman

IVI

*Lesen was ich will!*
www.lesen-was-ich-will.de

Von Nicole Gozdek liegen bei ivi vor:
Die Magie der Namen
Die Magie der Lüge

FSC
www.fsc.org
MIX
Papier aus verantwortungsvollen Quellen
FSC® C014496

Originalausgabe
ISBN 978-3-492-70438-0

Karte: Timo Kümmel
Satz: Satz für Satz, Wangen im Allgäu
Gesetzt aus der Adobe Jenson
Druck und Bindung: GGP Media GmbH, Pößneck
Printed in Germany

# Unerwartete Enthüllungen

*»Die Gabe des Wahrheit-Sprechens ist mit der Entstehung der Dynastien verschwunden. Heute gibt es niemanden mehr, der sie beherrscht.«*

Ceor Bluber Elluren im 6. Jahrhundert

Die Perücke kratzte wieder einmal fürchterlich, als ich sie mir auf den Kopf setzte und sie sorgfältig befestigte. Kritisch verfolgte ich im Spiegel, wie ich mich von einer eher unauffälligen Brünetten in eine rassige Schwarzhaarige mit langen, schweren Locken verwandelte. Wobei die Betonung auf *schwer* lag.

In meinem Leben gab es eigentlich nur eines, was ich hasste, und das war die Notwendigkeit, eine Perücke tragen zu müssen. In einer Gesellschaft, in der dein Name darüber bestimmt, *wer* du bist, und deine Dynastie, *was* du bist, hat jeder die Erwartungen der anderen zu erfüllen. Es war beispielsweise undenkbar, einen Hero zu sehen, der nicht allzeit Wert auf respektable Kleidung legte. Niemand würde einen Juristen ernst nehmen, der sich wie ein Bauer oder ein Fischer kleidete. Allein dein Name bestimmte über deinen Charakter, deinen Beruf, dein Vermögen – und natürlich auch über dein Auftreten in der Öffentlichkeit.

Ich seufzte, als die verhasste Perücke endlich saß. Nun konnte ich mich dem Rest meines Kostüms für die Öffentlichkeit widmen. Auf die Wangen kam etwas Rouge, die Lippen malte ich blutrot an, die Augenlider leuchtend blau und die Wimpern grün. Zufrieden betrachtete ich das Ergebnis im Spiegel, bevor ich in mein rotes Kleid und die bauschigen Unterröcke stieg. Dann legte ich meine Goldketten an, meine große, mit Juwelen besetzte Brosche und die großen Goldringe und fertig war meine Verwandlung.

Niemand, der mich vor einer Stunde gesehen hatte, als ich das Gasthaus betreten hatte, würde mich jetzt noch erkennen. Darauf legte ich großen Wert. Schließlich hatte ich eine Rolle zu spielen und mein Ehrgeiz ließ nicht zu, dass ich sie anders als perfekt spielte. Das schuldete ich meinen Kunden.

Ich verließ mein Schlafzimmer und betrat den geräumigen Salon nebenan. Zufrieden musterte ich meine Bühne. Die schweren, roten Vorhänge hingen an den Wänden und verdeckten die meisten Fenster. Lediglich eines, das auf eine schmale, dunkle Gasse hinausging, war noch frei. Dadurch lag der Eingangsbereich im Zwielicht, der Rest des Salons aber im Dunkeln. Niemand, der das Zimmer betrat, würde mich auf der anderen Seite des Raums im ersten Moment bemerken.

Langsam ließ ich mich im bequemen Ohrensessel nieder und drapierte meine Röcke, bis sie so lagen, wie ich es wollte. Perfekt! Das Schauspiel konnte beginnen!

Während ich auf die ersten Kunden wartete, schweifte mein Blick durch den Salon. Er war groß, so wie es sich für das beste Gasthaus der Stadt Lodessis geziemte, und mit edlen Teppichen, kostbaren Möbeln und dunklen Vorhängen ausgestattet. Ich hatte die meisten sperrigen Gegenstände und den größten Teil der Dekoration entfernen lassen. Ich brauchte nur wenig für meine Auftritte. Zuallererst mein Kostüm. Einen bequemen Sessel mit einem kleinen Tisch. Ein Regal für meine Utensilien, auch wenn ich diese nur selten benötigte. Und natürlich Stühle für die Kunden.

Es war still im Zimmer, während ich wartete. Mein erster Kunde ließ sich Zeit, aber das war immer so. Ich war gestern in Lodessis eingetroffen und auch wenn die Stadtbewohner in den letzten Tagen schon Geschichten und Gerüchte über mich und meine Gabe gehört hatten, so erforderte es auch Mut – oder Verzweiflung –, der Erste zu sein, der mich aufsuchte. Doch nach vier Jahren in meinem Beruf hatte ich Geduld erlernt. Vorher war ich häufig impulsiv und spontan gewesen. Dafür hatte ich einen schmerzhaften Preis gezahlt …

Ich unterdrückte den Gedanken rigoros, bevor meine Aufmerksamkeit von meiner Vergangenheit in Anspruch genommen werden konnte. Es zählten nur noch das Hier und Jetzt und die Zukunft, die ich mir mit meiner Gabe erschaffen wollte.

Forsche Schritte hallten vom Gang zu mir in den Raum. Ah, ein mutiger Kunde!

Gespannt setzte ich mich etwas aufrechter hin und wartete, bis die Schritte nahe der Tür verlangsamten. Diese hatte ich offen gelassen, daher konnte ich in Ruhe die Frau im Türrahmen mustern, während sie versuchte, mich im Dunkeln ausfindig zu machen. Ein Hauch von Irritation huschte über ihr Gesicht und wurde rasch durch eine ausdruckslose Miene ersetzt.

Ich betrachtete das Wappen, das an einer Kette um ihren Hals hing. Die goldene Waage auf schwarzem Grund wirkte edel – genauso wie ihr Gewand, das aus grünem Samt gefertigt war und ihr ausgezeichnet stand. Die ganze Kleidung, die Rubinohrringe, die goldene Kette und die beiden goldenen Ringe an ihrer rechten Hand schrien förmlich »Reich! Wichtig!«, aber ich ließ sie auf dem Flur stehen, als wäre sie eine einfache Anderti, die darauf hoffte, die Aufmerksamkeit ihres Herrn zu erlangen.

»Seid mir gegrüßt, Briolta Meran«, sagte ich schließlich, als die

Richterin kurz davor stand, wieder zu gehen. Das konnte ich natürlich nicht zulassen. »Bitte, kommt doch herein und setzt Euch zu mir.«

Beinahe wäre mir das kurze, erschrockene Zusammenzucken entgangen, doch ich hatte ihre Körpersprache genau beobachtet, um sie besser einschätzen zu können. Die Kunden kamen zu mir, um meine Künste in Anspruch zu nehmen. Doch nicht immer gefiel ihnen das Ergebnis. Ich hatte gelernt, auf Warnzeichen zu achten und Unruhestifter rechtzeitig zu erkennen. Ich hatte schon genug Narben auf meiner Seele, die von meiner früheren Unvorsichtigkeit zeugten.

»Woher wisst Ihr meinen Namen?«, fragte Briolta Meran mit beherrschter Stimme.

Während sie den Raum betrat und die Tür hinter sich schloss, entzündete ich die Kerze auf dem Tisch vor mir, um ihr so einen allerersten Blick auf mich zu gestatten. Ich wusste, was sie sah: eine exotische Frau von etwa zwanzig mit langen, schwarzen Locken und einem kleinen Lächeln auf den Lippen. Sie war mit Erwartungen zu mir gekommen und die würde ich erfüllen. Sie wollte Hoffnung, Rache, Reichtum, Antworten, Geheimnisse und noch vieles mehr, das ihr bislang noch gar nicht bewusst war. Doch vor allem wollte sie eines: Magie. *Meine* Magie.

»Ich weiß vieles«, erklärte ich ihr daher ruhig.

»Vieles?«

Die Richterin musterte mich mit abschätzendem Blick.

»Ihr möchtet eine Kostprobe?«, wollte ich wissen.

Damit hatte ich gerechnet. Obwohl mir mein Ruf vorauseilte, trauten die Leute ihm nicht. Zu fremd erschien ihnen meine Magie. Die Menschen kannten lediglich die Heilmagie ihrer Zunus, die Wettermagie ihrer Wellbanns, die magischen Tricks ihrer Wabloos und natürlich die Namensmagie ihrer Ellusans. Meine Magie und meine Dynastie waren ihnen unbekannt. Das war der

Nachteil daran, einen so seltenen Namen zu besitzen: Viele begegneten mir mit großer Skepsis und einige sogar mit ausgewachsenem Misstrauen.

»Der Mord an Hotta Ipso letzten Monat – es war ihr Liebhaber, Ulire Kanres Bonisa, der es nicht verkraftet hat, dass seine beste Kundin und Gönnerin sich von ihm trennte. Er nahm ein kleines Obstmesser, als sie ihm die Neuigkeit verkündete, und stach voller Jähzorn auf sie ein. Als er erkannte, was er getan hatte, flüchtete er vom Tatort und steckte das Obstmesser ein. Ihr findet es versteckt in der untersten Schublade der Kommode in seinem Schlafzimmer. Hotta Ipsos Blut klebt noch immer an ihm und an der Innenseite der Hosentasche seiner grauen Baumwollhose, in der er das Messer während seiner Flucht versteckt hatte. Lasst ihn nicht mit der Lüge durchkommen, es sei Farbe, nur weil er ein Maler ist! Befragt die Andertis der Großhändlerin, ob sie das Obstmesser wiedererkennen!«

»Was?«

Ich gestattete mir ein weiteres geheimnisvolles Lächeln, während ich meine fassungslose Kundin betrachtete. Sie wusste nicht, was sie von meinen Informationen halten sollte. Ich konnte förmlich ihre Gedanken lesen: Woher wusste sie das alles? Konnte es wirklich wahr sein? Hat der Mörder es ihr erzählt? Oder hat sie gelogen und ihr Wissen über den ungelösten Mordfall nur vorgetäuscht?

»Bitte, überprüft es ruhig!«, erlaubte ich großzügig, während ich zum Regal ging und unter all den kleinen Fläschchen, Tinkturen, Gläsern, Schalen und für die Kunden so geheimnisvollen Materialien eine Flasche Wein auswählte, mir ein Glas nahm und damit zurück zu meinem Sessel ging. »Ich werde auf Eure Rückkehr warten.«

Briolta Meran rang sichtlich mit sich, bevor ihr Wissensdurst über ihre Zweifel siegte. »Darum kümmere ich mich später«, erklärte sie und nahm nun endlich auf dem Stuhl vor meinem Tisch Platz.

Ich unterdrückte ein triumphierendes Lächeln. Natürlich waren meine Informationen korrekt, aber es bereitete mir große Freude, wenn ich nicht in jeder neuen Stadt erst einmal angezweifelt wurde. Je länger ich brauchte, um den ersten Kunden zu überzeugen, umso weniger Zeit blieb mir für die übrigen.

»Nun gut, habt Ihr eine bestimmte Frage? Oder soll ich Euch verraten, was Ihr erfahren wollt?«, bot ich ihr an.

»Ihr könnt also tatsächlich die Wahrheit herausfinden?«, erkundigte sich die Richterin angespannt und beugte sich zu mir vor. »Oder ist das alles nur ein Trick?«

Ich legte meine Hand unter mein Wappen und hob es etwas hoch, sodass sie den darauf abgebildeten Kreis gut erkennen konnte.

»Wisst Ihr, wofür dieses Symbol steht?«, fragte ich sie und sie schüttelte stumm den Kopf. Wenig überraschend, schließlich fand man mein Wappen in keinem einzigen der gängigen Dynastie- und Wappenverzeichnisse.

»Es steht für allumfassende Wahrheit«, erklärte ich und ließ das Wappen theatralisch zurück auf meine Brust fallen. »Meine Magie vermag sie zu erkennen – zu unterscheiden, was Wahrheit und was Lüge ist.«

Und jetzt in diesem Moment spürte ich das erste Kribbeln meiner erwachenden Magie. Am liebsten hätte ich erleichtert geseufzt. Meine größte Angst war, dass meine Magie mich im Stich ließ und ich es mit einem wütenden Kunden zu tun bekam, der den Rest des Dorfes oder der Stadt auf mich hetzte. Und leider war die Angst nicht unbegründet, auch wenn der letzte Vorfall dieser Art schon lange zurücklag. Ich wusste nicht, ob die anderen Magier ähnliche Probleme hatten wie ich und ob sie diese nur besser überspielten. Aber ich hatte manchmal das Gefühl, meine

Wahrheitsmagie wäre eine eigene, von mir getrennte Persönlichkeit. Und wenn ich sie irgendwie verärgert hatte, schmollte sie und ließ sich durch nichts hervorlocken.

Nun allerdings hörte ich das Flüstern ihrer Stimme und lauschte der Wahrheit, deren Klang sich zuerst in meinem Kopf und dann in meinem Körper ausbreitete. Wie so oft fühlte ich mich berauscht von der Magie, die auf mich in ihrer vollen Stärke einwirkte. Ich erfuhr, was Briolta Meran am heutigen Tag zu mir geführt hatte – und welche Lüge sie ihren Bekannten erzählt hatte.

»Ihr seid nicht zu mir gekommen, um mich zu fragen, wer für die Diebstahl-Serie verantwortlich ist, welche die großen Namen von Lodessis so verärgert, obwohl Ihr dies allen erzählt habt«, stellte ich sie zur Rede.

Der Richterin klappte der Mund vor Staunen auf. »Woher wisst Ihr das?«, flüsterte sie fassungslos.

»Meine Magie sagt es mir«, erklärte ich, während das Flüstern der Wahrheitsmagie wieder alle anderen Geräusche übertönte. Ich hörte nichts anderes mehr, sondern versank in dieser lockenden Stimme, in den Wahrheiten, die sie mir erzählte. Es war wie ein Rausch und selbst wenn es mir die Gesellschaft erlaubt hätte, meine Magie zu verbergen, ich hätte es nicht vermocht. In seltenen Momenten des Zweifels fühlte ich mich wie eine Sklavin meiner Magie, auch wenn ich wusste, dass es nicht so war.

»Ihr wollt wissen, ob Euer Liebhaber Euch tatsächlich betrügt«, fuhr ich schließlich laut fort, während ich den Kopf schräg legte, um der Stimme, die nun von rechts zu kommen schien, besser lauschen zu können.

»Die Antwort lautet Ja.«

Briolta Meran keuchte. Sie wurde erst blass und dann rot vor Wut, als sie aufsprang und der Stuhl mit einem für mich unhörbaren Knall auf dem Boden aufschlug.

»Mäßigt Euch!«, ermahnte ich die Richterin ruhig, bevor sie

aus dem Zimmer stürmen konnte. »Ich verstehe, wie wütend Ihr seid. Ihr fühlt Euch verraten, weil er Euch erst heute Morgen noch seine Liebe beteuert hat. O ja, ich weiß, dass Ihr ihn letzte Woche zur Rede gestellt habt, als er eines Abends erst Stunden später als sonst betrunken nach Hause kam. Und ja, er hat Euch mit einer anderen Frau betrogen in dieser Nacht, genauso wie Ihr es befürchtet habt. Aber das ist nicht der Verrat, den er an Euch begangen hat.«

»Was denn sonst?«, rief sie.

Ich musste ihr die Frage von den Lippen ablesen und mir von meiner Magie zuflüstern lassen, denn ich hörte sie nicht. Nichts anderes als meine Magie drang noch zu mir durch.

»Er erinnert sich nicht daran, dass er Euch betrogen hat«, klärte ich die eifersüchtige Meran auf. »Er hat Euch nicht belogen, als er Euch sagte, dass er Euch liebt. Denn das tut er.«

»Wie könnt Ihr das sagen? Wie könnt Ihr Euch dessen sicher sein? Wie kann er mich betrügen, wenn er mich doch liebt?«

Ihr schlanker Körper wurde von Schluchzern geschüttelt. Ich erhob mich aus meinem Sessel und ging um den Tisch herum, um sie in die Arme zu nehmen und zu trösten, froh, dass sie mein Gesicht nicht länger sehen konnte, denn so sicher, wie ich tat, war ich nicht. Meine Gabe hatte ihre Grenzen, Gefühle wie Liebe, Eifersucht oder Hass blieben ihr verschlossen.

»Schhh, schon in Ordnung, weint ruhig«, sagte ich zu ihr und strich ihr über die Haare, was sie niemals zugelassen hätte, wenn sie ihre Gefühle unter Kontrolle gehabt hätte. Aber ich wusste, dass sie den Trost jetzt brauchte. Nichts war schlimmer als Liebeskummer.

»Er liebt Euch, Briolta«, fuhr ich nach einer Weile fort. »Doch Resu hat ein Problem. Ein großes Problem, das Euer gemeinsames Glück zerstört und sein Leben bedroht.«

»Welches?«, schniefte sie.

»Er ist süchtig«, erklärte ich.

»Süchtig?«

Verständnislos starrte sie mich an. Kein Wunder, denn ich wusste, dass es nicht mehr als vier Süchtige in ganz Lodessis gab, und diesen gelang es gut, die Anzeichen ihrer Abhängigkeit zu verbergen, da der Nachschub ihnen stets prompt geliefert wurde. Die wenigen Warnzeichen, die es gab, hatte Briolta nicht richtig deuten können.

»Er ist süchtig nach Traumsaft«, erklärte ich ihr. »Der Kräuterkundige Flommis Karresis hat ihn und drei weitere reiche Männer von Lodessis abhängig gemacht, um sein Einkommen aufzustocken.«

»Was?«, flüsterte sie fassungslos. »Flommis ist unser Freund! Das würde er niemals tun!«

Sie schüttelte den Kopf, leugnete die Wahrheit, weil sie sie nicht hören wollte. Aber sie musste sie hören. Die Stimme in meinem Kopf verlangte es.

»Ihr wisst nicht, dass er einem mächtigen Mann viel Geld schuldete, Briolta«, klärte ich sie auf. »Und dieser Mann wollte endlich sein Geld zurückhaben. Doch durch Flommis' Spielsucht rann ihm sein Geld schneller durch die Finger, als er es zurückzahlen konnte. Er dachte, er hätte keine Wahl, wenn er weiterleben will, und so hat er bei einem Abendessen Eurem Resu und drei anderen Männern mit Traumsaft versetzten Kräuterschnaps vorgesetzt. Und nachdem sie süchtig waren, hat er ihnen die Drogen zu hohen Preisen verkauft. Inzwischen ist Euer Freund Flommis schuldenfrei – und Resu und seine Freunde immer noch süchtig.«

»Was kann ich tun, um Resu zu helfen?«

»Ihr müsst Flommis verhaften und den Traumsaft vernichten!«, beschwor ich sie eindringlich. Es war wichtig, dass sie mir jetzt genau zuhörte.

»Solange Resu mühelos Nachschub bekommt, wird er niemals vom Traumsaft loskommen«, erklärte ich. »Am besten wäre es, Ihr würdet Euch aufs Land zurückziehen, fernab von Dörfern oder Städten, wo er an Traumsaft kommen könnte. Dort müsst Ihr ihm helfen, die Krise, die auf ihn – und auf Euch – zukommt, zu überstehen. Zweifelt nicht an seiner Liebe, auch wenn er Euch anschreit, Euch entgegenschleudert, dass er Euch hasst, dass er es bereut, Euch jemals kennengelernt zu haben. Denn das wird er, während er gegen den Entzug kämpft. Lasst Euch von einigen kräftigen Andertis begleiten, die ihn notfalls körperlich bändigen können, wenn er sich nicht mehr im Griff hat. Sagt, Briolta: Liebt Ihr Resu?«

»Ja«, hauchte sie, während ich ihre tränenverquollenen Augen nicht aus dem Blick ließ.

»Gut. Denkt immer daran! Resu wird Euch brauchen. Vertraut auf Eure gemeinsame Liebe! Bleibt stark! Habt Hoffnung! Ich verspreche Euch, dass Eure Liebe danach stärker sein wird als je zuvor.«

»Wie könnt Ihr so sicher sein?«, fragte sie staunend.

Ich lächelte sie mitfühlend an. »Ich weiß es einfach, Briolta. Vertraut mir, in Ordnung?«

»Das tue ich.«

Mit neuer Entschlossenheit im Blick setzte sie sich auf, trocknete ihre Tränen und atmete tief durch. Während wir darauf warteten, dass ihr Gesicht wieder eine normale Farbe annahm und sie zu der neugierigen Menge dort draußen gehen konnte, ohne dass man ihr ihren Ausbruch ansah, nannte ich ihr die Namen der drei anderen Opfer und alles andere, was sie über Flommis' Verbrechen und Resus Genesung wissen musste.

Nachdem sie mich verlassen hatte, trat ich zum Fenster, schlug den schweren Vorhang zurück und starrte nach draußen, wo die junge Richterin von meinen nächsten Kunden umringt wurde.

Ich hatte ihr genug Wissen geliefert, sodass sie ihr wahres Anliegen vor den anderen Stadtbewohnern verbergen konnte. Genug Wissen, damit ab morgen die Bewohner von Lodessis meine Tür einrennen würden, um Antworten zu erhalten.

Ich spürte, wie jemand hinter mich trat, und lächelte, als ich Londurs' vertraute Präsenz erkannte.

»Und? Wie ist es gelaufen?«

Ich drehte mich zu meinem Partner um, während mein Herz etwas schneller schlug. Wie immer brachte sein Anblick meinen Atem zum Stocken. Londurs war Kraft, Sex-Appeal, Verführung und Gefahr in einem. Genau die Mischung, auf die ich stand.

»Großartig!«, antwortete ich und lachte, als er mich in seine Arme nahm und herumwirbelte. »Ich habe gerade unser erstes Opfer gefunden!«

# EIN NÄCHTLICHER AUSFLUG

*»Ist euch schon mal aufgefallen, dass es keine Dynastie*
*für Mörder, Vergewaltiger oder Diebe gibt?*
*Jeder Verbrecher trifft eine bewusste Entscheidung,*
*etwas Böses zu tun.*
*Kein Name ist von sich aus böse.«*

unbekannt

Begierig atmete ich die frische Luft ein, die durch die Straßen von Lodessis wehte. Es war Londurs' und meine letzte Nacht in der Stadt und ich spürte bereits das Fernweh, das immer stärker in mir aufkeimte.

Immer unterwegs, ein anderes Leben kannte ich nicht. Doch es gefiel mir. Neue Leute kennenlernen, ihre Träume und Ängste teilen, aber nie lange genug bleiben, dass es eintönig werden konnte. Ich liebte die Aufregung, nie zu wissen, was mich in der nächsten Stadt erwartete, das Abenteuer.

So wie wir jetzt wieder eins vorhatten.

»Bist du bereit?«, fragte Londurs. Mein Kurbabu, mit dem ich schon fast viereinhalb Jahre zusammenarbeitete und zusammenlebte, war die einzige Konstante in meinem unsteten Leben. Vielleicht lag es daran, dass der schlitzohrige Söldner mich immer wieder überraschte, denn die Beziehung hielt nun schon Jahre länger, als ich es je für möglich gehalten hätte.

Ich liebte das schalkhafte Funkeln in seinen blauen Augen, mit dem er mich immer wieder ansah. Seine Leidenschaft riss mich immer wieder mit und auch wenn sie mich häufig in Gefahr brachte, so konnte ich ihm nie lange böse sein. Sobald er mich küsste, war jeder Zorn vergessen.

Mein Blick glitt an ihm hinab. Mit zweiundzwanzig sah er noch genauso durchtrainiert und lausbübisch aus wie mit siebzehn, als ich ihn kennengelernt hatte. In dieser Nacht trug er schwarze Kleidung, was ihm ein verwegenes Aussehen verlieh. Seine Dolche hatte er wie immer griffbereit im Gürtel. Über dem Rücken trug er einen Rucksack, in dem sich, wie ich wusste, mehrere Tragetaschen und Beutel verbargen, die wir später noch brauchen würden.

Ich sah mich ein letztes Mal in unserem Zimmer um. Von unseren neuen Bekannten hatten wir uns schon am Morgen verabschiedet. Sie wähnten uns längst auf dem Weg in die nächste Stadt, ohne zu ahnen, dass wir uns eine letzte Nacht in einem kleinen Gasthaus am Rande der Stadt gönnten.

»Ich bin so weit«, antwortete ich schließlich und zog meine schwarze Strickmütze über den Kopf.

Schweigend gingen wir durch die nächtlichen Straßen. Da es weit nach Mitternacht war, waren außer den Grekasols von der Stadtwache keine Leute mehr unterwegs. Ich liebte diese Momente der Stille, in denen ich einträchtig neben Londurs durch schlafende Städte pirschte. Doch ich wusste, dass sie nicht anhielten.

»Hier rechts rein!«, zischte mir Londurs leise zu und drückte mich in einen Hauseingang. Während er mich mit seinem Körper abschirmte, lag seine rechte Hand auf einem Dolch. Stimmen kamen näher. Jemand lachte und das Licht von mehreren Laternen, die sich uns näherten, fiel auf die Straße. Es waren Soldaten der Stadtwache.

Wir warteten schweigend, bis die Grekasols an uns vorbeigegangen waren, bevor wir wieder auf die Straße schlichen und unseren Weg stumm fortsetzten.

Es verging etwa eine Viertelstunde, bis wir unser Ziel erreichten. Ich musterte das zweistöckige Stadthaus auf dem kleinen Grundstück intensiv. Das Haus war dunkel und auch die Nachbarhäuser befanden sich in tiefem Schlaf.

Londurs zog einen Dietrich aus seinem Gürtel und machte sich an der Haustür zu schaffen, während ich mich vergewisserte, dass die Soldaten der Stadtwache nicht unerwartet auftauchten.

Es dauerte nur wenige Sekunden, bis Londurs geschickt die Tür geöffnet hatte und wir ins Haus huschen konnten. Ich lauschte, aber das Haus war still und vermutlich leer, wie wir es erwartet hatten.

Londurs holte zwei Lampen aus seinem Rucksack, zündete sie an und reichte mir eine von ihnen sowie zwei Beutel.

»Oben oder unten?«, fragte er.

»Oben«, erwiderte ich.

Leise schlich ich die Treppe hinauf, während Londurs das Erdgeschoss durchsuchte. Ich hatte keine Angst, entdeckt zu werden, doch ich mochte es auch nicht, laut grölend und schadenfroh durch ein fremdes Haus zu rennen.

Im ersten Stock nahm ich den Gang zum Schlafzimmer. Es herrschte Ruhe, sowohl im Haus als auch in meinem Kopf. Die Stimme meiner Wahrheitsmagie, die mir in den letzten Tagen immer wieder meine Heuchelei und Lügen vorgeworfen hatte, schwieg endlich. Jetzt zählte nur noch unser Plan.

Der Türgriff ließ sich geräuschlos herunterdrücken – und dann stand ich auch schon im Schlafgemach von Briolta Meran und ihrem Geliebten Resu.

Das Zimmer der jungen Richterin war geschmackvoll eingerichtet. Nur die kostbarsten Materialien waren verwendet worden. Das Bett, die beiden Kleiderschränke und die Kommode waren aus edlem Holz, die Bettwäsche aus Seide und die Vorhänge aus Samt. Mir gefiel, was ich sah.

Mein Blick fiel auf ein Gemälde von Briolta und Resu, die inzwischen längst auf dem Land weilten, wo der arme Resu nun seit ein paar Tagen den Entzug durchmachte. Ich hoffte, dass die beiden die Strapazen bald überstanden hatten.

Die junge Meran hatte nach ihrem Besuch bei mir prompt die Soldaten der Stadtwache unterrichtet und den mörderischen Ulire Kanres Bonisa sowie den verräterischen Flommis Karresis verhaften lassen. Danach hatte sie Urlaub genommen und sich mit ihrem Partner und den Andertis auf den Weg gemacht, wie ich es ihr geraten hatte.

Was mir die perfekte Gelegenheit bot, das junge Paar zu bestehlen.

Ich unterdrückte ein Seufzen, als ich den ersten Kleiderschrank öffnete und begann, die Kleiderstapel nach versteckten Wertsachen zu durchsuchen. Ich entdeckte einen kleinen Geldbeutel, den ich einsteckte. Der zweite Kleiderschrank gehörte offensichtlich allein Briolta, denn er enthielt nur Kleider und edle Meran-Gewänder, wie die Richterin sie für Anhörungen benötigte. Hier war nichts zu holen.

Ich war gerade dabei, die Kommode zu durchsuchen, und hielt gedankenverloren ein goldenes Medaillon mit der Inschrift »Für meine Liebste« in der Hand, das Resu seiner Briolta zu ihrem ersten Jahrestag geschenkt hatte, als ich Londurs' Schritte auf dem Flur hörte. Mich durchfuhr ein kurzer, schmerzhafter Stich. Londurs hatte mir nie Schmuck geschenkt oder Blumen. Von Pralinen oder anderem sentimentalen Schnickschnack ganz zu schweigen.

»Hast du etwas gefunden?«, fragte mein Partner, der in diesem Moment durch die geöffnete Tür zu mir spähte.

Ich drehte mich zu ihm um und lächelte kurz. »Nur etwas Geld bislang. Und du?«

»Einen großen Geldbeutel im Arbeitszimmer im Erdgeschoss. Alles andere habe ich liegen lassen«, erklärte mir Londurs. »Hast du die anderen Zimmer schon durchsucht?«

»Nein.«

»Dann mache ich nebenan weiter.«

Ich nickte und wandte mich dann wieder der Schublade und dem Medaillon in meiner Hand zu. Einen Moment lang starrte ich es einfach nur an, bevor ich es in die Kommode zurücklegte. In den anderen Schubladen war weiterer Schmuck und ich suchte ein paar Ringe und zwei, drei Ketten aus, die unauffällig waren und sich deshalb besser verkaufen ließen. Den Rest packte ich zurück und widmete mich dem nächsten Zimmer.

Als ich fünf Minuten später fertig war, sah ich Londurs gerade aus dem Schlafzimmer kommen.

»Ach, hier bist du!«, sagte er. »Lass uns gehen, ich bin mit den anderen Räumen fertig.«

Wir hatten fast eine Stunde gebraucht und mussten uns beeilen, wenn wir den Rest unseres Vorhabens auch noch umsetzen wollten.

Auf dem Weg zum nächsten Haus kamen wir auch am Kräuterladen von Flommis Karresis vorbei. Auf der Tür klebte ein großes »Geschlossen«-Schild, das die Grekasols dort angebracht hatten und das mich mit Befriedigung erfüllte. Ich mochte keine Leute, die anderen Drogen verabreichten.

Fünf Minuten später standen wir vor dem prächtigen Haus eines Deradas. Dieses Haus war nicht leer, daher gingen wir noch verstohlener und vorsichtiger vor als beim letzten Einbruch. Unsere schwarzen Mützen hatten wir uns tief ins Gesicht gezogen und unsere Wappen unter die Kleidung gesteckt, sodass niemand ahnen würde, aus welcher Dynastie wir kamen.

»Bereit?«, hauchte mir Londurs kaum hörbar zu und ich nickte beklommen.

Der Dietrich machte kurzen Prozess mit der verschlossenen Tür und wir schlichen auf Zehenspitzen durchs Haus. Im ersten Stock sah mich Londurs fragend an. Ich versuchte, meine Magie zu rufen, um zu erfahren, hinter welcher Tür unser Opfer schlief, doch die Stimme schwieg. Sie hatte mir den Einbruch bei Briolta und Resu immer noch nicht verziehen. Eine Minute später gab ich auf und zuckte ratlos mit den Schultern. Je länger wir hier auf dem Flur herumstanden, desto größer war die Gefahr, dass man uns entdeckte.

Ich wartete, während Londurs von Tür zu Tür huschte und in die Zimmer blickte. Schließlich gab er mir einen Wink, ihm in einen der Räume zu folgen.

Mir pochte das Herz bis zum Hals, als wir das Zimmer betraten. Die Vorhänge waren nicht geschlossen, sodass wir uns im schwachen Licht gut orientieren konnten. Während ich leise die Tür hinter mir schloss, huschte mein Partner zum Bett und legte dem Schlafenden eine Hand auf den Mund. Der Händler zuckte zusammen und wehrte sich panisch. Bis er im Schein des Mondes und der Straßenlaterne den Dolch in Londurs' Linken glänzen sah.

»Keinen Mucks!«, befahl Londurs leise. »Wenn du schreist oder uns verrätst, töte ich dich, bevor wir fliehen. Es bringt dir also gar nichts, dich zu wehren. Besser ist es, du arbeitest gleich mit uns zusammen. Hast du verstanden?«

Nun lag Todesangst in den Augen des reisenden Händlers. Sein Blick huschte zu mir herüber, als erhoffte er sich Mitleid von mir, und mich überkam Ekel.

»Ich werde jetzt die Hand wegnehmen und du wirst uns alles

verraten, was wir wissen wollen«, erklärte Londurs ihm die Regeln. »Wenn du lügst, bekommst du diesen Dolch hier zu spüren. Wenn du dich wehrst, um Hilfe schreist oder uns angreifst, bist du tot. Kapiert?«

Der Derada nickte hektisch, während Tränen aus seinen Augenwinkeln kullerten. Meine Abneigung gegen ihn wuchs. Dies war der Mann, der in den letzten Jahren über fünfzig Andertis vergewaltigt und nach der Tat erwürgt hatte. Die Leichen der armen Frauen hatte er verschwinden lassen. Wenn jemand nach den Andertis gefragt hatte, hatte er behauptet, die Dienerinnen wären weggerannt, weil sie die harte Arbeit nicht ertrugen. Und da der reisende Händler von Stadt zu Stadt zog, war es niemandem je aufgefallen, dass sich die seltsamen Vermisstenfälle häuften. Niemandem bis auf uns.

»Wir wissen, was du getan hast«, erklärte Londurs. »Erinnerst du dich an Nindasa? Ein entzückendes kleines Ding. Gerade mal achtzehn Jahre alt war sie, als sie verschwand. Nicht wahr?«

»Ich kenne keine Nindasa«, log der mörderische Vergewaltiger.

Londurs' rechte Hand schoss vor, verschloss ihm den Mund, während seine linke mit dem Dolch über seinen Arm ritzte. Der Händler schrie dumpf und jaulte auf. Er wehrte sich gegen Londurs' Griff, hatte aber gegen die Stärke des Söldners keine Chance.

»Na, na«, ermahnte ihn mein Partner leicht, als der Händler nur noch leise wimmerte. Er nahm seine Hand weg. »Wir hatten doch gesagt: keine Lügen. Die Konsequenzen werden dir nicht gefallen.«

»Bitte nicht mehr schneiden!«, flehte der Händler.

»Das kommt ganz auf dich an. Kennst du nun Nindasa?«

»Ja.«

»Hast du sie vergewaltigt?«

Londurs' Frage klang beinahe verständnisvoll, aber ich sah, wie sich seine Schultern anspannten. Sein Körper verriet ihn.

»Ja«, gestand der Derada schließlich.

»Und sie danach erwürgt? Wie schon zahlreiche Andertis vor ihr?«

»Ja. Bei den großen Namen, habt doch Erbarmen!«

»So wie du Erbarmen mit diesen jungen Frauen hattest?«, zischte ich angewidert und Londurs warf mir einen tadelnden Blick zu. Die Befragungen waren seine Sache, so lautete unsere Abmachung. Meistens war ich nicht einmal anwesend, doch heute war eine Ausnahme. Ich wollte diesen mörderischen Bastard vor Angst winseln sehen.

»Was habt ihr mit mir vor?«, fragte der reisende Händler irgendwann, als er es nicht mehr aushielt, wie wir ihn schweigend und voller Verachtung anstarrten.

»Wir werden dich natürlich den Grekasols übergeben«, erklärte Londurs. »Dann werden dir die Heros und die Merans den Prozess machen. Ich bin sicher, da kommt einiges an belastendem Beweismaterial zusammen, wenn die Soldaten erst einmal anfangen, in deiner Vergangenheit zu graben.«

»Bitte!«, flehte er.

»O ja, sie werden dir den Namen wegnehmen. Darauf kannst du dich verlassen. Ich habe gehört, das Schicksal eines Namenlosen soll fürchterlich sein. Du verlierst deinen Namen, deine Identität, all dein Wissen darüber, wer du bist und was du getan hast. Deine Freunde und Bekannten werden dich verstoßen und du wirst keinen von ihnen wiedererkennen, sondern mit den anderen Gesetzlosen in irgendeinem Wald hausen. Ohne schicke Kleidung, ohne gutes Essen, ohne ein Bett und all die anderen Bequemlichkeiten, an die du dich gewöhnt hast.«

»Ich bezahle euch zweihundert Goldmünzen, wenn ihr mich gehen lasst und nicht bei den Grekasols anzeigt!«, quiekte der Derada.

»Zweihundert Goldmünzen? Denkst du, das ist genug bei all

den Morden und Vergewaltigungen, die du begangen hast?« Londurs klang wütend und der Händler zuckte zusammen.

»Tausend Goldmünzen! Das ist alles, was ich hier im Haus habe. Nehmt es und lasst mich in Frieden!«

Er sagte die Wahrheit. Mehr hatte er nicht. Ich brauchte nicht einmal meine Wahrheitsmagie, um das und die Todesangst in seiner Miene zu sehen. Dies schien auch Londurs zu erkennen.

»Na schön. Wo ist das Gold?«

Praktischerweise versteckte der Derada das Gold in seinem Schlafzimmer, sodass sich Londurs nur die Kiste auf die Schulter hieven musste und wir verschwinden konnten. Den Derada ließen wir gefesselt und geknebelt zurück. Wir wollten kein Risiko eingehen, dass er uns doch noch verriet.

Es war bereits kurz vor vier Uhr früh, als wir endlich wieder in unserem Gasthaus ankamen. Ich war müde und fiel sofort ins Bett und in einen tiefen Schlaf.

Vier Stunden später ritten wir aus der Stadt. Keiner von uns schaute zurück.

# DER AUFTRAG

*»Es ist verboten, einen Namen,*
*der nicht zur eigenen Dynastie gehört, als Mitglied der Dynastie*
*zu beschäftigen oder auszubilden.«*

Paragraph 12 des Gesetzbuches von Wonspiel

»Einhundert Goldmünzen.«

»Wollt Ihr mich verarschen?«

»Na schön, zweihundert Goldmünzen. Das ist ein gerechter Preis.«

»Ach ja? Das denkt *Ihr*!«

So wütend hatte ich Londurs schon seit Langem nicht mehr erlebt. Normalerweise war mein Partner allzeit gelassen. Er verlor nicht einfach so die Fassung oder die Nerven. Söldner zu sein, war ein gefährlicher Beruf: Man überlebte nicht lange, wenn man sich nicht beherrschen und vorausschauend handeln konnte.

Daher hatte es mich auch sehr überrascht, Londurs schreien zu hören. Nun schlich ich mich näher an ihn und seinen Gesprächspartner heran, um besser zuhören zu können. Ging es um einen neuen Auftrag?

*Ja*, flüsterte mir die Stimme zu.

»Nun hört mal! Zweihundert Goldmünzen sind nicht gerade

wenig. Dafür könnte ich auch einen anderen engagieren, der diesen Auftrag erledigt!«, protestierte der Gesprächspartner nun.

»Warum tut Ihr es dann nicht?«

»Na schön!«, knurrte der Gesprächspartner. »Zweihundertfünfzig Goldmünzen, das ist mein letztes Angebot.«

»Abgelehnt!«, knurrte Londurs zurück. Er war rot im Gesicht und stand kurz vor der Explosion.

»Was?« Der potenzielle Auftraggeber wirkte fassungslos. Mit dieser Antwort hatte er sichtlich nicht gerechnet. »Mehr als zweihundertfünfzig Goldmünzen? Das ist Wucher!«

»Habt Ihr schon mal daran gedacht, dass es am Auftrag und nicht an der vorgeschlagenen Bezahlung liegt, dass ich das Angebot ablehne?«, fragte Londurs genervt, als sich der Mann noch immer nicht abschütteln ließ.

»Am Auftrag?«, wiederholte der Mann verwirrt. »Aber Ihr seid ein Kurbabu! Das ist Euer Beruf!«

Londurs' Hand zuckte zu seinem Wappen auf seiner Brust und verdeckte so die roten Blutstropfen und das schwarze Messer auf grauem Grund, die darauf zu sehen waren. Jeder, der das Wappen sah, wusste, dass er einen Kurbabu vor sich hatte. Doch Londurs gefiel ganz und gar nicht, was die Menschen auf der Straße von ihm dachten, wenn sie sein Wappen sahen.

»Ich bin kein Mörder!«, erklärte er hitzig. Seine Hand krallte sich inzwischen so fest um sein Wappen, dass sich die Kette um seinen Hals spannte und zu reißen drohte.

»Aber jeder weiß, dass Kurbabus jeden Auftrag annehmen, egal ob Diebstahl, Erpressung, Mord oder als Kämpfer!«

Und hier war er nun. Der Grund, warum es mir und Londurs unmöglich war, eine andere Arbeit zu finden. Unsere Namen bestimmten darüber, was wir waren. Es spielte keine Rolle, dass ich eine ganz passable Näherin war und mir meine Kostüme selbst nähen konnte. Niemand würde mir einen Nähauftrag geben, weil ich keine Lakonita war. Genauso wie mein armer Lon keinen Auftrag am Hafen oder als Holzfäller fand, weil er kein Neriya oder Askaldo war. Stattdessen bekam er Mordaufträge, die er nicht haben wollte.

»Meine Antwort lautet Nein und dabei bleibt es!«, erklärte er dem wohlhabenden Fiento fest, von dem wir eigentlich nur etwas Obst hatten kaufen wollen.

Ein frischer Frühlingswind kam auf und ich zitterte in meiner Jacke. Diese Rast dauerte nun definitiv schon zu lange und ich freute mich schon auf Londurs' schlechte Laune, die wahrscheinlich für den Rest des Tages anhalten würde.

Ich bezahlte die Äpfel, die ich ausgesucht hatte, ohne dass der enttäuschte mordlüsterne Fiento den Betrag kontrollierte. Dann schulterte ich meinen Rucksack, der nun um einiges schwerer war, und ging zu unserem Wagen zurück. Wir waren erst eine halbe Tagesreise von Lodessis entfernt und schon bei unserer ersten Rast tauchten die ersten Schwierigkeiten auf. Na klasse!

Während ich auf den Kutschbock stieg, vergewisserte sich Londurs schweigend, dass unsere Fracht im Planwagen unangetastet war. Dann schwang er sich auf sein Pferd und ich ließ die beiden Kutschpferde in einem gemächlichen Schritt angehen.

Fünf Minuten später auf dem Feldweg, der vom Hof des Fientos zurück zur Hauptstraße führte, explodierte Londurs dann wie erwartet.

»Verdammtes Dynastien-System! Arrogantes Bauern-Arschloch! Was glaubt er denn, wer er ist, dass er mir vorschreibt, wen ich umzubringen habe!«

Unsere Pferde waren zum Glück so gut trainiert, dass sie noch nicht einmal zuckten, als er zu schreien begann.

»Reg dich nicht auf, Lon! Das ist er nicht wert«, versuchte ich ihn zu beschwichtigen.

»Nur einmal – *einmal,* An! – möchte ich als der gesehen werden, der ich bin, und nicht als der, von dem die Gesellschaft denkt, der ich sein müsste!«

»Ich weiß, Schatz.«

Es mochte viele erstaunen, aber Londurs war tatsächlich kein Mörder. Kurbabus hatten, anders als die Polliander, mit denen sie häufig im Wettstreit oder im Zwist lagen, keinen guten Ruf. Sie galten als leicht käufliche Klingen und waren dies größtenteils auch. Während die Polliander einem strengen Ehrenkodex folgten, der wenig Spaß in ihrem Leben erlaubte, und sich bedingungslos und häufig ihr Leben lang für ihren Auftraggeber einsetzten – sofern sie sich einmal für einen entschieden hatten –, blieben Kurbabus nie lange bei einem Auftraggeber. Sie liebten das Abenteuer, die Abwechslung und den Lebensstil, den ihnen ihr Geld ermöglichte.

Sofern man denn Geld hatte.

»Ich habe es so satt, als dummer Söldner angesehen zu werden!«, sagte Londurs frustriert. »So satt, in jedem Leben jung und zudem auch noch arm zu sterben! Nie wieder werde ich ein gewöhnlicher Kurbabu sein! Weißt du, wie oft mir das schon passiert ist? Zehnmal! Zehnmal bin ich nach meiner Namensgebung zum Namensarchiv und zur Erbverwaltung gereist, nur um zu erfahren, dass ich in meinen früheren Leben nie länger als ein paar Monate, maximal ein Jahr überlebt habe, bevor mir ein Polliander, ein Wabloo oder ein anderer Kurbabu das Leben genommen hat. Und von dem wenigen Geld, das ich bis zu meinem Tod eingenommen hatte, blieb nie etwas übrig. Ich habe es so satt, in jedem neuen Leben von vorne anfangen zu müssen und am Hungertuch zu nagen! Dieses Mal wird es anders. Dieses Mal arbeite ich nicht für andere. Dieses Mal bin ich mein eigener Auftraggeber. Das schwöre ich!«

Londurs hatte sich in Rage geredet. Ich hörte ihm geduldig zu, auch wenn es nicht das erste Mal war, dass er sich derart Luft machte. Denn ich konnte ihn nur zu gut verstehen. Es war nicht einfach, ein eigenständiges Leben anzufangen, nachdem man mit sechzehn Jahren bei seiner Namensgebungszeremonie von einem Ellusan erzählt bekommt, wer man eigentlich ist.

Die Schulen, in denen wir Kinder als Nummern aufwuchsen, gaben uns stets nur das Nötigste mit auf den Weg in unser neues Leben. Wer Glück hatte, der hatte seine Namensgebung im Frühling, Sommer oder Herbst oder war in einer Schule aufgewachsen, die nicht weit von der Hauptstadt entfernt war. Wer Pech hatte, der erfuhr im Winter, wer er war, und musste sich dann auf den langen Weg in die Hauptstadt machen. Es waren schon viele neue Namensträger verhungert oder erfroren, bevor sie das Namensarchiv und die Erbverwaltung erreichen und so endlich Zugang zu ihrem Vermögen erlangen konnten. Londurs war ein solcher Winter-Name.

Und umso größer war seine Enttäuschung ausgefallen, als er erfahren hatte, wie wenig über seine früheren Leben in den Namensarchiven stand. Dass er stets jung gestorben war und nie ein Vermögen besessen hatte. Er hatte sich geschworen, in diesem Leben reich zu werden, damit ihm dieses Schicksal nie wieder blühte.

Aus diesem Grund sprachen wir auch nie darüber, dass in Xorlis, der Hauptstadt von Wonspiel, ein Vermögen auf mich wartete, das noch aus meinem letzten Leben stammte. Wir hätten davon leben können, ohne in diesem Leben arbeiten zu müssen, aber dafür war Londurs zu stolz. Er wollte auf eigenen Füßen stehen. Ich verstand das und darum hatte ich auch beschlossen, ihm zu helfen.

Es wurde ein langer Tag. Mit unseren Kutschpferden und dem Planwagen, in dem wir unsere Schätze und meine Utensilien versteckt hatten, kamen wir nicht schnell voran. Ich schätzte, wir hatten abends genauso viele Kilometer zurückgelegt, wie es ein ausdauernder Fußgänger geschafft hätte. Aber das war in Ordnung. Wir waren nicht auf der Flucht.

Als es langsam dunkel wurde, erreichten wir ein kleines Dorf. Ich machte mir nicht die Mühe, seinen Namen herauszufinden, als ich müde vom Kutschbock kletterte. Mir tat der Hintern weh vom vielen Sitzen, obwohl ich mir in Lodessis neue Kissen für den Kutschbock gekauft hatte.

Während Londurs nach einer Unterkunft für die Nacht und einem Stall für unsere Pferde Ausschau hielt, kletterte ich nach hinten in den Wagen.

Wegen der Abenddämmerung konnte ich nicht viel sehen und fluchte, als ich über einen Tragebeutel stolperte und hinfiel. Warum hatte Londurs den Beutel nicht ordentlich verstaut?

Meine Laune, die seit der Mittagspause beim Fiento eh schon nicht gut war, sank nun auf den Tiefpunkt. Aber ich wollte mich nicht mit Londurs streiten, darum rappelte ich mich auf, griff nach dem Tragebeutel und wollte ihn schon in eine der Kisten packen, als ich in dem schlecht verschlossenen Beutel etwas glitzern sah.

War das etwa …?

Tatsächlich. Fassungslos starrte ich das Medaillon mit der Inschrift »Für meine Liebste« an, von dem ich wusste, dass ich es letzte Nacht zurück in die Schublade gesteckt hatte. Jetzt wusste ich auch, was Londurs in Brioltas und Resus Schlafzimmer gemacht hatte. Er hatte mich keineswegs gesucht, wie er behauptet hatte. Er hatte eingepackt, was ich zurückgelassen hatte.

»Scheiße, Londurs! Willst du, dass man uns schnappt?«, fluchte ich, als ich den Rest des wertvollen Schmucks der jungen Richterin entdeckte, den ich für zu auffällig befunden hatte.

Ein Schatten verdeckte den Großteil des verbliebenen Zwielichts im Wagen. Ich wirbelte herum und sah einen großen Mann in den Planwagen klettern.

Londurs.

»Was soll der Mist?«, zischte ich ihn wütend an. »Wir waren uns doch einig! Wir nehmen nur das Nötigste bei unseren Einbrüchen mit! Geld, von dem niemand behaupten kann, dass es uns nicht gehört. Und Schmuck, den wir leicht verkaufen können. Alle anderen Wertsachen lassen wir zurück. Und du! Du brichst einfach unsere Abmachung!«

*Und das nicht zum ersten Mal.* Meine Wahrheitsmagie lachte mich aus, als sie mir schadenfroh diese Wahrheit enthüllte.

Ich war enttäuscht, wütend und stinksauer. Auf Londurs und auf meine Magie, die mich beide verraten hatten.

»Bring ihn wieder zurück!«, forderte ich. Ich wusste selbst, dass es irrational war und Londurs in Gefahr bringen würde. Aber in diesem Moment kümmerte mich das herzlich wenig.

»Hast du den Verstand verloren, Anderta?« Londurs sah vom Schmuck in meiner Hand zu mir und wieder zurück. »Willst du, dass ich den Grekasols in die Arme laufe?«

»Das hättest du dir vorher überlegen sollen, bevor du mich angelogen und uns beide in Gefahr gebracht hast!«, zischte ich.

Londurs starrte mich ungläubig an. Dann atmete er tief durch. »Sei vernünftig, Anderta!«, sagte er. »Es ist gefährlicher, den Schmuck zurückzubringen, als ihn zu behalten. Und ich weiß selbst, dass wir ihn nicht verkaufen können. Das hatte ich auch nicht vor. Jedenfalls nicht in diesem Leben. Und wer wird uns schon verdächtigen? Wir sind zwei harmlose Reisende. Die Grekasols haben keinen Grund, uns oder unseren Wagen zu durchsuchen. Du hast doch selbst gesagt, dass die Meran wegen einer ungelösten Diebstahl-Serie in Lodessis zu dir gekommen ist. Sie werden denken, dass unser Einbruch auf deren Konto ging. Ich sah keinen Grund, den Schmuck zurückzulassen.«

Ich hasste es, wenn Londurs so vernünftig argumentierte. Er hatte zwar recht mit seiner Logik, aber darum ging es nicht.

»Ach, ich verstehe«, meinte er, als ihm schließlich ein Licht aufging. »Du mochtest die Meran und hattest Mitleid mit ihr! Deshalb hast du den Schmuck zurückgelassen!«

»Unsinn!«, wehrte ich mich, während die Stimme in meinem Kopf erneut lachte. Manchmal hasste ich meine Wahrheitsmagie!

»Geht es darum? Hast du Skrupel bekommen, An? Willst du nicht länger mit mir herumreisen, sondern lieber ein Leben als rechtschaffene Bürgerin führen?«

Ich konnte die Anspannung in seiner Stimme hören, aber auch den Hohn, der in seiner letzten Frage lag. Panik durchfuhr mich, als ich erkannte, dass wir kurz davor standen, uns wegen dieses lächerlichen Streits zu trennen.

»Nein, ich will mich nicht von dir trennen«, antwortete ich leise.

»Schön«, entgegnete Londurs knapp. Ich erkannte an seiner Haltung, dass er immer noch sauer war.

Während wir unseren Wagen und die Pferde in einer großen Scheune unterbrachten, schwiegen wir. Mir war schlecht. Wir hatten uns schon häufig gestritten, aber irgendwie fühlte es sich dieses Mal anders an. Hatte ich tatsächlich beinahe darauf bestanden, dass Londurs noch in dieser Nacht nach Lodessis zurückritt und den Schmuck zurückbrachte, ohne dass es mich kümmerte, was mit ihm geschah?

Das Dorf war zu klein für ein Gasthaus, daher schlugen wir unser Lager im Planwagen auf. Doch auch wenn wir dicht aneinandergedrängt schliefen, fühlte ich mich Londurs in dieser Nacht nicht nahe. Es klaffte ein unsichtbarer Abgrund zwischen uns, von dem ich nicht wusste, wie ich ihn überwinden, geschweige denn schließen sollte.

Am nächsten Morgen fühlte ich mich wie gerädert und auch Londurs schien nicht gut geschlafen zu haben.

»Hör zu, An«, sagte er, als ich das Frühstück fertig machte. »Es tut mir leid. Ich hätte das nicht tun dürfen.«

Ich hatte nicht mit einer Entschuldigung gerechnet und sah erstaunt zu ihm auf.

»Wir haben vor fünf Jahren, als wir uns kennenlernten, eine Abmachung getroffen und du hast dich stets daran gehalten«, fuhr er reumütig fort. »Während ich der Idiot war, der aus lauter Eigennutz nicht nur unsere Abmachung gebrochen, sondern zudem auch noch unsere Partnerschaft aufs Spiel gesetzt hat. Es tut mir leid. Ich werde nachher nach Lodessis zurückreiten und heute Nacht den Schmuck zurückbringen.«

Wie bitte?

Damit hatte ich nicht gerechnet. Ich starrte in Londurs' attraktives Gesicht, in seine Augen, die an diesem Morgen ihr Funkeln verloren hatten, und mein Zorn und meine Unsicherheit schmolzen dahin wie Schnee in der Frühjahrssonne.

»Mir tut es auch leid«, sagte ich. »Ich hätte nicht von dir verlangen dürfen, dass du zurückreitest. Ich will nicht, dass die Grekasols dich schnappen oder du von Briolta und Resu überrascht wirst, wenn sie zurückkehren.«

Er nahm mich in den Arm und strich zärtlich über meinen Rücken, bevor er mich so innig küsste, dass mir die Knie weich wurden. Als er mich ein paar Minuten später losließ, war alles wieder wie vor unserem Streit und keiner sprach mehr über eine Rückkehr nach Lodessis.

Der Rest unserer Reise nach Imkaja, der letzten größeren Stadt vor Xorlis, verlief ereignislos. Der Wind zerzauste mir mein langes, braunes Haar, das ich heute ausnahmsweise mal nicht im Zopf trug, sondern offen gelassen hatte. Es war eine Geste der Versöhnung, denn Londurs liebte es, wenn ich meine Haare offen trug.

Es war Abend, als wir Imkaja schließlich erreichten. Die Stadt hatte knapp tausend Einwohner, was groß genug war für einen längeren Aufenthalt. In kleinen Dörfern blieben wir nie länger als ein oder zwei Nächte und häufig gingen wir noch nicht einmal unseren Geschäften nach. Aber Imkaja lohnte sich, das wussten wir beide, als wir beim Anblick der großen und gepflegten Häuser einen kurzen Blick wechselten.

Nachdem wir eine Unterkunft und einen Stall für die nächsten beiden Wochen gefunden und unsere Wertsachen in unserem Zimmer abgeladen und im Schrank sicher verwahrt hatten, begaben wir uns in den Schankraum. Während wir unsere warme Mahlzeit genossen, lauschten wir den Gesprächen der anderen Gäste.

Es war interessant, was man alles hörte, wenn man still war und die Leute vergaßen, dass sich noch andere im Raum befanden. Nach einer Stunde kannten wir nicht nur die Namen von drei mächtigen Magiern in Imkaja, von fünf Großhändlern und drei Ratsmitgliedern, sondern auch die Namen aller hier Anwesenden. Niemand bemerkte, dass ich mir jeden einzelnen Namen sorgfältig in meinem kleinen Notizbuch notierte.

Sechs Tage lang durchstreiften Londurs und ich die Stadt, mal zusammen und mal getrennt. Ich lachte mit den Verkäuferinnen, während ich notwendige Besorgungen machte, war mehrmals Zuschauerin bei Gerichtsprozessen, erkundete in Ruhe die besten Geschäfte Imkajas und nahm allgemein einfach die Stimmung in der Stadt in mir auf. Schon bald kannte ich die wichtigsten Neuigkeiten und Persönlichkeiten von Imkaja.

Am dritten Tag hörte ich die ersten Gerüchte über meine Wahrsagekunst und musste lächeln. Londurs leistete mal wieder hervorragende Arbeit.

Während am Ende unserer ersten Woche in der Stadt die Gerüchteküche brodelte und beinahe überkochte, ritt Londurs zu einem Terabee außerhalb der Stadt, um ein prächtiges Reitpferd für mich zu mieten.

Mit meinen Satteltaschen bepackt lief ich ihm entgegen, als er mit dem schwarzen Hengst auf mich zuritt. Es war ein prächtiges Pferd.

»Eine gute Wahl«, sagte ich.

»Fand ich auch.«

Londurs grinste zufrieden und hielt Wache, während ich mich hinter einem großen Baum etwas abseits der Straße umzog und schminkte. Danach wartete ich, während er in seine gute Kleidung schlüpfte.

Eine halbe Stunde später kehrten wir nach Imkaja zurück. Unter dem Raunen der Stadtbewohner ritten wir durch die Straßen.

»Ist sie das?«

»Sie soll eine schwarzhaarige Schönheit sein, hat der Mann in der Kneipe gestern erzählt.«

»Ja, das habe ich auch gehört. Und außerdem, dass sie in Lodessis mit ihrer Magie einige gefährliche Verbrecher entlarvt hat und nun auf dem Weg nach Xorlis ist. Dann muss sie es sein! Der Weg von Lodessis zur Hauptstadt führt genau hier lang!«

Londurs warf den flüsternden Frauen und Männern einen scharfen Blick zu. Seine rechte Hand lag stets auf seinem Dolch, wie es sich für einen gewissenhaften Leibwächter geziemte. »Macht Platz!«, herrschte er. »Macht Platz für Madame Anderta, die große Wahrsagerin!«

Es war Zeit für meinen nächsten Auftritt.

# MADAME ANDERTA

*»Titel verloren mit der Entstehung der Namensmagie und der Dynastien an Bedeutung. Heute sind sie lediglich Zeichen großen Respekts für einen einzigartigen Namen.«*

Ceor Bluber Elluren im 6. Jahrhundert

Ich genoss es, im Mittelpunkt der Aufmerksamkeit zu stehen. Um uns herum hatte sich eine kleine Menschenmenge versammelt. Ich sah zahlreiche Andertis, die Besorgungen für ihre Dienstherren gemacht hatten, einen Zunu, der gerade von einem Krankenbesuch zurückkam, Variandas, Teeries und einen Kurian. Und natürlich durften im Stadtbild auch die Kumtas, Ipsos, Grekasols, Nivians, Elluren, Heros und Merans nicht fehlen.

Ich bemerkte, wie ich von jemandem angestarrt wurde, und schenkte dem jungen Wabloo, der den Blick nicht von mir lösen konnte, ein leichtes Lächeln. Er ahnte nicht, dass wir uns erst gestern gesehen hatten. Meine schwarze Perücke und die Schminke verwandelten mich in eine völlig andere Person. Ich fühlte mich frei, wenn ich Madame Anderta war.

»Welches ist das beste Gasthaus von Imkaja?«, erkundigte ich mich mit rauchiger Stimme und sah den jungen Wabloo erschaudern.

»Das ist der goldene Becher, Madame Anderta«, antwortete er eifrig. »Bitte erlaubt, dass ich Euch den Weg zeige.«

»Vielen Dank, Jurundo Wabloo.«

»Woher …?«

Der junge Magier zuckte zusammen und riss im nächsten Moment erstaunt die Augen auf. »Also ist es wahr? Ihr besitzt tatsächlich die lange verloren gewesene Wahrheitsmagie?«, flüsterte er ehrfürchtig. »Bitte, Ihr müsst mir davon erzählen! Ich habe versucht, etwas über Eure Gabe zu erfahren, nur leider scheint das Wissen über Eure Dynastie im Laufe der Jahrhunderte verloren gegangen zu sein.«

Ich spürte, wie sich Londurs angesichts der offensichtlichen Bewunderung des Wabloos versteifte. Er mochte es nicht, wenn andere Männer mich anhimmelten. Aber wir beide wussten, dass es unseren Aufenthalt in Imkaja und unsere Geschäfte erheblich erleichtern würde, wenn wir den jungen Magier von meinen Fähigkeiten überzeugen konnten.

»Aber sehr gerne doch«, erwiderte ich daher mit einem Lächeln.

Stolz führte uns Jurundo durch die Stadt und zeigte uns die wichtigsten Geschäfte. Wir ließen durch keinerlei Miene oder Geste erkennen, dass uns Imkaja durch unsere einwöchige Vorbereitungsphase bereits bestens vertraut war.

Während ich auf meinem stolzen Hengst saß und dem Magier langsam folgte, nickte ich hoheitsvoll zu allen Seiten hin und schenkte einigen vermögenderen Bürgern und Bürgerinnen ein geheimnisvolles Lächeln. Ich erkannte den greisen Wellbann der Stadt, der eine Vorliebe für abendliche Regenschauer hatte, denn er ließ es stets pünktlich zu Sonnenuntergang regnen. Ich wusste, dass er den Anblick der untergehenden Sonne nicht mehr ertrug, seitdem seine große Liebe letztes Jahr gestorben war.

Meine imaginären Notizzettel mit Namen, Gesichtern und

wichtigen Infos huschten an mir vorbei, während ich nach und nach die großen und bekannten Namen der Stadt erkannte und begrüßte. Da meine Magie mir für gewöhnlich nicht zu all meinen Kunden Informationen lieferte, hatte ich mir angewöhnt, mir diese vorab auf anderem Wege zu besorgen, um so gut vorbereitet wie möglich zu sein und einen unangenehmen Zwischenfall mit den Stadtbewohnern zu vermeiden.

Schließlich erreichten wir den goldenen Becher und wurden von dem Lottaru, dem das Gasthaus gehörte, respektvoll willkommen geheißen.

»Das beste Zimmer für Madame Anderta!«, forderte Londurs hochnäsig und schwang sich aus dem Sattel. Er ging auf den Eingang des Gasthauses zu, ohne sich die Mühe zu machen, nach dem Ibares zu schauen, der sich um die Reittiere der Gäste kümmerte und nun zu seinem Pferd eilte. Es war ungewöhnlich, dass Gasthäuser einen Ibares beschäftigten. Die gewöhnlicheren Etablissements konnten sich nur Andertis leisten, die sich um alles kümmerten, auch um die Pflege der Tiere. Ein Spezialist für Pferde wie ein Ibares oder ein Terabee, und wenn es auch nur ein drei- oder vierteiliger Name ohne eigenes Gestüt war, kostete Geld. Viel Geld.

Während sich Londurs am Wirt vorbei ins Gasthaus drängte, schenkte ich dem Lottaru ein entschuldigendes Lächeln. »Bitte verzeiht meinem Leibwächter«, bat ich. »Er nimmt meine Sicherheit sehr ernst. Sobald er sich vergewissert hat, dass mir drinnen kein Hinterhalt droht, wird er freundlicher werden.«

»Aber, Madame Anderta, Ihr seid hier in Sicherheit! Das garantiere ich Euch! Wir beschäftigen sogar einen Polliander und drei Kurbabus, die für den Schutz unserer Gäste zuständig sind!«, versicherte mir der Gastwirt und ich musste ein Stöhnen unterdrücken.

In manchen Gasthäusern war es möglich, dass wir uns nachts

unbemerkt rausschlichen und in unser gemütlicheres Quartier am Stadtrand zurückkehrten. Aber bei so vielen wachsamen Augen durfte das hier nahezu unmöglich sein.

»Da bin ich wirklich beruhigt«, entgegnete ich und lächelte erneut.

»Seid Ihr denn in Gefahr, Madame Anderta?«, erkundigte sich Jurundo besorgt. »Bitte, seid versichert, dass ich alles tun werde, um Euch vor möglichen Gefahren zu beschützen!«

»Nun ja«, sagte ich und gab meiner Stimme einen geschmeichelten Unterton. »Wie Ihr wisst, ist die Wahrheit ein gefährliches Gut. Es gibt immer Menschen mit bösen Absichten oder dunklen Geheimnissen, die verhindern wollen, dass ich die Wahrheit über sie ans Licht bringe. Diese Menschen schrecken auch vor Mord nicht zurück.«

»Habt keine Furcht, Madame Anderta. Ich werde nicht zulassen, dass dieser Abschaum Euch auch nur ein Haar krümmt!«

Ich schenkte ihm ein dankbares Lächeln und freute mich insgeheim diebisch, als hinter mir die ersten Zuschauer die Neuigkeiten weitergaben und so die bereits in der Stadt kursierenden Gerüchte über mich, meine seltene Dynastie und meine faszinierende Magie, die Londurs in Gang gesetzt hatte, noch weiter anheizten. Madame Anderta war eine so große Wahrheitsfinderin, dass sie von Verbrechern gefürchtet wurde! Das würde die großen Namen von Imkaja morgen in Scharen zu mir strömen lassen. Herrlich!

Londurs kehrte zurück und musterte die Menge um mich herum misstrauisch. Er sah gefährlich aus und ich spürte, wie mich wieder ein Schauder der Aufregung durchströmte. Das war eine Seite an ihm, die ich liebte.

»Der Schankraum und das Gebäude sind sicher, Madame Anderta!«, verkündete er.

»Sehr gut.«

Ich ließ zu, dass Jurundo Wabloo mir vom Pferd half. Der Lottaru eilte uns voraus und hielt mir die Tür auf, während ich neugierig mein neues Zuhause für die nächste Woche musterte. Der Schankraum machte einen hellen, gepflegten Eindruck. Trennwände aus Holz und Glas bildeten Nischen für Vierer- und Fünfer-Tische, sodass sich die großen Namen, die im goldenen Becher zu Gast waren, ungestört miteinander unterhalten konnten. Darüber hinaus spürte ich das leichte Knistern von Magie, das in der Luft lag. Jemand hatte den Raum verzaubert und ich ahnte, dass dieser Jemand genau hinter mir stand.

»Sehr gute Arbeit mit den Schutzzaubern, Jurundo«, sagte ich beiläufig.

Der Lottaru machte wieder große Augen, während ich aus den Augenwinkeln sah, dass der junge Wabloo vor Stolz rot anlief.

»Eure Magie ist wahrlich erstaunlich, Madame Anderta!«

»Vielen Dank.«

Der Gastwirt zeigte mir wie versprochen sein bestes Zimmer, das ich jedoch erst betreten durfte, nachdem Londurs es gründlich inspiziert hatte. Unterdessen standen der Lottaru, Jurundo und zwei der Kurbabus des Gasthauses diskret hinter mir, um mich von den neugierigen Gästen des Hauses abzuschirmen. Ich amüsierte mich köstlich.

»Wäre es möglich, dass Ihr mir eine Probe Eures Könnens gebt?«, erkundigte sich mein junger Verehrer aufgeregt.

»Sehr gerne«, erwiderte ich mit einem Lächeln und gab Londurs, der gerade von seiner Zimmerinspektion zurückkam, einen Wink. »Könntest du bitte meine Utensilien holen?«

Ich wusste, dass mich gerade der Übermut packte, denn ich wäre auch gut ohne Utensilien ausgekommen, so viel, wie ich bereits über den jungen Magier wusste. Aber ich wollte ihm eine erinnerungswürdige Kostprobe geben, damit sich die Neuigkeit spätestens bis zum Einbruch der Nacht überall in Imkaja verbreitet hatte.

Londurs guckte misstrauisch, als ich Jurundo in mein sicheres Zimmer bat. »Ich kann Euch nicht mit einem Wildfremden allein lassen, Madame!«, protestierte er und warf dem Wabloo einen eisigen Blick zu, der den jungen Mann einen Schritt zurückweichen ließ.

»Ach was! Jurundo wird mir nichts tun!«, versprach ich mit absoluter Sicherheit und zwinkerte meinem Partner, der sich heute selbst übertraf, kurz zu, als er an mir vorbeiging. So viel Spaß bei einem Auftritt hatte ich schon lange nicht mehr gehabt.

»Ich bin gleich wieder zurück«, versprach Londurs und warf dem Magier einen letzten Furcht einflößenden Blick zu.

Während wir im Zimmer Platz nahmen und der Lottaru uns Erfrischungen brachte, sah ich mich gründlich um. Es war ein großzügiges, elegant eingerichtetes Zimmer. Dieser Aufenthalt würde nicht gerade billig werden. Aber andererseits war es eine Investition, die ich schnell wieder zurückgewinnen würde, wenn ich den neugierigen, leicht beeindruckbaren Wabloo von meinen Fähigkeiten überzeugte.

»Ihr benötigt also Utensilien für Eure Künste, Madame Anderta?«

»Nein«, antwortete ich wahrheitsgemäß. »Meine Magie wirkt auch ohne zusätzliche Werkzeuge. In dieser Hinsicht arbeitet meine Magie ganz genauso wie Eure oder die der Ellusans oder der Zunus. Allerdings habe ich festgestellt, dass meine Utensilien mir und meinen Kunden helfen, die Magie zu fokussieren. Sicher kennt Ihr das ebenfalls.«

»Euren Kunden?«, fragte Jurundo verwirrt. »Welche Rolle spielen denn Eure Kunden bei Eurer Magie?«

Die der leichtgläubigen Narren und Opfer, aber diese Wahrheit konnte ich ihm natürlich nicht verraten. Also entschied ich mich für eine Lüge.

»Die Wahrheit ist überall, aber besonders in uns. Die meisten Menschen haben nur nicht gelernt, sie zu erkennen. Dafür benötigen sie meine Hilfe. Wenn es mir gelingt, mich und meine Magie mit der angeborenen Namensmagie meiner Kunden in Einklang zu bringen, sind Erkenntnisse jenseits ihrer Vorstellungskräfte möglich.«

Ha! Wie klang das? Und wenn die Erkenntnisse nicht gelangen, dann lag es nicht an mir, sondern an den Kunden, die sich nicht auf meine Magie und die Wahrheit einlassen konnten. Perfekt!

Jurundo verdaute meine Erklärung und wirkte sehr nachdenklich. »Heißt das, Ihr seht in unsere Seelen, so wie es ein Ellusan bei der Namensgebung tut?«

»Ja, das ist ein guter Vergleich«, stimmte ich ihm zu.

Ich hörte Londurs näher kommen und hielt kurz die Hand hoch, um den jungen Magier davon abzuhalten weiterzusprechen. Mein Kurbabu kam ins Zimmer und reichte mir die Satteltaschen, in denen ich meine wichtigsten Requisiten verstaut hatte. Der Rest war noch immer im anderen Gasthaus. Aber anscheinend musste ich dieses Mal ohne die anderen Hilfsmittel auskommen. Sei's drum.

Meine Hand griff in die Satteltaschen und holte ein dickes Bündel Karten heraus, während Jurundo sich begierig vorbeugte, um mich nicht aus den Augen zu lassen.

»Was ist das?«

»Dies sind Dynastiekarten«, erklärte ich und zeigte ihm die obersten der Karten, die ich vor einiger Zeit bei einem Maler in Auftrag gegeben hatte. Die erste zeigte das Wappen der Pollian-der, ein goldenes Schwert. Auf der nächsten Karte war eine Hand mit einer Schriftrolle abgebildet, das allseits bekannte Zeichen für einen Kurier aus der Nivian-Dynastie. Neben diesen bekannten Wappen gab es auch kaum verbreitete Symbole wie den schlichten Kreis der Passarios oder den roten Krebs der Britlos-Fischer aus Lindero.

»Mischt die Karten!«, forderte ich den jungen Wabloo auf. Er folgte der Aufforderung und sah mich anschließend fragend an.

»Und nun?«

»Nun denkt intensiv an die Frage, die Ihr den Karten stellen wollt. Ihr kennt die Wahrheit bereits und die Karten werden Euch helfen, sie klarer zu sehen«, erklärte ich.

Ich starrte ihm in die Augen und ließ meine Namensmagie an die Oberfläche kommen. Dies war schon immer meine größte Stärke. Jurundos Augen wurden größer, als seine Namensmagie darauf reagierte. Interessanterweise lag das aber nicht an meiner speziellen Art von Magie, sondern lediglich an der Tatsache, dass sich die Namensmagie unserer Seelen begegnete. Jeder hätte dies gekonnt. Aber das war keine Wahrheit, die ich jemals jemandem erzählen würde.

»Und jetzt fragt die Karten, aus welcher Dynastie Eure große Liebe stammt«, flüsterte ich, ohne seinen Blick loszulassen.

Gehorsam wiederholte er die Frage. Manchmal war es so einfach. Alles an Jurundo schrie seinen Wunsch nach Liebe und Wissen heraus.

»Zieht eine Karte aus dem Stapel.«

Jurundo gehorchte. Er griff in die Mitte des Stapels und zog eine Karte heraus. Sie zeigte einen Blitz, Wolken und die Sonne.

»Eine Wellbann?«, fragte er. Es klang leicht enttäuscht. Er ahnte nicht, dass ich die Karte meiner eigenen Dynastie vorsichtshalber zuvor entfernt hatte. Ich musste seine Heldenverehrung nicht noch weiter ermutigen.

»Sehr gut! Wollt Ihr den Karten eine weitere Frage stellen oder wollen wir mit dem Seelenblick weitermachen?«

»Mit dem Seelenblick?«, wiederholte er aufgeregt.

Ich schenkte ihm ein wohlwollendes Lächeln. Es war so einfach, jemanden zu überzeugen, der unbedingt an meine Magie glauben wollte.

»Gebt mir Eure Hand und seht mir dann tief in die Augen!«, bat ich.

Seine Hand war leicht verschwitzt vor lauter Aufregung. Eine Tatsache, die ich ignorierte. Während wir uns ansahen, errötete er leicht, die Namensmagie reagierte auf meine Berührung und pulsierte sanft.

»Dies ist erst Euer drittes Leben«, stellte ich fest und seine Hand zuckte überrascht in meiner. Ich konnte die Frage förmlich sehen, die ihm durch den Kopf schoss. *Woher wusste sie das?* Kinderspiel, Betrunkene erinnerten sich meistens nicht daran, was sie während ihres Rausches ausgesprochen hatten. Londurs und ich hatten uns die letzten Abende spendabel gezeigt und den Alkohol fässerweise ausschenken lassen.

»Ihr seid in der Stadt Pelkus zur Schule gegangen, bis Ihr im Sommer letzten Jahres Eure Namensgebung hattet. Nach Eurer Reise nach Xorlis, wo Ihr im Namensarchiv mehr über Eure früheren Leben herausfandet, und nach dem Besuch in der Erbverwaltung, durch den Ihr erkanntet, dass Ihr überall leben könnt, habt Ihr beschlossen, nicht in Xorlis zu bleiben, weil Euch die Stadt zu groß war. Ihr wolltet Euch beweisen, Euch nicht auf wenige Zauber beschränken, so wie es die meisten Magier in der Hauptstadt tun. Daher kamt Ihr hierher, um Eure magischen Fähigkeiten zu erproben und zu vertiefen. Hierher, wo Ihr gebraucht werdet, weil es keine anderen Wabloos gibt.«

»Erstaunlich!«, hauchte er. »Das alles erkennt Ihr in meiner Seele?«

»Ja.«

Londurs, der sich still im Hintergrund aufgehalten hatte,

nutzte den Moment, um sich zu räuspern. Der magische Augenblick zerbrach und Jurundo zuckte zusammen.

»Ich fürchte, es wird Zeit für eine kleine Pause«, sagte ich entschuldigend. »Ich muss mich von der Reise erst einmal erholen.«

»Aber natürlich«, erwiderte der junge Magier, der immer noch zutiefst verwirrt zu sein schien. »Ich danke Euch, dass Ihr Euch Zeit für mich genommen habt.«

Er verbeugte sich tief und verließ dann mein Zimmer. Londurs und ich genossen die Pause. Bis zum nächsten Tag würde sich die Neuigkeit herumgesprochen haben, dass meine Wahrheitsmagie wirklich existierte und funktionierte, und ich hatte ein gutes Gefühl, dass wir nach Jurundos Besuch viele Kunden zu erwarten hatten.

Als es jedoch eine halbe Stunde später an der Tür klopfte und der Lottaru verlegen um Entschuldigung bat, weil meine Besucher sich nicht vertrösten ließen, staunten sogar Londurs und ich. Vor meiner Tür hatte sich eine lange Schlange aus begierigen Kunden gebildet, die bis auf die Straße reichte und die an diesem Tag und auch in den nächsten nicht abriss.

Müde, aber zufrieden ritten Londurs und ich am Ende der Woche aus der Stadt in Richtung Xorlis.

»Verdammt, Anderta! Dieses Mal hast du dich selbst übertroffen! So viel verdient wie hier haben wir noch nie! Wir mussten nicht einmal stehlen oder jemanden erpressen.«

# XORLIS

*»Während einst die fünf großen Dynastien über ihr jeweiliges Land herrschten, so regieren seit dem ersten Jahrhundert die Regenten der Tolbos, der Imlandas, der Rernbers, der Kligheros und der Nateris gemeinschaftlich über Mirabortas, Wonspiel, Lindero, Fusslan und Rigoras.«*

Auszug aus den Geschichtsbüchern
über die fünf großen Herrscherdynastien

Das Wetter wechselte abrupt von einem Regenschauer zu strahlendem Sonnenschein. Ein Wellbann musste seine Hand im Spiel haben. Hatten die Bauern aus der Malum- oder der Bedduar-Dynastie um Regen gebeten, um ihre Felder zu wässern? Es war egal. Londurs und ich waren ordentlich nass geworden.

Nach einigen weiteren hundert Metern auf dem Feldweg nach Xorlis, die sich dank meiner nassen Kleidung in der frischen Frühlingsluft unangenehm anfühlten, hatte ich genug. Kurz entschlossen hielt ich den Wagen an und pfiff.

»Zeit für eine Pause, Lon! Ich will mich umziehen!«

Fünf Minuten später trugen wir beide trockene Kleidung und wollten uns gerade wieder auf den Weg machen, als sich uns ein einsamer Reiter näherte. Es war ein Mann von Mitte fünfzig mit einem schweren Allwetterumhang und wettergegerbtem Gesicht. Er schien wie wir das ständige Reisen gewöhnt zu sein. Als er uns bemerkte, wurde er langsamer und wir konnten ihn genauer mustern.

»Alles in Ordnung bei Euch?«, fragte der Ellusan und ich erschauderte, als sich unsere Blicke begegneten. Nur die Ellusans vermochten es, mir so tief in Augen und Seele zu blicken, dass ich das Gefühl hatte, sie würden meine tiefsten Geheimnisse kennen.

»Ja, danke«, sagte Londurs, der nicht zu erkennen schien, wie unwohl ich mich wegen der Begegnung mit dem Namensfinder fühlte. »Wir haben nur eine kurze Pause gemacht und reisen gleich weiter.«

»Oh, dann seid Ihr auch auf dem Weg zur Namensgebung in der Waldschule von Xorlis?«

»Nein, damit haben wir nichts zu tun.«

»Ich hatte es vermutet, weil ich auf diesem Weg, außer an Namensgebungstagen, sonst nur Bauern begegne. Ich wünsche Euch eine gute Weiterreise!«, verabschiedete sich der Ellusan.

Ich verfolgte, wie der Mann weiterritt. Wir machten uns ebenfalls wieder auf den Weg und kurz darauf sahen wir hinter einem kleinen Wald die Schule auftauchen, von der der Ellusan gesprochen hatte.

Wir waren immer noch eine gute Stunde von Xorlis entfernt, sodass uns nur wenige Leute begegneten, die ebenfalls zur Namensgebungszeremonie wollten. Jetzt wussten wir auch, warum der Regen so plötzlich aufgehört hatte. Es war Tradition, die Namensgebung einer Abschlussklasse mit gutem Wetter zu feiern. Viermal im Jahr – es gab eine Namensgebung in jeder Jahreszeit – manipulierten die Wellbanns das Wetter, um zu Ehren der neuen Namensträger einen ganzen Tag lang für Sonnenschein zu sorgen. Für den Rest der Zeit ignorierten sie – wie die anderen Namen – die Schulen und Nummern dagegen.

Ich fühlte mich an meine eigene Namensgebung vor etwas über fünf Jahren erinnert. Meine Schule hatte sich in der Nähe der kleinen Stadt Zarino am Tandari-See befunden und sechzehn Jahre lang war ich ein Nichts gewesen, eine unbedeutende Nummer, bevor ich am Tag meiner Namensgebung meinen Namen erfahren hatte und zur Wahrheitsfinderin geworden war. Seitdem lebte ich mit der Stimme der Magie in meinem Kopf.

Aber ich wusste, dass ich Glück gehabt hatte. Ich hatte einen zweiteiligen Namen und gehörte damit zu den wichtigen und bekannteren Namen – zumindest theoretisch. Praktisch kannte niemand meinen Namen, weil die Namensarchive keine Aufzeichnungen über ihn besaßen und so auch niemand etwas auf normalem Wege über ihn erfahren konnte. Erst in der Erbverwaltung hatte ich spärliche Informationen über mein früheres Leben zutage gefördert. Über die Fähigkeit meiner Dynastie, die Wahrheit zu erkennen und zu sprechen, hatte mich die Stimme aufgeklärt. Zuvor hatte ich nämlich schon befürchtet, verrückt zu werden.

Auch wenn ich nicht die Berühmtheit großer Namen aus den Legenden genoss und mir meinen Ruf selbst erst noch hart erarbeiten musste, galten auch für mich die Vorteile jedes zweiteiligen Namens. Wenn ich wollte, konnte ich Ratsmitglied in Xorlis oder einer anderen Stadt werden oder ein anderes öffentliches Amt bekleiden. Dies war Namen mit drei oder vier Namensteilen verwehrt.

Mit drei Namensteilen war ein Name noch wichtig genug, dass er ein Geschäft, einen kleinen Bauernhof oder anderen Grundbesitz hatte. Die Leute in seinem Dorf oder in seinem näheren Umfeld kannten und respektierten ihn. Jemand mit vier Namensteilen hingegen würde es nie zu größerem Reichtum oder einem eigenen Geschäft oder Grundstück bringen. Er würde stets ein Angestellter oder Mieter eines anderen sein und von den wichtigen Namen ignoriert werden.

In ganz seltenen Fällen gab es Namen, die aus fünf Namensteilen bestanden. Diese Personen standen in der Gesellschaft nur eine Stufe über den Namenlosen und hatten Schwierigkeiten, eine Aushilfsarbeit zu finden, da sie weder über Besitz noch über besondere Fähigkeiten verfügten. Den Bodensatz der Gesellschaft bildeten die Namenlosen, jene Personen, die solch schreckliche Verbrechen begangen hatten, dass ihnen ihr Name zur Strafe weggenommen worden war und mit ihm ihre Identität und ihr Besitz.

Ich schüttelte mich bei dem Gedanken. Nein, ich hatte es gut und war froh, dass meine Tage als Nummer weit hinter mir lagen.

Wir legten den Rest des Weges nach Xorlis schweigend zurück. Ich wusste nicht, woran Londurs dachte. Ob er sich ebenfalls freute, nach einem knappen Jahr auf Reisen in die Hauptstadt zurückzukehren? Es war ein erfolgreiches Jahr gewesen. Wir hatten siebzehn Städte bereist und mit meinen Auftritten als Madame Anderta und unseren kleinen Gaunereien in dieser Zeit ein Vermögen gemacht. Nun wurde es Zeit, dieses Vermögen nach Hause zu bringen und in der Erbverwaltung registrieren und sicher verwahren zu lassen.

Ich ertappte mich dabei, wie ich glücklich vor mich hin summte. Es war Zeit, einfach mal wieder Anderta zu sein und meine Rolle ruhen zu lassen. In Xorlis musste ich keine Leute empfangen, ausspionieren oder becircen. Ich konnte einfach ich selbst sein.

Es war später Vormittag, als wir die Hauptstadt von Wonspiel erreichten. Xorlis war eine große Hafenstadt, die zu beiden Seiten des Flusses Numteri lag, wobei der westliche der größere und angesehenere Stadtteil war. Im Osten wohnten unter anderem die Fischer der Neriya-Dynastie, die sich auf den Fang gefährlicher

Tiefsee-Kraken spezialisiert hatten und gutes Geld damit verdienten, indem sie ihre Beute den Piostis verkauften, die sie zur Herstellung von Arzneien verwendeten.

Auch die übrigen Bewohner des Ostens profitierten von der See. Es handelte sich überwiegend um furchtlose, hartgesottene Cresseros und ihre Crews aus Murfligs, welche mit ihren Schiffen den östlichen Hafen ansteuerten, wenn sie ihre Lebensgefährten in Xorlis besuchten.

Daneben gab es noch die Hadasus, kräftige und derbe Gesellen, die tagsüber im westlichen Hafen arbeiteten, die Fracht der Handelsschiffe löschten und nach getaner Arbeit in das weniger vornehme Xorlis zurückkehrten. Sie hatten kein Interesse, im schicken Westen zu wohnen.

Mir gefiel der ordentliche Westen von Xorlis besser als der raue Osten. Ich hatte nur einmal den Fuß in den östlichen Stadtteil gesetzt und hatte dann schnellstens zugesehen, dass ich meine Aufgabe erledigte, damit ich wieder über die Numteri übersetzen konnte.

Der Westen der Stadt wimmelte vor Leben. Die Geschäfte der Kumtas, die auf den Marktplätzen ihre Waren anpriesen, schienen gut zu gehen. Einige verkauften Obst, das ihnen am frühen Morgen von den Fientos geliefert worden war. Andere hatten frisch gefangenen Fisch in ihren Auslagen. Wiederum andere hatten eine neue Ladung Gewürze bekommen, die sie nun an die Käufer bringen wollten.

Londurs war angespannt, während wir mit unserem Planwagen und den Pferden den überfüllten Marktplatz passierten. Wo so viel Trubel herrschte, waren auch Diebe stets nie weit entfernt. Wir versuchten, uns unauffällig zu geben und durch nichts erkennen zu lassen, welch ein Vermögen wir mit uns führten. Ausnahmsweise war auch die Stimme meiner Magie wieder zu hören, die in den letzten Tagen erstaunlich ruhig gewesen war.

*Ihr seid den Dieben nicht aufgefallen,* informierte sie mich.

Dennoch war es eine Erleichterung, als wir uns nach gut zwei Stunden endlich dem Meer näherten.

Direkt an der Küste befanden sich die wichtigsten Gebäude der Stadt. Zu ihnen zählten die Paläste der fünf großen Dynastien. Der Palast der Nateris war der größte, wenn auch nicht der auffälligste.

Die Nateris liebten es zu feiern, Ausstellungen und Theateraufführungen zu organisieren und die Künste zu fördern. Es verging kaum ein Tag, an dem in ihrem Palast nicht eine große Feier mit Hunderten von Gästen gegeben wurde. Um den Menschenmengen genug Platz für die unterschiedlichsten Vergnügungen zu bieten, reichten die zehn Stockwerke, vier Flügel und zahlreichen Anbauten des Palastes gerade aus. Bei unserem letzten Besuch in Xorlis war das Gerücht umgegangen, dass die Nateris versuchten, das Nachbargrundstück zu erwerben, um weiter anbauen zu können.

Ich schnaubte unwillkürlich. Die Wahrscheinlichkeit, dass es ihnen gelang, war null, denn auf dem Grundstück zu ihrer Linken befand sich das Anwesen eines wohlhabenden Ipsos, dem mehrere Dutzend Geschäfte in der Stadt gehörten. Der Großkaufmann war im vergangenen Jahr gestorben und hatte in seinen Handlungsanweisungen an die Erbverwaltung klare Befehle hinterlassen, dass er den Nateris gar nichts verkaufen wollte – am allerwenigsten sein Anwesen. Bis ein neuer Namensträger geboren wurde, seinen Namen erhielt und sich anders entschied, konnten nicht nur Jahrzehnte, sondern Jahrhunderte vergehen.

Auch die Rernbers auf der rechten Seite der Nateris, die zweite der fünf großen Dynastien von Wonspiel, hatten kein Interesse, etwas von ihrem Besitz an ihre Nachbarn abzutreten. Wie jedes Mal, wenn ich an die Küste kam und die Paläste der großen Dynastien vor mir sah, glitt mein Blick wie von selbst zum Palast der

Rernbers. Aber nicht, weil er so besonders schön war, o nein! Das Gegenteil war der Fall.

Die Rernbers galten als sehr exzentrisch. Wie die Nateris liebten sie die Künste. Doch während sich die Nateris als wohlwollende Gönner gaben und mit ihrer Ausübung selbst nichts am Hut hatten, probierten sich die Rernbers an den unterschiedlichsten Künsten und machten dabei jede Modeströmung mit oder erfanden neue. Architektur war nur eines ihrer Steckenpferde und so ähnelte ihr Palast keinem anderen Gebäude in der Stadt oder in ganz Wonspiel.

»Ich wundere mich stets, wenn wir nach Xorlis zurückkommen und sich mal nichts verändert hat. Du auch?«, fragte ich Lon.

Mein Kurbabu kräuselte die Lippen. »Ehrlich gesagt, mich wundert es immer, dass diese Monstrosität noch nicht eingestürzt ist«, gab er zurück.

Er hatte recht. Die vielen unterschiedlichen Gebäudeteile passten optisch überhaupt nicht zusammen, sie waren darüber hinaus auch wild ineinander gebaut und schienen den Naturgesetzen zu trotzen. Türmchen, wahnwitzige Kuppeln, Dachterrassen, freischwebende Treppen, schräge Mauern, die einfach nicht stabil sein *sollten,* und vieles mehr waren in einen einst normalen Palast mit drei Flügeln hineingebaut worden. Und jeder Rernber ließ es sich nicht nehmen, in seinem Leben etwas Neues hinzuzufügen und gleichzeitig etwas Altes umzugestalten. Es wurde immer mindestens an drei bis vier Stellen zugleich gebaut. Auch jetzt konnte ich die armen Lislos sehen, die eine neue Wand nach den Vorstellungen ihrer Auftraggeber hochzogen.

Weniger auffällig als die Nateris und die Rernbers waren die Imlandas, die Kligheros und die Tolbos, die drei anderen großen Dynastien, die über Xorlis und ganz Wonspiel herrschten.

Über die Imlandas wusste man nicht viel. Es gingen Gerüchte um, dass sie eine ganze Armee aus Spionen befehligten und insgeheim die wahren Herrscher von Xorlis waren. Aber das stimmte nicht, wie ich wusste. Nun gut, die Gerüchte über die Spione waren wahr. Jedoch schienen die Imlandas ihr Wissen nicht dazu zu benutzen, die anderen vier großen Dynastien zu verdrängen. Was sie mit ihren Geheimnissen anfingen, das wusste selbst meine Wahrheitsmagie nicht, die sonst alle Fakten kannte, auch wenn sie sich häufig sträubte, sie mir für meine Betrügereien zur Verfügung zu stellen. Bislang schienen die Imlandas nur auf etwas zu warten. Aber auf was?

Die Kligheros hatten mehr Interesse an den Geschäften in der Stadt als an Wissen. Sie waren eng mit den verschiedenen Handelsdynastien verbunden. Von den fünf Dynastien waren sie diejenigen, welche die gewöhnlichen Namen von Xorlis am häufigsten zu Gesicht bekamen. Weder die Imlandas, die Nateris, die Rernbers oder die Tolbos würde man je über einen Marktplatz flanieren sehen, während die Kligheros gerne mit den Kumtas plauderten und sich nach den Geschäften erkundigten.

Und wenn ein Tolbo auf einen Marktplatz marschierte, war das nie ein gutes Zeichen. Sie hatten den Oberbefehl über die Grekasols und Polliander der Stadtwache. Wenn die Tolbos kamen, dann, um einen Aufruhr zu unterbinden, einen Schwerverbrecher dingfest zu machen oder eine Straftat zu vereiteln. Sie waren eine strenge Dynastie, die in meinen Augen wenig Spaß verstand.

Außer den fünf Palästen der Herrscherdynastien befanden sich auch die öffentlichen Gebäude der Stadt direkt am Meer. Neben dem Hafenamt, der Stadtverwaltung, dem Gerichtsgebäude und dem Gefängnis gehörten dazu natürlich auch das große Namensarchiv von Xorlis, das größer war als alle fünf Herrscherpaläste zusammen, sowie die Erbverwaltung.

Wir passierten das Namensarchiv, das sich über zwanzig ober- und unterirdische Stockwerke und dutzende Gebäude erstreckte.

Ein großer Zaun und eine Wache aus Soldaten und Magiern umgaben die gewaltige Anlage. Hier verwahrten die Ellusans, Ellutoren und ihre Helfer, die Ellubis, das gesammelte Wissen über jeden großen und kleinen Namen.

Ich hatte das Namensarchiv nur einmal aufgesucht, direkt nach meiner Namensgebung, um etwas über meine früheren Leben zu erfahren. Doch ich war enttäuscht worden. Das Namensarchiv hatte weder meinen Namen noch meine Dynastie gekannt. In der Erbverwaltung stellte sich schließlich heraus, dass dies offenbar erst mein zweites Leben seit dem Beginn der Dynastien war, sodass über mich wenig mehr als die Geburts- und Sterbedaten meines ersten Lebens bekannt waren.

Mittlerweile hatte ich mich damit abgefunden. Mehr noch, mir war klar geworden, dass das Streben der Ellutoren, die Taten und Leben aller Namen möglichst genau aufzuzeichnen, vergeudete Zeit war. Was sollte es mir helfen zu wissen, ob ich in einem früheren Leben vielleicht eine Heldentat begangen und einen anderen Menschen gerettet hatte – oder ob ich stattdessen einen Mord begangen hatte? Was half es mir zu wissen, wer in meinen früheren Leben meine Bekannten, Freunde und Verbündeten oder Feinde gewesen waren? Die Wahrscheinlichkeit, dass sich unsere Pfade im nächsten wieder kreuzen würden, war äußerst gering.

Nein, viel wichtiger als das Wissen aus dem großen Namensarchiv waren die Aufzeichnungen der Erbverwaltung. Hier wurde festgehalten, wem welches Grundstück, welches Haus und welches Geschäft gehörten. Jeglicher Besitz wurde von den Mosnarols – den Verwaltern – und ihren Assistenten, den Urias, erfasst und gewissenhaft verwahrt. Sie sorgten dafür, dass jeder, der ein Grundstück hatte, es auch im nächsten Leben nutzen konnte, und kümmerten sich um die Vermietung und Instandhaltung während der Todeszeiten. Bei ihnen ging kein Vermögen verloren und Schätze verwahrten sie sicherer als der rechtschaffenste Poliander.

Dies war auch der Grund dafür, dass Londurs und ich keine Bedenken hatten, ihnen unsere Einkünfte anzuvertrauen, und nun auf dem Weg zur Erbverwaltung von Xorlis waren.

Die Erbverwaltung war noch gewaltiger als das große Namensarchiv, denn zu ihr gehörten auch noch unzählige Lagerhäuser. Der gesamte Komplex erstreckte sich über mehrere Quadratkilometer und wurde aufs Schärfste bewacht. Niemand kam zu den Aufzeichnungen, ohne nicht mehrere Kontrollposten und Mauern passiert zu haben. Und an jeder einzelnen Wachstation mussten wir uns ausweisen.

Bei meinem ersten Besuch hatte ich es noch aufregend gefunden, meine Hand auf mein Wappen zu legen und meinen Namen auszusprechen, sodass es zum Beweis meiner Identität magisch leuchtete. Inzwischen war es Alltag geworden und ich dachte nur noch selten daran, dass ein Ellusan einen Teil meiner Namensmagie auf mein Wappen gelegt hatte, das sich bei der Berührung und Anrufung der Namensmagie aktivierte. Im ersten Jahr hatte ich mich noch gefragt, ob das Wappen auch eine Stimme hatte, die mit ihm sprach, oder ob der Anteil der Namensmagie im Wappen dafür zu gering war. Aber zu dem Zeitpunkt waren meine Namensmagie und meine Gabe der Wahrheitsmagie mit ihrer dazugehörigen Stimme in meinem Kopf noch neu und aufregend gewesen.

Heute legte ich einfach meine rechte Hand auf mein Wappen, verdeckte so den dort abgebildeten Kreis und sprach meinen Namen laut aus. Das reichte, um von den Wachen durchgewinkt zu werden und zum nächsten Kontrollpunkt weiterfahren zu dürfen, wo sich die ganze Prozedur wiederholte.

Da heute viel los war, dauerte es eine Stunde, bis wir mit unserem Planwagen endlich an dem Lagerhaus ankamen, das meine und Londurs' Besitztümer enthielt. Ein Mosnarol kam uns entgegen und grüßte uns freundlich.

»Ich bin Elomis Pralk Mosnarol. Was kann ich für Euch tun?«

»Londurs Kurbabu«, stellte sich mein Partner erneut mit der Hand auf seinem Wappen vor. Nachdem das magische Leuchten erloschen war, erklärte er dem Mosnarol, warum wir hier waren.

»Selbstverständlich. Ich weise jedem von Euch zwei meiner Urias zu, die Euren Besitz offiziell erfassen und in Eure entsprechenden Lagereinheiten bringen werden«, sagte Elomis Pralk Mosnarol.

Bei meinen Urias handelte es sich um eine ältere Frau und einen jungen Mann. Während die Uria jede einzelne Münze und jedes Schmuckstück meines Anteils gewissenhaft notierte, schleppte ihr Kollege die erfassten Beutel und Kisten in den Lagerraum. Londurs und ich würden neue kaufen, bevor wir in ein paar Wochen zu unserer nächsten Jahresrundreise aufbrachen. Vielleicht würden wir dann ja mal nach Mirabortas reisen. Mirabortas war das einzige der fünf Länder, in dem wir bislang noch nicht gewesen waren.

Als die Urias endlich fertig waren, war es bereits später Nachmittag und auch wenn ich zwischendurch einen kleinen Happen gegessen hatte, knurrte mir jetzt der Magen. Ich war darüber hinaus durstig und müde. Doch unsere Arbeit war leider noch nicht erledigt. Zunächst mussten wir eine Unterstellmöglichkeit für unseren Planwagen und die Pferde finden und dann ein Gasthaus.

Doch daraus wurde nichts.

»Halt!«, brüllte eine befehlsgewohnte Stimme, als wir das Gelände der Erbverwaltung endlich verlassen wollten.

Mein Kopf schnellte herum und ich spürte, wie ich vor Schreck blass wurde. Ein Polliander mit einem Dutzend Grekasols!

Londurs ließ sich weniger schnell erschrecken. Forschend musterte er den Leibwächter und die Soldaten der Stadtwache. »Was gibt es?«, fragte er gelassen.

»Unser Herr wünscht Euch beide zu sehen, und zwar unverzüglich. Folgt uns!«

Die Aufforderung des Pollianders war keine Bitte, sondern ein Befehl. Mir sackte der ohnehin schon flaue Magen bis in die Kniekehlen. Was wollten die Männer von uns? Wer war ihr Auftraggeber? Wussten sie, womit Londurs und ich unser Geld verdienten? Waren wir verhaftet?

Ich wechselte einen kurzen Blick mit Londurs, der sich bemühte, seine Hand nicht einmal in die Nähe seines Waffengürtels zu bewegen. Wir waren in der Unterzahl und wurden intensiv beobachtet. Es war besser, sich erst einmal zu fügen und sich wie Unschuldige zu benehmen, um ihren möglichen Verdacht nicht zu bestätigen.

Während uns der Polliander und die Grekasols durch die Straße geleiteten, rasten meine Gedanken. Etwas Sinnvolles, das uns weiterhelfen würde, kam leider nicht dabei heraus. Und meine Wahrheitsmagie half mir auch nicht weiter, denn sie blieb stumm. Ich war auf mich allein gestellt.

Mein Herzschlag beruhigte sich etwas, als wir das Stadtgefängnis passiert hatten. Dies war kein Gebäude, das ich jemals wieder von innen sehen wollte. Als wir uns kurz darauf dem Palast der Tolbos näherten, erwachte die Neugier in mir. Ich war noch nie zuvor in einem der Paläste der fünf großen Dynastien gewesen. Was wollten die Tolbos von uns?

»Bitte folgt mir!«, forderte uns der hochgewachsene, Furcht einflößende Polliander auf, der sich uns immer noch nicht vorgestellt hatte. Na, immerhin wurde er etwas höflicher, jetzt da wir am Ziel angekommen waren.

Er führte uns durch mehrere lange Gänge, bevor er vor einer simplen Holztür stoppte und klopfte.

»Herein!«

Die Stimme klang kräftig und relativ jung. Mein Eindruck täuschte mich nicht, denn ein Mann von Anfang zwanzig sah uns neugierig entgegen. Er trug schlichte, braune Kleidung und hätte ein gewöhnlicher Angestellter sein können, aber ich wusste sofort, dass er ein Tolbo war. Tolbos legten keinerlei Wert auf Prunk oder teure Kleidung. Daher war das Arbeitszimmer, in das wir nun geführt wurden, praktisch eingerichtet. Die Wände waren mit Bücherregalen und Aktenschränken vollgestellt. Vor dem Fenster stand ein schlichter Schreibtisch und vor ihm zwei Holzstühle für Besucher. Natürlich ohne Kissen.

»Lasst uns allein!«

Ich nahm auf dem unbequemen Stuhl Platz, während die Soldaten und der Polliander das Zimmer verließen.

»Ich bin Terlios Tolbo«, stellte sich der junge Mann vor. »Und Ihr fragt Euch sicher, warum ich Euch habe kommen lassen.«

»Ihr habt es erfasst«, entgegnete Londurs und schenkte dem jungen Tolbo ein unbeschwertes Grinsen. Jetzt da der Leibwächter und die Soldaten fort waren und uns der Tolbo nicht als Bedrohung zu empfinden schien, war die Gefahr einer Verhaftung für ihn in weite Ferne gerückt. Ich hingegen blieb skeptisch. Auch wenn es den Anschein hatte, dass wir drei allein waren, so spürte ich, dass dies nicht stimmte.

*Jemand beobachtet uns durch ein Guckloch in der Wand. Es ist ein Mann in einem Kapuzenumhang in einem verborgenen Raum hinter dem halbleeren Bücherregal, das eigentlich eine Geheimtür ist,* klärte mich meine Wahrheitsmagie auf.

Aha. Auch wenn der Tolbo uns traute, sein Leibwächter tat es anscheinend nicht und ließ uns daher beobachten.

Doch ich kam nicht länger dazu, mir darüber Gedanken zu machen, denn Terlios wandte mir in diesem Augenblick den Blick zu und verharrte kurz auf dem Wappen auf meiner Brust. »Ich habe viel von Euch gehört, Madame Anderta. Oder zieht Ihr Anderta Passario vor?«

»Anderta genügt«, erwiderte ich. Was wollte er nur von mir?

»Euer Ruf als Wahrheitsfinderin eilt Euch voraus, Anderta«, schmeichelte Terlios mir. »Daher dachte ich sofort an Euch, als ich vor geraumer Zeit auf ein kleines … Problem stieß und heute hörte, dass Ihr wieder in der Stadt seid.«

»Worum geht es?«, erkundigte sich Londurs neugierig. Er beugte sich etwas weiter vor und ließ den Tolbo nicht aus den Augen, wohingegen der ihn noch nicht einmal ansah, sondern weiterhin seinen Blick auf mir ruhen ließ. Mir war es unangenehm, so von ihm angestarrt zu werden. Es war kein Interesse an mir als Frau, das spürte ich. Nein, der Tolbo überlegte, ob ich ihm wirklich von Nutzen sein konnte.

»Ich will, dass Ihr eine Holzschatulle für mich aufspürt«, kam Terlios endlich zur Sache.

»Eine Holzschatulle?«, wiederholte ich skeptisch. Was war so besonders an dieser Holzschatulle, dass sich der Tolbo nicht einfach eine neue kaufen konnte? »Ist sie Euch gestohlen worden?«

»Nein, die Holzschatulle gehört mir nicht«, stellte der Tolbo klar.

»Ihr wollt also, dass Anderta und ich sie von jemandem stehlen.« Londurs grinste.

»Ich würde es *wiederbeschaffen* nennen, nicht stehlen«, sagte der Tolbo und schenkte meinem Partner einen strafenden Blick. »Derjenige, der sie jetzt hat, ist nicht ihr wahrer Besitzer. Die Holzschatulle ist bereits vor Jahrhunderten gestohlen worden. Niemand weiß, in wessen Besitz sie sich jetzt befindet.«

»Das heißt, sie könnte in einem der Lagerhäuser der Erbverwaltung sein?«, fragte ich. Mein mulmiges Gefühl verstärkte sich. Für kein Geld der Welt würde ich bei der Erbverwaltung einbrechen!

»Das sollt Ihr für mich herausfinden.«

»Und was springt dabei für uns raus?«, wollte Londurs wissen.

»Eine Belohnung. Zweitausend Goldmünzen.«

»Zehntausend.«

»Viertausend«, konterte der Tolbo.

»Achttausend.«

»Einigen wir uns auf sechstausend Goldmünzen, einverstanden?«

Londurs und der Tolbo schüttelten sich die Hände, bevor ich auf die Idee kam zu protestieren: »Wartet mal! Ich habe noch nicht gesagt, dass ich den Auftrag annehme! Um welche Holzschatulle geht es überhaupt? Was ist so besonders an ihr?«

Terlios lächelte mich gewinnend an. »Aber selbstverständlich, Anderta. Ihr entscheidet. Ich habe hier eine Zeichnung von der Holzschatulle. Ich denke, sie könnte Euch weiterhelfen.«

Auf der Zeichnung, die so alt und verwittert war, dass ich Angst hatte, das Papier anzufassen, war ein Kästchen aus poliertem Kirschholz abgebildet. Die Schatulle war mit kunstvollen Schnitzereien und kleinen Juwelen verziert. Handgemalte Zeichnungen zeigten idyllische Landschaftsbilder wie ein kleines Haus mit Bäumen vor einem See. Es war eine schöne, kostbare Holzschatulle. Ich konnte verstehen, dass jemand sie besitzen wollte.

Ich spürte, wie sich meine Magie in mir regte, als ich die Zeichnung anstarrte.

»Ich weiß, wo sich die Schatulle befindet«, sagte ich und war mir – wie jedes Mal, wenn meine Wahrheitsmagie mit mir zusammenarbeitete – plötzlich ganz sicher. Ein Stein fiel mir vom Herzen. Es handelte sich nicht um die Erbverwaltung.

»Dann nehmt Ihr den Auftrag an?«, fragte Terlios begierig. »Ich verdopple die Bezahlung, wenn Ihr mir die Holzschatulle innerhalb eines Monats bringt.«

Londurs und ich lieferten uns einen stummen Austausch. Am Heben seiner Augenbrauen erkannte ich, dass er den Auftrag annehmen wollte und mich nun stumm fragte, ob es für mich in Ordnung und zeitlich machbar war. Ich nickte kurz zur Antwort.

»Einverstanden«, erwiderte ich.

»Haltet die zwölftausend Goldmünzen schon einmal bereit!«, forderte Londurs vergnügt.

Wir verabschiedeten uns und wurden von dem Polliander, der uns hergebracht hatte, wieder vom Grundstück geleitet.

»Und?«, wollte Londurs wissen, als wir das Grundstück verließen.

»Die Holzschatulle befindet sich in Anumas«, erklärte ich.

Londurs rechnete. »Wir werden den Planwagen hierlassen müssen, wenn wir es rechtzeitig hin und zurück schaffen wollen.«

»Ich weiß.«

Seufzend rieb ich mir den jetzt dank der unbequemen Sitzgelegenheit schmerzenden Hintern. Ich hatte mich so auf eine Auszeit gefreut, aber daraus wurde nichts. Während Londurs sich um einen Unterstellplatz für unseren Planwagen kümmerte, besorgte ich uns einen kleinen Imbiss, den wir unterwegs essen konnten. Dann schwangen wir uns in den Sattel und machten uns auf den Weg. Uns blieben noch zwei Stunden Sonnenlicht und die wollten wir nutzen.

Es war bereits dunkel und mein Hintern hatte jetzt auch noch Muskelkater vom ungewohnten Reiten, als wir in einem kleinen Dorf an der Numteri halt für die Nacht machten. Zum Glück gab es dank der häufig genutzten Handelsroute einen Lottaru mit einem Gasthaus, sodass wir schnell eine Unterkunft fanden.

Hunger hatte ich keinen mehr, aber ich war todmüde und fühlte mich wie erschlagen, sodass ich nur schnell die Stiefel auszog und dann ins Bett fiel. Im nächsten Moment war ich eingeschlafen.

Am nächsten Morgen erwachte ich mit dem Gefühl, dass etwas nicht stimmte.

Was war geschehen? Wo war ich?

Ich fühlte mich ungewohnt orientierungslos, bevor ich mich an den vergangenen Abend und unseren Auftrag erinnerte. Die Auszeit hätte ich dringend benötigt.

Als ich meinen Kopf zu Londurs herumdrehte, um zu sehen, ob er bereits wach war, bekam ich einen Riesenschreck. Londurs war verschwunden.

Stattdessen lag dort jemand anders neben mir im Bett. Jemand, der nun ebenfalls langsam erwachte.

Ich war der Panik nahe. Wo kam das verdammte Kind her und wo war Londurs?

# PLÖTZLICH MUTTER

*»Jedes Kind sollte bei seiner Mutter aufwachsen.«*

Tirasan Passario

Ich träumte. Ein schlechter Traum, eine andere Erklärung war nicht möglich für das, was meine Augen mir zeigten. Es war unmöglich, dass neben mir ein kleines Kind in unserem Bett lag.

*Du träumst nicht, Anderta.*

Ich ignorierte meine Wahrheitsmagie, während ich die Augen zusammenkniff, tief durchatmete, um meinen galoppierenden Herzschlag zu beruhigen, und mir auf die Unterlippe biss, um nicht zu schreien, zu fluchen oder zu stöhnen.

*Es bringt nichts, die Realität zu verfluchen, Anderta!*

»Halt die Klappe!«, schimpfte ich in Gedanken. »Dieser Albtraum ist schon schlimm genug, da brauche ich dich nicht auch noch!«

*Dies ist kein Albtraum. Dies ist die Wirklichkeit.*

Es war seltsam, aber der vertraute Spott der Stimme fehlte. Selbst meine Wahrheitsmagie klang zweifelnd, als wäre etwas wahr, das eigentlich falsch sein müsste. Und das jagte mir eine Riesenangst ein. Wie konnte etwas oder jemand meine Wahrheitsmagie verunsichern? Sie war diejenige von uns, die nie zweifelte, die stets wusste, was richtig oder falsch war, und die mich jedes Mal vorlaut darauf hinwies.

Mir wurde übel. Langsam, sehr langsam öffnete ich die Augen und sah mich um. Ich befand mich noch immer im Gasthaus, das war schon mal sicher. Die Wände waren in einem Hellbraun gestrichen worden, das ich hässlich fand und daher sofort wiedererkannte. Auch die Kommode direkt neben dem Fenster, durch das das Licht der Morgensonne fiel, kam mir bekannt vor. Genauso wie der Kleiderschrank aus Tannenholz, der an der Wand stand und mich auszulachen schien.

»Also gut. Nur Mut, Anderta!«, redete ich mir zu. »Du bist kein Feigling! Wie schlimm kann es schon sein? Dreh dich einfach um und schau nach, ob das Kind tatsächlich neben dir im Bett liegt!«

Gesagt, getan.

In Ordnung, es war nicht schlimm. Es war *schlimmer*.

Das Kind lag immer noch neben mir und hatte sich seit seinem Erwachen nicht bewegt. Es starrte mich aus beunruhigend wachen, klaren Augen an, die mir vertraut erschienen und es doch nicht waren.

*Es lag tatsächlich ein Kind in meinem Bett!*

Erneut erfüllte mich Panik, als ich langsam begriff, was das bedeutete. Wenn man das Kind bei mir entdeckte und nicht in der Schule, wo es hingehörte, dann würden sie mich verhaften, mir den Prozess machen und mich zur Namenlosen erklären! Niemand würde mir glauben, wenn ich ihm sagte, dass ich es mir *nicht erklären konnte,* wie das Kind in mein Zimmer und in mein Bett gekommen war.

Doch halt mal! Wie *war* das Kind in mein Zimmer und in mein Bett gekommen?

Misstrauen erfasste mich, als meine Gedanken rasten. *Londurs* hätte neben mir liegen müssen. *Londurs* hätte mir beim Erwachen zusehen und mich anlächeln müssen, nicht dieses Kind. *Londurs* war der Einzige, der – abgesehen von mir – einen Schlüssel zu diesem Zimmer hatte. Und das Kind konnte ja schlecht durch das Fenster im ersten Stock geklettert sein. Dazu war es erstens viel zu klein und zweitens war das Fenster über Nacht geschlossen gewesen.

Ich fühlte mich verraten. Wie hatte er mir das nur antun können? Was hatte ich ihm getan, dass er mich so sehr hasste? Warum hatte er nie etwas gesagt? Mir wäre es lieber gewesen, wir hätten uns gegenseitig angebrüllt, die Haare gerauft und geprügelt, als diesen Moment des heimtückischen Verrates erleben zu müssen.

Londurs wollte mich tot sehen!

*Nein, das will er nicht.*

»Wie kannst du so etwas sagen?«, fragte ich die Stimme trostlos. Ich war am Boden zerstört. Jetzt wusste ich, was Briolta empfunden haben musste, als ich ihr Resus Verrat bestätigt hatte. Es war ein hässliches Gefühl. Zumal er mit jeder Sekunde mehr von Wut und Hass begleitet wurde. Nie hätte ich gedacht, dass Londurs mich dermaßen hintergehen könnte. Der heimlich mitgenommene Schmuck war Pipifax gegen das hier.

Ich blinzelte gegen die aufkommenden Tränen an. Nein, ich würde nicht weinen! Ich würde nicht zeigen, wie sehr mich dieser Verrat verletzte! Wie hatte ich nur so dumm sein können, diesen Fehler ein zweites Mal zu begehen? Warum sagte mir die Stimme nicht, dass ich selbst schuld war? Ich war so dumm gewesen, nach Frislan erneut einem anderen Menschen zu vertrauen. Ich hätte wissen müssen, dass jeder sich selbst der Nächste war. Und sogar eine gute Partnerschaft wie die mit Londurs hielt nicht ewig. Nein, ich würde nie mehr jemandem vertrauen!

»Warum weinst du?«, fragte mich eine leise Stimme.

Ich erschrak. Mir war es doch tatsächlich gelungen, das Kind zu verdrängen, das nur wenige Zentimeter entfernt neben mir lag und nun vorsichtig die Hand nach mir ausstreckte, um eine meiner Tränen aufzufangen, die mir unbemerkt übers Gesicht liefen.

Große, grüne Augen starrten mich unter einem Gestrüpp von braunen Haaren an. Das kleine Gesicht des Jungen – es war doch ein Junge, oder? – wirkte ernst. Es war Jahre her, dass ich ein Kind gesehen hatte. Kinder lebten ab ihrem ersten Geburtstag bis zu ihrem sechzehnten in Schulen abseits der Dörfer und Städte. Nur an wenigen Tagen im Jahr durften sie die Orte besuchen, um einen kurzen Einblick in das Leben der Namen zu erhaschen. Durch meine Reisen war ich an diesen Tagen nie in den betroffenen Städten gewesen. Somit war dies das erste Mal, seit ich meine Schule und meine Zeit als Nummer vor fünf Jahren hinter mir gelassen hatte, dass ich ein Kind zu Gesicht bekam.

Wie alt es wohl sein mochte?

Ich schüttelte den Kopf und ermahnte mich. Dies war nun wirklich unwichtig. Ich sollte das Kind lieber fragen, wo es herkam, und dann schleunigst zusehen, dass ich es wieder zu seiner Schule zurückschaffte, bevor jemandem auffiel, dass es verschwunden war.

Ich wollte gerade den Mund öffnen, als ich hörte, wie ein Schlüssel in der Zimmertür herumgedreht wurde. In Todesangst erstarrte ich. Waren das die Grekasols, die mich ins Gefängnis bringen sollten?

Als die Gestalt das Zimmer betrat, starrte ich sie ungläubig an. War das eine Illusion? Halluzinierte ich? Oder war dies tatsächlich Londurs, der zurückgekehrt war?

*Es ist Londurs.*

Er lächelte mich an und winkte mir zu, während er in der Linken ein Tablett balancierte, auf dem drei Teller mit belegten Broten und drei Gläser mit Saft standen. Er hatte also definitiv vom

Kind im Bett gewusst. Londurs wirkte gut gelaunt und schien sich keinerlei Schuld bewusst zu sein. Wie konnte er nur so tun, als wäre es völlig normal, dass wir ein kleines Kind in unserem Zimmer hatten?

»Ist das ein schlechter Scherz?«, fragte ich wütend, als ich endlich meine Stimme wiedergefunden hatte.

Londurs blinzelte mich verwirrt an. Noch immer schien er sich des Ernstes der Lage nicht bewusst zu sein. Bei den großen Namen! Hatte er den Verstand verloren? Stand er unter Drogen? Oder was war mit ihm los?

»Anderta?«, erkundigte er sich vorsichtig. »Was ist mit dir los?«

»Was los ist, du Hornochse? Fragst du mich das allen Ernstes?«, explodierte ich. Ich sprang aus dem Bett und stürmte auf ihn zu.

»Ist dir nicht klar, in welche Lage du uns gebracht hast?«

Mir gelang es nur mit Mühe, meine Wut so weit zu zügeln, dass ich nicht das gesamte Gasthaus zusammenschrie.

»In welche Lage?«, wiederholte Londurs verständnislos. Wäre ich nicht so in Rage gewesen, hätte ich mir ab diesem Punkt ernsthaft Sorgen um ihn gemacht.

»Na, in diese!«, schrie ich und wedelte mit den Armen.

»Hast du etwas an dem Gasthaus oder dem Zimmer auszusetzen?«, fragte er und setzte das Tablett auf dem kleinen Tisch neben der Tür ab.

»Ernsthaft? Du fragst mich, ob etwas mit unserer Unterbringung nicht in Ordnung ist? Na, dann schau dich doch mal gründlich um! Dann wirst du schon sehen, was nicht stimmt!«

Er wirkte völlig ahnungslos, was meine Wut nur noch mehr anheizte. Wie konnte er sich nur so doof stellen und dieses Risiko eingehen? Wenn er sein eigenes Leben gefährden wollte, bitte sehr! Aber ich verstand nicht, wie er mich in diese Lage bringen konnte.

»Du bist in eine Schule eingebrochen!«, beschuldigte ich ihn.

Dies sorgte wenigstens endlich für eine Reaktion. Londurs wurde blass. »Das bin ich nicht!«, empörte er sich. »Wie kannst du das nur von mir denken? So was würden nur die ehrlosesten Ganoven tun! Zählst du mich etwa zu denen?«

»Was soll ich denn sonst von dir denken?«, wehrte ich mich gegen seinen verletzten Blick. »Schließlich bin ich aufgewacht und habe *das hier* vorgefunden!«

»Das hier?«, wiederholte er verwirrt. »Was, bei den großen Namen, meinst du eigentlich, Anderta?«

»Na, das Kind, das du entführt hast!«

Londurs starrte mich einen langen Moment lang an und prustete dann los. Er schüttelte sich vor Lachen und schien sich kaum beruhigen zu können. Minutenlang ging das so, während ich ihn fassungslos anstarrte.

»Toller Scherz!«, wieherte er schließlich. »Dieses Mal hast du mich echt gehabt! Ich habe ernsthaft geglaubt, du wärst wütend auf mich. Bei den großen Namen, Anderta, deine Schauspielkünste sind wirklich klasse! Das war eine gute Retourkutsche für unseren letzten Streit … der auf meine Kappe ging, das muss ich zugeben.«

»Stehst du unter Drogen?«

»Nein.«

»Dann ist das ein schlechter Scherz?«

»Nein.« Inzwischen wirkte Londurs irritiert. Das Lachen war ihm gründlich vergangen. »*Du* machst Scherze oder hast du das vergessen?«

»Das habe ich nicht! Das war mein voller Ernst«, erwiderte ich fest.

»In Ordnung«, sagte Londurs nach einer knappen Minute des Schweigens. »Das musst du mir erklären. Denn ich verstehe kein Wort.«

»Ich habe dich gefragt, warum du dieses Kind«, ich zeigte auf den grünäugigen, braunhaarigen Jungen im Bett, der uns immer noch stumm beobachtete, »entführt hast.«

»Bitte? Warum sollte ich deinen Sohn entführen? Wie kommst du überhaupt auf diesen absurden Gedanken? Du solltest doch wissen, dass ich so etwas nie tun würde!«

»*Meinen Sohn?*«, wiederholte ich wie betäubt.

Hatte Londurs tatsächlich gesagt, was ich zu hören geglaubt hatte? Hatte er dieses Kind tatsächlich als *meinen Sohn* bezeichnet?

Er hatte. Londurs wiederholte nun: »Ja, deinen Sohn. Bei den großen Namen, Anderta, was ist heute Morgen nur los mit dir? Stehst *du* unter Drogen? Hat dich jemand verzaubert? Anders kann ich mir dein Verhalten nicht erklären!«

Nun sollte *ich* diejenige sein, die sich merkwürdig benahm? Londurs litt definitiv an Wahnvorstellungen, wenn er glaubte, dass dieses Kind mein Sohn war und dass es völlig normal war, wenn es sich bei uns aufhielt! Dafür würden wir ins Gefängnis kommen und wenn wir Pech hatten, würde man uns auch noch zur Namenlosigkeit verurteilen!

»Ich bringe dich zu einem Zunu«, sagte ich und bewegte mich wie in Trance zur Tür. Ich stand immer noch unter Schock. »Der Zunu wird dir helfen. Das muss er einfach!«

»An, du machst mir Angst«, flüsterte Londurs leise, als er mich vor der Tür abfing. »Was ist los mit dir, Schatz? Erkennst du denn deinen eigenen Sohn nicht mehr? Hat es die Stimme in deinem Kopf geschafft, dich nun endgültig in den Wahnsinn zu treiben?«

*Ich treibe niemanden in den Wahnsinn. Ich sage nur die Wahrheit.*

Meine Wahrheitsmagie klang empört. Ich hingegen hatte einfach nur noch Angst. Etwas stimmte hier ganz und gar nicht. Sprach der Irrsinn aus Londurs? Doch wie konnte er dann bloß nur so vernünftig klingen?

»Ich habe keinen Sohn«, sagte ich.

*Falsch!*

Ich zuckte zusammen, als meine Wahrheitsmagie in meinem Kopf brüllte. Sie hatte ja recht. Ich hatte vor vier Jahren ein Kind geboren und dann die Eranja, welche den Jungen auf die Welt geholt hatte, bezahlt, damit sie sich um das Baby kümmerte, bis es auf die Schule geschickt werden konnte. Zwei Tage nach der Geburt hatten Londurs und ich die Stadt bereits wieder verlassen und ich hatte nie wieder an diesen Tag und an all die schmerzhaften Ereignisse davor zurückgedacht.

»Dies kann nicht mein Sohn sein!«, korrigierte ich mich leise.

*Er ist es aber.*

Wie war das möglich? Ich spürte, wie mir die Knie weich wurden. Ich stand kurz davor, ohnmächtig zu werden, als mich Londurs packte und mir eine leichte Ohrfeige gab.

»Fall mir hier bloß nicht um, Anderta!«, schrie er mich panisch an. »Nun sag schon, hat dich jemand überfallen, verzaubert oder unter Drogen gesetzt? Verdammt, An, ich beschwöre dich, sag mir die Wahrheit!«

Ich kicherte, dann begann ich hysterisch zu lachen, während mir die Tränen übers Gesicht strömten. Jemand erlaubte sich hier einen fiesen Scherz auf meine Kosten. Wie wahrscheinlich war es, dass jemand nicht nur wusste, dass ich vor vier Jahren ein Kind geboren hatte, sondern auch noch den Jungen wiederfand? Geburten wurden nicht registriert. Und den Ungabas war es egal, woher die Kinder stammten, die von den Nivians in ihre Schulen gebracht wurden. Sie vergaben nur Nummern und wiesen die Kinder ihrer entsprechenden Abschlussklasse zu. Um das richtige Kind zu finden, um *mein Kind* zu finden, benötigte es …

»Es war ein anderer Passario!«, erkannte ich schockiert. Wer sonst konnte die Wahrheit herausfinden? Wer sonst würde wissen, wie er meinen Sohn aufspüren konnte?

Doch wie war das möglich? Es gab keine anderen Passarios! Ich hatte danach gefragt, als ich nach meiner Namensgebung das große Namensarchiv aufgesucht hatte. Auch die Stimme hatte es mir bestätigt. Meine Dynastie war so klein, dass sie nur wenige Namen umfasste, wie mir meine Magie erklärt hatte. Und von diesen war ich die erste, die nach Jahrhunderten wiedergeboren worden war.

Wie konnte es einen Passario geben, und warum tat er mir dies hier an? Wie konnte er Londurs nur so sehr den Verstand verwirren, dass er die ganze Situation für normal hielt? Was bezweckte der Passario damit? Ich hatte keine Feinde, denen ich eine solche Gemeinheit, ein solches Verbrechen zutrauen würde.

*Damals gab es keine anderen Passarios,* wisperte mir meine Magie zu, die schon seit einiger Zeit versuchte, meine Aufmerksamkeit zu erregen. *Inzwischen gibt es andere lebende Passarios.*

Also hatte ich recht. Dennoch machte mich das noch keinen Deut schlauer.

Ich kämpfte gegen die Panik, die Verzweiflung und das hysterische Gelächter an, während mich Londurs in seinen Armen wiegte. Erst Minuten später verstummte ich.

Der kleine Junge stand vor mir und sah mich unsicher an. »Mama?«, fragte er.

Als ich ihn anstarrte und es nicht leugnete – obwohl ich das vernünftigerweise hätte tun sollen –, erhellte ein Lächeln sein Gesicht. Plötzlich schlang er die kleinen Arme um mich und brachte mich damit fast aus dem Gleichgewicht.

»Mama!«, wiederholte er glücklich und strahlte, als wäre dies der beste Tag seines Lebens.

# DIE GESTOHLENE WIRKLICHKEIT

*»Die Namensgebung sollte ein Grund zur Freude für alle sein.«*

Tirasan Passario

Es fühlte sich seltsam an, wie wir drei dicht aneinandergedrängt an der Tür standen. Londurs hielt mich in den Armen und der Junge klammerte sich an meine Beine. Sie raubten mir den Freiraum und ich spürte, wie erneute Panik und ein Gefühl der Unwirklichkeit in mir aufkamen.

Ich musste etwas tun! Ich musste wieder die Kontrolle über mich selbst und die Situation erlangen oder ich würde wahnsinnig werden!

»Also gut, Anderta«, sagte ich mir, »eins nach dem anderen. Der Junge ist also dein Sohn. Und nun? Was muss ich nun als Nächstes tun?«

Ich zwang mich zur Ruhe. Langsam löste ich mich von dem Jungen und von Londurs. Mein Magen knurrte und erinnerte mich daran, dass Londurs uns Frühstück gebracht hatte. Ich schnappte mir eines der belegten Brote und kaute nachdenklich.

»Also schön«, erklärte ich schließlich. »Wir müssen ihn wieder zurückbringen.«

»Ach, endlich siehst du es ein!« Londurs grinste triumphierend. »Ich habe doch gewusst, dass du wieder zur Vernunft kommst. Ich bin ganz deiner Meinung, je eher, desto besser.«

»Ich will aber nicht zurück!«, protestierte der Junge und warf Londurs einen bitterbösen Blick zu.

Ich reichte dem Jungen eins der belegten Brote und ein Glas Saft.

»In Ordnung, Lon. Ich weiß, das wird sich jetzt seltsam anhören, aber ich glaube, jemand hat uns hereingelegt. Entweder ist es ein Passario oder ein Passario hilft ihm dabei. Er hat dafür gesorgt, dass der Junge plötzlich hier aufgetaucht ist und du das alles normal findest. Er scheint die Wahrheit nicht nur erkennen zu können, sondern auch zu manipulieren. Ich hätte nicht gedacht, dass so etwas überhaupt möglich ist.«

Während ich redete, aß Londurs. Ich hatte den Eindruck, als hörte er mir nur halb zu. »Ein anderer Passario?«, fragte er. »Ich dachte, du wärst die einzige, mal abgesehen von deinem Sohn natürlich.«

»Das dachte ich auch. Aber meine Wahrheitsmagie hat mir bestätigt, dass ich nicht länger die einzige lebende Passario bin.«

»Klar«, meinte Londurs kauend. »Das hätte ich dir auch sagen können. Dazu benötigt man doch keine Wahrheitsmagie. Du musst doch nur Sanjan angucken, um den nächsten Passario zu finden.«

»Sanjan?« Ich starrte ihn verwirrt an. Er kannte den anderen Passario und hatte mir nichts von ihm erzählt? Am liebsten hätte ich mich sofort auf die Suche nach diesem Sanjan gemacht und ihn zur Rede gestellt.

»Wer ist Sanjan?«

Londurs hielt beim Kauen inne und guckte verwirrt. Dann wollte er anfangen zu lachen und verschluckte sich prompt. Sein

Gesicht war hochrot und er schnappte nach Luft, während ich ihm auf den Rücken klopfte.

»Sanjan ist dein Sohn, Anderta«, antwortete er schließlich langsam, so als wäre ich geistig zurückgeblieben. Er deutete auf das Kind neben uns. »Sanjan Passario.«

Mein Gesicht verlor wahrscheinlich gerade jegliche Farbe, als ich begriff, was Londurs getan hatte.

»Bist du wahnsinnig?«, kreischte ich. »Du kannst ihm doch keinen Namen geben! Dafür werden sie uns garantiert zu Namenlosen machen – wenn sie uns nicht schon für seine Entführung dazu verurteilen! Stell dir vor, das wäre sein echter Name! Du hättest ihn umbringen können!«

Mittlerweile war ich wieder so wütend, dass ich ihm einen kräftigen Stoß vor die Brust versetzte. Londurs taumelte noch nicht einmal.

»Sanjan Passario *ist* sein richtiger Name.«

*Londurs hat recht,* sagte meine Wahrheitsmagie. Die Stimme klang angespannt. *Das ist in der Tat sein Name.*

Ich wirbelte entsetzt zu dem Kind herum, das wir zum Tode verdammt hatten. Das hatte der Junge nicht verdient. Er war zum Spielball eines mir unbekannten Feindes geworden und würde nun den Preis dafür bezahlen.

Mir war übel, als mir wieder die entsetzlichen Schauergeschichten durch den Kopf gingen, welche die Ungabas aus meiner Schule immer erzählt hatten. Für uns Nummern war es damals das Größte gewesen, uns auszumalen, welchen Namen wir als Erwachsene einmal tragen würden. Mehr als einer hatte Wetten mit Mitschülern abgeschlossen, ob er sich traute, sich bei der nächsten Namensgebung auf die Feier zu schleichen, den Ellusan zu treffen und von ihm seinen Namen zu erfahren. Die Ungabas hatten selbst das kleinste Wispern von diesen Mutproben hart bestraft. Ich hatte es nicht verstanden, bis sie meiner Klasse eines

Tages von den Nummern erzählt hatten, die Erfolg gehabt hatten: Die körperlichen und geistigen Veränderungen durch die zu früh erwachende Namensmagie hatten jene, die es geschafft hatten, den Namensfindern ihren Namen zu entlocken, in den Wahnsinn getrieben. Letztlich waren sie alle gestorben. Ich hatte danach monatelang Albträume gehabt. Die Ungabas hatten mir noch am Tag vor meiner Namensgebung versichern müssen, dass ich nicht sterben würde, sobald ich meinen Namen hörte.

Und nun würde das Kind ebendieses Schicksal erleiden! Ich schloss entsetzt die Augen und wappnete mich gegen seine Schmerzens- und Entsetzensschreie.

Die jedoch nicht kamen.

»Ich verstehe nicht, was heute in dir vorgeht, Anderta«, gestand mir Londurs, als ich vorsichtig die Augen öffnete und zum Kind hinüberschielte. Mich beschlich das Gefühl, dass der Junge mich in den letzten Minuten nicht aus den Augen gelassen hatte.

»Ich würde Sanjan nie etwas tun. Das solltest du eigentlich wissen. Klar, ich bin nicht glücklich, dass du darauf bestanden hast, dass Sanjan nun alt genug ist, um mit uns auf Reisen zu gehen. Aber ich würde ihn doch niemals verletzen, geschweige denn entführen oder gar töten!«

Ich ignorierte ihn. Sanjan sah immer noch aus wie ein normaler Vierjähriger. Er war weder in die Höhe geschossen, noch schien die Kenntnis seines Namens irgendetwas anderes an oder in ihm bewirkt zu haben.

Er sagte sich lautlos etwas vor. Es schien sein Name zu sein. So, als würde er seinen Klang testen. Dann lächelte er glücklich.

Ich verstand die Welt nicht mehr. »Ich habe darauf bestanden, dass er mit uns reist?«, fragte ich verwirrt.

»Ja, und dafür mussten wir die doppelte Bezahlung sausen lassen, die uns der Tolbo für die schnellere Beschaffung der Holzschatulle angeboten hatte. Aber nein, der Junge muss ja im Planwagen mit uns fahren!«

Londurs klang bissig und ich bemerkte den grimmigen Blick, den er dem Jungen zuwarf. Er gab ganz klar Sanjan die Schuld an der ganzen Situation, was mich wiederum wütend machte, denn so, wie ich es sah, konnte der Junge am wenigsten für den ganzen Schlamassel. Schuld war der Passario, der uns in diese Situation gebracht hatte.

»Halt! Der Planwagen? Den haben wir doch in Xorlis zurückgelassen«, widersprach ich. Eine Tatsache, die der Passario bei seiner Wahrheitsmanipulation übersehen haben musste.

»Nein, der steht im Schuppen hinter dem Gasthaus«, entgegnete Londurs, der mich wieder skeptisch musterte. »Das solltest du eigentlich wissen, denn wir haben ihn dort erst gestern Abend untergestellt.«

»Nein, Londurs, du *glaubst* nur, dass wir ihn dort untergestellt haben«, erklärte ich ihm geduldig. »Ein Passario hat dich manipuliert, sodass du Richtig und Falsch nicht mehr unterscheiden kannst und falsche Erinnerungen hast. Der Planwagen steht in Xorlis, wir sind nämlich ohne Sanjan hierher geritten. Komm, ich werde es dir beweisen!«

Ich öffnete die Tür und marschierte den Gang entlang, ohne mich darum zu scheren, ob Londurs mir folgte. Dass das ein Fehler gewesen war, stellte ich fest, als ich neben Londurs auch Sanjans leichtere Schritte die Treppe hinter mir runterpoltern hörte.

Angstschweiß brach an meinem ganzen Körper aus, als ich die Stimmen der anderen Gäste und der Gasthaus-Arbeiter hörte. Nun würden sie das Kind entdecken und die Grekasols auf uns hetzen!

Ich verharrte entsetzt am Fuß der Treppe. Doch die Katastrophe, die ich erwartet hatte, blieb aus. Stattdessen starrte ich ungläubig in den Gastraum. Ein paar der Gesichter kannte ich noch vom Vorabend, andere waren eine große Überraschung für mich.

Es befanden sich *Kinder* im Gastraum! Und von den Namen schien das keiner merkwürdig zu finden! Im Gegenteil, sie lachten über das, was die Kinder sagten, oder tadelten sie, weil sie nicht richtig mit ihrem Besteck umgingen!

Ich fühlte mich, als hätte mir jemand plötzlich den Boden unter den Füßen weggerissen. Was war hier los? Wurde ich tatsächlich wahnsinnig, wie Londurs behauptet hatte? Oder warum war ich die Einzige, die die Situation als falsch zu empfinden schien?

»Anderta?«

Londurs legte eine Hand auf meine Schulter. Ich zuckte zusammen.

»Du siehst sie auch, oder?«, fragte ich mit leiser Stimme. Ich traute meinen eigenen Sinnen nicht mehr.

»Wen?«

»Die Kinder.«

»Ja, natürlich.«

Ich nickte bloß. Wie betäubt wankte ich Londurs hinterher, der nun zum Schuppen vorausging. Und tatsächlich stand dort unser Planwagen, von dem ich mir sicher gewesen war, dass er in Xorlis sein musste. Ich war also … verrückt?

*Du bist nicht verrückt,* versicherte mir die Stimme in meinem Kopf. *Mit dir ist alles in Ordnung.*

»Wie erklärst du dir das hier dann?«, fragte ich sie.

*Ich weiß es nicht. Ich weiß, dass er in Xorlis stehen* sollte, *dass ihr ihn dort zurückgelassen habt, und dennoch ist der Planwagen jetzt hier.*

Inzwischen pochte mein Kopf wie verrückt. Ich verstand gar nichts mehr. Am liebsten hätte ich mich wieder ins Bett gelegt, die Augen zugemacht und darauf gewartet, dass dieser Albtraum vorbei und alles so wie immer war.

»Siehst du, Anderta? Wie ich gesagt habe«, meinte Londurs,

während er mich besorgt musterte. »Ich weiß nicht, was mit dir passiert ist. Aber ich denke, wir sollten dringend einen Zunu aufsuchen. Der Heiler wird sicher feststellen können, was dir fehlt.«

»Vielleicht hast du recht.«

Mein Partner nahm mich bei der Hand und zog mich hinter sich her. Ich folgte ihm wie eine Schlafwandlerin. Ich war außerstande, selbst etwas zu entscheiden oder auf irgendetwas bewusst zu reagieren. Nur am Rande nahm ich wahr, dass Sanjan uns folgte.

Auf der Straße kamen wir jedoch nur schwer voran. Es war proppenvoll. Im ganzen Dorf waren Buden aufgebaut, die Menschen drängten sich um die Stände. Es war, als hätte man den Markt in die Straßen verlegt. Überall wurde Musik gespielt, Wetten abgeschlossen und Leckereien angepriesen.

Wenigstens war Londurs dieses Mal genauso verwirrt wie ich, denn er wandte sich an einen Fabrekos, der gerade frisch gebackene Brötchen zu einem Stand bringen wollte. »Bitte entschuldigt, wir sind fremd hier. Könnt Ihr uns sagen, was Ihr feiert?«

»Aber selbstverständlich!« Der Bäcker strahlte uns an. »Wir feiern die Namensgebung unserer Frühlingsgruppe 1276. Ganz Verzibroig hat sich auf diesen Tag gefreut!«

Ich starrte den Mann an und versuchte, ihn zu verstehen. Sie feierten die Namensgebung? Was hatte das Dorf mit der Namensgebung für die Nummern zu tun? In der Regel schickten die Orte nur ein paar offizielle Vertreter zu jeder Zeremonie auf die Schulen. Wieso feierte das Dorf und nicht die Schule?

Es wurde immer merkwürdiger, denn der ganze Ort, von dem ich nun wusste, dass er Verzibroig hieß, war ausgelassen und machte alberne Scherze. Waren die alle betrunken?

*Nein.*

Wir wurden von der Menschenmenge mitgerissen und in Richtung Marktplatz geschoben. Dort war eine große Bühne aufgebaut, auf der sich einige offiziell aussehende Männer und Frauen und gut zwei Dutzend Mädchen und Jungen versammelt hatten. Um uns herum wurde gewispert, auf die Bühne gezeigt und viele winkten sogar fröhlich!

»Was ist hier los?«

»Die Namensgebungszeremonie beginnt gleich«, klärte mich eine hilfsbereite Ellubis auf. Auch sie strahlte über das ganze Gesicht und wippte aufgeregt auf den Fußballen vor und zurück, während sie auf der Bühne jemanden suchte. Als sie die Person entdeckt hatte, winkte sie.

»Ähmm!«

Ich schrak zusammen, als eine magisch verstärkte Stimme über den vollen Marktplatz dröhnte. Einer der Würdenträger war vorgetreten und ergriff nun das Wort.

»Meine lieben Mitbürger, verehrte Gäste. Wir freuen uns, dass wir an diesem wunderschönen Tag – Applaus für unsere liebe Jasturia Wellbann dafür! – die Namensgebung unserer Töchter und Söhne mit euch feiern dürfen.«

Töchter und Söhne? Die Worte, die ich bislang nur in alten Geschichtsbüchern aus den Zeiten vor der Entstehung der Dynastien gelesen hatte, kamen dem Würdenträger ohne Stocken über die Lippen.

»Heute werden unsere Kinder offiziell von unserem geschätzten Blomras Ellusan zu Namen erklärt und treten ihr Erbe aus ihren vorherigen Leben an. Dies ist eine aufregende Zeit, eine Zeit des Wandels, des Erwachsenwerdens für unsere Kinder und eine Zeit des Stolzes für uns Eltern und Erwachsene, die sie auf diesem Weg bis zum heutigen Tag begleiten durften. Erweist euch als eurer Namen würdig, meine jungen Namensträger, und führt sie zu neuem Glanz. Auf dass ihr euch in den großen Namensarchiven der fünf Länder verewigen möget und man über eure Namen Loblieder singt!«

Jubel und Beifall brandeten auf.

Blomras Ellusan, der Namensfinder der Region, trat vor. Es war ein Mann von Ende zwanzig, der sich ebenfalls sichtlich über seine Aufgabe freute.

»Der Erste möge vortreten!«

Es war ein junger Mann mit braunen Haaren. Der Ellusan reichte ihm die Hand und sah ihm einen langen Moment in die Augen. »Ich grüße dich, Nutlirg Mosnarol!«

Die Menge um mich herum jubelte, während der junge Erbverwalter strahlte. Ich spürte, wie seine Namensmagie knisternd erwachte und Funken sprühte, die außer mir nur die anderen Magier sehen konnten. Nutlirg veränderte sich. Sein Gesicht wurde kantiger, reifer und verlor seinen Babyspeck. Das kleine Bäuchlein, das er mit sich herumgeschleppt hatte, verschwand und machte Muskeln Platz. Der junge Mosnarol legte ein paar Zentimeter zu und überragte nun den Ellusan, während sich seine Kleidung in die offizielle Amtstracht der Erbverwalter verwandelte.

»Dein Wappen.«

Die goldene Wappenkette leuchtete im Licht der Sonne, als der Ellusan dem Mosnarol nun das Wappen seiner Dynastie umlegte. Strahlend hob der junge Mann das Wappen mit den darauf abgebildeten Münzen, Büchern und dem Rechenschieber in die Höhe, woraufhin erneut Applaus aufbrandete.

»Mein Sohn«, klärte mich die Ellubis neben mir stolz auf und winkte zur Bühne. »Er wird ab morgen in unserer Zweigstelle der Erbverwaltung anfangen. Nutlirg hat sich schon so lange darauf gefreut!«

»Er wusste bereits vorher, dass er hierbleiben wird?«, fragte ich verwundert. Wie war das möglich? Hatte die Frau einen Seher beauftragt, der sein Schicksal prophezeit hatte?

»Ja, er hat Glück gehabt. Unser Mosnarol wird langsam alt

und benötigt einen Nachfolger, der die Urias anleitet. Daher hat er Nutlirg schon vor ein paar Jahren unter seine Fittiche genommen.«

Ich lauschte den Erklärungen der Bibliotheksassistentin ungläubig. Es hörte sich für mich so an, als wäre es für die Ellubis – und die übrigen Bewohner des Dorfes – nichts Besonderes. Hatten sie die Dynastie des jungen Mannes schon vorher gewusst?

»Oh, seht, jetzt ist Lomaji an der Reihe!«

Eine junge Frau mit roten Haaren trat vor und wurde vom Ellusan offiziell zu Lomaji Erngis Talantia erklärt. Ich keuchte, als ich begriff, dass nicht nur diese beiden jungen Menschen, sondern *alle* Kinder ihren Namen bereits vor der Namensgebung kannten! Sie waren wie Sanjan! Und erst mit der offiziellen Namensgebung durch den Ellusan verwandelten sie sich!

Mir schwirrte der Kopf, während meine Wahrheitsmagie aufgeregt auf mich einredete. Der Rest der Zeremonie ging im Geschnatter ihrer Stimme unter. Ich wusste nicht, wie lange ich dort betäubt gestanden hatte, als Londurs und Sanjan zu mir aufschlossen und wir uns gemeinsam auf den Weg zur Zunu von Verzibroig machten.

Ich hielt still, als die Heilerin mich mit ihrer Magie gründlich untersuchte, aber nichts feststellen konnte. Doch wenn ich nicht wahnsinnig war, was dann?

Verwirrt kehrten wir in unser Gasthaus zurück. Ich bemerkte noch nicht einmal, wie sich eine kleine Hand in meine stahl. Erst als wir unser Gepäck zusammenpackten und auf unseren Planwagen luden, erst als Sanjan mir verstohlen zuflüsterte: »Ich bin so froh, dass ich nicht mehr Nummer 11 bin!«, da begriff ich, was passiert war.

Jemand hatte die Wirklichkeit gestohlen und niemand außer mir und Sanjan erinnerte sich!

# PLAGEGEISTER

*»Ich will alles über Anderta Passario erfahren, was Ihr wisst.«*

Tirasan Passario

»Ich habe Hunger!«

»Du hast doch gerade erst etwas gegessen!«

»Ich habe trotzdem Hunger!«

Londurs seufzte genervt, während ich den Planwagen anhielt, nach hinten kletterte und meinen Rucksack holte, in dem ich Nahrung für unterwegs verstaut hatte. Ich reichte Sanjan, der neben mir auf dem Kutschbock saß, einen Apfel und der Junge begann sofort hungrig mit dem Essen.

Es dauerte nicht lange, bis er den Apfel verputzt hatte. Fünf Minuten später: »Ich habe Durst!«

»Jetzt gibt es aber nichts!«, raunzte Londurs ihn gereizt an. »Das hättest du dir bei der letzten Pause, die wir nur deinetwegen gemacht haben, überlegen sollen! Warte, bis wir das nächste Mal eine Rast machen!«

Es war inzwischen früher Nachmittag. Wir hatten Verzibroig erst kurz vor Mittag verlassen, denn durch die Feier waren die Straßen überfüllt gewesen und wir waren nur langsam vorangekommen. Und schon eine knappe Stunde nachdem wir das Dorf endlich verlassen hatten, hatten wir bereits die erste Rast einlegen müssen, weil Sanjan hungrig gewesen war. Seitdem hatten wir noch drei weitere Male seinetwegen haltgemacht. Londurs war stinksauer, weil wir nicht gut vorankamen, und ich bekam Kopfschmerzen von ihrem Gezeter und dem aufgeregten Wispern der Stimme in meinem Kopf.

»Ich muss mal!«

»Bei den großen Namen!«, fluchte Londurs. Noch bevor ich reagieren konnte, wendete er sein Pferd und pflückte Sanjan vom Kutschbock. Der Junge quietschte erschrocken. »Fahr weiter, An!«, blaffte er. »Wir kommen gleich nach!«

Fünf Minuten später hatten die beiden zu mir aufgeschlossen und Londurs setzte den Jungen nicht gerade sanft auf seinen Platz zurück.

Dieses Mal dauerte es immerhin eine Viertelstunde, bis Sanjan klagte: »Mir ist langweilig!«

Er saß neben mir auf dem Kutschbock und zappelte unruhig mit den Füßen. Londurs' schlechte Laune war anscheinend ansteckend, denn der Junge hatte mürrisch das Gesicht verzogen.

»Sieh dir doch die Gegend an«, schlug ich vor. »Schau mal, dahinten ist eine Wiese mit Pferden! Magst du zählen, wie viele es sind?«

Ein Lächeln hellte Sanjans Gesicht auf und ich war froh, dass ich die nächsten Minuten wieder ungestört nachdenken konnte. Ich verstand immer noch nicht so recht, was in der letzten Nacht geschehen war, aber es hatte nicht nur mein, Londurs' und Sanjans Leben verändert, sondern das Leben aller um uns herum. Doch wie war so etwas möglich? Wie konnte ein einzelner Mensch mit seiner Magie solch ein großes Gebiet verändern? Selbst die Macht der Wellbanns reichte nur aus, um das Wetter in einem Dorf oder einer Stadt mitsamt der näheren Umgebung zu verändern. Eine größere Region oder gar ein ganzes Land magisch zu beeinflussen, war schlicht nicht zu bewerkstelligen.

Wir hätten nach unserer heute zurückgelegten Strecke den Einflussbereich eines Zaubers bereits weit hinter uns lassen müssen. Dennoch sah ich auf den Feldern neben einem Bauernhaus Kinder spielen.

Ich schauderte, als ich mir vorstellte, wie groß die Macht des anderen Passarios sein musste, um dies zu bewerkstelligen. Nur warum hatte er das getan? Was bezweckte er damit? Wenn dies keine Intrige gegen mich war, was war es dann?

*Die gestohlene Wirklichkeit,* wisperte die Stimme und sprach damit aus, was ich dachte.

Der Passario musste ein Dieb und Hochstapler sein, wenn er all diese Menschen glauben ließ, was er wollte. Einerseits beeindruckte mich seine Tat. Wenn ich mir vorstellte, welche Schätze ich mit dieser Gabe unbemerkt stehlen könnte! Doch andererseits jagte sie mir auch Angst ein. Wie konnte sich irgendwer überhaupt noch sicher sein, was Wirklichkeit war und was nicht? Denn anscheinend konnte der Passario seine Opfer mit Leichtigkeit von seinen Lügen überzeugen. Nur bei mir und Sanjan schien es aus irgendeinem Grund nicht zu funktionieren.

»Ich bin müde!«, quengelte der Junge gerade und riss mich zum gefühlt hundertsten Mal aus meinen Gedanken.

»Wir halten nicht schon wieder an!«, schimpfte Londurs und warf dem Jungen einen wütenden Blick zu. »Ich möchte noch diese Woche in Sujons ankommen und nicht erst nächsten Monat!«

Sanjans Unterlippe bebte und ich sah die ersten Tränen in seinen Augen. Der Junge tat mir leid, auch wenn ich Londurs' Gereiztheit verstand. Sanjan *nervte.* Er nervte sogar außerordentlich. Doch daran war nicht er schuld, sondern der andere Passario, der uns diesen ganzen Schlamassel eingebrockt hatte.

»Warum legst du dich nicht hinten hin und versuchst etwas zu schlafen?«, fragte ich.

Der Junge wischte sich die Tränen aus den Augen und nickte. Beim Klettern über die Rückenlehne wäre er beinahe hingefallen, doch ich bekam ihn gerade noch zu fassen, bevor er sich verletzen konnte. Zum Glück hatte Londurs von dieser Beinahe-Katastrophe nichts mitbekommen, sonst hätte er garantiert wieder angeführt, dass der Junge uns aufhielt und uns sogar fast erneut einen Besuch beim Zunu eingebrockt hätte.

Für ein paar Minuten herrschte wohltuende Ruhe, bevor Sanjan plötzlich hinter mir auftauchte, mir den Schreck meines Lebens verpasste und klagte: »Ich kann nicht schlafen!«

Mein Herz raste wie verrückt, als ich einen Blick zu ihm nach hinten warf. Anscheinend hatte der Junge nicht gewusst, wo wir die Decken und Reservekissen für den Kutschbock verstaut hatten, denn er hatte versucht, auf dem blanken Boden zu schlafen. Kein Wunder, dass er nicht hatte einschlafen können!

»Brr!«, machte ich, während ich die Pferde anhielt und dann die Bremse zog, damit der Wagen nicht weiterrollen konnte. Ich kletterte nach hinten und kramte eine Decke und ein Sitzkissen aus einer Truhe.

Langsam begriff ich, dass wir auf eine Reise mit Kind überhaupt nicht vorbereitet waren. Weder hatten wir ein bequemes Bett, wo sich der Junge zwischendurch mal hinlegen konnte, noch hatten wir Bücher dabei, mit denen er sich beschäftigen konnte. Konnte er überhaupt schon lesen?

Während der nächsten Stunden warf ich immer wieder einen Blick nach hinten, um nach dem Kind zu sehen. Doch Sanjan schlief dieses Mal tief und fest.

»Ich verstehe nicht, warum du darauf bestanden hast, den Jungen mitzunehmen«, brummte mein Kurbabu, dessen Laune sich zum Glück etwas gebessert hatte, seitdem Sanjan schlief.

Ich verstand es auch nicht. Andererseits hatte ich das ja auch nicht getan. Londurs glaubte das nur.

»Wo war der Junge nach deinen Erinnerungen vorher?«, fragte ich ihn. »Ja, ich weiß, dass du mir nicht glaubst, aber ich bin nicht verrückt! Ich habe den Jungen bis heute Morgen noch nie gesehen. Ein Passario ist schuld daran, er hat die Wirklichkeit verändert!«

Londurs warf mir einen skeptischen Blick zu. Er glaubte mir sichtlich nicht. Dennoch befriedigte er nun meine Neugier. »Er war bei einer Ungabas in Xorlis, die sich um die Kinder von reisenden Händlern und anderen Leuten kümmert, die viel unterwegs sind«, erklärte er. »Dort hätte er meiner Meinung nach auch bleiben können. Aber nein, du musstest ja darauf bestehen, dass der Junge mit uns kommt!«

Londurs' giftiger Blick schockierte mich. Klar, wir hatten uns früher schon häufiger gestritten und uns gegrollt, aber das hier war neu. Nun, vielleicht nicht *ganz* neu: So gereizt und irrational verhielt er sich normalerweise nur, wenn mir attraktive, wohlhabende Männer Komplimente machten, und Londurs nicht zugeben konnte, wie sehr ihn das störte.

Er war eifersüchtig.

Wir brauchten fast vier Tage bis zur nächsten großen Stadt Sujons und am Ende dieser vier Tage hätte ich meine beiden Reisebegleiter am liebsten mehr als einmal in die Numteri geworfen, damit sie sich abkühlten. Sobald der Junge den Mund aufmachte, knurrte oder brüllte Londurs los.

»Ich habe Hunger.«

»Dein Pech! Die nächste Pause gibt es erst in einer Stunde!«

»Ich habe Durst.«

»Dann hol dir eine Wasserflasche von hinten! Kannst du überhaupt irgendetwas selber tun?«

»Ich muss mal!«

»Nicht schon wieder!«

So verliefen typische Unterhaltungen zwischen meinem Partner und Sanjan. Inzwischen warf der Junge Londurs die ganze Zeit über wütende Blicke zu, die Abneigung beruhte auf Gegenseitigkeit. Das bedeutete allerdings, dass ich die Hauptlast von Sanjans Aufmerksamkeit tragen musste. Er war ein neugieriges Kind. Sein Mundwerk stand nie still – außer wenn er schlief, aß oder ihn etwas so sehr fesselte, dass er seine ständigen Fragen vergaß.

Am ersten Abend war ich ebenfalls genervt gewesen, bevor ich mich erinnert hatte, wie es war, ein vierjähriges Kind zu sein und auf einer Schule zu leben. Felder, auf denen Bedduars oder Malums arbeiteten, Nivians, die an uns vorbeipreschten, Askaldos, die ihre mit schweren Holzstämmen beladenen Wagen Richtung Xorlis transportierten, und vieles mehr kannte der Junge schlichtweg nicht. Alles und nichts interessierte den Jungen und konnte eine Flut von Fragen hervorrufen. Was, wie, warum und weshalb schienen seine neuen Lieblingswörter zu sein.

Es war anstrengend und ermüdend. So anstrengend, dass ich erst am zweiten Morgen unserer Reise bemerkte, dass Londurs nicht bei uns schlief, sondern sich ein eigenes Zimmer nahm.

»Sanjan ruiniert meine Beziehung zu Londurs«, klagte ich der Stimme, denn sie war die Einzige, mit der ich mich noch vernünftig unterhalten konnte. Londurs ging nicht nur Sanjan, sondern auch mir aus dem Weg. Und darüber hinaus glaubte er mir immer noch nicht, was ich ihm von der gestohlenen Wirklichkeit erzählt hatte. Warum vertraute er mir nicht? Wir waren jetzt seit beinahe fünf Jahren zusammen! Zählte das etwa nicht?

Leider war auch die Stimme hier keine große Hilfe. *Menschliche Emotionen haben nichts mit allgemeingültiger Wahrheit zu tun*, belehrte sie mich.

Verdammt, was sollte ich bitte schön anders machen? Den Jungen fesseln und knebeln, damit er nicht mehr neben mir auf dem Kutschbock saß und mir Fragen stellte? Wie stellte Londurs sich das vor?

Doch eigentlich wusste ich die Antwort darauf bereits. Londurs erwartete, dass wir weiterhin allein durch die Welt reisten, ohne Sanjan. Und das war auch das, was ich mir wünschte. Aber ich konnte den Jungen auch nicht einfach auf der Straße aussetzen, nicht wahr?

Als die ersten Häuser von Sujons vor uns auftauchten, wurde ich von lautem Hufschlag aus meinen Gedanken gerissen. Ein einsamer Reiter näherte sich hinter uns im Galopp. Er schien es sehr eilig zu haben.

Neugierig betrachtete ich ihn, doch der Reiter hatte fast zu uns aufgeschlossen, als ich ihn richtig erkennen konnte. Es war ein sehr junger Mann, beinahe noch ein Kind, mit einem frischen, unschuldigen Gesicht, das regelrecht vor Freude strahlte. War er glücklich, dass er Sujons fast erreicht hatte?

Der Mann saß auf einer Schimmelstute, seine Satteltaschen waren prall gefüllt wie die eines Reisenden, der längere Strecken zurücklegte. Vielleicht war er ein Ellusan oder ein Derada … andererseits hätte ein reisender Händler wohl einen Wagen bei sich gehabt.

Ich kam nicht dazu, weitere Spekulationen anzustellen, denn nun hatte der junge Mann Sanjan und mich erreicht und stieß einen so schrillen Freudenschrei aus, dass ich zusammenzuckte und die Kutschpferde durchzugehen drohten. War der Kerl bescheuert?

Ich kämpfte mit den Zügeln, die nun in meinen Händen brannten. Mein Herzschlag beruhigte sich nur langsam, als ich die Pferde wieder unter Kontrolle hatte. Sanjan war blass geworden und Londurs war umgekehrt, um den jungen Mann mit bösen Blicken zu taxieren, den Dolch gezückt. Nur der Übeltäter selbst schien keine Ahnung zu haben, was er angerichtet hatte.

»Anderta Passario!«, jubelte er. Sein Gesicht, das nun eine leichte Röte überzog, strahlte. »Ich freue mich ja so, Euch endlich kennenzulernen!«

Was wollte der Kerl von mir? Hatte er uns etwa seit Xorlis verfolgt? Und woher wusste er, wo er uns finden konnte? Wir hatten uns unterwegs nie mit Namen vorgestellt, um nicht aufzufallen.

»Wer seid Ihr?«, fragte ich scharf.

»Oh!« Die Röte wurde nun eine Schattierung dunkler. »Bitte verzeiht, ich habe mich nicht vorgestellt. Mein Name ist Illiero Beros Elluren.«

Er sah mich erwartungsvoll an und ignorierte Londurs, der nun direkt neben ihm angehalten hatte und ihn mit dem Dolch bedrohte. Sah er die Gefahr nicht?

Ich war ratlos. Der junge Namensforscher tat so, als müsste mir sein Name etwas sagen. Tat er aber nicht.

»Was wollt Ihr von Anderta?«, zischte Londurs.

Als der Blick des Elluren schließlich auf den Dolch fiel, verlor seine Miene schlagartig ihr Lächeln. Sein Mund formte ein stummes O, als er endlich begriff.

»Ich will ihr doch nichts tun! Bitte glaubt mir!«, rief er entsetzt aus. Dann wandte er sich mit traurigem Hundeaugenblick an mich. »Ihr wisst gar nicht, wie sehr ich mich gefreut habe, dass Ihr mein erster Auftrag seid. Es ist eine solche Ehre, das Leben eines so großen Namens wie Euch zu dokumentieren!«

»Das ist jetzt nicht Euer Ernst, oder?«

Ungläubig musterte ich den Namensforscher. Wie ich vermutet hatte, war der Kerl so jung, dass er seine offizielle Namensgebung gerade erst hinter sich hatte. Sein Leben als Name war noch neu und aufregend für ihn. Er erinnerte mich ein bisschen an mich selbst nach meiner eigenen Namensgebung. Und das machte mich wütend.

»Ich brauche keinen Elluren, der mein Leben dokumentiert«, erwiderte ich entschieden.

Das fehlte mir gerade noch! Noch einer, der mir auf Schritt und Tritt folgte und mich und Londurs auseinanderbrachte.

»Aber ... aber ...«, stammelte der Elluren. Er sah am Boden zerstört aus. Beinahe hätte ich Mitleid mit ihm gehabt, aber auch nur beinahe.

»Das Namensarchiv hat mich Euch zugeteilt!«, protestierte er.

»Na und? Dann reitet Ihr zum Namensarchiv zurück und sagt Euren Vorgesetzten, dass ich keinen Elluren brauche, der mein Leben aufzeichnet.«

Der junge Mann wirkte sichtlich wie vor den Kopf geschlagen. »Aber ... aber jeder große Name wünscht sich doch, dass sein Leben dokumentiert wird! Es ist nicht nur eine Ehre, sondern eine Notwendigkeit! Wie wollt Ihr denn im nächsten Leben wissen, wer Ihr seid und was Ihr in diesem Leben getan habt, wenn es nicht jemand für Euch festhält? Liegt es etwa an mir, dass Ihr keinen Elluren wollt? Bin ich Euch zu unerfahren? Ich versichere Euch, meine Vorgesetzten wollten Euch keineswegs beleidigen! Sie haben mich ausgewählt, weil ich jung bin und Euch daher Euer Leben lang begleiten kann.«

Mein Leben lang?

»Halt, stopp mal!«, rief ich entsetzt. »Das kommt gar nicht in die Tüte! Ich werde mich nicht die nächsten Jahrzehnte bis zu meinem Tod auf Schritt und Tritt ausspionieren lassen!«

*»Ausspionieren?«* Dem Elluren klappte fassungslos der Mund auf.

»Ja, genau, denn nichts anderes ist es! Ich bin die letzten Jahre auch gut ohne einen Elluren an meiner Seite ausgekommen! Woher stammt Euer plötzliches Interesse an mir? Könnt Ihr mir das verraten? Und überhaupt! Ich brauche keine Bücher voller Informationen über meine früheren Leben! Wozu auch? Ich bin bislang gut ohne sie ausgekommen! Allein die Vorstellung, dass manche Namen ganze Regalfächer voller Informationen lesen, weil sie wissen wollen, wer sie sind! Das ist solch ein Blödsinn! Unser Name bestimmt, wer wir sind! Nicht irgendwelche Aufzeichnungen oder die Freunde und Feinde, die wir in einem früheren Leben hatten, oder die Taten, die wir damals begangen haben. Wenn das so wäre, müssten wir uns doch an unsere früheren Leben erinnern, oder nicht? Das wäre nämlich viel einfacher, als sein Leben damit zu vergeuden, andere zu beobachten und unnütze Bücher vollzuschreiben!«

Ich hatte mich in Rage geredet, während die Miene des jungen Elluren immer mehr in sich zusammenfiel.

»Ihr denkt, ich vergeude mein Leben?«, fragte er schließlich. »Dass die Arbeit von uns Elluren sinnlos ist?«

»Ja!«

»Oh«, machte er geknickt. Er war ratlos, was er jetzt tun sollte, und ich nutzte die Gelegenheit, um weiterzufahren.

Fünf Minuten später – wir hatten Sujons schon fast erreicht – setzte sich Sanjan endlich ordentlich auf seinen Platz. Vielleicht brachte der Tag ja doch noch etwas Gutes …

»Er folgt uns.«

»Scheiße!«, fluchte ich.

»Scheiße! Scheiße, Scheiße, Scheiße!«, wiederholte Sanjan begeistert und ich hatte ein ganz mieses Gefühl. Sollte ich ab sofort etwa zwei Plagegeister am Hals haben? Nein, nicht mit mir! Ich hatte die Wirklichkeitsveränderung lange genug einfach nur hingenommen! Es wurde Zeit, etwas zu korrigieren!

Ich öffnete den Mund, als der Elluren wieder neben mir auftauchte. Doch ich kam nicht dazu, etwas zu sagen.

»Hört zu! Ich weiß, dass Ihr mich nicht bei Euch haben wollt.

Aber das ist unwichtig. Ich habe vor drei Tagen den offiziellen Auftrag des großen Namensarchivs von Xorlis bekommen, Euer Leben zu dokumentieren, und dieser Auftrag ist wichtiger als Eure oder meine Wünsche! Ich werde meinen Auftrag erfüllen, egal was Ihr sagt!«

Entschlossen starrte er mich an und ich begriff, dass ich schleunigst einen Plan brauchte, bevor ich endgültig die Kontrolle über mein Leben verlor.

# DIE STADT DER KINDER

*»Das schönste Geräusch in einer Stadt*
*ist für mich das Lachen der Kinder.«*

Tirasan Passario

Es war fünf Jahre her, dass ich Sujons das letzte Mal besucht hatte. Nach meiner Namensgebung war Sujons die erste große Stadt gewesen, die ich gesehen hatte. Ich erinnerte mich daher gut an die Straßen und Häuser der Ansiedlung an der Numteri.

Das hatte ich jedenfalls angenommen, denn in der Zwischenzeit schien sich einiges verändert zu haben. Die Stadt wirkte um einiges größer als noch vor fünf Jahren, als wären seitdem viele Namen nach Sujons zugezogen. Doch warum? Gab es hier neuerdings Vermögen zu machen?

*Nein.*

Die Stimme wirkte ratlos. So verunsichert wie in den letzten Tagen kannte ich meine Wahrheitsmagie nicht. Mir kam es vor, als wäre nicht nur ich, sondern auch meine Magie durch die Ereignisse und Wahrheiten der letzten Tage zutiefst erschüttert worden.

Die Stadt erstreckte sich kilometerweit entlang des Flusses und lebte vom Handel. Sie war der Kreuzungspunkt zwischen

Xorlis im Westen, der Küstenstadt Mialo und der Waldstadt Iriliada im Norden sowie der Reiserouten, die aus dem Osten, vom Tandari-See oder vom Blau-Wald kamen.

Sanjan kletterte auf seinen Sitz, um besser sehen zu können, und ich musste ihn festhalten, damit er nicht bei der nächsten Unebenheit in der Straße vom Kutschbock fiel und unter die Räder kam.

»Setz dich!«, befahl ich ihm resigniert.

Auf einmal war ich müde. Die ständige Fragerei und der Kleinkrieg zwischen Londurs und Sanjan hatten mich zermürbt. Ich konnte mir nicht vorstellen, dies noch einen einzigen weiteren Tag so mitzumachen. Es musste endlich etwas geschehen!

»Wart Ihr schon einmal in Sujons?«

Die Fragerei nahm kein Ende. Dieses Mal war es der Elluren, der mich neugierig musterte. Ich biss mir auf die Unterlippe und schwieg. Meine Taktik hieß ignorieren und gar nichts sagen. Vielleicht verschwand der lästige junge Namensforscher dann von selbst wieder. Ansonsten würde ich nachhelfen müssen.

»Was ist das?«

Sanjan zeigte auf einen Mann, der Fische auf einem Karren in die Stadt transportierte.

»Oh, das sind Flusskarpfen!«, rief der Elluren begeistert aus. »Die sind echt lecker!«

»Können wir welche probieren?«

»Aber sicher doch!«

Ehe ich es mich versah, waren der Elluren und der Junge die besten Freunde geworden. Die beiden plapperten während der nächsten Stunde ohne Punkt und Komma, während mein Schädel sich anfühlte, als würden Stiere auf ihm Stepptanz machen. Ich versuchte die beiden auszublenden und war froh, dass der Junge so wenig über mich und Londurs wusste, denn innerhalb einer Viertelstunde hatte der Elluren ihm die Ereignisse der letzten vier Tage entlockt. Doch auch der Elluren schien keinerlei Hemmungen zu haben oder Geheimnisse zu kennen, denn nach einer Stunde wusste ich mehr über ihn, als ich je hatte wissen wollen. Der junge Mann stammte aus Greggo und hatte seine Namensgebung im Winter gehabt. Seitdem hatte er sich viermal unsterblich verliebt, eine Frau unerreichbarer als die nächste, und geschworen, das Leben der berühmtesten und größten Namen zu dokumentieren. Ich war seine große Chance.

»Stimmt es, Mama, dass du eine Piratenbande entlarvt hast? Und den Mörder des letzten Rernber-Regenten gefunden hast? Und ...?«

Sanjans Fragen prasselten auf mich ein und ich erkannte entsetzt, dass ich zu lange weggehört hatte. »Hört auf, dem Jungen Geschichten über mich zu erzählen!«, fuhr ich den Elluren scharf an.

Bei den großen Namen, was stand bloß in den Namensarchiven über mich? Ich hatte mich bemüht, ein unauffälliges Leben zu führen. Nie hatte ich einen Elluren entdeckt, der sich für mich interessierte. Doch offenbar war das ein Irrtum gewesen.

»Wieso? Stimmt etwas davon nicht?«, fragte der junge Namensforscher unschuldig. Blitzschnell hatte er ein Notizbuch und einen Stift aus seiner Jacke geholt und sah mich begierig an. »Wenn die Aufzeichnungen nicht stimmen, lasse ich sie gerne korrigieren. Was ist vor fünf Jahren wirklich passiert?«

»Das ist meine Sache und geht Euch gar nichts an!«

Die beiden und meine Kopfschmerzen hatten mich so abgelenkt, dass ich erst jetzt bemerkte, dass wir den Stadtkern erreicht hatten. Ich sah mich um und versuchte, mich zu orientieren. Wo waren wir hier?

Keines der Gebäude, ja noch nicht einmal die Straßen kamen mir bekannt vor. Ich war bei jedem Besuch in Xorlis von den Veränderungen am Palast der Rernbers fasziniert, aber die Ausmaße der Veränderungen in Sujons stellten meine Vorstellungskraft auf die Probe.

Vor uns befanden sich ein riesiger Platz mit einem Springbrunnen und dahinter ein gewaltiges Gebäude. Hunderte von Kindern tummelten sich auf der großen freien Fläche, rannten auf die Straße oder ins Gebäude, wobei sie nicht auf die Erwachsenen achteten, doch niemand ermahnte sie. Der Lärm ihres Geschnatters und Gelächters war kaum auszuhalten und drohte mir den Schädel platzen zu lassen.

»Wo sind wir hier?«

War das wirklich noch Sujons?

»Die Einheimischen nennen dieses Viertel die ›Stadt der Kinder‹«, klärte mich Londurs auf, der plötzlich an meiner Seite war. »Das große Gebäude dort vorne ist die Schule von Sujons. Hier gehen alle Kinder der Stadt im Alter von sechs bis sechzehn Jahren hin.«

Londurs klang enttäuscht. Wahrscheinlich hatte er seine Erkundigungen in der Hoffnung angestellt, dass es in dem prachtvollen Gebäude etwas zu holen gab.

Dies war die Schule?

Ich hatte bis zu diesem Moment noch nicht begriffen, wie tiefgreifend die Änderungen tatsächlich waren, die der andere Passario mit seiner Magie vorgenommen hatte. Ich erinnerte mich an die Schule von Sujons. Sie hatte sich knapp anderthalb Kilometer außerhalb der Stadt befunden, weit von den Namen entfernt. Nun hatte die Magie sie nicht nur in die Stadt versetzt, sondern mit ihr auch das ganze Viertel um sie herum verändert. Plötzlich war mir kalt. Mir graute vor der Macht des anderen Passarios. Wie sollte ich ihn bloß aufhalten?

*Du willst ihn aufhalten? Wie denn?*

»Das weiß ich selbst noch nicht«, gestand ich der Stimme. »Aber aufhalten muss ich ihn. Niemand sollte so mächtig sein!

Was ist, wenn dies ein Test war und der Passario schaut, wie weit er gehen kann? Wenn ihn niemand aufhält, dann sind wir alle bald seine Marionetten, ohne es auch nur zu ahnen! Bei den großen Namen, *wir sind jetzt schon seine Marionetten*!«

»Oh!«, machte Sanjan neben mir und zupfte aufgeregt an meinem Ärmel. »Mama, schau mal! *Spielzeug!*«

Ehrfurcht lag in seiner Stimme und auch ich musste staunen, als ich das große Geschäft sah, in dessen Schaufenster sich Hunderte unterschiedliche Spielzeuge tummelten, deren Zweck ich mir nicht einmal vorstellen konnte. Was war das hier alles?

Neben Holzklötzen, Puppen, Puzzles und vielen weiteren Dingen stand auch ein Schild im Schaufenster, das den Namen des Besitzers verkündete: Boppin Desmortu, Spielzeugmacher von Sujons.

Ein Spielzeugmacher?

Ich las das Schild zweimal, um mich zu vergewissern, dass ich mich nicht verlesen hatte. Von einem Desmortu hatte ich zuvor noch nie etwas gehört.

»Sagt dir die Desmortu-Dynastie etwas?«, fragte ich meine Wahrheitsmagie. »Seit wann gibt es sie hier in Sujons?«

*Seit vier Tagen.*

Seit vier Tagen? Bedeutete das, dass der andere Passario die Dynastie erschaffen hatte? Das konnte doch nicht sein, oder?

*Doch, genauso ist es.*

Ich schluckte schwer. Mir war schlecht.

Ich löste meinen Blick vom Spielzeuggeschäft und sah noch mehr Geschäfte und Dynastien, die ich noch nie zuvor gesehen hatte. Gleich nebenan hatte ein Fliwa eine Buchhandlung, doch die hatte sich offenbar auf Kinderbücher spezialisiert, denn unter den Kunden befanden sich hauptsächlich Kinder. Nur wenige Erwachsene stöberten durch die Bücherregale, in denen der Name Oljus vorherrschte. War das eine Autoren-Dynastie für Kinder?

*Ja.*

Auf der anderen Seite der Buchhandlung lockte ein weiteres Geschäft mit speziellen Kinderprodukten. Ich sah Mädchen und Jungen mit allerlei essbaren Dingen, die klein und rund oder groß und eckig, bunt oder schokoladenbraun waren. Und alles roch furchtbar süß.

*Das nennt man Süßigkeiten,* klärte mich meine Magie auf. *Das Geschäft gehört einem Ewannit, einem Süßigkeitenmacher.*

Die ganze Welt hatte sich so verändert! Und alle schienen die neuen Geschäfte und Dynastien völlig normal zu finden. Nur ich, ich passte nicht mehr in diese Welt. Wo war meine Wirklichkeit abgeblieben? Wo waren die Dinge, die mir vertraut waren? Und warum hatte der andere Passario die Welt so manipuliert, dass ich ihre Regeln nicht kannte und mich nicht mehr zurechtfand? War das Absicht gewesen? Oder wusste der Passario nichts von mir?

»Oh, kann ich das haben? Bitte, bitte, Mama!«

Sanjan riss mich aus meinen trübsinnigen Gedanken. Er saß nicht länger auf dem Kutschbock, sondern war heruntergeklettert und durchstöberte nun mit dem Elluren, der nicht weniger begeistert wirkte als der Junge, den kleinen Stand vor dem Spielzeuggeschäft. In einer Hand hielt er einen kleinen Ball, in der anderen eine Holzfigur mit einem Schwert, auf deren Rumpf das Wappen der Polliander eingebrannt war.

Natürlich, ein Polliander, was denn auch sonst!

Ich seufzte schwer, während mich der Junge und die Verkäuferin erwartungsvoll ansahen. Anscheinend war es meine Pflicht, dem Jungen etwas zu kaufen, also zückte ich meine Geldbörse und fragte: »Wie viel?«

Der Preis hielt sich zum Glück in Grenzen, doch falls ich geglaubt hätte, dass Sanjan sich jetzt dazu überreden ließ, wieder auf den Kutschbock zu klettern, wurde ich nun eines Besseren belehrt. Sanjan hatte das Süßigkeitengeschäft des Ewannits entdeckt.

»Also schön, such dir meinetwegen was aus und dann fahren wir weiter«, ließ ich mich breitschlagen.

Nach fünf Minuten rutschte Londurs das erste Mal unruhig im Sattel hin und her. Nach zehn Minuten rief er: »Wir müssen weiter!«, was Sanjans Entscheidung jedoch in keinerlei Weise beeinflusste. Nach einer Viertelstunde fing Londurs leise an zu fluchen und zu schimpfen und nach zwanzig Minuten schwang er sich vom Pferd.

»Was, bei den großen Namen, ist dein Problem, Junge? Musst du herausfinden, welche der Süßigkeiten vergiftet ist, oder was?«

»Vergiftet? Was ist vergiftet? Ist das lecker?«

Ich ahnte die drohende Explosion und lenkte Sanjan daher ab. »Was ist mit diesen Bonbons, Sanjan? Die hattest du bereits viermal in der Hand. Du kannst gerne eine Tüte haben.«

»Echt? Aber was ist mit den Schokoladenkugeln oder den Vanille-Bären? Die sehen auch lecker aus!«

Die Diskussion hätte wahrscheinlich noch stundenlang weitergehen können, aber ich war schlau: Ich kaufte kurzerhand alle sechs Süßigkeiten, zwischen denen sich der Junge nicht entscheiden konnte. Problem gelöst.

Na ja, nicht ganz. Eine Viertelstunde später: »Mir ist schlecht!«

Der Junge stöhnte und hielt sich den Magen, als müsste er gleich sterben. Und dann kotzte er auf die Straße.

Na klasse!

In der Hoffnung, dass das niemand gesehen hatte und es keine neue Regel gab, die mich verpflichtete, die Sauerei wegzumachen, beeilte ich mich weiterzufahren.

Wenig später hatten wir ein nettes Gasthaus gefunden, das über einen großen Stall und Platz für unseren Planwagen verfügte.

»Herzlich willkommen im gemütlichen Wanderer«, begrüßte uns der Lottaru. Dann fiel sein Blick auf Sanjan. »Oh, der arme Junge! Ich habe einen Tee, speziell für Magenprobleme bei Kindern, wenn Ihr den benötigt.«

»Das wäre sehr nett«, erwiderte ich, während ich vorsichtig einen Blick zu Londurs hinüberwarf. Mein Partner hatte seit der Episode im Süßigkeitengeschäft gar nichts mehr gesagt.

»Zwei Zimmer?«

»Ja.«

Ich hatte ein Zimmer für Lon und mich und das andere für den Jungen vorgesehen, aber der Elluren machte mir einen Strich durch die Rechnung. Er quartierte sich kurzerhand im zweiten Zimmer ein und schloss die Tür hinter sich, bevor wir protestieren konnten.

»Soll ich ihn für dich töten?«, fragte Londurs, als der Wirt uns in unserem Zimmer allein gelassen hatte. »Ich hätte jetzt gerade überhaupt nichts gegen etwas Blutvergießen.«

»Lon!«

»Was denn? Sag nicht, dass du anders empfindest, An! Ich habe gesehen, mit welchen Blicken du den Namensforscher bedacht hast!«

»Ich wünschte, wir wären wieder alleine«, gestand ich ihm leise. »Ich vermisse dich.«

Sanjan hatte sich ins Bett verkrochen und schien unsere Unterhaltung nicht mitzubekommen. Dennoch flüsterte ich lieber.

Lon grinste verschmitzt. »Ich glaube, das könnte ich einrichten.«

»Später«, sagte ich, als es an der Tür klopfte und der Lottaru den versprochenen Tee brachte.

Ich flößte dem Jungen die Tasse Schluck für Schluck ein. Kurz darauf war Sanjan eingeschlafen und ich drehte mich zu Londurs um. Der allerdings nicht mehr im Zimmer war.

»Besorgt er uns ein weiteres Zimmer?«, fragte ich meine Magie.

*Nein, er hat das Gasthaus verlassen.*

Das Gasthaus verlassen? Der Gedanke beunruhigte mich. Nach einer Stunde allein mit dem schlafenden Kind war ich davon überzeugt, dass Londurs uns – nein, mich – verlassen hatte und nicht mehr zurückkommen würde, egal, was meine Wahrheitsmagie mir erzählte.

Der Abend war bereits angebrochen, als er endlich zurückkam. In seiner Begleitung befand sich ein Mann von Anfang dreißig.

»Anderta, dies ist Verukja Ungabas. Er leitet die Schule von Sujons.«

»Sehr erfreut«, erwiderte ich. Was wollte der Mann hier?

»Ist das der Junge?«, fragte Verukja Ungabas und trat zum Bett, um Sanjan zu mustern, während ich mich unwillkürlich anspannte.

Warum verhielt ich mich plötzlich so feindselig? Stimmte mit dem Mann etwas nicht?

*Er scheint in Ordnung zu sein. Zumindest ist er kein Verbrecher und verstellt sich nicht.*

»Einhundert Silbermünzen für Kost und Logis. Wenn der Junge acht Jahre alt wird, steigert sich der Preis auf zweihundert Silbermünzen jährlich. Wenn er dreizehn wird, auf dreihundert Silbermünzen. Größere Kinder essen mehr und können nicht länger in Gemeinschaftsschlafräumen untergebracht werden.«

Londurs lauschte den Erläuterungen des Ungabas, während ich verwirrt zwischen den beiden Männern hin- und hersah. Lon nickte. »Das hört sich für mich nach einem vernünftigen Preis an. Was meinst du, Anderta?« Er wartete meine Antwort nicht ab, sondern wandte sich gleich wieder an den Schulleiter. »Gibt es sonst noch etwas, was wir beachten müssen?«

»Unterrichtsmaterialien werden gestellt. Für die Kleidung Eures Sohnes und etwas Taschengeld müsst Ihr aufkommen. Falls Ihr den Jungen während der Sommerferien, die bei uns einen Monat dauern, nicht abholt, müsst Ihr uns rechtzeitig informieren. Dann sorgen wir für seine Unterbringung und seine Betreuung in der Zeit. Dies kostet dann weitere fünfzig Silbermünzen für Kost, Logis und die Zeit des jeweiligen Ungabas. Aber keine Sorge«, sagte der Ungabas und lächelte. »Das kommt immer wieder vor. Wir sind auf solche Fälle vorbereitet und haben tolle Ausflugspläne und Ferienprogramme, die Sanjan garantiert gefallen werden.«

Sommerferien? Taschengeld? Ferienprogramme?

»Schatz?«, wandte ich mich an Londurs. Ich hatte keine Ahnung, was hier gerade los war, und langsam wurde ich gereizt.

»Wir hatten doch darüber gesprochen, dass Sanjan eventuell nicht weiter mit uns reist. Dass es besser für ihn wäre, wenn er hierbleibt. Unter Gleichaltrigen, mit denen er spielen kann. Und in Sujons gefällt es ihm doch. Gleich neben der Schule sind das Spielzeug- und das Süßigkeitengeschäft, von denen er so begeistert war. Und nicht zuletzt ist ja auch wichtig, dass der Junge eine gute Schulbildung bekommt. Schließlich ist Sanjan inzwischen vier und bald alt genug, um das Lesen und Schreiben zu lernen«, antwortete Londurs und sah den Schulleiter um Zustimmung heischend an. Dieser nickte.

Ich war überrumpelt. Konnte es so einfach sein?

Als ich nichts sagte, nickte mein Kurbabu zufrieden. Er drückte dem Schuldirektor eine kleine Geldbörse in die Hand.

»Die Anzahlung. Einhundertfünfzig Silbermünzen. Wir werden es voraussichtlich nicht schaffen, den Jungen diesen Sommer abzuholen, da wir noch nicht wissen, ob wir zu dem Zeitpunkt überhaupt im Land sein werden.«

Ich hatte doch noch gar nicht zugestimmt! Wut auf Lon stieg in mir auf. Ich hasste es, wenn er etwas über meinen Kopf hinweg bestimmen wollte. Meine Entscheidungen traf immer noch ich selbst, vielen Dank!

Doch andererseits, war es nicht genau das, was ich mir gewünscht hatte? Dass sich jemand anders um den Jungen kümmerte? Dass alles wieder so wurde wie vor der Wirklichkeitsveränderung? Dann war dies meine Chance! Aber warum hatte ich dann ein schlechtes Gewissen?

»Dann erwarte ich euch beide und den Jungen morgen«, erklärte der Ungabas lächelnd und schüttelte uns zum Abschied die Hand.

Londurs wirkte höchst zufrieden mit sich, als er auf dem Bett Platz nahm, von dem plötzlich ein lautes Schluchzen ertönte.

»Ich hasse dich!«

Mit tränenüberströmtem Gesicht warf sich Sanjan auf Londurs und prügelte in kindlicher Wut auf ihn ein. Londurs wurde noch nicht einmal sauer.

»Es ist mir egal, was du von mir denkst, Sanjan«, sagte er. »Es ist das Beste für dich. Du kannst nicht mit uns reisen, das haben wir in den letzten Tagen gemerkt. Wir haben wichtige Geschäfte zu erledigen und müssen Geld verdienen, da können wir uns Reiseverzögerungen deinetwegen einfach nicht leisten. Und mal ehrlich: Wir führen ein riskantes Leben. Das ist viel zu gefährlich für einen kleinen Jungen wie dich. Du willst doch nicht verletzt werden, oder? Na also! Stell dir doch nur mal vor, wie toll das wird, wenn du mit all den anderen Kindern von der Schule spielen und lernen kannst!«

»Lon!«, unterbrach ich ihn.

Er begriff es nicht. Sanjan erinnerte sich daran, was es bedeutete, auf eine Schule zu gehen und eine Nummer zu sein. Auch wenn die Schule in Sujons anders war, fühlte sich der Junge jetzt bestimmt wieder wie eine Nummer und litt. Mir tat das Herz weh bei seinem Kummer. Taten wir wirklich das Richtige?

Sanjan weinte die halbe Nacht, während ich mich unruhig von einer Seite auf die andere wälzte. Londurs hatte sich wie erwartet wieder ein eigenes Zimmer genommen und ahnte nichts vom Leid des Jungen oder von meinen Zweifeln.

In aller Frühe weckte uns Londurs mit dem Frühstück. Er bemerkte nicht, dass weder der Junge noch ich so recht Hunger hatten.

»Es ist das Beste für den Jungen, oder?«, fragte ich die Stimme.

*Auf diese Frage gibt es keine richtige und keine falsche Antwort, Anderta.*

Meine Wahrheitsmagie half mir bei diesem Problem nicht weiter. Am Ende beschloss ich, dass Londurs recht hatte. Unser Leben war zu gefährlich für ein Kind. Ich erinnerte mich an das schreckliche Gefühl, das ich gehabt hatte, als ich noch in dem Glauben gewesen war, der Junge sei der Spielball eines mir unbekannten Feindes. Ich könnte es mir nie verzeihen, wenn ihm durch meine Schuld etwas passierte.

Pünktlich zur Öffnungszeit standen wir in der Stadt der Kinder vor dem Geschäft eines Lakonitas. Mir war noch nicht einmal aufgefallen, dass der Junge kaum Wechselkleidung hatte. Für die Schule mussten wir ihn also dringend neu einkleiden.

Sanjan versuchte die Prozedur hinauszuzögern. Er weinte nicht länger, sondern protestierte stumm. Er half uns kein bisschen beim Anprobieren der neuen Hosen, Hemden, Jacken und Schuhe. Doch davon ließ sich Londurs nicht beirren. Er wählte nicht nur die Kleidung aus, sondern bezahlte auch noch.

Nach einer Stunde hatten wir die neuen Sachen in einem großen Tragebeutel verstaut. In einem kleineren befanden sich die Süßigkeiten, der Ball und der Holz-Polliander, die ich ihm gestern gekauft hatte. Derart ausgestattet begaben wir uns zum Eingang der Schule.

»Wir besuchen dich, in Ordnung?«, versprach ich. »Es wird

anders sein als auf deiner alten Schule, verstehst du? Du wirst Freunde finden und in den Sommerferien sehen wir uns wieder. Vielleicht nicht jede Sommerferien, aber ich komme dich auf jeden Fall besuchen.«

Sanjan schniefte. Er klammerte sich an mich und wollte nicht loslassen. Ich musste ihn die Treppe hinauf und ins Büro des Schuldirektors tragen, wo uns Verukja Ungabas bereits erwartete.

»Ah, Sanjan!« Er lächelte den Jungen freundlich an. »Wir haben schon auf dich gewartet. Komm, ich zeige dir dein Zimmer! Die anderen Kinder sind nett, versprochen! Du wirst bald neue Freunde gefunden haben.«

Fünf Minuten später hatten wir die Schule verlassen, eine halbe Stunde später bezahlte Londurs den Gastwirt. Den Elluren hatten wir den ganzen Morgen noch nicht gesehen, worüber ich froh war.

Gut gelaunt traten wir die Weiterreise nach Anumas an. Erst als plötzlich die Straße vor mir verschwamm, bemerkte ich, dass ich aus irgendeinem mir unerklärlichen Grund weinte.

# ES LÄUFT NICHT SO WIE GEDACHT

*»Es besteht eine Verbindung zwischen Eltern und Kind, unsichtbar, aber doch stark.«*

Tirasan Passario

»Anderta! Nun ist es aber langsam genug!«

Londurs' Verständnis für mich war nicht mehr existent. Ich verstand es ja selbst nicht, warum ich seit Stunden immer wieder weinte. Ich hatte keine Schmerzen, mit meinen Augen war auch alles in Ordnung und eigentlich war ich froh, dass wir endlich wieder allein waren und ich die Beziehung zu Lon nun hoffentlich verbessern konnte.

Diese ständige Heulerei passte nicht zu mir! Sie war nicht normal!

*Du hast recht, das bist wirklich nicht du,* sagte meine Magie.

»Wie meinst du das?«

*Es gibt keine körperliche oder seelische Ursache für deine Tränen und dennoch weinst du. Aber nicht* du *weinst, sondern* jemand *lässt dich weinen.*

»Jemand manipuliert mich?«, fragte ich.

*Ja.*

Wie war das möglich? Und wer würde … ah!

Na klar, der andere Passario! Ich begann den Typen ernsthaft zu hassen.

Wütend versuchte ich die Tränen zu unterdrücken. Jetzt, da ich wusste, dass es nicht meine Tränen waren, bemerkte ich auch, dass sie sich fremd und falsch anfühlten. Doch was war der Grund für meine Tränen? Wollte mich der andere Passario bestrafen? Mich lächerlich machen und in Londurs' Augen schwach erscheinen lassen?

*Der andere Passario ist nicht in unserer Nähe,* klärte mich die Stimme auf.

Schade, ich hätte ihm gerade wirklich gern die Meinung gesagt!

Es lief nicht so, wie ich es erwartet hatte. Londurs und ich waren schon seit Stunden unterwegs und versuchten Abstand zwischen uns und Sujons zu bringen. Der Elluren hatte sich immer noch nicht blicken lassen und langsam kam in mir die Hoffnung auf, dass wir ihn abgehängt hatten.

Doch auch wenn wir zum ersten Mal seit Tagen wieder allein waren, so wollte sich die alte Vertrautheit zwischen mir und Lon nicht einstellen. Wie in den letzten Tagen ritt Londurs voraus, und das, obwohl Sanjan nicht mehr neben mir auf dem Kutschbock saß. Mein Kurbabu wirkte genervt, vermutlich wegen meiner ständigen Heulerei, was ich verstand, denn ich hatte den Punkt erreicht, an dem ich am liebsten jemand anderen zum Weinen gebracht hätte und am allerliebsten den anderen Passario.

Ich hatte gehofft, dass wir reden würden, dass Lon mich mal anlächeln würde, dass wir Pläne für neue Abenteuer schmieden würden, aber nichts davon geschah. Es war, als sei ich eine Verpflichtung für Londurs geworden und nur noch unser gemeinsamer Auftrag für den Tolbo hielte uns zusammen.

Ich ballte die Fäuste um die Zügel. Noch etwas, das mich

störte. Keiner von uns beiden war auf die Idee gekommen, den Planwagen zurückzulassen, obwohl wir so weitaus schneller nach Anumas gekommen wären. Warum? Dachte Lon, dass wir den Wagen als Nachtquartier im Palza-Wald noch gut gebrauchen könnten? Und falls ja, warum hatte er mir das nicht gesagt?

*Warum stellst du mir immer diese Fragen? Ich kann dir nicht sagen, was er denkt. Rede doch mit ihm, wenn du unbedingt Antworten haben willst!*

»Und wie?«

Ich war ratlos. Meine Wahrheitsmagie hatte gut reden. Sie hatte noch nie eine Beziehung geführt oder eine angespannte Situation nach einem Streit überwinden müssen. Und mir fiel es auch nicht leicht, mich zu entschuldigen, besonders da ich nichts falsch gemacht hatte. Für den ganzen Schlamassel war ich nicht verantwortlich, doch Londurs sah das anscheinend anders.

Am späten Nachmittag gab ich nach. Auch wenn es nicht meine Schuld war, ich war nur zu gern bereit, mich zu entschuldigen, wenn Londurs dann wieder mit mir sprach. Ich öffnete gerade den Mund, als hinter mir lauter Hufschlag ertönte. Einen Zeugen für unsere Aussprache brauchte ich nun wirklich nicht.

In der Erwartung, einen Fremden hinter dem Planwagen auftauchen zu sehen, blickte ich nach hinten. Mein Magen zog sich zu einem Klumpen aus Wut und Enttäuschung zusammen, als ich den Elluren auf seinem Schimmel näher kommen sah. Es war auch zu schön gewesen!

»Huhu, Anderta!«

Wie konnte ein Mann, der bei klarem Verstand war, tatsächlich so breit grinsen, wenn er wusste, dass er unerwünscht war? Was stimmte mit dem Kerl nicht? Hatte er denn gar kein Schamgefühl?

»Scheiße!«, sagte ich und gab mir keinerlei Mühe, leise zu sein. Sollte er es doch ruhig hören, was ich von seiner Gesellschaft hielt.

»Wir sind ja so froh, dass wir Euch endlich eingeholt haben!«

»Wir?«

Ich hielt Ausschau nach einem weiteren Pferd, doch der junge Namensforscher schien allein zu sein.

*Oh.*

»Was heißt hier *oh?*«

Mit flauem Gefühl blickte ich mich um. Inzwischen hatte der Elluren mich fast erreicht, sodass ich ihn genau mustern konnte – und die kleinen Hände sah, die sich seitlich an ihm festkrallten. Ein kleines, mir nur zu bekanntes Gesicht schaute hinter ihm hervor und begann zu strahlen, als es mich sah.

»Sanjan?«

Wie kam der Junge hierher?

»Das glaube ich jetzt nicht!«

Londurs preschte heran, hielt direkt neben dem Elluren und packte ihn am Kragen. »Wollt Ihr sterben?«, fragte er drohend. »Denn Ihr seid gerade kurz davor!«

»Ihr habt den Jungen entführt!«

»Entführt? Aber gewiss nicht!«, verteidigte sich der junge Mann gegen meine Anschuldigung. Er wirkte empört, jedoch nicht verängstigt. Wie ich es vermutet hatte, fehlte ihm jeder gesunde Menschenverstand.

»Der Junge sollte in Sujons sein, auf seiner Schule, für die ich übrigens viel Geld bezahlt habe«, knurrte Londurs. »Und nun ist er hier. Wie kommt das?«

»Sanjan war unglücklich, er wollte nicht auf der Schule bleiben«, antwortete der Elluren, als wäre es völlig logisch, ihn deshalb mitzunehmen und uns hinterherzureiten.

»Das ist mir scheißegal!«, erwiderte Londurs brutal. »Wir haben ihn auf diese Schule gebracht und Ihr habt ihn entführt. Dafür kann und werde ich Euch anzeigen! Wenn die Grekasols nicht bereits auf Euren Fersen sind.«

»Warum sollten mich die Grekasols verfolgen?« Der Elluren wirkte verwirrt. »Ich habe doch kein Verbrechen begangen. Ich bringe doch nur einen kleinen Jungen zu seinen Eltern zurück.«

»Halt mal! Mit dem Jungen habe *ich* gewiss nichts zu tun!«, protestierte Londurs.

Ich biss mir auf die Unterlippe, als Sanjan mich anstarrte und mir die Hände entgegenhielt. Meine Arme streckten sich wie von selbst dem Jungen entgegen, packten ihn und hoben ihn hoch. Sofort spürte ich, wie der Drang zu weinen, der mich den ganzen Tag gequält hatte, verebbte.

»Mama!«, wisperte der Junge und schmiegte sich an mich. Verwirrt setzte ich mich wieder hin. Ich hatte noch nicht einmal bemerkt, wie ich aufgestanden war.

Marionette! Der andere Passario hatte aus mir eine Marionette seines Willens gemacht! Anscheinend konnte er mich alles tun lassen, was er wollte.

Mir war furchtbar übel und zum ersten Mal an diesem Tag wirklich nach Weinen zumute. Ich hatte keine Ahnung, wie ich mich gegen den anderen Passario wehren konnte. Zum zweiten Mal in meinem Leben fühlte ich mich klein, schwach und jemand anderem hilflos ausgeliefert.

»Anderta!«, rief Londurs schockiert, als er sah, wie der Junge sich an mich kuschelte. Und ich konnte es ihm noch nicht einmal erklären. Ich verstand es ja selbst nicht und meine Erklärungen über die Magie des anderen Passarios glaubte er nicht.

»Seht Ihr!«, sagte der Elluren triumphierend. »Mutter und Kind gehören zusammen! Es war falsch von Euch, die beiden zu trennen! Ich weiß nicht, wie Ihr es geschafft habt, Anderta zu überreden, aber keiner der beiden war glücklich mit Eurer Lösung. Seht Euch doch nur mal Andertas verweintes Gesicht an! Ihr seid schuld an ihrem Kummer!«

Ich öffnete den Mund und bekam keinen Ton heraus. Fassungslos starrte ich den Elluren an, der bereit war, sich unseretwegen mit meinem kampferprobten Kurbabu anzulegen. War der Mann wahnsinnig?

Londurs wirkte wie ein Fisch auf dem Trockenen, während sein ungläubiger Blick zwischen dem Elluren und mir hin- und herwanderte. Nach einer Weile verhärtete sich seine Miene.

»Schön! Ich freu mich schon auf den Moment, wenn die Grekasols Euch verhaften! Glaubt Ihr ernsthaft, dass Verukja Ungabas die Entführung nicht gemeldet hat?«

»Welche Entführung? Ich habe Sanjan vor der Schule getroffen, in Tränen aufgelöst, und habe mit dem Schuldirektor gesprochen. Sanjan hat gesagt, dass er nicht auf die Schule, sondern zu Anderta gehört, und wir haben das genauso gesehen. Seht Ihr, der Schuldirektor hat mir sogar Sanjans Sachen mitgegeben!«

Der Elluren drehte sich im Sattel um und überreichte mir stolz die zwei Tragebeutel mit Sanjans Kleidung und Spielsachen. Seufzend starrte ich sie an und packte sie resigniert nach hinten in den Wagen. Die neue Wirklichkeit hatte sich gegen mich verschworen.

»Und mein Geld?« Londurs streckte die Hand aus. »Ich will mein Geld zurück!«

»Welches Geld?«

»Das Schulgeld! Die zweihundert Silbermünzen!«

»Einhundertfünfzig«, korrigierte ich ihn unwillkürlich und zuckte zusammen, als sein wütender Blick mich traf.

Der Elluren wirkte verwirrt. »Also von dem Geld weiß ich nichts. Der Schuldirektor hat mir nichts gegeben außer Sanjans Sachen.«

»Lügner!«

»He!«, schrie ich, als die beiden im Sattel miteinander rangen. »Sofort aufhören!«

Ich griff in meinen Geldbeutel unter dem Kutschbock, zählte

einhundertfünfzig Silbermünzen ab, füllte sie in einen neuen Beutel und reichte ihn Londurs.

»Und was ist mit dem Geld für die Kleidung des Jungen?«

Londurs streckte fordernd die Hand aus und ich musterte sie im ersten Moment ungläubig. War das sein Ernst? Niemand hatte Londurs gezwungen, für Sanjans Kleidung und die Schule zu bezahlen! Ich hatte gedacht, dass Londurs und ich Partner waren, die zusammenhielten! Nicht, dass er sich kleinlicher verhielt als ein Mosnarol, der einen Fehler in einer Abrechnung gefunden hatte!

»Hier«, sagte ich bitter und warf ihm den restlichen Betrag vor die Füße.

Londurs musste absteigen und die Münzen aufsammeln. Ich wartete nicht, sondern fuhr los.

»Jetzt ist der Tag gerettet, nicht wahr?«, fragte der Elluren einige Minuten später. Er schien nicht begreifen zu wollen, dass er gerade meine Beziehung zerstört hatte. »Ich finde das alles so aufregend! Ich bin mit Anderta und Sanjan Passario auf dem Weg zu neuen Abenteuern! Und? Was haben wir vor?«

»Das geht Euch gar nichts an!«, zischte ich scharf. »Denkt nicht, dass wir jetzt Freunde sind!«

»Aber natürlich nicht! Ich weiß, dass so etwas dauert.«

Er schenkte mir ein Lächeln und hatte Glück, dass er sich außerhalb meiner Reichweite befand, sonst hätte ich ihm eine reingehauen. Er wollte Krieg? Bitte schön, den konnte er haben!

Für den Rest des Tages ignorierte ich ihn, ebenso wie Londurs, der uns schweigend hinterherritt. Sanjan war kurz nach unserem Wiedersehen hinten eingeschlafen, sodass der Redefluss des Elluren nach einer Weile versiegte, da er keine Antwort bekam.

Abends schlugen wir unser Nachtlager etwas abseits der Straße in einem kleinen Wäldchen auf und ich wies dem Elluren einen Schlafplatz zu. Schadenfroh grinste ich, als er meinen Anweisungen gehorchte. Die Feuerameisen, die direkt neben seinem Nachtlager herumkrabbelten, hatte er nicht gesehen.

Als ich das Abendessen austeilte – Warum war die Zubereitung eigentlich meine Aufgabe? –, gelang es mir, die Schlüssel des Elluren fallen zu lassen, als ich sie ihm reichen wollte. Natürlich aus Versehen! Was war ich aber auch für ein Tollpatsch!

Und mein Grinsen am nächsten Morgen, als ich die knallroten Stellen an Händen, Hals und Gesicht des Elluren sah, war natürlich nicht im Geringsten schadenfroh. Nein, ich freute mich nur über diesen wunderschönen neuen Morgen!

Londurs wechselte sogar einen vergnügten Blick mit mir, als der Elluren sich kratzte und fluchte, während immer mehr Feuerameisen aus seiner Kleidung zu Boden fielen.

»Pech!«, meinte Londurs. »Beim nächsten Mal passt Ihr am besten auf, wo Ihr Euer Lager aufschlagt!«

»Armer Illi«, sagte Sanjan. »Tut es sehr weh?«

Illi? Wer war Illi?

*Kurz für Illiero, der Elluren. Ach, Anderta, kriegst du denn gar nichts mit? So nennt Sanjan den Namensforscher doch schon seit seiner Rückkehr!*

Ich hatte mir den Namen des Namensforschers nicht gemerkt. Wieso auch? Ich wollte weder mit seinem Namen noch mit seiner Person irgendetwas zu tun haben. Und noch weniger mit seinen bescheuerten Aufzeichnungen!

Beim Zubereiten des Mittagessens fiel mir deshalb doch glatt sein Notizbuch ins Feuer.

»Mein Notizbuch!«, schrie der Elluren und stürzte sich auf das Lagerfeuer. Ohne zu zögern, griff er in die Flammen hinein und riss das Büchlein heraus, das gerade zu kokeln begonnen hatte.

Er seufzte erleichtert, bemerkte dann, dass sein Ärmel Feuer gefangen hatte, und schrie auf. Im nächsten Moment war Sanjan zur Stelle und schüttete seine komplette Wasserflasche über ihm und dem Notizbuch aus.

Ich seufzte. Nun gut, das hatte nicht ganz so gut geklappt wie geplant. Doch als der Elluren kurz darauf sein teilweise rußgeschwärztes und komplett durchgeweichtes Notizbuch öffnete und in Wehklagen ausbrach, konnte ich mein Grinsen nicht länger unterdrücken.

»Es tut mir ja so leid! Ich habe keine Ahnung, wie mir das passieren konnte!«

Na schön, ich klang nicht ganz aufrichtig und hatte den bösen Blick des Elluren wohl mehr als verdient. Von meiner Wahrheitsmagie musste ich mir dann einen Nachmittag lang anhören, dass ich eine Lüge ausgesprochen hatte, aber das war es mir wert gewesen.

»Mama, warum magst du Illi nicht?«, fragte mich Sanjan abends leise, als wir es uns im Planwagen für die Nacht bequem machten. Draußen rumorten Londurs und der Elluren. Es tat mir immer noch weh, dass sich nicht länger Londurs' vertraute Arme nachts im Planwagen um mich schlangen und ich mich nicht mehr an seine breite Brust kuscheln konnte.

»Warum fragst du das, Sanjan?«

»Du redest nicht mit ihm. Und du hast über ihn gelacht, als es ihm heute Morgen nicht gut ging.«

Ertappt! Ich seufzte.

»Weißt du, die Leute mögen es nicht, wenn sie von jemand anderem zu etwas gezwungen werden. Und dann neigen sie dazu, die Leute nicht zu mögen, die sie zu etwas zwingen oder zwingen wollen. Ich wollte nie mit Illiero«, jetzt benutzte ich auch schon seinen Namen, das war ansteckend, »zusammen reisen. Aber er lässt mir keine Wahl und er respektiert meine Entscheidung nicht.«

Sanjans kleines Gesicht verzog sich nachdenklich. »Du denkst, er ist wie Londurs. Londurs hat mich gezwungen, auf die Schule zu gehen, obwohl ich das nicht wollte. Aber, Mama, Illi ist viel netter als Londurs! Er meint es wirklich nicht böse!«

»Londurs ist auch nicht böse«, wandte ich mich an Sanjan.

»Vielleicht. Er ist aber auch nicht nett«, sagte der Junge. »Ich mag Illi. Er freut sich immer, wenn wir uns unterhalten. Und er spielt mit mir. Er ist meine zweitliebste Person auf der Welt. Nach dir, Mama!«

Ich erstarrte, als sich Sanjan an mich kuschelte und kurz darauf einschlief. Ich hatte niemals in Erwägung gezogen, dass der Junge Gefühle für mich hatte. Wieso auch? Der Kleine kannte mich doch gar nicht! Waren Kinder überhaupt zu echten Gefühlen fähig?

Als ich in dieser Nacht einschlief, war ich mir zum ersten Mal nicht länger sicher, ob die gestohlene Wirklichkeit das Problem war oder nicht eher ich selbst.

# SCHLIMMER GEHT ES IMMER

*»Wussten sie denn nicht, was das bedeutete? Hatten sie denn noch nie gesehen, was Namenlosigkeit einem Menschen antat? Hatten sie nie in diese trostlosen, verzweifelten und hungernden Augen der Namenlosen gesehen? Es wäre gnädiger gewesen, sie zu töten, statt sie über Jahre, womöglich sogar über Jahrzehnte so leiden zu lassen. Namenlosigkeit ist das schlimmste Verbrechen, das wir einem Mitmenschen antun können.«*

Tirasan Passario

»Lass mich in Ruhe, Anderta!«

Es war früher Morgen in Iriliada und mein einunddreißigster Versuch, mit Londurs zu reden seit unserem großen Streit. Der Rest unseres Weges nach Iriliada hatte sich für mich trostlos angefühlt. Ich hatte sogar aufgehört, den Elluren zu triezen, sodass der Namensforscher mich inzwischen sogar wieder anlächelte, wenn ich nicht aufpasste.

Doch während sich die Fronten zwischen Illiero und mir entspannt hatten, hatten sich die zwischen Londurs und mir nur weiter verhärtet. Fast fünf Jahre waren wir zusammen gewesen und nun konnte er nicht einmal mehr mit mir reden? Inzwischen hatte ich sogar erste Zweifel, ob ich noch mit Londurs zusammen sein wollte, obwohl ich ihn immer noch liebte. Doch zu einer

Partnerschaft gehörte nicht nur Liebe, sondern auch Vertrauen – und an diesem schien es Londurs gehörig zu mangeln.

Er wandte sich von mir ab, kontrollierte ein letztes Mal vor dem Aufbruch Sattel und Zügel und schwang sich dann aufs Pferd. Ich seufzte, als ich mich von unserem Gasthaus abwandte, mutlos zum Wagen ging und an einen weiteren langen, elenden Reisetag dachte. Inzwischen war es Tag 10 seit der Wirklichkeitsveränderung und es ging immer weiter bergab. Gestern hatte ich mich sogar schon auf eine Diskussion mit dem Elluren eingelassen, weil ich sonst keinen Erwachsenen zum Reden hatte!

Wir verließen Iriliada in Richtung Norden. Die Stadt grenzte an den Palza-Wald, in dem es nicht nur Räuber, sondern auch Namenlose geben sollte, daher mussten wir bei dieser Strecke des Weges besonders vorsichtig sein.

»Ihr habt doch letzten Abend noch in der Gaststube gesessen und mit den Einwohnern gesprochen. Haben die etwas über die Namenlosen gesagt? Gab es viele Überfälle in letzter Zeit?«, wollte ich wissen.

»Überfälle gab es ein paar«, antwortete der Elluren, »doch nur von gewöhnlichen Räubern. Was sind Namenlose? Der Begriff sagt mir nichts. Ist das eine spezielle Räuberbande?«

»Wollt Ihr mich veräppeln? Ihr wisst doch, was Namenlose sind!«

Jedes Kind hatte schon mal von den Namenlosen gehört. Selbst Sanjan zitterte gerade an meiner Seite.

»Nein, wirklich nicht. Tut mir leid.«

*Er sagt die Wahrheit.*

Wie konnte das sein? Hatte es in seiner Heimatstadt Greggo keine Namenlosen gegeben? Das Usaja-Moor war nicht weit von der Stadt entfernt und damit ein ideales Versteck für die Verbrecher, denen man aufgrund der Schwere ihrer Verbrechen ihre Namen, Reichtümer und Privilegien aberkannt hatte.

*Anderta, es gibt keine Namenlosen mehr.*

Keine Namenlosen mehr? Der Gedanke war so unglaublich, dass ich mehrere Minuten darüber nachdenken musste. Wie konnte das sein? Hatte der andere Passario hier wieder seine Hand im Spiel? Natürlich, das musste er, sonst wäre das Wissen über Namenlose ja nicht ausgerottet worden. Doch aus welchem Grund? Stellte der andere Passario vielleicht eine Armee aus Namenlosen zusammen? Aber was war das Ziel seines Angriffs? Er …

*Es gibt keine Namenlosen, Anderta. Überhaupt keine. Auch nicht in den Diensten des anderen Passarios.*

Das verstand ich nicht. Warum hätte der andere Passario die Namenlosen auflösen sollen? Wenn es keine Namenlosen mehr gab, wie wurden die Schwerverbrecher dann bestraft? Was hinderte die Menschen daran, Böses zu tun, wenn sie nicht das Gespenst der Namenlosigkeit davon abschreckte?

In Gedanken versunken lenkte ich den Planwagen auf den Waldweg, der dicht an der Numteri entlang nach Norden führte. Hin und wieder spannten sich Brücken über den Fluss, der hier nicht mehr schiffbar war. Statt Booten trieben Holzstämme das Gewässer flussabwärts. Eine Tatsache, die Sanjan erstaunte und die nächste lebhafte Diskussion zwischen ihm und dem Namensforscher in Gang setzte.

Die Reise durch den Wald würde zwei Tage dauern. Zeit genug, dass der Wald Sanjan bald langweilig werden würde. Daher hatte ich in Iriliada nicht nur ein neues Notizbuch für den Elluren, sondern auch eins für den Jungen gekauft sowie Kreide zum Malen.

Als wir mittags Rast machten und Londurs gerade Feuerholz holte, reichte ich ihm mein Entschuldigungsgeschenk wortlos.

»Danke«, sagte er überrascht und starrte mich an. Wenn er

jetzt noch auf eine Entschuldigung wartete, dann konnte er lange warten!

Ich vermied es für den Rest des Tages, ihn anzusehen, und betrachtete stattdessen mit dem neugierigen Sanjan die Umgebung. Jede Gruppe von Askaldos oder Grekasols, jeder Kurbabu, jeder Polliander und jeder Nivian wurde von uns ausgiebig gemustert. Inzwischen war der Junge ganz gut darin, die einzelnen Wappen der Dynastien, die sich im Wald herumtrieben, zu erkennen. Hin und wieder begegneten wir auch einem Derada oder einem Wallori mit ihrem Gefolge. Doch die reisenden Händler waren auf dieser Strecke eher selten anzutreffen.

Gegen Abend zogen schwarze Wolken am Himmel auf. »Beeilt Euch lieber, einen Unterschlupf zu finden!«, rief uns eine Askaldo zu. »Der Fluss kann bei starkem Regen auch schon mal über die Ufer treten und wenn Ihr dann im Schlamm stecken bleibt …«

»Sie hat recht«, seufzte Londurs, während wir in der Ferne schon den ersten Donner hörten. »Wir müssen runter von der Straße und auf eine Anhöhe.«

Nur war das leichter gesagt als getan. Mit dem Planwagen kamen wir nur langsam voran und anders als der Hauptweg waren die Nebenwege nur schwer befahrbar. Als wir eine halbe Stunde später endlich einen sicheren Platz gefunden, die Pferde angeleint und uns im Wagen verkrochen hatten, waren wir alle, bis auf Sanjan, klitschnass und zitterten vor Kälte. Ich holte die Decken aus den Truhen und während wir uns einmummelten, spendierte uns Sanjan eine Runde Süßigkeiten und Londurs öffnete eine Flasche Branntwein für uns Erwachsene. So eng beieinander fühlte sich unsere kleine Gruppe zum ersten Mal wie eine richtige Gemeinschaft an.

Es regnete und donnerte bis tief in die Nacht hinein. Irgendwann war ich eingeschlafen und als ich am nächsten Morgen aufwachte, lag ich an Londurs' breite Brust gekuschelt da, der leise schnarchte.

Vögel zwitscherten und ich hörte, wie sich der Elluren auf der anderen Seite des Planwagens regte.

»Guten Morgen«, flüsterte er.

»Morgen«, antwortete ich und lächelte. Zum ersten Mal seit Tagen fühlte ich mich wieder glücklich. »Wie sieht es draußen aus?«

Der Elluren hatte seinen Schlafplatz direkt hinter dem Kutschbock aufgeschlagen, wo man nicht ganz so wind- und wettergeschützt war. Offenbar hatte Londurs uns den besseren Platz am Ende des Wagens gesichert, wodurch meine Haare jetzt nicht in alle Richtungen zu Berge standen wie die des Elluren.

»Es hat aufgehört zu regnen. Das ist schon mal etwas, aber die Wege sehen verschlammt aus. Ich glaube nicht, dass wir gleich weiterfahren können«, meinte er skeptisch.

»Sind die Pferde noch da?«, fragte ich besorgt. Sie waren zwar an schlechtes Wetter gewöhnt und würden nicht weglaufen, aber ich hatte die Räuber nicht vergessen. Fehlende Namenlose hin oder her.

»Ja, sie sind da.«

»Wir sollten sie füttern und tränken«, schlug ich vor und erhob mich. Wir hatten in Iriliada noch Heu gekauft, da Ställe und Weiden hier Mangelware waren. Ich griff nach einem Ballen und wollte ihn gerade mit der Unterstützung des Elluren auf den Kutschbock hieven, als mir etwas auffiel. Der Junge war nicht im Wagen.

»Ist Sanjan schon lange wach?«

»Sanjan?«, wiederholte er. Sein Blick zuckte ins Wageninnere zu Londurs und er wurde blass. Dann kletterte er auf den Kutschbock und sah sich wild um.

»Sanjan? Sanjan!«

»Und?«

Wir warteten, aber der Junge tauchte weder auf, noch konnten wir ihn hören.

»Was brüllt ihr hier herum? Was hat der Junge denn jetzt schon wieder angestellt?«, brummte Londurs statt eines Morgengrußes und streckte sich hinter uns.

»Er ist weg!«

»Wie *weg?*«

»Das wissen wir nicht«, entgegnete ich und langsam wurde ich unruhig. Würde sich der Junge tatsächlich so weit von unserem Lager entfernen, wenn er sich im Wald nicht auskannte? Hatte er sich vielleicht verlaufen?

»Lon, wir müssen ihn suchen! Nicht dass ihm etwas passiert ist!«

Flehentlich sah ich ihn an. Londurs seufzte und rieb sich die Schläfen, aber selbst er wirkte besorgt. »Also schön«, sagte er schließlich. »Wir teilen uns auf. In einer halben Stunde treffen wir uns wieder hier am Wagen. Wollen wir hoffen, dass wir den Jungen bis dahin gefunden haben.«

Wir machten uns auf den Weg. Ich versuchte den Pfad zu meiden und dicht an den Bäumen entlangzulaufen, um nicht im Schlamm zu versinken, dennoch kam ich nur langsam voran. Konnte der Junge, der gewiss noch mehr Schwierigkeiten mit diesen verschlammten Wegen hatte, wirklich so weit gelaufen sein?

»SANJAN!«

Nach wenigen Minuten hatte ich mich heiser gebrüllt und langsam bekam ich Angst. Hoffentlich hatten die anderen den Jungen gefunden!

Es war schon beinahe Zeit umzukehren, als ich am Ende des Weges eine kleine Holzhütte bemerkte. Sie wirkte schlecht zusammengezimmert, sodass sie vermutlich keinem Askaldo gehörte. War dies eine Notunterkunft für Reisende? Lebte vielleicht jemand im Wald und hatte er oder sie den Jungen gesehen?

Ich dachte nicht einmal für den Bruchteil einer Sekunde an Räuber, was ein Fehler war. Denn kaum hatte ich an die Tür geklopft, als auch schon zwei Dinge gleichzeitig passierten: Die Tür wurde aufgerissen und ein junger Mann von Ende zwanzig in schäbiger Kleidung stand mit einem großen Knüppel bewaffnet vor mir. Zeitgleich wurde ich von hinten gepackt und ins Haus gedrängt.

»Halt sie fest, Uster!«, befahl der Mann vor mir, der plötzlich ein Seil in der Hand hielt.

»Hilfe!«

Eine Hand presste sich blitzschnell von hinten auf meinen Mund. Ich nutzte die Gelegenheit, um sie zu beißen und um mich zu treten, doch der Räuber ließ mich nicht los.

»Was habe ich dir gesagt, Uster?«

»Entschuldige, Molli«, kam es kleinlaut vom Räuber hinter mir, während der erste mich nun fesselte. Anscheinend war Molli der Anführer und Uster sein Handlanger. Gab es noch mehr Räuber in der Hütte?

Während ich weiter Widerstand leistete, betrachtete ich das Innere der Hütte. Es war dunkel, aber ich konnte trotzdem ein verschnürtes Bündel in der Ecke erkennen, das leise wimmerte und versuchte über den Boden zu robben. Sanjan!

»Habe ich es dir nicht gesagt? Ein Kind allein im Wald gibt es nicht. Dies muss die Mutter sein, womit wir zwei Geiseln auf einmal hätten«, stellte Molli zufrieden fest und verzog im nächsten Moment schmerzerfüllt das Gesicht. Mir war es gelungen, ihm einen ordentlichen Tritt gegen das Schienbein zu verpassen.

»Miststück!«, fluchte er und beugte sich vor, um mich zu packen. Dabei fiel ihm sein Wappen aus dem Hemdausschnitt und ich erstarrte ungläubig. Die edel verzierte Goldkrone mit den

Juwelen war mir nur zu gut bekannt. Nur hätte ich niemals erwartet, einen Räuber mit dem Wappen der Nateris zu sehen.

Mein Blick fiel auf eine Truhe in der Ecke, in der Gold zu sehen war. Genauer gesagt Goldketten mit Wappen daran. Diese beiden hatten Dynastiewappen gestohlen!

»Diebe«, schrie ich gegen die Hand vor meinem Mund.

»Wie bitte?«, fragte Molli, der mich inzwischen so gut verschnürt hatte wie ein Gepäckstück an einem Sattel. »Lass sie reden, Uster. Ich versteh kein Wort und hören wird sie hier eh kein Mensch.«

»Ihr habt die Wappen gestohlen!«

»Ja, das haben wir«, gab der Möchtegern-Nateri zu. »Schnell verdientes Geld. Besser, als Reisenden im Wald aufzulauern oder jeden Tag in ein neues Haus einzubrechen, sag ich dir. Diese Dummköpfe haben das Lager noch nicht einmal ordentlich gesichert! Dachten wohl, dass die Grekasols ausreichen würden, um die Wappen zu schützen. Tja, sie haben nicht mit unserem Erfindungsreichtum und einem Schlaftrunk in ihrem Essen gerechnet, was?«

Molli lachte herzhaft und der zweite Räuber stimmte ein. Sie freuten sich sichtlich über ihr gelungenes Verbrechen.

»Aber was macht Ihr jetzt mit all den Wappen?«, fragte ich. »Außer Euch als Nateris auszugeben natürlich. Nicht dass Euch das jemand abkaufen würde.«

»Wir sind Nateris!«, zischte Molli plötzlich wütend. Er forderte mich mit seinem Blick auf, ihn auszulachen, aber mich überkam ein komischer Verdacht.

»Stimmt das, was er behauptet?«, fragte ich meine Wahrheitsmagie.

*Ja, dies sind Molli Nateri und sein Namensvetter Uster Horin Nateri.*

Ich staunte nicht schlecht. Die Nateris waren eine der reichsten Dynastien der Welt, herrschten über die fünf Länder – und diese zwei mussten sich als Räuber durchs Leben schlagen? Wie tief waren sie gesunken!

*Die Nateris sind nicht reich,* korrigierte mich die Stimme in meinem Kopf. *Sie haben ihr Vermögen in den letzten Jahrhunderten verprasst. Inzwischen ist ihnen kaum mehr als die Kleidung an ihrem Leib geblieben.*

»Aber sie gehören doch zu den fünf Herrscherdynastien!«, wandte ich ein. »Hätten die anderen Regenten ihnen nicht helfen müssen?«

*Es gibt nur vier Herrscherdynastien. Die Nateris gehören nicht dazu.*

In mir drehte sich alles. Jeden Tag erkannte ich neue Veränderungen in der Wirklichkeit. Und sie ergaben *einfach keinen Sinn*! Was bezweckte der andere Passario mit alledem?

»Am besten hältst du schön die Klappe, während wir auf deine Freunde warten!«, befahl mir Molli Nateri. »Der Junge sagt, es gibt noch zwei Männer in eurer Gruppe? Einen Elluren und einen Kurbabu?«

»Du solltest lieber hoffen, dass den beiden etwas an euch liegt«, mischte sich Uster ein. »Sonst werdet ihr zwei uns nicht ganz so heil und gesund verlassen, wie ihr in unsere Falle getappt seid.«

»Lasst den Jungen zufrieden!«, zischte ich wütend. Was waren das für Menschen, die davon sprachen, ein Kind zu verletzen?

»Uster!«, ermahnte ihn Molli sanft. »Wir wollen doch mit dem Lösegeld ungehindert davonkommen, oder nicht? Dann sind unverletzte Geiseln der bessere Weg.«

Langsam durchschaute ich die beiden. Molli war der Befehlsgewohnte und eher pragmatisch, Uster war unterwürfig, aber grausam. Wir hatten Glück, dass es nicht andersherum war.

»Ich denke nicht, dass sie Lösegeld für uns zahlen werden«, wandte ich ein. »Wenn Ihr mit dem Jungen gesprochen habt, dann wisst Ihr auch, dass ich mich mit dem Elluren nicht verstehe und mich mit dem Kurbabu zerstritten habe. Und Geld habe ich gerade keines bei mir.«

Ich wusste nicht, ob es der beste Weg war, die ungeschminkte Wahrheit zu sagen – *Welche Wahrheit?* –, aber wenn es bei uns nichts zu holen gab, dann konnten sie uns ja freilassen …

Oder uns umbringen.

Dieser Gedanke kam mir natürlich erst, als ich meine Worte nicht mehr zurücknehmen konnte. Die beiden Räuber schleppten mich zu Sanjan und stießen mich unsanft zu Boden. Ich stöhnte vor Schmerzen und schmeckte Blut.

»Mama!«

Sanjan zitterte neben mir und weinte.

»Warum bist du heute Morgen denn weggelaufen?«, fragte ich ihn leise.

»Das wollte ich gar nicht!«, heulte der Junge. »Ich musste mal. Doch als ich zum Lager zurückwollte, habe ich mich verlaufen. Die Bäume sahen alle gleich aus!«

»Und dann bist du diesen beiden begegnet?«

»Ja, aber die sind gemein. Sie wollten mir nicht helfen, obwohl sie zuerst nett waren.«

Natürlich, um Sanjan besser ausfragen zu können. Ich seufzte. Der Junge konnte nichts dafür.

Wie lange war ich schon in der Gewalt der Räuber? Es musste eine halbe Stunde vergangen sein und inzwischen hatten Londurs und der Elluren sicherlich gemerkt, dass etwas nicht stimmte. Die beiden wussten, in welche Richtung ich gegangen war.

Ich schöpfte neue Hoffnung. Für Londurs wäre es ein Klacks, die beiden Nateris zu besiegen. Und anders als ich wäre er garantiert auch misstrauisch, wenn er eine einsame Hütte im Wald entdeckte. Es konnte nicht mehr lange dauern, bis er uns gefunden hatte und uns befreien würde.

»Hab keine Angst!«, flüsterte ich Sanjan zu. »Hilfe ist schon unterwegs.«

Ich sollte recht behalten, nur anders als gedacht. Keine fünf Minuten später sah ich einen Schatten außen an der Wand entlangschleichen. Durch einen Spalt sah jemand zu uns herein und Sanjan zuckte neben mir zusammen.

»Sei leise!«, raunte ich ihm zu.

Die beiden Nateris musterten aufmerksam die Tür und spähten aus dem Fenster den Weg entlang. Sie ahnten nicht, dass sich jemand von hinten anschlich.

Die Hintertür knarrte kaum hörbar, als jemand sie einen Spalt öffnete und die Hütte betrat. Ich sah von meiner Position am Boden nur schlammbedeckte Stiefel, die nun blitzschnell zuschlugen.

Unser Retter stürzte sich auf die beiden Räuber. Uster landete mit einem lauten Knall an der Wand und ging stöhnend zu Boden. Molli warf sich auf den Angreifer, doch ein gezielter Hieb gegen den Kopf setzte ihn außer Gefecht.

»Sind sie tot?«, fragte Sanjan ängstlich.

»Keine Sorge, Junge«, sagte da eine Stimme, die ganz bestimmt nicht Londurs oder dem Elluren gehörte. »Die beiden sind nur betäubt. Tote kann man nämlich nicht vor Gericht stellen.«

Der Mann drehte sich zu uns um und während ihm das Sonnenlicht ins Gesicht schien, erkannte ich unseren Retter endlich.

Es war Frislan Polliander.

Meine erste große Liebe.

Der Mann, der mich verraten hatte.

# Anumas

*»Einen besseren Freund als*
*einen Polliander gibt es nicht.*
*Er wird immer zu dir halten,*
*egal was passiert.«*

Tirasan Passario

Wir starrten uns an. Ich konnte nicht fassen, dass ausgerechnet Frislan derjenige war, der uns gerettet hatte. Wie kam er überhaupt hierher?

»Anderta?«, fragte er verblüfft.

Sein Blick ließ mich nicht los und auch ich konnte ihn nur anstarren. Frislan sah gut aus. Wie jeder andere Polliander, den ich bislang getroffen hatte, war er groß und muskulös. Mit seinen knapp zwei Metern sah er auf uns herab, die grünen Augen blitzten. Seine kurzen, dunkelblonden Haare waren windzerzaust und standen ihm wie stets ausgezeichnet.

Wie konnte er nur so gut aussehen? Ich hasste ihn.

*Anderta!*

»Nein, darüber will ich nicht sprechen! Das weißt du genau!«, herrschte ich die Stimme an.

Plötzlich war all der Schmerz wieder da, so als hätten sich fünf

Jahre einfach in Luft aufgelöst und als wäre es erst gestern gewesen. Ich kämpfte gegen die Tränen an. Vor Frislan würde ich mir diese Blöße garantiert nicht geben!

»Anderta, träume ich oder bist du es wirklich?«, fragte er. Staunen lag in seiner Miene. Er sah aus, als würde er sich ehrlich freuen, mich wiederzusehen.

Ich wünschte, es wäre ein Traum und nicht die Wirklichkeit!

»Was denkst du wohl?«, erwiderte ich bissig. »Und? Kannst du mich endlich mal losbinden oder willst du mich den ganzen Tag anstarren?«

Frislan hatte meinen scharfen Ton nicht erwartet und zuckte zusammen. »Bitte entschuldige, natürlich werde ich dich sofort befreien.«

Er kniete sich neben mir hin und begann meine Fesseln zu lösen. Wir hatten beide den Jungen vergessen und erschraken, als er fragte: »Mama, wer ist das?«

Frislans Blick fiel auf den Jungen und wurde weicher. Er lächelte. »Du hast einen Sohn, Anderta? Hallo, mein Kleiner, ich bin Frislan Polliander, ein alter Freund deiner Mama. Und wer bist du denn?«

»Hör auf damit, Frislan! Tu nicht so, als wäre alles in bester Ordnung und wir alte Freunde, die sich durch Zufall wiedergetroffen haben!«, fuhr ich ihn an. Ich würde nicht zulassen, dass er sich wieder in mein Leben schlich!

»Du hast recht, Anderta. Wir sind keine Freunde, wir sind viel mehr als das«, sagte er leise, aber mit solcher Leidenschaft in seiner Stimme und in seinem Blick, dass mir ganz heiß wurde. Verdammt, er musste damit aufhören!

Meine Haut brannte dort, wo er sie mit seinen Händen berührte. Ich konnte die Schwertkampfschwielen spüren, seine Berührung war mir selbst nach all den Jahren noch so vertraut, als hätten wir uns erst gestern zum letzten Mal geliebt.

»Lass mich los!«, befahl ich ihm leise. Ich wollte vor Sanjan keinen Streit vom Zaun brechen, aber bei den großen Namen, ich würde bald um mich schlagen, wenn er nicht damit aufhörte!

Doch natürlich ließ Frislan mich sofort los. Das hatte mir schon immer an ihm gefallen. Er respektierte meine Wünsche und Meinungen – jedenfalls bis zu dem Tag, an dem er mich verraten hatte.

Er löste meine letzten Fesseln, ohne mich unnötig zu berühren, und widmete sich dann Sanjan, während ich meine Hände und Beine rieb und versuchte, den Blutfluss wieder in Gang zu bringen.

»Ich mag dich«, sagte Sanjan plötzlich, der unseren Austausch mit großen Augen verfolgt hatte. »Ich bin Sanjan Passario.«

»Noch ein kleiner Passario, hm?« Frislan lachte, während er den Jungen auf den Arm nahm. »Dann willst du sicher auch so ein toller Wahrheitsfinder wie deine Mutter werden, wenn du groß bist. Nicht wahr?«

»Ich bin schon groß!«, protestierte Sanjan. »Ich bin vier Jahre alt.«

»Verdammt, Sanjan, warum musstest du das sagen?«, dachte ich verzweifelt und riss den Jungen aus Frislans Armen.

»Vielen Dank für deine Hilfe, aber wir müssen jetzt gehen. Unsere Freunde suchen bereits nach uns.«

»Warte, Anderta! Ich …«

Ich ignorierte ihn, marschierte, so schnell ich konnte, zur Tür und riss sie auf. Vor mir stand ein Grekasol und blinzelte mich verdutzt an.

»Sie ist in Ordnung, Cludios. Sie waren Gefangene unserer Räuber«, erklärte Frislan schnell, der plötzlich direkt hinter mir stand. »Kümmere du dich um die beiden Gefangenen und schaff sie zurück nach Anumas. Ich sorge dafür, dass die beiden den Wald sicher verlassen.«

»Jawohl, Frislan.«

Also daher hatte er uns gefunden. Er hatte die beiden Räuber verfolgt.

Wir wanderten stumm in Richtung Lagerplatz zurück, wo uns der Elluren schon aufgelöst erwartete. »Den großen Namen sei Dank!«, schrie er und stürzte auf uns zu. »Ich habe mir schon solche Sorgen gemacht!«

Sein Blick fiel auf Frislan und er runzelte verwirrt die Stirn.

»Frislan Polliander«, stellte er sich vor.

»Illiero Beros Elluren.«

»Frislan ist ein Held und hat uns gerettet, Illi«, plapperte Sanjan aufgeregt. »Er ist sogar ein noch besserer Krieger als mein Holz-Polliander! Willst du ihn mal sehen?«

»Ja, klar«, meinte Frislan, der Sanjans Gedankensprung anscheinend mühelos folgen konnte.

Der Junge verschwand im Planwagen und der Namensforscher folgte ihm. Frislan starrte ihnen hinterher. »Er ist vier Jahre alt? Dann ist er unser Sohn?«

So weit kam es noch! »Er ist *mein Sohn*!«, zischte ich ihn an. »Nicht *unser*!«

*Du weißt, dass das nicht stimmt, Anderta.*

Das war mir gerade herzlich egal. Ich würde nicht zulassen, dass Frislan dachte, dass er irgendwelche Rechte hatte, was uns betraf.

»Natürlich, An. Du hast ihn allein aufgezogen, ich kann verstehen, dass das nicht einfach für dich war. Ich …«

Plötzlich hatte Frislan sein Schwert gezogen und mich hinter sich gedrängt.

Ehe ich es mich versah, hörte ich das Geräusch einer weiteren Waffe, die gezogen wurde, und Londurs' Stimme, die scharf fragte: »Wer seid Ihr? Tretet sofort von Anderta zurück!«

Die beiden Krieger musterten sich feindselig. Keiner wollte

als Erster nachgeben. Sie kniffen die Augen zusammen und versuchten, sich gegenseitig einzuschätzen. Na toll, das fehlte gerade noch!

In diesem Moment kletterte Sanjan aus dem Wagen. In der Hand hielt er stolz seinen Holz-Polliander.

»Schau mal, Frislan!«

»He! Du hast recht!«, sagte er und senkte das Schwert. »Der sieht tatsächlich aus wie ich.«

Die Situation entspannte sich etwas, als Frislan den Jungen anlächelte und auf ihn zuging.

»Wer ist der Kerl, An?«, fragte Londurs leise. »Halt mal! Sein Name ist Frislan? *Das* ist dein ehemaliger Geliebter?«

Und damit waren nun alle im Bilde.

Frislan bestand darauf, uns nach Anumas zu begleiten – sehr zur Freude von Sanjan und zum Unmut von Londurs, der sich wie ein eifersüchtiger Liebhaber verhielt. Ich hätte mich wahrscheinlich über diese Entwicklung gefreut, wenn nicht Frislans Pferd bei seinen Kollegen von der Stadtwache von Anumas gewesen wäre, die getrennt von uns mit ihren Gefangenen in die Stadt zurückritten, und der Polliander daher neben mir auf dem Kutschbock reiste. Mir passte weder seine Nähe noch dass Sanjan auf seinem Schoß saß und lachte, während die beiden sich unterhielten.

Mittags waren die Wege so weit getrocknet, dass wir einigermaßen problemlos weiterfahren konnten, als wir den Hauptweg erreicht hatten. Dennoch ging es nur langsam voran, was bedeutete, dass ich Frislans Gegenwart nicht nur zwei oder drei, sondern vier Tage ertragen musste. Wirklich großartig!

Nachts legte er sich dazu auch noch neben mich und Sanjan in den Wagen, um uns im Fall eines nächtlichen Angriffs von Räubern besser beschützen zu können, was Londurs mit einem Knurren und einem Zucken zu seinen Dolchen quittierte.

Ich war schon fast eingeschlafen, als ich Lons geflüsterte Drohung hörte: »Lasst bloß die Finger von ihr! Verstanden? Ihr habt schon genug angerichtet!«

»Ach ja, und was? Ich ...«

Der Rest ging im Schlaf unter. Ich wusste nicht, worüber sich die beiden unterhalten hatten, aber am nächsten Morgen sah keiner der beiden den anderen an.

Ja, dieses Gespräch musste gut verlaufen sein.

Am frühen Abend des 14. Tages seit der Wirklichkeitsveränderung erreichten wir Anumas. Am Horizont konnte ich die Numberge sehen, eine willkommene Abwechslung nach all den Tagen voller Wald, Wiesen und Felder.

»Wie lange bleibt ihr in der Stadt?«, wollte Frislan wissen, doch ich hatte keine Lust, ihm darauf eine ehrliche Antwort zu geben.

»Keine Ahnung, wahrscheinlich ein paar Tage.«

Wenn alles gut lief, dann wären wir morgen schon wieder unterwegs und ich würde Frislan nie wiedersehen.

Dieser ließ es sich nicht nehmen, uns ein Gasthaus zu empfehlen und uns dorthin zu begleiten. Er plauderte noch etwas mit dem Lottaru, während wir uns auf unsere Zimmer begaben.

»Passt du bitte auf Sanjan auf, Illiero?«, fragte ich den Elluren. Meine Gedanken rasten, während ich bereits eifrig Pläne schmiedete. »Wir müssen noch Einkäufe machen.«

»Klar, gerne.«

Kurz darauf klopfte ich an Londurs' Tür. Er musterte mich regungslos, als ich vor ihm stand.

»Ich denke, wir sollten das verbleibende Tageslicht ausnutzen, um unser Ziel auszuspähen. Findest du nicht auch?«

Er nickte.

Wir schlichen uns über die Hintertreppe aus dem Gasthaus.

Ich wusste, dass Frislan immer noch mit dem Lottaru plauderte, und ihn konnte ich bei den Vorbereitungen auf unseren Diebstahl nun wirklich nicht gebrauchen. Dann könnte ich mich ja gleich freiwillig ins Gefängnis begeben.

Die Holzschatulle vor Augen rief ich meine Wahrheitsmagie, die ungewöhnlich kooperativ war.

»Wohin jetzt?«

*Die erste Straße links, zwei Blöcke geradeaus und dann rechts.*

Ihren Richtungsangaben folgend standen wir kurz darauf vor einem Stadthaus. Es war nicht überdurchschnittlich groß, sondern sah wie ein normales Wohnhaus aus.

»Wer wohnt hier?«

*Nitiso Bonisa.*

Ich hätte einen Händlernamen oder einen Richter oder Juristen erwartet, keinen Maler. Aber das kam uns nur zugute. Selbst große Maler hatten keine Wachen und nur selten Andertis.

*Hier wohnen nur ein Anderti und der Maler selbst.*

Das ging ja leichter als gedacht.

»Wann wollen wir beginnen?«

»Um halb zwei. Lass deine Tür unverriegelt. Ich komme dann, um dich zu holen«, antwortete mein Partner.

Und so machten wir es. Sanjan schlief tief und fest, als ich mich leise erhob und in meine schwarze Arbeitskleidung schlüpfte. Mein Wappen versteckte ich wie immer in meiner Kleidung.

Kurz darauf standen wir vor unserem Ziel und holten unsere Dietriche hervor. Die Haustür bereitete uns keinerlei Probleme. Nach dem Geruch von Alkohol, der in der Luft lag, zu urteilen, waren vermutlich auch keine Schwierigkeiten durch die Bewohner zu erwarten. Wir verließen uns jedoch nicht auf den Rausch, sondern schlichen lautlos ins Wohnzimmer.

Auf der Anrichte stand die kleine Kiste aus Kirschholz. Die kunstvollen Schnitzereien machten den Eindruck, als würden sie im Licht unserer Lampe verschwimmen, während ich durch den Raum huschte, die kleinen Juwelen blitzten. Ich konnte verstehen, warum ein Maler Interesse an solch einer Schatulle hatte. Sie war wunderschön.

Vorsichtig nahm ich sie in die Hände und steckte sie in den kleinen Beutel, den Londurs mir entgegenhielt. Fünf Minuten nach unserem Einbruch hatten wir das Haus bereits wieder verlassen.

Dass das Ganze zu einfach gewesen war, erkannte ich jedoch erst, als ich eine halbe Stunde später die Tür zu meinem Zimmer öffnete und in Sanjans, Illieros und Frislans besorgte Gesichter blickte.

Frislan warf nur einen Blick auf meine Kleidung und holte tief Luft. Sein Blick verdüsterte sich und ich wusste, dass er uns durchschaut hatte.

»Mama!«, schrie Sanjan erleichtert. Er hatte geweint und sprang von Illieros Schoß, rannte auf mich zu und warf mich beinahe um. Dabei fiel mir der Beutel mit der Holzschatulle aus der Hand und Frislans Blick zuckte sofort hinüber.

»Reinkommen und Tür zu!«, befahl er kalt. Er warf einen mörderischen Blick auf Londurs. »Ihr! Wie konntet Ihr nur! Ich weiß nicht, was Ihr gegen Anderta in der Hand habt, aber wenn Ihr denkt, dass ich tatenlos zusehe, wie Ihr sie für Eure Diebestouren einspannt, dann habt Ihr Euch geirrt!«

»Diebestouren?«, fragte Illiero verwirrt. Sein Blick fiel auf meine Kleidung und er schien endlich zu begreifen, was Frislan schon auf den ersten Blick erkannt hatte. Bodenlose Enttäuschung lag auf seinem Gesicht.

»Anderta? Bitte sagt mir, dass das nicht wahr ist!«, flehte er.

»Ach ja, nun bin ich an allem schuld?«, fragte Londurs Frislan höhnisch. »Wer hat Anderta denn im Stich gelassen, sodass sie ihren Feinden in die Hände gefallen ist? Ich jedenfalls nicht! Ich habe sie die letzten Jahre beschützt – und das um einiges besser, als Ihr es jemals hättet tun können! Euch lag ja immer nur das Wohl Eures *ehrbaren Auftraggebers* am Herzen. Einen größeren Verbrecher auf der Welt gibt es nicht.«

Frislan schnappte nach Luft, während ich mich langsam vom Boden erhob und Sanjan auf die Füße stellte. Ich ging auf den Namensforscher zu, der mich mit solcher Naivität anstarrte und es immer noch nicht glauben wollte.

»Ja, wir sind Diebe«, gab ich zu. »Zufrieden? Und wenn wir uns nicht als Diebe betätigen, dann als Erpresser. Und manchmal belüge ich auch die Menschen, die mich als Wahrsagerin aufsuchen. Wollt Ihr jetzt immer noch mein Leben dokumentieren?«

»Aber Ihr seid ein großer Name!«, protestierte der Elluren unter Tränen der Enttäuschung. »Ihr seid eine Heldin! Ihr habt doch die Piraten entlarvt und den Mörder des letzten Rernber-Regenten gefunden …«

Ich lachte bitter. »Und was hat es mir gebracht?«, fragte ich. »Ruhm? Oder eine Handvoll mächtiger Feinde, die mich alle tot sehen wollten? Nein, eine Heldin zu sein, ist nur etwas für Dummköpfe! Dokumentiert nur weiter das Leben von Euren großen Namen! Ich wette mit Euch, dass jeder von ihnen früher oder später mit einem Dolch in seinem Körper enden wird!«

In diesem Moment verpasste Frislan Londurs einen gewaltigen Schwinger vors Kinn. Londurs taumelte unter der Wucht des Schlages. Im ersten Augenblick wirkte er schockiert, dann wütend. Im nächsten Moment warf er sich auf Frislan. Aber ich war viel zu zornig, um mich um die beiden Streithähne zu kümmern.

»Nein, das ist nicht wahr!«, leugnete der Namensforscher. »Das Gute siegt immer! Es ist allein Londurs' Schuld, dass Ihr den Glauben an Euch und das Gute verloren habt, das weiß ich! Ich wünschte, Ihr wäret ihm nie begegnet!«

Londurs' Schuld? Londurs war das Beste, was mir in den letzten Jahren passiert war! Wie konnte dieser ahnungslose, vertrottelte Idiot, der immer noch an die Heldengeschichten der Ungabas glaubte, das nicht sehen?

»Aua!«

Ich wirbelte herum, als Sanjan aufschrie und zu weinen begann. Er war Londurs und Frislan vor die Füße geraten und einer der beiden hatte ihn geschubst. Während ich noch den Mund aufriss, segelte die Holzschatulle aus Sanjans Händen auch schon durch die Luft und landete im Kamin, wo das Feuer aufloderte. In Sekundenschnelle stand die trockene Kiste in Flammen und fiel in sich zusammen und mit ihr die sechstausend Goldmünzen, die der Tolbo uns für ihre Wiederbeschaffung versprochen hatte.

»Verdammte Scheiße!«, fluchte Londurs, als sein Anteil in Ruß aufging. Er starrte Sanjan voller Zorn an. »Kannst du nicht aufpassen, du kleiner Nichtsnutz? Was hast du überhaupt bei unseren Sachen verloren?«

»Nun gebt nicht dem Jungen die Schuld!«, fuhr Frislan ihn an. Beide Kämpfer hatten Verletzungen im Gesicht und Risse an ihren Kleidern davongetragen. »*Eure Sachen*? Dass ich nicht lache! Ihr habt die Holzschatulle gestohlen!«

Sanjan begann bitterlich zu weinen und mein Zorn löste sich in Luft auf. Stattdessen bekam ich Schuldgefühle. Ich hätte niemals zulassen dürfen, dass der Junge in unsere Gaunereien und unser Leben hineingezogen wurde! Londurs hatte recht gehabt! Unser Leben war viel zu gefährlich für ein kleines Kind! Ich hätte ihn auf die Schule zurückbringen sollen, egal, wie sehr der Junge dagegen protestierte. Ich wünschte, ich könnte die Zeit zurückdrehen.

Der Elluren ging auf den weinenden Jungen zu und nahm ihn in die Arme. Sofort hatte Frislan ein schlechtes Gewissen. Er ließ seine Fäuste sinken und ging auf die Knie.

»He, Kleiner!«, sagte er sanft. »Bitte nicht weinen! Es ist nicht deine Schuld! Es tut mir leid, dass ich nicht besser aufgepasst habe. Ich wollte dich nicht verletzen.«

»Die traute Familie vereint!«, höhnte Londurs. Seine Lippen verzogen sich verächtlich. »Tja, dann verschwinde ich besser mal! Ich lasse mich jedenfalls nicht wegen deines Liebhabers ins Gefängnis bringen! Ich hoffe, ich sehe dich niemals wieder, Anderta!«

»Londurs!«, rief ich. Das konnte er doch nicht ernst meinen!

Im nächsten Moment schlug mir die Zimmertür vor der Nase zu und ich ballte die Fäuste.

»Ich habe genug von dieser Scheiß-Wirklichkeit!«

Der andere Passario konnte sich auf etwas gefasst machen! Ab sofort hatten wir Krieg!

# MEIN FEIND

*»Ich bin Tirasan Passario und ich freue mich, endlich einem anderen Passario zu begegnen.«*

Ich beobachtete den jungen Mann, der durch die Straßen von Himmelstor, der Hauptstadt von Mirabortas, schlenderte, wie ein Raubvogel seine Beute beobachtete. Noch hatte er mich nicht entdeckt, obwohl ich ihm seit zwei Tagen folgte und auf eine günstige Gelegenheit wartete.

Aber es war nicht einfach, ihn allein anzutreffen. Stets war jemand in seiner Nähe. Häufig war er mit einem Polliander unterwegs oder mit einer Wabloo und manchmal auch mit einer Gruppe von Freunden. Einmal hatte ich ihn sogar mit einem Tolbo und einer Gruppe von Grekasols zum Gericht fahren sehen.

Es würde nicht leicht werden, den Passario zur Rede zu stellen, aber ich war wild entschlossen. Nur meine Geduld hatte sich erschöpft. Inzwischen war es Tag 30 seit der Wirklichkeitsveränderung und ich hatte die Schnauze endgültig voll von dieser Welt, die der andere Wahrheitsfinder erschaffen hatte. Ein Monat voller Elend und Leid war viel zu lang. Es war an der Zeit zu handeln.

Zwei Wochen lang hatte ich emsig Pläne geschmiedet und wieder verworfen, denn mir war klar gewesen, dass die meisten von ihnen nicht durchführbar waren. Ich war auf mich allein gestellt.

Tiefe Abneigung überkam mich, als der junge Passario sorglos lachte. Es schien ihn nicht zu kümmern, dass er mein Leben zerstört hatte. Doch ich würde noch dafür sorgen, dass er seine Tat bereute!

Er betrat mit seinen Freunden zusammen ein Gasthaus und ich folgte ihm unauffällig. In diesem Moment wurde ich am Arm gepackt und festgehalten.

Erschrocken wirbelte ich herum. Hatte mich einer der Schergen meines Feindes entdeckt?

Doch es war nur Illiero, der mich mit traurigen Augen musterte. »Anderta, endlich haben wir Euch gefunden!«, sagte er laut.

Ich zischte ihn an, damit er leise sprach. Wollte er, dass man uns entdeckte?

»Was wollt Ihr?«, fragte ich ihn abweisend.

»Wir machen uns Sorgen um Euch!«, erklärte der junge Namensforscher beunruhigt. »Wisst Ihr das denn nicht? Als Ihr vor zwei Wochen einfach so aus dem Gasthaus verschwunden seid, ohne ein Wort – nur mit einer Notiz, dass Ihr dem Ganzen ein Ende bereiten würdet –, haben wir uns das Schlimmste ausgemalt. Wir waren krank vor Sorge! Sanjan hat fast nur noch geweint. Nur Frislan war sich sicher, dass Ihr niemals Selbstmord begehen würdet.«

Selbstmord? Nein, so einfach kam mir der andere Passario nicht davon!

»Nun habt Ihr ja gesehen, dass es mir gut geht. Und jetzt verschwindet! Oder ich ramme Euch mein Messer in die Brust und schreie ›Vergewaltigung‹!«, drohte ich.

Der Elluren ließ mich los, als hätte ich ihn verbrannt. Er wirkte zutiefst entsetzt und traute mir das tatsächlich zu. Das sollte er besser auch, denn falls ich diese Gelegenheit seinetwegen verpasste, wäre ich zu allem fähig.

Ich ließ ihn stehen und betrat das Gasthaus, in dem der Passario zusammen mit einem Polliander, einem Derada und einer Varianda zu Abend aß. Sie lachten ausgelassen und die Gruppe lauschte, während die Varianda etwas erzählte. Bierkrüge und Weinflaschen standen vor ihnen auf dem Tisch.

»Sie sind unaufmerksam. Jetzt brauche ich nur noch deine Hilfe«, wandte ich mich zufrieden an die Stimme.

*Der direkte Weg zur Wahrheit wäre, das Gespräch zu suchen.*

»Fall mir ja nicht in den Rücken! Du weißt genau, was er getan hat und warum ich dies tun muss. Ich will mein Leben zurück. Ich will meine Wirklichkeit zurück und nicht diese Farce.«

Ich wusste, dass ich die Hilfe meiner Wahrheitsmagie benötigte, wenn mein Plan funktionieren sollte. Ohne sie hätte ich meinen Gegner niemals so schnell gefunden. Doch ich war bereit, es auch ohne sie zu versuchen. Ich ertrug es nicht einen Tag länger in dieser falschen Wirklichkeit.

*Der Lottaru mit dem grimmigen Gesicht an der Bar ist nicht der Besitzer. Er ist unzufrieden mit seinem Los,* gab die Stimme schließlich preis.

Zwar hatte ich mir mehr erhofft, aber ich nahm, was ich kriegen konnte. Eine Viertelstunde später war mein Plan auf dem besten Weg, endlich umgesetzt zu werden.

Das Warten machte mich fertig. Es dauerte noch eine knappe Stunde, bevor sich der Passario endlich erhob und sich auf den Weg zur Toilette machte. Ich hob meinen Krug in die Höhe und machte dem Lottaru an der Bar ein Zeichen. Dann stand ich auf und folgte dem Passario, während sich der Lottaru ein paar Meter hinter mir hielt.

Ich wartete, bis mein Feind fertig war und wieder zu seinen Freunden in den Schankraum zurückkehren wollte. Dann drückte ich ihm blitzschnell das vorbereitete Tuch ins Gesicht. Überrascht riss er die Augen auf und taumelte. Das Betäubungsmittel wirkte!

»Schnell«, zischte ich dem Lottaru zu. »Nach oben!«

Wir nahmen den Passario wie einen Betrunkenen zwischen uns und schleppten ihn die Hintertreppe hinauf bis ins Dachgeschoss. Dort öffnete der Lottaru die Tür zu einem Zimmer und half mir, den Bewusstlosen hineinzutragen.

»Sofern mein Arbeitgeber nicht eins der Zimmer direkt unter uns vermietet, solltet Ihr ungestört sein«, meinte mein Verbündeter.

Ich nickte bloß und reichte ihm seine versprochene Belohnung. Der unzufriedene Lottaru hatte noch nicht einmal gefragt, was ich von dem Passario wollte, als ich ihn um Hilfe bat, ihn zu betäuben und auf ein Zimmer zu schaffen. Deutlich mehr Interesse hatte er hingegen an den versprochenen zwanzig Goldmünzen gezeigt, die ich ihm jetzt in die Hand drückte.

Er ging und ich verschloss die Tür. Endlich hatte ich die Gelegenheit, meinen Feind ganz genau zu mustern. Er wirkte jung, ungefähr so alt wie der Elluren, und hatte ein unschuldiges Gesicht, aber darauf fiel ich nicht herein. Dies war der Mann, der skrupellos mein Leben zerstört hatte und dann mit seinen Freunden feierte, als wäre nichts geschehen!

Ich nahm meinen Rucksack vom Rücken und holte das Seil heraus. Nachdem ich den Wahrheitsfinder ans Bett gefesselt hatte, brachte ich den Knebel an und kontrollierte, ob alles festsaß. Ich wollte schließlich keine unangenehmen Überraschungen erleben.

Es war befriedigend, meinen Feind so hilflos vor mir liegen zu sehen. Noch besser wäre es allerdings, wenn er dabei auch wach wäre. Also stieß ich ihn so lange an, bis er endlich die Augen aufschlug.

Verwirrung lag in seinem müden Blick, als er mich fragend musterte. Offensichtlich erkannte er mich nicht. Wütend verpasste ich ihm eine Ohrfeige.

Der Schock ließ ihn endgültig wach werden. Er wollte etwas sagen, was aufgrund des Knebels in seinem Mund unmöglich war. Dann begriff er, dass er gefesselt war, und Angst trat in seine Augen. Der Anblick tat so gut!

»Weißt du, wer ich bin?«

Ich starrte ihn an und lächelte, als er erneut versuchte, sich zu befreien. Aber die Fesseln saßen fest und wegen seiner Magie hatte ich vorgesorgt. Der Piosti, der mir das Betäubungsmittel verkauft hatte, hatte mir versichert, dass es die Kräfte von Magiern unterdrückte, und vorsichtshalber hatte ich es zuvor an mir selbst ausprobiert. In den nächsten zwölf Stunden konnte mein Feind keine Wahrheitsmagie einsetzen oder die Wirklichkeit verändern.

»Du hast mein Leben zerstört!«, schrie ich den Passario an und bekam nur einen verwirrten Blick zurück. »Du hast mir die Wirklichkeit gestohlen und alles kaputt gemacht! Das lasse ich nicht zu!«

Ich hatte mit allem Möglichen gerechnet, nur nicht damit, dass der Passario anfangen würde zu lachen, bis ihm die Tränen kamen. Das Bett wackelte, während ihn ein heftiger Lachanfall schüttelte.

Fassungslos starrte ich meinen Widersacher an. War der Mann wahnsinnig?

Die Frage ließ mich nicht los, daher nahm ich ihm den Knebel ab. Ich brauchte Antworten! Sofort!

»Warum lachst du? Findest du das hier etwa lustig? Du bist in meiner Gewalt und deine Magie wird dich nicht retten! Wenn du nicht tust, was ich sage, werde ich dich töten!«, drohte ich.

Langsam beruhigte sich der Passario, doch noch immer grinste er unangemessen. Er schrie noch nicht einmal um Hilfe. Hatte er denn überhaupt keine Angst?

»Du bist eine Passario!«, stellte er schließlich staunend fest. »Du weißt ja gar nicht, wie lange ich gehofft habe, einem anderen von uns zu begegnen. Und noch dazu jemandem, der weiß, wie es vor der Wirklichkeitsveränderung war! Du erinnerst dich an alles?«

»Natürlich erinnere ich mich an alles!«, blaffte ich ihn an und er strahlte, was in mir den Wunsch weckte, ihn erneut zu schlagen. Also tat ich es.

»Aua!«, protestierte er. »Warum hast du das getan?«

Er schenkte mir einen Blick voller verletzter Verwirrung, der mich plötzlich an Sanjan erinnerte, sodass ich nicht mehr wusste, was ich sagen sollte.

»Du … du …«

Es hatte doch keinen Sinn! Da war ich am Ziel meiner Reise und doch ferner von der Erfüllung meiner Träume denn je!

»Ich bin Tirasan Passario und ich freue mich, endlich einem anderen Passario zu begegnen. Wie heißt du?«

»Wir sind nicht hier, um freundlich Konversation zu betreiben!«, rief ich entnervt.

»Warum denn dann? Du willst doch etwas von mir, oder nicht? Wie soll ich erfahren, was das ist, wenn du nicht mit mir redest?«, fragte er, die Vernunft in Person.

*Er hat recht, Anderta. Sag es ihm!*

Doch bevor ich dazu kommen konnte, wurde überraschend ein Schlüssel von außen in die Tür gesteckt und herumgedreht. Scheiße, der Lottaru hatte den Freunden des Passarios doch sagen sollen, dass er nach Hause gegangen war!

Ich zückte leise fluchend mein Messer, trat näher ans Bett heran und hielt es meinem Gefangenen an die Kehle. Sofort wurde er regungslos. Dann warteten wir beide darauf, dass sich die Tür öffnete.

»Das glaube ich jetzt nicht!«, entfuhr es mir, als ich meinen ungebetenen Gast erkannte. Es war Frislan, der ebenfalls wenig begeistert bei unserem Anblick aussah.

»Wie kommst du denn hierher?«

»Illi hat mir erzählt, dass er dich vor diesem Gasthaus getroffen hat. Und als ich den Lottaru etwas ausgequetscht habe, habe ich erfahren, wo du bist. Hast du denn den Verstand verloren? Du hast diesen Jungen entführt?«

»Diesen Jungen«, echote ich ungläubig. Anscheinend sah mein früherer Lebensgefährte nur das junge, unschuldige Gesicht und ließ sich von der Verschlagenheit des Passarios täuschen. »Dies ist der Mann, der die Wirklichkeit gestohlen hat! Er ist schuld daran, dass Londurs nichts mehr mit mir zu tun haben will und mich jetzt hasst! Es ist seine Schuld, dass ich jetzt Sanjan, den Elluren und dich dafür an der Backe habe! Ich habe alles verloren – nur wegen ihm!«

»Das tut mir leid«, kam es nun überraschend vom Bett neben mir. »Das habe ich nicht gewollt.«

Meine Hand verkrampfte sich um das Messer. Ich wusste nicht, ob ich im nächsten Moment zustoßen würde oder nicht. Doch dann packte mich Frislan und riss mich von meinem Feind fort.

»Anderta! So komm doch endlich zu Sinnen! Ich weiß nicht, was Londurs gegen dich in der Hand hat oder warum du dich so abhängig von ihm fühlst, dass du wirklich alles tun würdest, um ihn zurückzubekommen, aber das bist nicht du!«

Kurz erfüllte mich Wut bei seinen Worten, aber dann kehrte die Verzweiflung zurück. Er hielt mich fest und strich mir beruhigend über den Rücken, während ich mich vergeblich gegen seine Umklammerung wehrte. Irgendwann ließ ich das Messer los, das zu Boden fiel. Ich weinte.

»Ich ertrage das nicht länger!«, schluchzte ich.

Die beiden Männer schwiegen, während ich mich ausweinte. Frislan wiegte mich sanft in seinen Armen, was ein schönes Gefühl war, bis ich mich wieder an seinen Verrat erinnerte und mich abrupt von ihm löste. Noch einmal würde ich garantiert nicht auf ihn hereinfallen!

»An?«, fragte er verwirrt.

»Geh!«, befahl ich ihm. »Dies hier ist meine Sache. Damit hast du nichts zu tun. Ich schaffe das hier allein.«

Ich erkannte an seinem Gesichtsausdruck, dass er protestieren wollte, doch in diesem Moment klopfte es an der Tür. Wir wechselten einen Blick, dann ging mein ehemaliger Partner zur Tür und ich bückte mich nach dem Messer.

»Wer ist da?«, fragte Frislan.

»Ich«, sagte jemand und wir erkannten die Stimme des Lottarus. »Öffnet die Tür!«

Er huschte panisch ins Zimmer, als Frislan die Tür einen Spalt öffnete. »Ihr müsst verschwinden!«, erklärte er uns. »Die Freunde des jungen Mannes glauben nicht, dass er nach Hause gegangen ist. Sie haben mich eine Viertelstunde lang durch die Mangel gedreht und sind nun auf dem Weg zur Stadtwache, um die Grekasols zu holen. Wenn man ihn hier findet, bin ich dran. Also geht!«

Verdammt! So hatte ich das nicht geplant. Ich brauchte mehr Zeit. Zeit, um den anderen Passario einzuschüchtern und ihn dazu zu bringen, seine Magie wieder rückgängig zu machen. Doch in den nächsten elf Stunden war der Passario wegen des Betäubungsmittels dazu nicht in der Lage!

»Komm, wir lassen ihn frei! Lass uns die Situation nicht noch verschlimmern«, schlug Frislan vor.

»Das kommt gar nicht infrage!«, widersprach ich entsetzt. »Mir ist egal, was du tust, aber ich nehme ihn mit. Hast du verstanden?«

Ich warf den drei Männern drohende Blicke zu, bis sie alle einträchtig nickten. Frislan widerwillig, der Lottaru erleichtert und der Passario mit einem Gesichtsausdruck, den ich nicht deuten konnte.

»Über die Hintertreppe«, meinte der Lottaru.

Frislan band den Passario los, während ich ihn mit meinem Messer bewachte.

»Und keinen Mucks!«, zischte ich, bevor wir die Treppe leise hinuntergingen.

Womit ich nicht gerechnet hatte, war, dass unten Illiero und Sanjan mit dem Planwagen auf uns warteten.

»Was machen die zwei denn hier?«, fragte ich Frislan schockiert.

»Auf dich warten«, erklärte er kurz angebunden. »Los, klettert rein! Diskutieren können wir später noch, zunächst einmal müssen wir von hier verschwinden. Ich fasse es nicht, dass ich dir bei einer Entführung helfe!«

Ich auch nicht. Der alte Frislan hätte das nie getan. Aber ich hatte ja auch nicht gedacht, dass er zu Verrat fähig wäre. Anscheinend steckte in jedem von uns auch eine dunkle Seite, man musste nur lange genug nach ihr suchen.

Wir gehorchten. Der Passario kletterte in den Planwagen und ich folgte ihm, während Frislan neben dem Elluren auf dem Kutschbock Platz nahm, der Sanjan auf dem Schoß hatte. Dann rollte der Wagen los und wir beeilten uns, uns zu setzen.

»Wer ist das?«, wollte Sanjan wissen.

»Später, Sanjan, in Ordnung?«, meinte Frislan grimmig. »Jetzt wird nicht geredet.«

Der Wagen rollte durch Himmelstor. Es war noch recht früh am Abend, sodass wir mit unserem Planwagen nicht sonderlich auffielen. Bislang hatten uns die Grekasols nicht angehalten und wahrscheinlich würden sie das auch nicht, so lange mein Gefangener nicht um Hilfe schrie.

Aber das tat er aus irgendeinem Grund nicht.

Misstrauisch musterte ich den anderen Passario. Welches Spiel spielte er mit uns? War dies etwa alles ein Trick? Gab er sich nur harmlos und unschuldig, um uns in Sicherheit zu wiegen?

Der Passario ließ mich nie aus den Augen, als wäre mein Gesicht ein ganz besonders faszinierendes Kunstwerk.

Meine Wachsamkeit konnte er damit nicht täuschen! Mein Messer immer noch fest umklammert, beobachtete ich seine Bewegungen.

Ich wusste nicht, wie lange wir unterwegs waren, aber irgendwann brach die Nacht an und das Geräusch der Straße änderte sich. Wir fuhren nicht länger auf einem Pflaster, sondern hatten die Stadt verlassen.

Irgendwann kletterte Sanjan zu uns nach hinten und kam näher. Ohne Rücksicht auf das Messer in meiner Hand setzte er sich auf meinen Schoß und kuschelte sich an mich.

»Ich habe dich vermisst, Mama«, flüsterte er. Im nächsten Moment war er eingeschlafen.

Ich spürte mehr, als dass ich es sah, dass der Passario uns noch immer beobachtete. Inzwischen war es stockfinster geworden und nur die Laternen an beiden Seiten des Kutschbocks spendeten noch etwas Licht.

Kurz darauf brachte Frislan den Wagen zum Stehen, nahm eine der Laternen und kam zu uns nach hinten.

»Wir sollten reden«, sagte er grimmig. Ich hatte ihn noch nie so ernst gesehen. »Was hast du vor, Anderta?«

»Ich nehme ihn mit und sorge dafür, dass er seine Wirklichkeitsmagie wieder rückgängig macht«, erklärte ich entschlossen. Mir war egal, was Frislan davon hielt. Von meinem Plan ließ ich mich durch nichts und niemanden auf der Welt abbringen!

»Und was ist mit dir?«, fragte Frislan den Passario. »Wirst du uns Ärger machen? Muss ich dich fesseln oder schwörst du, uns und den Jungen nicht anzugreifen?«

»Ich schwöre es«, versprach mein Widersacher ruhig.

»Sagt er die Wahrheit?«, fragte ich meine Magie zweifelnd. Ich konnte nicht glauben, dass ein so mächtiger Magier so friedlich sein sollte.

*Ja.*

»Wer bist du überhaupt?«, wollte Illiero wissen, der uns beobachtet hatte. Er wusste nicht, dass der Passario unser Gefangener war, da wir die ganze Fahrt über geschwiegen hatten.

»Mein Name ist Tirasan Passario«, erklärte mein Feind höflich. »Ich bin Andertas Bruder.«

# Bruder und Schwester

*»Manchmal kann es echt nerven,*
*einen Wahrheitsfinder zum Freund zu haben.«*

Baro Derada

»Das ist er nicht!«

Entrüstet starrte ich den verlogenen Wahrheitsfinder an. Wir zwei hatten nichts gemeinsam! Wie kam er zu der bodenlosen Frechheit, sich als *mein Bruder* zu betiteln?

»Nicht in *diesem* Leben, genau genommen«, gab der Passario zu. »Aber in unserem ersten Leben, zu Beginn der Dynastien, waren wir Bruder und Schwester. Dieses Band zwischen uns besteht weiter, auch wenn du in diesem Leben andere Eltern hast.«

»Wie aufregend! Dann denkt Ihr also, dass Familie nicht nur etwas mit Blut, sondern auch mit Namensmagie zu tun hat?«, rief Illiero. Er zückte sein Notizbuch und einen Stift, bevor er erkannte, dass es zu dunkel war, um etwas aufzuschreiben.

»Ja, das denke ich«, erklärte der Passario und wandte sich dem Elluren zu. »Nicht ohne Grund sagen wir doch auch bei Angehörigen derselben Dynastie, dass sie Namensvettern sind, oder nicht? Wir erklären sie instinktiv zu einer Familie, obwohl sie nur ihre Namensmagie verbindet und nicht ihr Blut.«

»So habe ich das noch nie gesehen.«

Sie beachteten mich nicht! Ungläubig starrte ich auf die zwei Plappermäuler. Hatten sie denn schon vergessen, dass er mein Gefangener war und ich hier das Sagen hatte?

»Schluss jetzt!«, befahl ich wütend und die beiden blickten mich schuldbewusst an.

»Er ist nur aus einem Grund hier! Um die gestohlene Wirklichkeit wieder zurückzugeben!« Ich warf Illiero, der etwas hinzufügen wollte, einen zornigen Blick zu.

»Darüber können wir uns morgen unterhalten«, vermeldete der Passario und gähnte. »Ich bin müde. Gute Nacht!«

Er streckte sich auf dem Boden aus, legte die Hände unter seinen Kopf und war im nächsten Moment eingeschlafen. Frislan stieß einen Laut aus, der mir verdächtig nach einem Kichern klang, und ich wirbelte herum.

»Ich denke, wir sollten alle schlafen gehen«, meinte er ruhig. »Morgen ist auch noch ein Tag.«

Er holte die Bettrollen und Decken hervor, legte eins der Sitzkissen vom Kutschbock neben meinen schlafenden Feind und deckte ihn zu. Dann bereitete er die Schlafstelle für Sanjan vor, nahm ihn mir aus den Armen und legte ihn liebevoll hin.

Kurz darauf schlugen er und der Elluren draußen ihre Nachtlager auf und ich war mit meinem Feind und dem schlafenden Kind allein im Planwagen und ballte frustriert die Fäuste. Am liebsten hätte ich den Passario sofort wieder geweckt, damit er mir meine Wirklichkeit zurückgab.

*Und was soll das bringen, Anderta? Durch das Betäubungsmittel kann er vor morgen früh keine Magie wirken.*

Ich hasste es, wenn meine Wahrheitsmagie so vernünftig klang und mich als irrational hinstellte. Ich war doch kein kleines Kind!

Unruhig ging ich im Wagen auf und ab. Nachdem ich einmal fast auf Sanjan getreten wäre, meinen Gegner angerempelt hatte, ohne dass dieser davon wach geworden wäre, und über irgendetwas am Boden gestolpert war, hielt ich gezwungenermaßen inne. Diese Untätigkeit machte mich wahnsinnig! Nun hatte ich endlich den Passario in meiner Gewalt, doch alles lief schief!

In Ordnung, die Stimme hatte recht. Vor dem nächsten Morgen konnte der Passario nichts tun. Aber wer garantierte mir denn, dass er uns nicht angriff, statt das zu tun, was ich von ihm verlangte? Ich brauchte ein Druckmittel!

Ich legte mich hin und grübelte. In dieser Nacht fand ich nicht viel Schlaf. Mein Misstrauen ließ mich jedes Mal wieder hochschrecken, sobald mir vor Müdigkeit die Augen zufielen. Ich konnte es nicht fassen, dass Frislan, der sich sonst bei jeder Gelegenheit in mein Leben einmischte und sich Londurs gegenüber als mein Beschützer aufgespielt hatte, mich und Sanjan mit einem wildfremden und gemeingefährlichen Verbrecher allein im Wagen gelassen hatte! Lag ihm denn gar nichts an uns?

Irgendwann musste ich doch eingeschlafen sein, denn als ich das nächste Mal die Augen aufschlug, war es hell, die Sommersonne schien in den Wagen … und Sanjan zeigte meinem Feind gerade stolz seinen Holz-Polliander.

»Mein bester Freund ist auch ein Polliander. Sein Name ist Rustan Polliander«, erklärte er dem Jungen gerade. »Einen besseren Freund als einen Polliander gibt es nicht. Er wird immer zu dir halten, egal was passiert.«

Die zwölf Stunden waren verstrichen!

Panisch setzte ich mich bei der Erkenntnis auf, während ich mich nach den anderen umsah. Wir waren allein im Wagen, der Passario hatte seine Magie zurück, den Jungen auf dem Schoß und somit die perfekte Geisel! Bei den großen Namen, wie hatte ich nur so unvorsichtig sein können!

»Mama!«

»Guten Morgen, Anderta! Ich hoffe, du hast gut geschlafen?«

Wie zwei Unschuldige strahlten mich die beiden an. Ich bemühte mich, unauffällig näher zu kommen, und blieb wachsam.

»Onkel Tir mag auch Polliander«, erklärte mir Sanjan und ich erkannte mit Schrecken, dass die Gefahr aus einer ganz anderen Richtung kam, als ich befürchtet hatte. Der Passario war sogar noch verschlagener als gedacht, wenn er beabsichtigte, meine Freunde für sich einzunehmen und gegen mich aufzustacheln! Aber das würde ich nicht zulassen!

»Komm her, Sanjan! Dieser Mann ist nicht dein Onkel!«

»Doch! Das ist er! Warum lügst du, Mama?«

Enttäuschte Kinderaugen sahen mich an. Der Junge verstand nicht, warum ich das sagen und so handeln musste.

»Weil er das nicht ist, Sanjan«, erklärte ich geduldig. »Er gehört nicht zu uns. Wir haben nichts mit ihm gemeinsam.«

»Aber er ist auch ein Passario. Damit gehört er zu uns«, widersprach er.

Hilfe kam aus einer unerwarteten Richtung. »Warum gehst du nicht zu deinem Vater und Illi, während deine Mutter und ich uns unterhalten, Sanjan?«, fragte der Passario sanft. Er lächelte ihn an und schob den Jungen behutsam Richtung Kutschbock.

»Na schön.«

»Welches kranke Spiel treibst du hier?«, zischte ich ihn leise an, als Sanjan den Wagen verlassen hatte. »Halt dich gefälligst von dem Jungen fern!«

Er seufzte. »Hör zu! Ich versteh ja, dass du mich nicht kennst und mir daher nicht vertraust. Aber ich habe geschworen, dem Jungen nichts zu tun. Nur zu! Überprüf mich mit deiner Wahrheitsmagie! Ich lüge nicht. Das kann ich gar nicht.«

*Er spricht die Wahrheit.*

Ha! Darauf fiel ich nicht herein! Schließlich wusste ich ja bereits, dass er ein Meister der Wahrheitsmanipulation war!

»Ich mag den Jungen«, sagte mein Feind und lächelte. »Du hast echt Glück gehabt, Anderta.«

»Glück?«, explodierte ich. »Weißt du, wie das ist, wenn du eines Morgens aufwachst und plötzlich liegt ein Kind neben dir, das du noch nie gesehen hast, und alle Welt behauptet, dies wäre dein Sohn? Und plötzlich bist du für ihn verantwortlich und die Welt spielt verrückt und nichts ergibt mehr einen Sinn, *weil dir jemand die Wirklichkeit gestohlen hat!*«

Er blieb ruhig, während ich ihn anschrie. »Ich kann verstehen, dass dies eine große Überraschung für dich gewesen sein muss, die nicht einfach zu verkraften war.«

»Eine Überraschung? Eher ein Albtraum! Ich habe gedacht, die anderen wären verrückt geworden oder ich selbst! Und niemand wollte mir glauben, als ich ihnen von der gestohlenen Wirklichkeit erzählt habe!«

»Das kenne ich«, meinte er und lächelte, während ich ihm am liebsten eine reingehauen hätte. Wie konnte er nur lächeln und so scheiß verständnisvoll tun?

»Ach ja?«, ätzte ich.

»Ja. Als ich nach der Wirklichkeitsveränderung darüber reden wollte, wie es vorher gewesen ist, haben mich alle nur verwirrt oder besorgt angesehen. Meine Mutter und mein bester Freund haben mich zu einem Zunu geschleppt! Aber als ich ihr und Rustan dann erklärt habe, was geschehen war, haben sie mir schließlich irgendwann geglaubt. Auch wenn sie mich immer noch irritiert angucken, wenn ich von Namenlosen, den alten Schulen, Nummern oder der fünften Herrscherdynastie der Nateris spreche. Sie glauben mir lediglich, weil sie wissen, dass ich nicht lüge, nicht lügen kann. Sie können sich nicht vorstellen, in einer anderen Wirklichkeit zu leben und hier fremd zu sein. Sie hören mir zwar zu, aber sie verstehen nicht, was es bedeutet, wenn man sich als Einziger nicht an die gemeinsamen Erlebnisse erinnern kann, von denen sie erzählen. Wenn man der Einzige ist, der sich erinnert, wie es früher war, aber niemanden hat, mit dem man sich darüber austauschen kann. Das macht einsam. Von daher kann ich sehr gut verstehen, wie du dich fühlst.«

Mir reichte es endgültig! Ich wollte nicht hören, wie es für ihn gewesen war, und auf das geheuchelte Verständnis konnte ich auch gut verzichten!

»Mach es wieder rückgängig!«, forderte ich.

»Warum?«

»Wie *warum?* Darum! Weil ich es sage!«

»Das reicht nicht«, erklärte mir der Passario und seufzte. »Ich muss genau verstehen, was dein Problem ist. Nur wenn ich es verstehe und genauso sehe, kann ich dir helfen. Sonst funktioniert meine Magie nicht. Denn momentan tue ich es nicht. So wie ich es sehe, hat sich die Welt größtenteils zum Besseren verändert.« Kurz huschte ein bekümmerter Ausdruck über sein Gesicht, als hätte er sich an etwas erinnert, das sich nicht zum Besseren verändert hatte. Doch dann lächelte er den Gedanken weg. Das schien er sehr häufig zu machen. Mit neuem Elan fuhr er fort: »Es gibt wieder richtige Familien, Anderta! Das ist doch großartig!«

»Aber ich will keine Mutter sein!«

»Oh, du kannst ja tatsächlich lügen!«, staunte der Passario und musterte mich intensiv. »Wie machst du das? Ist das spannend! Es ist alles genauso, wie es in Rustans Tagebuch stand.«

Ich hatte keine Ahnung, wovon er jetzt schon wieder sprach, aber ich erkannte ein Ablenkungsmanöver, wenn ich eins sah.

»Mach die Wirklichkeitsveränderung wieder rückgängig, sonst wirst du es bereuen!«

»Drohst du mir?«, fragte er verblüfft. »Tatsächlich. Und was wirst du tun, wenn ich es nicht tue?«

»Dann werde ich dich töten!«

»Und schon wieder eine Lüge!«, seufzte er. »So langsam komme ich mir vor, als würde ich mit meinem Freund Baro reden, als er noch Nummer 2 war und unseren Mitschülern Geschichten erzählt hat. Er hatte es auch nicht so mit der Wahrheit.«

»Hör auf damit! Du glaubst mir nicht?«

»Nö«, meinte er. »Du vergisst, dass ich die Wahrheit erkennen kann, Anderta. Andere magst du täuschen können, aber bei mir klappt das nicht. Und außerdem willst du doch etwas von mir, oder nicht? So, wie ich es verstehe, kannst du meine Magie nicht rückgängig machen, was bedeutet, dass du mich lebend brauchst. Also, warum verzichten wir nicht auf all die Lügen und das ganze Drohgehabe und unterhalten uns wie vernünftige Leute?«

»*Wie vernünftige Leute?*«

Verdammt, er war gut darin, mich als die Böse hinzustellen und sich als hilfsbereites Opfer! Das musste ich ihm lassen.

Ich atmete tief ein und aus, um mich zu beruhigen. So kam ich nicht weiter. Doch was sollte ich dann tun? Der Passario hatte erkannt, dass er am längeren Hebel saß, denn er hatte recht: Ich brauchte seine Hilfe, wenn ich mein Leben wieder zurückhaben wollte.

Nachdenklich setzte ich mich auf den Boden und der Passario folgte meinem Beispiel. Er reichte mir einen Bonbon, den er von Sanjan bekommen haben musste.

»Magst du einen?«

Ich grummelte widerwillig ein Dankeschön und lutschte, während meine Gedanken rasten. Also schön, es blieb mir nichts anderes übrig, als erst einmal sein Spiel mitzuspielen.

»Ich will mein Leben zurück. Warum verstehst du das denn nicht?«, fragte ich verzweifelt.

»War dein altes Leben denn wirklich besser als dein jetziges?«, wollte er wissen.

»Ja, natürlich!«

»Inwiefern?«

»Nun, ich war mit Londurs zusammen. Wir waren glücklich, mein Partner und ich hielten zusammen.«

»Wer ist Londurs und was ist mit ihm geschehen?«

»Londurs Kurbabu hat mich vor zwei Wochen verlassen, weil er mir nicht geglaubt hat und mit Sanjan nicht zurechtkam«, erklärte ich und bemühte mich um Selbstbeherrschung.

»Hmpf!«, machte er und verzog das Gesicht. »Ich bin ja kein Freund von Kurbabus. Und es hört sich so für mich an, als hätte er dich nicht genug geliebt – falls er es denn überhaupt getan hat –, wenn er dir nicht geglaubt und dir nicht vertraut hat. Und ernsthaft? Wer würde denn einen Kurbabu einem Polliander vorziehen? Frislan liebt dich und Sanjan, das sieht doch ein Blinder!«

»Das ist nicht wahr«, protestierte ich. »Wir waren glücklich und Londurs hat mich *geliebt*!«

Wie konnte er das infrage stellen? Er kannte ihn doch gar nicht. Nur weil Londurs ein Kurbabu war, unterstellte der Passario ihm etwas Schlechtes? Londurs hatte mich geliebt, das wusste ich.

»Es tut mir leid«, sagte der Wahrheitsfinder sanft. »Ich kann mir nicht vorstellen, wie weh das getan haben muss, als er dich verlassen hat. Du liebst ihn immer noch, das sehe ich. Aber denkst du wirklich, wenn ich alles rückgängig mache – und ich bin mir nicht sicher, ob ich das überhaupt kann –, dann wird zwischen dir und ihm alles wieder so wie früher? Und was ist mit Sanjan?«

»Was soll mit ihm sein?«

»Er ist dein Sohn. Ein Kind gehört zu seinen Eltern und dein Londurs mag den Jungen anscheinend nicht. Eine schlechte Grundlage für eine Beziehung.«

»Bist du jetzt auch schon ein Experte für Beziehungen, oder was? Dies ist *mein* Leben! Ich weiß besser als du, was für mich richtig ist und was nicht. Und glaub mir, Frislan Polliander ist es ganz sicher nicht«, fuhr ich ihn genervt an. »Und was soll mit Sanjan sein? Wenn du deine Magie rückgängig machst, dann ist er wieder auf der Schule und erinnert sich an nichts!«, sagte ich.

*Falsch, Anderta!*

»Du würdest tatsächlich deinen Sohn gegen deinen Partner eintauschen?«, fragte mich der Passario enttäuscht. »Denkst du nicht, dass du den Jungen vermissen würdest? Und er dich? Ihr seid Passarios, Anderta! Ihr erinnert euch, wie es vorher war!«

»Als ob ich diesen kleinen Quälgeist vermissen würde!«, behauptete ich.

»Lügnerin!« Langsam schien er wütend zu werden. »Warum tust du das? Belügst du nur mich oder auch dich selbst?«

»Nenn mich nicht Lügnerin, du hinterhältiger Dieb!«

Ich war aufgesprungen und stand mit geballten Fäusten vor ihm.

»Ich bin kein Dieb!«, empörte sich mein Gegner und erhob sich. »Ich habe in meinem Leben noch nie etwas gestohlen! Nimm das sofort wieder zurück!«

»Ich denke gar nicht daran!«

»Ach ja? Nur weil du die Wahrheit nicht ertragen kannst, heißt das nicht, dass du um dich schlagen und alle anderen verletzen darfst! Das ist so etwas von egoistisch von dir!«

»Ich bin nicht egoistisch!«, brüllte ich zurück.

»Doch, bist du! Du denkst nur an dich! An das, was für dich am besten wäre! Was für alle anderen das Beste ist, kümmert dich gar nicht!«

»Halt, verflucht noch mal, endlich die Klappe!«

Der Passario hielt inne, sah mich an und sein Zorn ließ nach. Er schloss die Augen und rieb sich die Schläfen. Plötzlich wirkte er müde und nicht mehr so jung.

»Es tut mir leid, Anderta. Du hast ja auch recht«, lenkte er überraschend ein. »Es ist nicht alles besser als vorher und ich habe mich in den letzten vier Wochen schon häufiger gefragt, ob es wirklich richtig war, was und wie ich es getan habe. Aber in dem Moment, als ich die Wirklichkeit verändert habe, tat ich es nicht bewusst und es war damals der einzige Ausweg. Was wäre, wenn ich es rückgängig machen würde? Kann ich das überhaupt? Und falls ja, welche unerwarteten Folgen hätte es dieses Mal?«

Die Kehrtwende in seinem Verhalten kam mir etwas zu plötzlich. Ich glaubte ihm nicht. Er war der mächtigste Magier, den ich kannte, und konnte angeblich seine Magie nicht richtig steuern? Der Gedanke war absurd! Dieser Trick sollte vermutlich an meine Leichtgläubigkeit appellieren. Da kannte er mich jedoch schlecht.

Vermutlich bemerkte er meine Skepsis, denn er begann nun zu erzählen, was damals geschehen war. »Meine Freunde und ich sind in Tummersberg aufgewachsen. Damals waren sie noch nicht meine Freunde, sondern lediglich meine Klassenkameraden. Als wir vor zwei Monaten unsere Namensgebung hatten, wurden sie zu großen Namen und bekannten Helden: Rustan Polliander, Baro Derada, Nelia Wabloo und Allira Varianda. Mein Name hingegen, Tirasan Passario, sagte niemandem etwas, er schien völlig unbedeutend zu sein, und so war es logisch, dass ich zunächst dachte, dass einer der anderen das Ziel war, als es zu gefährlichen Unfällen und Überfällen kam. Ich musste jedoch erfahren, dass das nicht stimmte.«

Er verstummte, der Blick abwesend und düster, während er sich erinnerte. Ich wollte ihn unterbrechen – seine Rechtfertigung interessierte mich nicht –, doch er fuhr bereits fort: »*Ich* war das Ziel der Anschläge, ich war es immer gewesen. In der Erbverwaltung erfuhr ich, wer ich in meinem ersten Leben gewesen war, nämlich ein Herzog und der Besitzer von Himmelstor und großen Landstrichen um die Stadt herum. Meine Feinde versuchten mir Steine in den Weg zu legen, sie zerrten mich vor

Gericht, wollten mir meinen Namen aberkennen, um an mein Vermögen zu gelangen.

Meine schlimmste Widersacherin, die Regentin Lostaria Imlanda, hatte jedoch andere Ziele. Sie hatte von Anfang an gewusst, dass ich nicht nur ein Wahrheitsfinder bin, sondern auch die Wirklichkeit verändern kann. Dass *ich* es gewesen war, der damals vor 1276 Jahren die Namensmagie erschaffen und unsere Seelen unsterblich gemacht hatte. Sie entführte mich und meinen besten Freund Rustan.«

Er schluckte schwer. Ein Zittern erfasste seinen Körper, die Hände ballten sich zu Fäusten, bevor er die Arme um sich selbst schlang. Wider Willen war ich inzwischen doch neugierig und es verschaffte mir auch eine gewisse Befriedigung, ihn jetzt so gepeinigt von seinen Erlebnissen zu sehen.

»Lostaria Imlanda wollte mich zwingen, sie auch körperlich unsterblich und zur ewigen Alleinherrscherin über Mirabortas zu machen. Ich sollte meine Magie einsetzen, um die Wirklichkeit zu verändern, andernfalls wollte sie Rustan vor meinen Augen töten.«

Nun sah er mich zum ersten Mal wieder an. »Ich konnte das nicht zulassen, verstehst du? Ich wusste nicht, was ich tun sollte. Oder wie meine Magie eingesetzt werden kann, um die Wirklichkeit zu beeinflussen. Ich war in Panik, die Zeit lief mir davon, doch als sie Rustan tatsächlich töten lassen wollte, habe ich instinktiv auf meine Wirklichkeitsmagie zurückgegriffen. Damit Rustan lebt, damit Menschen wie Lostaria Imlanda oder meine anderen Feinde nicht ihre perfiden Pläne umsetzen können, damit Kinder wie ich und meine Freunde nicht mehr einsam sind, sondern alle die Chance bekommen, ihre Mütter kennenzulernen, und nicht als Nummern in Schulen aufwachsen müssen. Ich hatte einiges auf unserer Reise zur Erbverwaltung in Himmelstor gesehen, das mich bekümmert hat – und zu wissen, dass es meine

Schuld war, dass es überhaupt zum Zerfall der Familien und zu der Entstehung von so etwas Entsetzlichem wie die armen, gepeinigten Namenlosen gekommen war … ich wollte das korrigieren, eine bessere Welt erschaffen …«

Ich schnaubte. »Korrigieren? Eine bessere Welt erschaffen?«, echote ich ungläubig. »Du entscheidest einfach für alle und bezeichnest *das* dann als bessere Welt?«

Er zuckte zusammen und ich erkannte, dass ich voll ins Schwarze getroffen hatte.

»Nun?«, setzte ich grimmig nach. »Angeblich kannst du doch nicht lügen. Also sag mir: Hältst du diese Welt wirklich für besser und für richtig, was du getan hast?«

»Ich … ja … nein«, stammelte er.

»Was denn nun?«

»Ich habe einen Fehler gemacht«, gab er zu und seine Schultern sanken herab wie bei einem ertappten Schuljungen bei der Strafpredigt eines Ungabas. »Ich habe unbewusst Dinge verändert, die ich gar nicht ändern wollte. Sicher, den Leuten geht es besser. Die Kinder sind glücklicher, die Menschen fröhlicher. Dass Lostaria Imlanda fort ist und die Nateris nicht länger an der Macht sind, ist auch etwas Gutes. Meine Freundinnen Nelia und Allira leben jetzt bei ihren Eltern, sie haben ein gutes Verhältnis zu ihnen – nun gut, Baros Eltern sind leider schon tot – und Rustan hat sogar einen Bruder …«

»Aber …?«, hakte ich unerbittlich nach. Mir reichte es endgültig, wie er seine Tat vor mir und anscheinend auch vor sich selbst rechtfertigen wollte.

»Aber Rustan hat vergessen, dass er mich liebt. Er verdient etwas Besseres als das, was ich ihm unterbewusst angetan habe – weil ich ihn lediglich als besten Freund gesehen habe und seine Gefühle für mich nicht wahrhaben wollte. Ich bin vor ihnen davongelaufen – und er musste dafür den Preis bezahlen. Das ist nicht gerecht. *Ich weiß das!* Aber ich kann es ihm nicht sagen! *Ich kann nicht!* Was ist, wenn er dann fordert, dass ich erneut die Wirklichkeit verändere, und in der anderen Wirklichkeit hat Lostaria Imlanda ihn getötet?«

»Also ist es besser, wenn du seine Liebe und damit einen Teil seiner Seele tötest?«

Er fuhr zurück, als hätte ich ihn geschlagen. Doch ich war noch nicht fertig. Die Wut in mir gewann nun endgültig die Oberhand. Er wagte es, mir Egoismus vorzuwerfen? Er, der aus Angst, seinen besten Freund zu verlieren, nicht die ganze Wahrheit sagen konnte und sich die neue Wirklichkeit schönredete?

»Doch du hast nicht nur Teile seiner Seele getötet, sondern all unsere Seelen verletzt!«, beschuldigte ich ihn. »Du hast unsere Freiheit geraubt! Unsere wahre Vergangenheit! Unsere eigentliche Zukunft! Du hast uns zu Marionetten in deiner *schönen neuen Welt* gemacht. Denkst du, nur weil du uns zwingst, nun in Familien zu leben, sind wir auch echte Familien, die sich lieben? Liebe kann man nicht erzwingen! Deine Wirklichkeit gaukelt allen vor, sie müssten so leben, aber das stimmt nicht!

Du wolltest gefährliche Machthaber und Alleinherrscher stoppen? Na, herzlichen Glückwunsch! Du bist selbst zum gefürchteten Alleinherrscher über uns alle geworden, nur dass du in deiner Selbstgefälligkeit und Selbstverblendung nicht sehen kannst, was du uns allen antust, allen voran deinem *geliebten* Rustan!«

Mit jedem meiner gebrüllten Worte war er blasser geworden. Er öffnete immer wieder den Mund, wollte etwas zu seiner Verteidigung erwidern, bemerkte dann, dass er es nicht konnte, und machte ihn dann wieder zu. Er schloss die Augen, verschloss sie vor der Wahrheit, und taumelte.

Sein ganzes Verhalten machte mich nur noch wütender. Warum konnte er nicht zugeben, dass ich recht hatte? Warum konnte er nicht einsehen, was er getan hatte, und sich wenigstens entschuldigen? Mir reichte es nicht länger, ihm nur meine Wahrheiten um die Ohren zu schlagen.

Ich sah ein übrig gebliebenes Kissen auf einer Truhe liegen und schnappte es mir. Meine Hand holte wie von selbst aus und warf es meinem Feind ins Gesicht.

Es war nur ein Kissen und er ein großer, gestandener Mann, doch er wirkte schwächer als ein Grashalm im Wind. Im nächsten Moment fiel er um, prallte gegen einen Stapel aus Kisten, riss sie nieder, knallte zu Boden und blieb dann bewusstlos liegen.

»Anderta!«

Ich hörte entsetzte Rufe von draußen und Schritte, die rasch näher kamen. Im nächsten Moment war Frislan auf dem Kutschbock, Illiero dicht auf seinen Fersen, und die beiden starrten mich entsetzt an, während ich über meinen bewusstlosen Feind gebeugt stand. Was sie von mir und der Situation hielten, konnte ich an ihren Gesichtern ablesen.

Na super! Er war derjenige, der mein Leben zerstört hatte, und für meine Freunde war ich das Arschloch und er das Opfer.

# ALLES HAT EINEN PREIS

*»Die Wahrheit eignet sich nicht als Heiler.«*

Anderta Passario

»Aus dem Weg!«

Frislan drängte mich grob zur Seite und kniete sich neben den bewusstlosen Passario. Dann drehte er sich zu mir um und sagte mit mühsam beherrschter Stimme: »Anderta, du wirst mir jetzt genau die Wahrheit sagen. Hat er gebrochene Knochen?«

*Nein.*

»Nein«, wiederholte ich leise und mied Frislans vorwurfsvollen Blick.

»Hat er innere Verletzungen?«

Bei den großen Namen, hatte ich ihn etwa umgebracht? Plötzlich begriff ich, was ich getan hatte, und mir wurde schlecht. Falls er starb und ich in dieser Wirklichkeit für immer feststeckte, war das meine eigene Schuld!

*Nein, ich kann keine inneren Verletzungen feststellen,* beruhigte mich meine Magie.

»Nein«, antwortete ich Frislan.

»Dann ist er nicht in Lebensgefahr?«

»Bitte, Magie, antworte mir!«, flehte ich stumm.

*Lebensgefahr besteht keine, soweit ich weiß. Aber irgendetwas stimmt trotzdem nicht mit ihm!*

»Wir müssen ihn von einem Zunu untersuchen lassen. Dann sollte er in Ordnung kommen«, sagte ich laut und mir fiel ein riesiger Stein vom Herzen.

»Das mache ich!«, fuhr mich Frislan an, als ich mich zum Passario hinunterbeugen wollte, um zu helfen. »Meinst du nicht, dass du schon genug angerichtet hast, Anderta?«

»Ich wollte ihn doch nicht verletzen!«

*Jedenfalls nicht so*, korrigierte mich die Stimme. Doch ich würde mich hüten, Frislan das zu sagen.

»Du hast es aber getan, Anderta. Und solange ich nicht sicher sein kann, dass du deine Tat bereust und es nicht wieder tust, lasse ich dich nicht in seine Nähe. Ich fasse es einfach nicht! Er ist dein *Bruder*!«

»Nein …«, begann ich, doch Frislan ließ mich nicht ausreden.

»Raus hier, bevor ich etwas tue, das ich nachher bereue!«

Ich gehorchte und taumelte am Elluren vorbei nach draußen. Wir hatten auf einer Wiese in der Nähe der Giabella übernachtet und waren nicht allzu weit von der Stadt entfernt. Im Westen konnte ich Himmelstor, die Hauptstadt von Mirabortas, erkennen, die stufenweise angeordnet vor dem Himmelsgebirge aufragte. Ein kleines Stückchen südlich von uns, direkt neben dem Fluss, verlief die Straße und ich konnte Reiter, Fußgänger, Kutschen und Pferdekarren ausmachen.

»Wird Onkel Tir wieder gesund?«

Ich zuckte zusammen, als Sanjans Stimme hinter mir ertönte. Sein ängstliches, kleines Gesicht starrte mich verzweifelt an. Der Junge sorgte sich um den Mann, obwohl er ihn nicht kannte und nur kurz mit ihm gesprochen hatte, und ich verfluchte die Verschlagenheit des Passarios, die nun für den Kummer des Jungen verantwortlich war.

*Ach? Und hat seine Verschlagenheit auch für seinen Sturz und seine Bewusstlosigkeit gesorgt? Oder warst du das?*

Na klasse, das fehlte mir gerade noch! Nun war auch noch meine Wahrheitsmagie sauer auf mich!

»Hab keine Angst, Sanjan, er wird wieder gesund«, versuchte ich den Jungen zu beruhigen. Ich wollte ihn in die Arme nehmen, doch er wich mir aus.

»Warum bist du weggelaufen, Mama? Ich hatte Angst um dich! Und Papa und Illi haben sich große Sorgen gemacht. Aber Illi ist auch sauer, weil du sein Pferd gestohlen hast. Weißt du denn nicht, dass man nicht stehlen soll, Mama?«

Sanjans Vorwurf traf mich, denn er stimmte. Ich hatte mir an jenem Morgen vor zwei Wochen Illieros Schimmelstute genommen, um mich allein auf die Suche nach meinem Feind zu machen. Dass es Diebstahl war oder was mit Sanjan und den anderen geschah, hatte mich nicht gekümmert. Warum auch? Wenn es mir gelungen wäre, die Wirklichkeitsveränderung rückgängig zu machen, dann wäre nichts davon geschehen und die drei wären mir nie begegnet.

Nun aber sah die Situation anders aus. Mein Plan hatte nicht funktioniert.

Ich hatte Sanjan, Frislan und den Elluren wiedergesehen und keiner der drei verstand, warum ich so gehandelt hatte. Ihre Mienen waren empört und fassungslos. Und auch wenn mich Frislans und Illieros Meinung über mich wenig scherte, Sanjans Enttäuschung und sein Misstrauen taten weh.

»Es tut mir leid, Sanjan«, sagte ich leise. »Ich wollte dir keine Angst machen oder dir wehtun. Aber ich musste ganz dringend den Mann dort drinnen im Wagen finden.«

»Damit er dir hilft, Londurs zurückzuholen?«, fragte er. Er

wirkte verständnislos. »Warum? Londurs ist gemein! Ich bin froh, dass er weg ist. Und Papa kümmert sich jetzt um uns.«

»Du weißt, dass Frislan bald nach Anumas zurückkehren wird, oder? Er kann nicht bei uns bleiben.«

Und das wollte ich auch nicht. Je eher ich meinen ehemaligen Geliebten wieder loswurde, desto besser!

»Nein, Mama«, widersprach Sanjan. »Er hat mir versprochen, dass er bei uns bleibt. Und ein Polliander hält sein Versprechen.«

Oh, verdammt! Damit hatte er leider recht. Es sah so aus, als würde mir die reizende Gesellschaft des rechtschaffenen Besserwissers genauso wie die des idealistischen Schreiberlings noch eine Weile erhalten bleiben.

Der Elluren kam zu uns herüber. »Sanjan, hilfst du mir, die Sachen einzuräumen und im Wagen zu verstauen? Wir werden bald weiterfahren«, sagte er und ignorierte mich.

»Klar, Illi.«

Der Junge flitzte los und plötzlich waren wir beide allein. Der Elluren drehte sich um und sah mich finster an.

»Begreift Ihr eigentlich, was Ihr getan habt?«, wollte er wütend wissen. »Ihr hättet Tirasan beinahe umgebracht! Ihr habt Sanjan das Herz gebrochen! Mein Pferd gestohlen! Frislans Loyalität verloren! Und wofür das alles? Um einen verabscheuungswürdigen Kurbabu wieder zurückzubekommen? Ich verstehe es nicht, Anderta. Ihr werft achtlos alles weg, was Ihr habt, weil Ihr nur zurückschauen und die Gegenwart nicht sehen könnt!«

»Ich will mein Leben zurück!«, wehrte ich mich. »Das versteht Ihr einfach nicht! Seid Ihr schon einmal eines Morgens aufgewacht und alles war falsch? Oh, Ihr wart zwar noch am gleichen Ort und mit denselben Personen zusammen, aber der Ort und die Menschen waren plötzlich andere und niemand außer Euch bemerkte das?«

»Wovon sprecht Ihr da?«, fragte er, während er seine und

Frislans Bettwäsche im Wagen verstaute. Frislan hatte bereits die Pferde angeschirrt, setzte Sanjan auf den Kutschbock und warf uns dann einen kurzen Blick zu.

»Illi, wir fahren zum nächsten Dorf und suchen dort den Zunu auf.«

»Nicht zurück nach Himmelstor?«, fragte ich überrascht. Ich hatte nicht angenommen, dass er mir nach allem, was gewesen war, noch helfen würde.

»Nein«, erwiderte er.

Wir machten uns auf den Weg nach Osten. Illiero lenkte den Wagen, während Sanjan zwischen uns auf dem Kutschbock saß. Ich warf immer wieder einen Blick zurück ins Wageninnere, aber von dort kam kein Laut. Frislan sagte nichts und der Passario war noch immer bewusstlos.

»Wie meintet Ihr das vorhin?«, wollte der Elluren irgendwann wissen, nachdem wir bereits einige Minuten unterwegs waren. »Alles war falsch? Wie soll das gehen?«

Ich seufzte müde und begann dann von dem Morgen zu erzählen, an dem sich meine Wirklichkeit verändert hatte. Der Elluren hatte die Augen weit aufgerissen und irgendwann musste ich ihm die Zügel wegnehmen, weil er nicht länger auf die Straße achtete, sondern nur noch lauschte.

»Ihr könnt mit Eurer Magie also die Wirklichkeit verändern?«, erkundigte er sich staunend. »Ich dachte immer, die Magie der Passarios wäre die Wahrheit. Wie ist das möglich? Wie kann Wahrheit die Welt verändern?«

»Ich weiß es nicht«, gestand ich.

»Das heißt, du bist Sanjan vor einem Monat zum ersten Mal begegnet und hast ihn nicht allein großgezogen?«, fragte Frislan plötzlich von hinten. Ich hatte nicht mitbekommen, dass er überhaupt zugehört hatte.

»Das stimmt.« Ich seufzte erneut. »Ich habe zuerst gedacht, ich würde wahnsinnig werden. Versteht ihr? Nichts ergibt mehr einen Sinn. Für euch ist das einfach. Ihr kennt nichts anderes. Ihr erinnert euch nicht. Aber wenn du jeden wachen Moment weißt, dass alles um dich herum falsch ist, ja, dass noch nicht einmal deine Gefühle echt sind, weil irgendwer dich manipuliert … Ich will doch einfach nur, dass das aufhört, versteht ihr?«

»Deshalb bist du so wütend auf Tirasan«, stellte Frislan fest.

»Er scheint noch nicht einmal zu begreifen, was er angerichtet hat. Stattdessen faselt er etwas davon, wie jetzt alles besser geworden ist. Er will mir nicht helfen«, sagte ich.

Ich fühlte mich mutlos. Am liebsten hätte ich selbst alles rückgängig gemacht, aber das konnte ich nicht. Ich war hilflos, schwach. Meine Magie war nicht stark genug, um die Wirklichkeit zu verändern. Ich hatte meine Wahrheitsmagie dies jetzt seit Wochen jeden Tag gefragt und jedes Mal blieb ihre Antwort dieselbe.

»Aber es ist jetzt alles besser geworden, Mama«, widersprach Sanjan. »Ich bin keine Nummer mehr. Ich habe dich und Papa, Illi und Onkel Tir.«

»Du erinnerst dich auch daran, wie es vorher war?«, erkundigte sich Illiero überrascht. Er hatte sein Notizbuch hervorgeholt und fing eifrig an zu schreiben. Nun würde ich also doch noch in einem Buch im großen Namensarchiv enden. Seltsamerweise war es mir inzwischen egal.

»Ja. Nummer 11 zu sein, war nicht schön. Die Namen hatten nie Zeit für uns und viele Kinder waren gemein zu den Kleineren«, erzählte Sanjan.

»Faszinierend«, meinte Illiero. »Ich finde dies alles äußerst spannend. Wenn ich mir ausmale, welche Auswirkungen dies alles gehabt haben muss! Und bislang ist uns nur ein Bruchteil dessen bewusst, weil nur Ihr und Sanjan überhaupt die Unterschiede erkennen könnt! Ich frage mich, wie mein Leben wohl noch vor etwa einem Monat ausgesehen hat. Ob es sich sehr verändert hat?«

Wir schwiegen, während der Elluren emsig schrieb und schrieb. Sein Stift huschte nur so übers Papier, füllte Seite um Seite in eleganter Schreibschrift. Rasch hatte er einen guten Teil des Notizbuches gefüllt. Wenn das so weiterging, würde er bald Nachschub benötigen.

»Es war trotzdem falsch, was du getan hast«, sagte Frislan schließlich. »Du hast dich verhalten, als hätte Tirasan dich persönlich angegriffen. Aber hast du ihn mal gefragt, warum er überhaupt die Wirklichkeit verändert hat oder wie es dazu gekommen ist? Nach allem, was ich höre, hat er sich bemüht, die Welt zu verbessern. Andere Schulen, keine Namenlosen mehr, es gibt Familien … – ich kann darin keine Böswilligkeit erkennen.«

Ich wollte widersprechen und stellte plötzlich fest, dass ich es nicht konnte. Frislan hatte recht. Tirasan hatte erstaunt und erfreut ausgesehen, dass ich mich an die Zeit vor der Wirklichkeitsveränderung erinnern konnte und dass es überhaupt jemanden gab, der nicht von seiner Magie beeinflusst wurde. So hätte er nicht reagiert, wenn seine Magie gegen mich gerichtet gewesen wäre.

»Wie weit ist es noch bis zum nächsten Dorf, Illi?«, fragte Frislan.

»Nicht mehr weit. Ich kann es schon sehen.«

Ein Stöhnen kam aus dem Wageninneren. Ich sprang auf und drückte dem verdutzten Elluren die Zügel in die Hand. »Du fährst!«, rief ich und kletterte dann nach hinten. »Wie geht es ihm?«

»Ich glaube, er kommt zu sich.«

Den großen Namen sei Dank! Ich hatte mich noch nie so erleichtert gefühlt.

»Tirasan?«, fragte ich vorsichtig, als ich mich neben ihn kniete.

Er schlug die Augen auf und blinzelte verwirrt. »Was ist passiert?«

Er wollte sich aufrichten, doch Frislan drückte ihn behutsam wieder auf die Bettrolle zurück. »Du hast dir den Kopf angestoßen und warst eine Weile bewusstlos. Bleib also besser erst einmal liegen, in Ordnung? Wir bringen dich gerade zu einem Zunu, der dich untersuchen soll.«

Tirasan sah von Frislan zu mir und wieder zurück.

»Wer seid ihr?«, fragte er und mein Magen schlug einen seltsamen Purzelbaum.

»Erinnerst du dich denn nicht mehr?« Das war nicht gut, oder?

»Nein.«

»Ich bin Anderta Passario, das ist Frislan Polliander und vorne auf dem Kutschbock sitzen unser Sohn Sanjan Passario und Illiero Beros Elluren.«

»Und wer bin ich?«

Das war ein Scherz, oder?

*Nein, Anderta. Er macht keine Scherze. Er hat wirklich keine Ahnung, wer er ist.*

»Scheiße!«

# REUE

*»Mein Name ist Tirasan Passario.«*

»Sag es!«, forderte ich. »Na los!«

»Mein Name ist Tirasan Passario.«

»Und?«, fragte ich angespannt. »Bitte, ihr großen Namen, lasst es funktionieren!«, flehte ich stumm.

»Es tut mir leid, ich erinnere mich nicht. Tirasan Passario ist tatsächlich mein Name?«

Das war nicht gut. Das war überhaupt nicht gut. Das war sogar ganz übel. Ich konnte ja noch verstehen, dass er uns vergessen hatte – schließlich hatte er uns erst am Vorabend getroffen –, aber dass er seinen eigenen Namen vergessen hatte …

»Keine Sorge, Tirasan«, meinte Frislan beruhigend. »Wir bringen dich gleich zu einem Zunu und spätestens in einer halben Stunde ist alles wieder in Ordnung.«

Mein ehemaliger Feind starrte ihn unsicher an, bevor er nickte. »In Ordnung«, sagte er leise. Er überlegte, dann fragte er: »Was ist ein Zunu?«

Frislan und ich wechselten einen besorgten Blick. Ich konnte mir nicht vorstellen, was in dem Passario vorging, doch sein Verhalten hatte sich grundlegend verändert. Er war nicht länger selbstsicher oder wusste alles besser als ich, zudem ergriff er auch nicht länger von sich aus das Wort. Stattdessen war er unsicher, beobachtete alles in dem Versuch, es zu begreifen, und gehorchte unseren Anweisungen. Das gefiel mir nicht.

*Wirklich, Anderta?*

Ja, in Ordnung, vor ein paar Stunden hätte ich garantiert noch etwas anderes gesagt. Das brauchte mir meine Wahrheitsmagie nicht unter die Nase zu reiben, aber da hatte auch noch nicht ein hilfloses, kleines Häufchen Elend vor mir gesessen und mich ratsuchend angeschaut.

Ich konnte mir nicht vorstellen, wie sich Tirasan fühlen musste. Doch, ich konnte! Nämlich genauso wie ich, als ich erkannt hatte, dass sich die Wirklichkeit verändert hatte und ich befürchten musste, verrückt geworden zu sein. Aber ich hatte immerhin noch gewusst, wer ich war. Mein Name war für mich nicht nur eine leere Phrase gewesen.

Das hier war schlimmer als das, was ich erlebt hatte. Und es war meine Schuld. Wie hatte das nur passieren können?

»Es tut mir leid«, brachte ich leise hervor. »Das wollte ich wirklich nicht.«

»Was?«, fragte Tirasan verwirrt.

»Wir hatten uns gestritten«, erklärte ich ihm. »Hier drinnen im Wagen. Du bist hingefallen, was meine Schuld war, und hast dir unglücklich den Kopf angeschlagen.«

»Erinnere ich mich deshalb an gar nichts?«

»Ja.«

»Hast du mich geschubst?«

»Nein!«, entgegnete ich entsetzt.

Er sah mich einen langen Moment an und ich musste beschämt den Blick abwenden. »Dann vergebe ich dir«, sagte er schließlich.

Ich nickte dankbar, aber besser fühlte ich mich dadurch nicht.

Ich hatte ihm die Identität und seine Erinnerungen gestohlen, was mich genauso schuldig machte wie ihn an der gestohlenen Wirklichkeit.

Wir warteten schweigend im Wagen. Die Zeit wurde uns lang. Inzwischen waren Illiero und Sanjan bereits seit einer halben Stunde auf der Suche nach einem Zunu und so groß war das Dorf nun auch nicht, dass man sich in ihm verlaufen konnte und dass die Suche so lange dauerte. Wo steckten die beiden bloß? Ob ihnen etwas passiert war?

Ich hatte gar nicht bemerkt, wie ich aufgestanden war, aber plötzlich stand ich hinter dem Kutschbock und starrte nach draußen. Männer, Frauen und auch einige Kinder waren auf der Straße und auf den Feldern zu sehen, doch bei keinem von ihnen handelte es sich um Sanjan oder den Elluren.

»Mach dir keine Sorgen, Anderta«, versuchte Frislan mich zu beruhigen. »Ich bin sicher, sie sind gleich wieder da. Und Illi würde niemals zulassen, dass Sanjan etwas passiert.«

»Ich weiß«, meinte ich und seufzte.

Aber das Warten brachte mich regelrecht um den Verstand. Ich kletterte über den Kutschbock auf die Straße und ging unruhig auf und ab. Es fühlte sich wie eine Ewigkeit an, als ich endlich Sanjan über eine Wiese auf uns zurennen sah. Wo war Illiero?

»Sanjan!«, rief ich und winkte.

Der Junge keuchte, als er beim Wagen ankam. Er versuchte, auf den Kutschbock zu klettern, der jedoch etwas zu hoch für ihn war, daher packte ich ihn und setzte ihn auf der Bank ab.

»Onkel Tir?«, rief er in den Wagen hinein und strahlte, als er den anderen Passario dort sitzen sah. »Keine Angst, die Zunu kommt gleich! Sie wird dafür sorgen, dass es dir bald wieder besser geht!«

Der Passario sah sich verwirrt im Wagen um. »Wer ist Onkel Tir?«, wollte er wissen.

Sanjan, der nicht begriff, dass der Passario keinen Scherz machte, lachte: »Na, das bist du! Mein Onkel, Tirasan Passario. Du hast gesagt, ich soll dich Onkel Tir nennen, weil Familie und Freunde nicht so förmlich sein müssen.«

»Wir sind eine Familie?«

Während Tirasan noch zwischen Sanjan, Frislan und mir hin- und hersah und sich langsam ein Lächeln auf seinen Zügen ausbreitete, erreichten nun auch endlich Illiero und die Zunu den Wagen und kletterten auf den Kutschbock.

Da es voll im Wagen wurde, bat ich den Elluren und Sanjan, draußen zu warten, was sie nur widerwillig taten.

»Vonira Pai Zunu«, stellte sich die junge Heilerin vor. Ich schätzte sie auf vielleicht zwanzig Jahre. Sie hatte ein freundliches Gesicht und schenkte uns ein kurzes Lächeln, bevor sie neben Tirasan niederkniete.

»Hallo«, meinte sie. »Onkel Tir, nehme ich an?«

»So nennt mich jedenfalls der Junge«, antwortete er schüchtern.

Vonira lächelte erneut. »Dann wollen wir mal schauen.«

Sie entfernte die Bandage, die Frislan an Tirasans Kopf angebracht hatte, und sah sich die Aufprallstelle an, an der sich inzwischen eine große Beule gebildet hatte. Dann legte sie die Hand darauf, schloss die Augen und atmete tief ein und aus. Ihre Magie griff aus ihrem Körper heraus, während ihre Namensmagie sie mit einem blassen Leuchten umgab. Wie kleine Zweige aus Licht streckten sich die Fäden ihrer Heilmagie nach Tirasan aus und untersuchten seinen Kopf auf weitere Verletzungen. Wir konnten zusehen, wie die Beule langsam zurückging. Kurz darauf war sie verschwunden und die Zunu schlug zufrieden die Augen auf.

»Besser?«, fragte sie.

Tirasan lächelte sie kurz an. »Ja, danke. Die Kopfschmerzen sind weg«, sagte er.

»Den großen Namen sei Dank!«, rief Frislan und klopfte Tirasan erleichtert auf den Rücken. Der Passario fiel beinahe vornüber und Frislan musste ihn rasch festhalten.

Ich wollte gerade lachen, als mir plötzlich ein schrecklicher Gedanke kam. Und was war mit seinen Erinnerungen?

Neue Furcht erfasste mich und ich starrte meinen früheren Feind an. Ich hatte einen furchtbaren Verdacht, den die Stimme nun bestätigte.

*Etwas stimmt nicht.*

»Tirasan, erinnerst du dich wieder?«, fragte ich beklommen.

»Ja«, antwortete er. Doch es klang nicht glücklich.

Mir entfuhr ein Seufzer, als die angehaltene Luft entwich. Mein Herzschlag galoppierte immer noch, aber langsam breitete sich ein erleichtertes Lächeln auf meinem Gesicht aus.

»Ihr hattet eine Gehirnerschütterung, die für die Orientierungslosigkeit, Eure Kopfschmerzen und den kurzfristigen Gedächtnisverlust gesorgt hatte«, erklärte die Zunu. »Aber keine Sorge, Ihr seid vollständig geheilt und solltet nun keine Probleme mehr haben.«

Ich nickte der Heilerin dankbar zu und wandte mich dann an Tirasan. Mein schlechtes Gewissen ließ mir keine Ruhe. »Es tut mir leid. Ich wollte nicht, dass du stürzt und dich verletzt. Ich war nur so wütend! Deshalb habe ich dir das Kissen ins Gesicht geworfen. Dass du stürzen könntest, damit habe ich nie im Leben gerechnet.«

Tirasan lächelte nicht länger oder war unbeschwert wie noch vor wenigen Stunden. Stattdessen wirkte er müde und bedrückt.

»Keine Sorge, ich gebe dir nicht die Schuld, Anderta. Mir ging es nicht gut, vermutlich hätte ich auch das Bewusstsein verloren, wenn du mich nicht angegriffen hättest. Nichts von alledem ist deine Schuld.«

Beinahe tonlos brachte er die Worte hervor, während er geistesabwesend an uns vorbei nach draußen starrte. Sie brachten mir nur geringe Erleichterung. Sagte er etwa nur, was ich hören wollte?

*Nein.*

»Hattet Ihr eine Vorerkrankung?«

Die Zunu hatte ich fast vergessen. Nun beugte sie sich besorgt vor, während Tirasan schwieg, und untersuchte auch den Rest seines Körpers genauer. Nachdem ihre Heilmagie erloschen war, öffnete sie die Augen und meinte: »Abgesehen davon, dass Ihr zu angespannt und verkrampft seid, und der Tatsache, dass Ihr in den letzten Stunden zu wenig gegessen und getrunken habt, kann ich nichts feststellen.«

Entweder war das Betäubungsmittel, das ich am Vorabend benutzt hatte, inzwischen restlos aus seinem Körper verschwunden oder der Zunu fehlte die Feinfühligkeit, um es zu bemerken. So oder so, ich war erleichtert. Langsam wurde mir klar, dass mein Wurf nicht die Ursache für seinen Sturz gewesen war und ich mich nicht länger schuldig fühlen musste.

»Dann bringen wir dich mal zurück nach Himmelstor zu deinen Freunden«, scherzte ich gut gelaunt.

Nicht, dass ich das vorgehabt hätte, solange er meine Wirklichkeit nicht wiederhergestellt hatte. Aber meine Aussage sorgte hoffentlich dafür, dass Frislan und Illi dachten, ich hätte meinen Irrtum erkannt, und sie mir nicht länger misstrauten.

»Danke, Anderta. Ich würde jetzt gerne wieder nach Hause zurückkehren«, meinte dann jedoch der andere Passario und mir wurde plötzlich eiskalt. Er hätte meine Lüge durchschauen müssen! Selbst meiner Magie hatte es vor Schreck die Sprache verschlagen.

»Ich bin vierundzwanzig Jahre alt. Wahrheit oder Lüge, Tirasan?«

Die anderen konnten nicht verstehen, warum ich ihn nun anblaffte. Illieros Miene zeigte Verwirrung und Frislan, der wusste, dass ich erst einundzwanzig war, wollte den Mund öffnen, um etwas zu sagen, unterließ es aber, als ich ihm einen scharfen Blick zuwarf.

»Wahrheit oder Lüge?«

»Ich weiß es nicht«, gab er zu. »Ich kann nicht länger erkennen, was wahr und was falsch ist.«

Die Männer schnappten nach Luft. Nur die Zunu wusste nicht, dass wir über seine Magie, die Gabe der Passarios, sprachen. Verwirrt sah sie zwischen uns hin und her.

»Aber sie hat ihn doch geheilt!« Frislan war fassungslos. »Wie ist das möglich? Er kann doch nicht seine Magie verloren haben!«

Wütend funkelte er die Heilerin an, die langsam begriff und ihrerseits Tirasan anstarrte. »Ich *habe* ihn geheilt. Vollständig!«, verteidigte sie sich. »Was auch immer mit seiner Magie nicht stimmt, hat nichts mit seiner Kopfverletzung zu tun.«

»Aber das muss doch zu heilen sein!« Illiero war genauso entsetzt.

»Es tut mir leid«, sagte sie bedauernd. »Aber das liegt nicht im Rahmen meiner Möglichkeiten. Wir Zunus können den Körper heilen, auf die Namensmagie oder die magischen Kräfte einer Person haben wir jedoch keinerlei Einfluss.«

»Das heißt, das war's? Tirasan wird jetzt für immer so bleiben? Ohne seine Magie?«, sprach Illiero aus, was wir alle befürchteten.

»Es tut mir leid, aber genau das heißt es. Vielleicht kommt seine Magie irgendwann von selbst zurück, aber ich kann nichts für ihn tun.«

Schockiertes Schweigen legte sich auf den Wagen. Keiner wusste, was er sagen oder wie es weitergehen sollte. Es war, als hätte die Zunu ein Todesurteil ausgesprochen, was gar nicht so falsch war, denn Tirasan Passario würde mir ohne seine Magie, ohne seine Gabe, die Wirklichkeit zu verändern, niemals meine Vergangenheit und meine Zukunft wiedergeben können. Egal wie sehr ich drohte, bettelte oder versuchte, ihn zu überzeugen. Es fühlte sich an, als würde ich innerlich sterben.

Ich würde meine Wirklichkeit niemals zurückbekommen.

Schnell sprintete ich nach draußen und übergab mich. Ich fühlte mich entsetzlich, als ich nun das volle Ausmaß seines Magieverlustes begriff. Ich war so weit gekommen, Tirasan hatte seinen Fehler beinahe schon eingesehen und nun dies. Ich würde mein Leben und Londurs niemals zurückbekommen.

»An?«

Jemand legte mir eine Hand auf die Schulter, doch ich war außerstande zu antworten oder mich umzudrehen. Ich zitterte vor Entsetzen und Übelkeit. Mein Magen rumorte und ich wusste, dass ich mich nicht zum letzten Mal übergeben hatte.

»Sie steht unter Schock.«

Eine warme, weiche Hand legte sich auf meine Stirn und ich erkannte, dass es die Zunu war, die gesprochen hatte. Ihre Magie griff nach mir und wärmte mich langsam von Kopf bis Fuß. Schließlich hörte ich auf zu zittern und mein Magen beruhigte sich wieder. Doch gegen meine Tränen, die mir in Sturzbächen die Wangen herunterliefen, konnte nicht einmal die Heilmagie der Zunu etwas tun.

»Ich will doch nur mein Leben zurück. Ist das denn zu viel verlangt?«, flüsterte ich, als Frislan mich in seine Arme zog und mir sanft über den Rücken streichelte. Ich vergrub meinen Kopf an seiner Brust. Seine Umarmung, sein Geruch, seine Stimme – all das versprach mir ein vertrautes Gefühl der Sicherheit und dieses Mal wehrte ich mich nicht dagegen.

»Und jetzt?«, fragte Illiero irgendwann.

Ich wusste nicht, wie viel Zeit nach der niederschmetternden Diagnose vergangen war. Die Zunu hatte sich schon vor einer ganzen Weile von uns verabschiedet.

»Keine Ahnung«, erwiderte ich.

»Vielleicht sollten wir einen anderen Zunu aufsuchen«, schlug der junge Elluren optimistisch vor.

»Was soll das bringen?«, wandte ich mutlos ein. »Du hast doch die Zunu gehört. Kein Zunu kann seine Magie heilen. Und körperlich ist Tirasan ja in Ordnung.«

»Aber vielleicht irrt sich die Zunu ja!«, protestierte Illiero. »Ich meine, sie hat nur einen dreiteiligen Namen! Die beste Heilerin ist sie also nicht.«

»Stimmt das?«, fragte ich die Stimme. »Könnte ein anderer Zunu Tirasan heilen?«

*Nein.*

»Die Wahrheit ist, dass kein Zunu ihm helfen kann«, gab ich die verhasste Erkenntnis an meine Freunde weiter.

»Wir sollten den Grekasols Bescheid geben, wo er ist, damit Tirasans Freunde ihn abholen können«, schlug Frislan vor und ich hob überrascht den Kopf.

Mitleid lag in seinen Augen, als er mich ansah. »Ich denke, du musst dich langsam mit dem Gedanken abfinden, dass Tirasan dir nicht helfen kann, Anderta. Dies ist jetzt deine Wirklichkeit«, sagte er.

Nein!

Frislan kam meinem Kopfschütteln zuvor. »Aber das muss nichts Schlimmes sein«, meinte er und sah mich eindringlich an. »Du hast jetzt uns. Sanjan und ich lassen dich nicht im Stich, egal was passiert.«

Nicht so wie Londurs, schwang in seiner Aussage mit. Und zum ersten Mal erfüllte mich diese Behauptung nicht mit Wut, sondern mit Resignation. Sie hatten ja recht. Ich hatte mich nie hundertprozentig auf Londurs verlassen können, was ich ja bemerkt hatte, als er unsere Abmachung gebrochen hatte.

Aber konnte ich mich tatsächlich auf Frislan verlassen? Und wollte ich das? Sein Verrat wog weit schwerer als der von Londurs.

Ich zuckte die Schultern. Trotz meiner Wahrheitsmagie wusste ich gar nichts mehr.

»Ich werde eine Weile bei euch bleiben«, überraschte uns nun plötzlich Tirasan. Er stand hinter uns und musste uns schon eine ganze Weile belauscht haben. »Ihr seid meine Familie. Ich möchte euch kennenlernen.«

»Aber, Tirasan, du hast auch in Himmelstor Freunde und Familie«, wandte ich ein. Ehrlich gesagt wollte ich ihn nicht mehr in meiner Nähe haben. Er war die stete Erinnerung daran, was er mir geraubt hatte und was ich nie wiedererlangen würde. Ich verspürte nicht den Wunsch, ihn kennenzulernen, sondern wäre am liebsten weit fort von ihm und Himmelstor gewesen.

»Ich schicke ihnen eine Nachricht, dass es mir gut geht. Aber vielleicht ist dies meine einzige Möglichkeit, dich und deine Familie und Freunde kennenzulernen. Mir ist klar geworden, dass ich die nicht verpassen möchte.«

»Bitte!«, flehte nun auch Sanjan. »Ich will, dass Onkel Tir bei uns bleibt!«

»Willst du das wirklich, Tirasan? Trotz allem, was vorgefallen ist? Denn ich weiß nicht, ob ich dir vergeben kann, was du getan hast. Oder du mir.«

Ich starrte in sein entschlossenes Gesicht und erkannte, dass meine ablehnenden Worte gar nichts bewirkten.

»Lasst uns weiterfahren. Ich will nicht in der Nähe von Himmelstor bleiben, solange die Stadtwache auf der Suche ist«, schlug Frislan vor. »Wir sollten alle erst einmal in Ruhe über alles nachdenken. Heute Abend können wir immer noch weitersehen.«

Es war eine unangenehme Fahrt zurück in Richtung Grenze nach Wonspiel, was nicht nur an Tirasans brütendem Schweigen und der vernichtenden Diagnose der Zunu lag, sondern auch an der Tatsache, dass wir vier Erwachsene und ein Kind zusammengepfercht in einem engen, vollgestopften Planwagen waren und dass wir jederzeit damit rechneten, dass die Grekasols uns einholten.

»Wir brauchen ein weiteres Pferd«, knurrte Frislan am späten Nachmittag, als wir eine Pause machten. Er hatte mir den Platz neben Illiero auf dem Kutschbock überlassen, während Sanjan auf meinem Schoß saß und mein früherer Partner und Tirasan sich in den Wagen gesetzt hatten. Er dehnte und streckte sich, aber selbst ich konnte erkennen, dass von seiner sonstigen Gewandtheit nichts mehr übrig war.

»Ich will eine neue Schimmelstute«, verkündete Illiero und warf mir einen vielsagenden Blick zu.

»Und was hab ich damit zu tun?«, fragte ich, verstummte aber, als Frislan mich scharf ansah.

Leider nahm Illiero es mir immer noch übel, dass ich sein Pferd geliehen – na schön, *gestohlen* – hatte, als ich mich auf den Weg nach Himmelstor gemacht hatte. Dort stand das Pferd nun immer noch im Stall meines Gasthauses, ohne dass die Chance bestand, dass wir in die Stadt zurückkehrten und es holten, da wir dann sofort verhaftet werden würden.

Ich seufzte. »Also gut, ich kaufe dir ein neues Pferd«, gab ich widerwillig nach und der Elluren strahlte erfreut. Doch besser ein kleines Vermögen ausgeben als ins Gefängnis gehen.

»Wenn ich mir ebenfalls ein Pferd kaufe, dann hättet ihr drei Platz auf dem Kutschbock und keiner müsste mehr im Wagen sitzen«, wandte sich Frislan an uns drei Passarios.

Das klang nach einem guten Plan, denn auch wenn der Kutschbock unbequem war, so war er immer noch besser, als im Wagen auf dem Boden zu sitzen, während wir über unebene Straßen und Schlaglöcher fuhren.

Eine halbe Stunde später entdeckten wir das Schild eines Terabees und bogen von der Hauptstraße in Richtung Gestüt ab. Sanjan jubelte begeistert, als er die vielen Pferde auf der Sommerwiese sah.

»Kann ich auch eins haben?«, bettelte er und sah mich an. »Auch nur ein ganz kleines? Bitte, bitte, Mama!«

»Nein, Sanjan«, sagte ich.

»Papa?«

»Du hast deine Mutter gehört, Sanjan«, unterstützte mich Frislan. »Vielleicht wenn du älter bist, aber jetzt noch nicht.«

Der Junge schmollte in den nächsten Minuten, hatte das aber schnell vergessen, als wir vor den Ställen hielten und er die Fohlen sah.

»Schau mal, Illi!«

Die beiden waren vom Kutschbock geklettert, bevor ich die Bremse gezogen hatte. Frislan hüpfte neben mir aus dem Wagen und folgte den beiden.

»Das sollte nicht allzu lange dauern«, meinte er und ich lachte über seinen Optimismus. Ich erinnerte mich noch gut an unseren Besuch in Sujons und meinen Versuch, Sanjan von dem fortzulocken, was ihn interessierte. Spontan beschloss ich, dass dieses Mal Frislan dran war, den Jungen später zum Weiterfahren zu überreden.

»Willst du auch Pferde anschauen?«, fragte ich Tirasan und drehte mich zu ihm um.

Doch Tirasan hatte mich nicht gehört. Er lag auf seinem Lager, sah erschöpft aus und schlief. Leise kletterte ich in den Wagen und deckte ihn aus einem mir unerklärlichen Impuls heraus zu. Ich starrte sein schlafendes Gesicht an und staunte darüber, wie jung er wirkte.

Als ich jedoch zurück auf den Kutschbock kletterte, hörte ich ein leises Zischen und plötzlich lag die kalte Klinge eines Schwertes an meinem Hals.

»Wenn du schreist, töte ich dich!«, sagte ein Mann drohend und ich starrte erschrocken in das finstere Gesicht von Tirasans Freund, dem Polliander.

# DAS WIEDERSEHEN

*»Es gibt nur ein Leben,*
*das zählt: das deines Schützlings.«*

Paragraph 1
aus dem Ehrenkodex der Polliander

Schockiert sah ich den blonden Elitekrieger an. Seine scharf geschnittenen Gesichtszüge trugen einen finsteren Ausdruck und ich erkannte, dass ich von ihm keine Gnade zu erwarten hatte. Ich war eine Bedrohung für seinen Freund und er würde nicht zögern, diese und damit mich zu eliminieren.

Panisch sah ich zu Frislan hinüber, doch er war zu weit entfernt, um uns zu hören, selbst wenn ich brüllte. Und das würde der Polliander niemals zulassen. Er hatte den Moment perfekt abgepasst.

»Was wollt Ihr?«, krächzte ich und bemühte mich, keine hektischen Bewegungen zu machen, die ihn provozieren konnten.

»Was denkt Ihr denn?«, fragte er höhnisch und zog eine verächtliche Grimasse. »Ich werde Tirasan befreien und dann dafür sorgen, dass Ihr für Eure Tat bezahlt! Dachtet Ihr ernsthaft, Ihr kommt damit durch? Dass der Lottaru nicht versuchen würde, seine eigene Haut zu retten? Er hat Euch verraten und Euch genauestens beschrieben. Inzwischen sucht die gesamte Stadtwache von Himmelstor nach Euch und Tirasan!«

*Aber von denen ist keiner hier.*

Die Stimme überraschte mich mit dieser beruhigenden Wahrheit. Das bedeutete, dass der Polliander allein war und ich eine Chance hatte, ihn zu besiegen.

»Macht keine Dummheiten!«, drohte er. »Denkt Ihr, ich bemerke nicht, was Euch durch den Kopf geht? Noch einmal zur Verdeutlichung: Wenn Ihr schreit, töte ich Euch. Wenn Ihr versucht wegzulaufen, töte ich Euch. Und wenn Ihr mich angreift oder Tirasan verletzt, dann töte ich Euch *langsam*. Verstanden?«

Ich traute mich nicht zu nicken, weil die scharfe Klinge immer noch an meinem Hals lag. Ich spürte, wie sie meine Haut ritzte und ein Rinnsal Blut über meinen Oberkörper lief.

»Ihr werdet Euch jetzt neben dem Wagen auf den Boden legen, und zwar auf der von den Ställen abgewandten Seite, sodass Eure Freunde Euch nicht sehen können. Das Gesicht nach unten, die Hände auf den Rücken, damit ich Euch fesseln kann. Wenn Ihr tut, was ich sage, habt Ihr vielleicht eine Chance, das hier zu überleben.«

»Verstanden«, flüsterte ich.

Ich hatte Angst und ich verfluchte meine Dummheit, weil ich in all dem Trubel der letzten Stunden vergessen hatte, dass Tirasan mächtige Verbündete hatte, die ihn suchen würden. Nicht einmal die Anwesenheit meiner Freunde nur wenige hundert Meter entfernt würde mir jetzt helfen.

Ich kletterte langsam vom Kutschbock, während der Polliander mir folgte. Gehorsam legte ich mich mit dem Bauch auf den Boden und legte die Hände auf den Rücken. Ich spürte, wie sich der Elitekrieger neben mich kniete und sein Schwert beiseitelegte, um mich zu fesseln, als es plötzlich einen dumpfen Schlag gab und im nächsten Moment ein schwerer Körper neben mir auf dem Boden aufschlug.

Verwirrt blinzelten der Polliander und ich einander an, bevor wir gleichzeitig den Kopf drehten und Tirasan mit einer zusammengerollten Bettrolle in den erhobenen Händen hinter uns stehen sahen.

»Tirasan!«, sagte der Polliander verwirrt.

»Bleibt von Anderta weg!«, stieß Tirasan drohend hervor und die Bettrolle zitterte in seinen Händen. Dann erkannte er seinen Freund und begriff, was er getan hatte. Vor Verlegenheit über seinen Fehler lief er knallrot an und ließ die Bettrolle fallen. »Es tut mir leid, ich dachte, du wärst ein Räuber, der Anderta etwas antun wollte. Das konnte ich nicht zulassen. Wenn ich erkannt hätte, dass du es bist ...«

Er verstummte, sagte jedoch nicht: »... dann hätte ich dich nicht angegriffen.« Das bemerkte auch der Polliander und war angesichts der Loyalität seines Freundes zu mir entsetzt.

»Aber, Tir, weißt du, was du da sagst? Sie ist diejenige, die dich entführt hat!«

»Sie ist aber auch meine Familie. Anderta ist meine Schwester aus unserem ersten Leben. Ich werde nicht zulassen, dass du ihr etwas tust.«

»Tir? Bist du dir sicher?« Verwirrt starrte der Polliander seinen Freund an, bevor er den Blick mir zuwandte und mich von Kopf bis Fuß musterte. Auf meinem Wappen blieb sein Blick schließlich hängen. Das Symbol der Passarios, der schlichte Kreis, war ihm natürlich vertraut.

»Ich bin mir sicher«, bekräftigte Tirasan dennoch. »Ich werde eine Weile bei ihr und ihren Gefährten bleiben. Du kannst also unbesorgt nach Himmelstor zurückkehren und die Suche nach mir abblasen. Mir geht es gut, ich bin nicht in Gefahr.«

Der junge Krieger wirkte von Sekunde zu Sekunde verwirrter.

Das Wiedersehen mit seinem Freund hatte er sich sicher anders ausgemalt. Statt ihm zur Rettung zu eilen, vermittelte Tirasan dem Krieger das Gefühl, das Wiedersehen mit mir zu stören. Ich musste gestehen, dieses Verhalten hatte ich ebenfalls nicht erwartet.

»Und warum musste sie dich dann entführen, wenn sie dich nur kennenlernen wollte? Ich weiß, du hast seit Wochen darauf gehofft, ihr zu begegnen, aber sei jetzt nicht leichtsinnig! Glaube nicht einfach alles, was sie behauptet, sondern nutze deine Magie!«

Tirasan zuckte zusammen und erbleichte. Natürlich hatte der Polliander keine Ahnung, was geschehen war.

»Nein.«

»Tir? Was ist los?«

»Ich kann nicht länger erkennen, was wahr und was gelogen ist. Ich habe meine Magie verloren«, erklärte er. Sein Gesichtsausdruck verdüsterte sich. »Vielleicht ist es ja auch besser so.«

»Was redest du da? *Besser so?* Wie kann das besser sein? Es ist deine Magie! Ein Teil von dir! Ist sie etwa daran schuld, dass du deine Magie ablehnst? Und wie kannst du denn bitte *deine Magie verloren* haben?« Er stand auf und ging einen Schritt auf mich zu, sodass ich ebenfalls rasch aufsprang und ängstlich ein paar Schritte zurückwich. Sein Gesichtsausdruck war drohend und erinnerte mich an den Moment, als er mir das Schwert an den Hals gelegt hatte.

»Stopp!«

Der Polliander ließ sich weder von mir noch von seinem Freund beirren, sondern musterte mich weiterhin finster. »Was habt Ihr mit ihm gemacht? Habt Ihr ihm Drogen verabreicht, damit er seine Magie verliert? Wie konntet Ihr nur?«

Das war etwas, woran ich noch gar nicht gedacht hatte. War sein Magieverlust etwa eine seltene Nebenwirkung des Betäubungsmittels? Reagierte Tirasan anders auf das Mittel als ich?

*Nein, daran liegt es nicht.*

Der Polliander machte noch einen Schritt auf mich zu. Im nächsten Moment stürzte Tirasan vor und trat zwischen uns.

»Tir?«

»Vielleicht ist es besser, wenn du jetzt gehst und wir uns eine Weile nicht mehr sehen«, entschied jener unerwartet. »Falls du mich überhaupt jemals wiedersehen willst, wenn ich dir die Wahrheit gesagt habe.«

»Welche Wahrheit?«

»Was ich dir angetan habe. Mit meiner Magie.«

Die beiden hatten vergessen, dass ich auch noch da war, und starrten sich nun schweigend an. Tirasan traurig und der Polliander verwirrt. Spannung lag in der Luft. Falls Tirasan tatsächlich vorhatte, seinem Freund die Wahrheit zu sagen, konnte ich nicht vorhersagen, wie der Krieger reagieren würde. Wenn ich schon so wütend auf Tirasan gewesen war wegen dem, was er mit seiner Magie angerichtet hatte, dann musste es für seinen besten Freund noch viel schlimmer sein. Der Polliander hatte ihm vertraut.

Das wusste auch Tirasan, denn er war leise, als er mit seiner Beichte begann: »Du erinnerst dich, wie ich dir erzählt habe, warum ich die Wirklichkeit verändert habe. Aber ich habe dir bislang nicht erzählt, wie ich überhaupt von meiner Gabe erfahren habe und was vorher geschehen ist. Und nein, die Attentate, den Prozess und den Diebstahl der Nateris meine ich nicht. Ich meine, als wir zum ersten Mal nach Burg Himmelstor gekommen sind.«

»Zum ersten Mal? Tir, wir sind auf Burg Himmelstor aufgewachsen!«

»Nicht in der anderen Wirklichkeit, Rus. Dort kamen wir erst einen Monat nach unserer Namensgebung zum ersten Mal in die

Burg, wo wir erstmals die Gemächer bezogen, die wir in unserem ersten Leben bewohnt hatten. Dort hast du auch das Tagebuch gefunden, das du in diesem ersten Leben verfasst hast. Darin stand auch, wie ich einst in einem Moment des Zorns zum ersten Mal Wirklichkeitsmagie benutzt habe und so die Namensmagie und die Dynastien entstanden sind.«

Das war bereits das zweite Mal, dass Tirasan das behauptete. Konnte das wahr sein? Der andere Passario sollte die Namensmagie erschaffen haben?

*Es stimmt.*

Mir grauste es plötzlich erneut vor der ungeheuren, kaum vorstellbaren Macht und ich war beinahe froh, dass er seine Magie verloren hatte. Sie machte mir Angst. Was war, wenn Tirasan erneut Wut oder Panik empfand und wieder alles auf den Kopf stellte? Würde er beim nächsten Mal vielleicht alles noch schlimmer machen oder womöglich sogar alles auslöschen?

Nein, diese Macht war zu gewaltig, als dass sie in die Hände eines einzelnen Menschen gehörte.

Im Gegensatz zu mir empfand der Polliander jedoch keine Furcht, sondern Staunen und Bewunderung und lauschte geduldig der Erzählung seines Freundes.

»Erst durch die Erkenntnisse erwachte meine Namensmagie vollständig. Du bist mir die ganze Zeit zur Seite gestanden und bei mir geblieben, ohne dass ich den Grund dafür begriffen habe. Doch als wir am nächsten Morgen erwachten, hast du mir gestanden, dass du mich liebst. Ich weiß nicht, ob du es mir sonst jemals verraten hättest.«

Der Polliander starrte ihn regungslos an. Ich konnte nicht erkennen, ob diese Enthüllung ihn überraschte.

»Ich hatte deine Liebe nicht verdient«, fuhr sein Freund bekümmert fort. »Ich war blind. In den Tagen stürzte so vieles auf mich ein, dass ich mich nicht in der Lage sah, mich mit deiner

Liebe zu mir zu beschäftigen. Ich verdrängte deine Gefühle, verletzte dich, doch natürlich machtest du mir keine Vorwürfe. Du bist in jeder Wirklichkeit ein besserer Mensch als ich.«

Er holte tief Luft. »Doch dadurch, dass ich sie nicht wahrhaben wollte, wurden deine Gefühle für mich nicht Teil der neuen Wirklichkeit. Du hast vergessen, dass du in mich verliebt warst. Und ich traute mich nicht, es dir zu sagen.

Es tut mir leid. Ich bin ein Feigling. Ich hätte dir gleich die Wahrheit sagen sollen, ich hätte mich schon in der anderen Welt mutiger verhalten sollen. Ich kann verstehen, wenn du jetzt nichts mehr mit mir zu tun haben willst. Vermutlich ist es das Beste, wenn du nach Hause zurückkehrst und ich eine Weile aus Himmelstor fernbleibe …«

Er brach ab, als sich die Miene seines Freundes verdüsterte. »Damit du schon wieder weglaufen kannst?«

Tirasan zuckte zusammen, als der Polliander laut wurde. Kummer und Schuld lagen in seiner Miene und der junge Krieger seufzte. »Ich glaube dir, dass du das nicht beabsichtigt hast. Aber du hättest es mir sagen müssen! Ich dachte, wir sind beste Freunde, die keine Geheimnisse voreinander haben! Und wie kommst du darauf, dass alles besser wird, wenn du nicht nach Himmelstor zurückkehrst? Deine Eltern machen sich genauso Sorgen um dich wie unsere Freunde. Dein Vater hat alle Mitglieder der Stadtwache mobilisiert, selbst die Veteranen, um dich und deine Entführer zu suchen. Denkst du, ich kehre jetzt nach Hause zurück, lasse dich mit deiner Entführerin allein und erzähle allen, dass ich dich zwar gefunden, aber zurückgelassen habe? Selbst wenn sie deine Schwester aus einem früheren Leben ist, traue ich ihr nicht.«

Er drehte sich zu mir um und musterte mich finster. »Ich denke, es wird Zeit für eine Erklärung, oder nicht? Was wollt Ihr von Tir?«

Ich seufzte und machte es mir im Gras bequem. Das würde eine längere Erzählung werden.

»Dafür muss ich ein bisschen ausholen, um zu erzählen, wie ich bemerkte, was geschehen war«, begann ich. »Und was ich von ihm will? Nun, ich habe mich auf die Suche nach Tirasan gemacht, damit er die Wirklichkeitsveränderung rückgängig macht. Es war vor einem Monat, als ich eines Morgens aufwachte und …«

Es dauerte eine halbe Stunde, um die Ereignisse des letzten Monats zusammenzufassen. Der Polliander und Tirasan hatten sich ebenfalls hingesetzt und lauschten schweigend, jedoch ohne einander anzusehen, während ich ihnen erzählte, wie mein Leben aus den Fugen geraten war. Ich hielt nicht inne, sondern war froh, dass ich es mir von der Seele reden konnte.

»Warum habt Ihr uns nicht einfach angesprochen, erklärt, wer Ihr seid und was Euch passiert ist?«, wollte der Polliander wissen, als ich meinen Bericht beendet hatte. »Warum die Entführung? Ist Euch denn nie der Gedanke gekommen, dass wir Euch vielleicht geholfen hätten?«

»Nein«, gestand ich und senkte beschämt den Kopf. »Ich dachte, es wäre ein Angriff, und habe mich dementsprechend gewehrt.«

»Und was ist nun mit Tir und seiner Magie passiert?«, wollte er wissen, also erzählte ich leise auch noch den Rest. Nur anschauen mochte ich die beiden nicht. Mir war nur zu sehr bewusst, welch verhängnisvollen und folgeschweren Fehler ich in meiner Einschätzung der Lage begangen hatte, auch wenn ich den Verlust seiner Magie nicht verursacht hatte und noch immer nicht verstand, wie es dazu gekommen war. Irgendetwas war während des Streits mit Tirasan geschehen.

»Ich weigere mich, das hinzunehmen!«, sagte der Polliander schließlich laut. »Es muss eine Möglichkeit geben, Tirasan zu heilen und seine Verbindung zur Magie wiederherzustellen!«

Ich bewunderte seinen Optimismus und seine Entschlossenheit, aber ich sah keinen Weg. Nicht nach dem, was meine eigene Wahrheitsmagie mir erzählt hatte.

»Meine Magie sagt, dass kein Zunu Tirasan helfen kann«, erklärte ich erneut.

»Dann suchen wir eben einen Ellusan auf!«, meinte der Polliander. »Wenn die Ellusans bei der Namensgebung die Namensmagie wecken, dann müssen sie doch auch eine Verbindung zwischen ihr und ihrem Träger herstellen, oder nicht? Was spricht dagegen, dass sie das nun ein zweites Mal für Tir machen? Tirs Mutter Lorina ist eine Ellusan und kann ihm bestimmt helfen.«

»Die Ellusans?«, wiederholte ich verblüfft und schöpfte neue Hoffnung.

»Ich könnte meine Magie wiederbekommen?«, fragte Tirasan und schüttelte dann zu unser beider Überraschung entsetzt den Kopf. »Das halte ich für keine gute Idee.«

»Was?«

Und plötzlich begriff ich es. Tirasan hatte seine Magie verloren, *weil er das so wollte*! Der Polliander hatte recht mit seinem Vorwurf gehabt, dass der andere Passario davonlief. Doch er floh vor seiner eigenen Magie und ihren Konsequenzen! Hatte er etwa durch unseren Streit endlich erkannt, wozu er fähig war, und fürchtete sich nun ebenfalls vor dem Ausmaß seiner Macht?

Auch der junge Krieger versuchte Tirasans Weigerung zu verstehen. »Denkst du etwa, dass deine Probleme verschwinden, wenn du keine Magie mehr hast? Du bist, wer du bist. Wenn du dich wirklich ändern und mutig sein willst, dann musst du dich ihr und unseren Problemen stellen …«, forderte er.

Doch unsere Aussprache fand ein jähes Ende.

»Wer seid Ihr?«, ertönte eine scharfe Stimme hinter uns.

Ich fuhr erschrocken herum und sah Frislan, Illiero und Sanjan hinter uns stehen. Mein ehemaliger Lebensgefährte hatte den Jungen und den Elluren hinter sich gedrängt und misstrauisch die Waffe gezückt. Sofort fuhr die rechte Hand von Tirasans Freund zum Schwert, das griffbereit neben ihm lag. Die beiden Polliander musterten sich abschätzend.

»Das ist Tirasans Freund ...«, beschwichtigte ich.

»Du bist Rustan Polliander?«, fragte Sanjan aufgeregt.

»Ja«, sagte er überrascht. »Woher weißt du das?«

»Onkel Tir hat mir von dir erzählt. Er meinte, Polliander sind die allerbesten Freunde. Polliander wie du.«

In Rustans Gesicht regte sich bei diesen Worten etwas, bevor es wieder ausdruckslos wurde. Er hatte Tirasans Beichte offensichtlich noch nicht verarbeitet.

Der Junge hatte beschlossen, dass der Polliander sein Freund war, und huschte nun vertrauensvoll an Frislan vorbei, der den Jungen nicht schnell genug packen konnte, um vor Rustan stehen zu bleiben.

»Ich habe einen Holz-Polliander, der genauso aussieht wie du. Magst du ihn sehen?«

Rustan starrte Sanjan verwirrt an, warf Tir und mir einen Blick zu und nickte schließlich.

»In Ordnung«, sagte er.

Der Junge flitzte davon, wodurch Frislans Anspannung etwas nachließ.

»Rustan Polliander also?«, fragte er. »Ich habe von Euch gehört. Was habt Ihr jetzt vor? Werdet Ihr uns angreifen?«

»Seid Ihr eine Bedrohung für Tirasan oder mich?«, konterte der jüngere Polliander.

»Nein«, antwortete Frislan. »Wenn es nach mir gegangen wäre, wäre all dies nie passiert. Waffenstillstand?«

Rustan musterte ihn einen kurzen Moment und nickte dann.

»Waffenstillstand«, bestätigte er. Beide Krieger steckten ihre Schwerter weg.

Kurz darauf war Sanjan zurück und zeigte Rustan stolz seinen Holz-Polliander, den dieser ratlos ansah.

»Tolles Spielzeug«, meinte er und stand dann auf. Er reichte Tirasan automatisch die Hand, um ihm hochzuhelfen, die dieser jedoch nicht annahm. Ein Anflug von Traurigkeit huschte über das Gesicht des Kriegers.

»Es wird Zeit, nach Hause zurückzukehren, Tir«, verkündete er fest. »Deine Eltern, Baro, Allira, Nelia und die anderen machen sich große Sorgen um dich.«

Sein Freund schüttelte jedoch nur den Kopf. »Bitte sag ihnen, dass es mir leidtut und dass es mir gut geht. Doch ich bleibe. Nicht nur um Anderta und die anderen kennenzulernen, sondern auch, weil ich Zeit brauche, um nachzudenken. Und ja, das könnte ich sicherlich auch in Himmelstor, aber nicht in Ruhe. Du kennst Nelia und Baro, sie würden endlos darüber reden wollen, was geschehen ist. Nelia würde versuchen, mit mir eine Diskussion über mein Verhältnis zu meiner Magie anzufangen, und Baro würde mich – und dich – pausenlos aufziehen. Ähnlich wie damals, als du dich in den einen Kurier verguckt hattest und Baro dich mit deinen Gefühlen für ihn geneckt hat.«

»Woher weißt du davon? Baro hat mir versprochen, niemandem etwas davon zu erzählen!«

Der Polliander wirkte ertappt und aufs Äußerste verlegen. Außerdem fühlte er sich wohl auch noch von seinem anderen Freund verraten.

Tirasan seufzte. »Das ist unwichtig«, wich er aus. »Und nein, er hat sein Versprechen nicht gebrochen.«

Frislan, Illiero und Sanjan, die nicht wussten, worum es hier eigentlich ging, sahen verwirrt zwischen den beiden hin und her und schwiegen.

Tirasan hatte offenbar alles gesagt, was es für ihn zu sagen gab, denn er ging um den Wagen herum und kletterte auf den Kutschbock. »Fahren wir weiter Richtung Wonspiel?«

Rustan wirkte fassungslos.

»Es tut mir leid«, entschuldigte ich mich bei ihm. »Vielleicht finden wir ja einen Ellusan in Zislaf oder wenn wir zurück in Wonspiel sind und Tirasan ändert seine Haltung gegenüber seiner Magie bis dahin.«

Ich kletterte auf den Kutschbock und ergriff die Zügel, während Frislan dem Jungen hochhalf und dieser sich zwischen uns setzte.

»Hast du schon Papas und Illis neue Pferde gesehen, Mama?«, fragte Sanjan aufgeregt und ich musste innehalten, um Illieros neue Schimmelstute zu bewundern und Frislan die Goldmünzen zu erstatten, die er vorgestreckt hatte. Ich wollte nicht, dass er für meine Schulden aufkam.

Frislan schwang sich auf seinen Rappen, während Rustan Polliander sein Pferd holte, das er ein paar hundert Meter von den Ställen entfernt angebunden hatte, um sich unbemerkt an uns anschleichen zu können. Er wirkte nicht glücklich mit der Situation und überhaupt nicht einverstanden mit Tirasans Forderung, ihn allein bei uns zu lassen.

»Wir finden so schnell wie möglich einen Ellusan, der Tirasan heilt, und dann geht es für uns zurück nach Himmelstor, verstanden?«, beharrte er dickköpfig auf seiner Forderung und starrte Tirasan an, der jedoch gerade mit Sanjan sprach und nichts davon mitbekam.

Wir machten uns weiter auf den Weg nach Osten, nun jedoch mit Rustan im Gefolge, der seine Unzufriedenheit trotz aller Versuche nicht verbergen konnte. Er und Tirasan redeten nicht miteinander und wir versuchten die schlechte Stimmung der beiden zu ignorieren. Inzwischen war der Abend angebrochen und dichte Wolken ballten sich über unseren Köpfen zusammen. Bald würde es ein Gewitter geben.

»Wir sollten uns beeilen, um das nächste Dorf zu erreichen!«, rief Frislan und starrte besorgt in den Himmel.

Wir schafften es gerade so. Kaum hatten wir unseren Planwagen in die Scheune und die Pferde in die Ställe des Bedduars gebracht, der uns einen Unterschlupf für die Nacht gewährte, brach das Gewitter los.

Freie Zimmer hatte der Bauer keine, daher schlugen wir unser Nachtlager in der Scheune auf. Aber an Schlaf war lange Zeit nicht zu denken.

Ich konnte über nichts anderes nachsinnen, als dass noch Hoffnung bestand. Wenn Tirasan sich entschlossen hatte, seine Magie aufzugeben wegen dem, was geschehen war, dann konnte er seine Gabe auch zurückerlangen, wenn er seine Meinung änderte. Ich musste ihn nur überzeugen, dass es das Beste für uns alle wäre, wenn er die Wirklichkeit ein weiteres Mal veränderte. Dann konnte er meinetwegen Rustan die Erinnerungen an seine Gefühle zurückgeben und ich könnte in mein altes Leben zurückkehren, mit Londurs durch die fünf Länder reisen, Ruhm und ein Vermögen erwerben, lukrative Aufträge an Land ziehen …

Seufzend erinnerte ich mich an den Auftrag des jungen Tolbos. Der wäre leicht verdientes Geld gewesen! Zwölftausend Goldstücke, wenn wir die Kiste innerhalb eines Monats besorgt hätten. Für einen hübschen Tand und einen simplen Einbruch, der maximal zwei- oder dreitausend Goldstücke für unsere aufgewendete Zeit wert gewesen wäre. Man hätte es fast Betrug nennen können, dem Tolbo so viel Geld abzunehmen. Aber er war selbst schuld, wenn er so viel für die Beschaffung der Schatulle ausgeben wollte.

Doch nun war sie zerstört, der Monat verstrichen und selbst

wenn Tirasan seinen Diebstahl rückgängig machte und ich sie in der anderen Wirklichkeit doch noch beschaffen und die Hälfte des Lohns einstreichen konnte, was dann? Ich würde mich daran erinnern, was geschehen war. Daran, dass Londurs mich verlassen hatte, selbst wenn er sich in meiner Wirklichkeit nicht daran erinnern würde. Konnte ich ihm vergeben?

Diese Frage ließ mich lange nicht los und ich grübelte bis spät in die Nacht.

Ich wurde davon wach, dass mich jemand kräftig an der Schulter rüttelte, und blinzelte verwirrt in das Gesicht des alten Bedduars, der uns Unterschlupf gewährt hatte.

»Den großen Namen sei Dank! Ihr lebt! Ich habe schon das Schlimmste befürchtet!«, rief er.

»Was ist passiert?«, fragte ich. Ich fühlte mich wie erschlagen und völlig erschöpft. Die Augen drohten mir erneut zuzufallen, doch die nächsten Worte des Bedduars ließen mich schlagartig jede Müdigkeit vergessen.

»Euer Junge wurde entführt und die Entführer haben diese Nachricht für Euch dagelassen.«

# Die Nachricht

*»Anscheinend wissen wir weniger über Namensmagie oder Wahrheitsmagie, als wir glauben.«*

Ich starrte den alten Mann an, doch er wirkte nicht so, als würde er einen Scherz machen. Im Gegenteil, er war blass und wirkte völlig fassungslos. Mit zitternder Hand reichte er mir einen Zettel.

Ich nahm ihn und starrte die Nachricht an. Ich musste sie mehrmals lesen, bis die Buchstaben endlich aufhörten, vor meinen Augen herumzutanzen, und schließlich einen Sinn ergaben.

*Anderta Passario, Ihr habt also beschlossen, mich zu betrügen.*
*Dies ist ein großer Fehler! Ich gebe Euch eine letzte Chance,*
*um Euer Vergehen wiedergutzumachen, sonst stirbt der Junge!*

Sanjan!

Ich wurde blass, als ich begriff. Ein mir unbekannter Feind bedrohte meinen Sohn!

Die Nachricht verhöhnte mich und Panik breitete sich in mir aus. Sanjan war in Gefahr, doch ich wusste weder, wer ihn entführt hatte, noch was er von mir wollte. Wie sollte ich den Jungen so retten können?

Die Nachricht war nicht unterschrieben und ich hatte keine Ahnung, wer der Entführer sein könnte. War es jemand, den ich als Wahrsagerin belogen hatte? Jemand, den ich bestohlen hatte? Doch warum stand auf der Nachricht dann nur mein und nicht auch Londurs' Name?

Mein Schädel pochte wie verrückt. Mir war schwindelig und ich vermochte nicht klar zu denken. Das Tageslicht tat mir in den Augen weh und ich kniff sie zusammen, um nicht zu schreien. Was stimmte nicht mit mir?

Jemand packte mich am Arm, als ich taumelte.

»Vorsicht!«, rief der Bedduar erschrocken. »Kommt! Setzt Euch!«

Der alte Bauer führte mich zu einem Strohballen direkt neben dem Scheunentor, wo ich kraftlos Platz nahm. Ich zitterte von der Anstrengung der paar wenigen Schritte und bemerkte, dass ich schwitzte, als wäre ich mehrere Kilometer gelaufen.

»Hier! Trinkt!«

Der Bedduar reichte mir einen Holzbecher voll Wasser, den ich dankbar annahm. Ich verschüttete einige Tropfen, bevor es mir gelang, den Becher an den Mund zu führen und den Rest zu trinken. Sofort eilte der Bauer los, um mehr Wasser zu holen. Erst als sie mir gemeinschaftlich drei weitere Becher eingeflößt hatten, ließen das Zittern und Schwitzen etwas nach.

Von draußen erklang plötzlich schneller Hufschlag und ich zuckte zusammen. Waren das etwa die Entführer, die zurückgekehrt waren?

»Keine Angst, das ist unser Zunu«, erklärte der Bedduar. »Ich habe ihn rufen lassen, als es mir nicht gelang, Euch zu wecken.«

Es war ihm nicht gelungen, mich zu wecken? Verwirrt starrte ich zum offenen Scheunentor, wo nun ein imposanter Mann von knapp zwei Metern auftauchte und schnellen Schrittes auf uns zueilte.

»Hallo, Komnatu«, grüßte der Mann und ich erkannte an seiner Wappenkette, dass er in der Tat ein Zunu war und kein Grekasol oder Polliander, was ich zunächst aufgrund seiner Größe vermutet hatte.

»Dann lasst mich mal schauen, was Euch fehlt«, meinte er und ich spürte, wie die Lichtfäden seiner Heilmagie auf mich zukamen und mich abtasteten. Dort, wo sie mich berührten, kitzelte es kurz, bevor sich eine angenehme Kühle über die Stellen legte. Als sie meinen Kopf berührten, stöhnte ich, als endlich die Kopfschmerzen nachließen. Mir war nicht klar gewesen, wie schwer mir das Denken gefallen war, bis nun plötzlich nicht mehr jeder Reiz und jeder Gedanke wie durch einen Berg Watte gedämpft bei mir ankamen.

»Bei den großen Namen!«, keuchte ich erschrocken und starrte zur anderen Seite der Scheune hinüber, als mir endlich auch meine Freunde wieder einfielen. Wie konnte es sein, dass sie von all dem Trubel nichts mitbekommen hatten?

»Keine Sorge, um die anderen kümmere ich mich gleich«, sagte der Zunu. Er wirkte grimmig und hielt mich fest, als ich aufstehen und zu ihnen eilen wollte. »Sitzen bleiben! Ich bin noch nicht fertig! Und mit einer Hammerkraut-Vergiftung scherzt man nicht!«

»Hammerkraut-Vergiftung?«, wiederholte ich. Wovon sprach der Mann?

»Ihr müsst einer hohen Dosis ausgesetzt gewesen sein«, erklärte der Zunu ernst. »Sonst wärt Ihr nicht den ganzen Tag bewusstlos gewesen und Komnatu hätte nicht so große Schwierigkeiten gehabt, Euch zu wecken. Ihr habt großes Glück gehabt, denn in dieser Dosis kann Hammerkraut auch tödlich sein. Ihr müsst jetzt viel trinken.«

»Ich hole gleich noch einen Eimer Wasser«, meinte der Bedduar und füllte meinen Becher ein weiteres Mal.

Ich starrte den Heiler entsetzt an. Ich traute mich kaum, es auszusprechen. »Und meine Freunde? Sind sie …?«

Der Zunu erhob sich und ging zu den anderen. Als Erstes widmete er sich Tirasan. »Er ist mit Euch zusammen der Kleinste und damit ist die Gefahr für ihn am größten.«

Er ging ans Werk. Endlos lange Minuten vergingen, bis der Zunu sich endlich wieder rührte und Tirasan die Augen aufschlug. Ich brach in Tränen aus. Als er sich aufsetzte, umarmte ich ihn.

»Den großen Namen sei Dank! Du lebst!«

Ich hätte vor ein oder zwei Tagen nie gedacht, dass ich über seine Anwesenheit und seinen verwirrten Blick so erleichtert sein könnte. Doch ich hätte es mir nie verziehen, wenn er meinetwegen gestorben wäre. Hoffentlich ging es auch den anderen gut!

»Was ist passiert? Wo sind wir, Anderta?«, fragte er und sah sich orientierungslos um.

»Ich erzähle es dir nachher, in Ordnung? Lass uns erst einmal abwarten, bis der Zunu die anderen geheilt hat«, bat ich. Ich konnte kein vernünftiges Gespräch führen, solange ich nicht wusste, was mit den anderen war.

Weitere qualvolle Minuten vergingen, bis Frislan und Rustan vollständig geheilt waren. Tirasan hatte während der Heilung seines Freundes mit einem elenden, bangen Gesichtsausdruck neben ihm ausgeharrt und hatte überaus erleichtert gewirkt, als der junge Krieger endlich die Augen aufgeschlagen hatte. Tirasan fühlte sich genauso schuldig an der Lage seines Freundes wie ich, denn immerhin begleitete uns Rustan nur seinetwegen.

Der Bedduar reichte jedem von uns einen Holzbecher und zwang uns zu trinken, bis der erste und kurz darauf auch der zweite Wassereimer leer waren.

»Ihr solltet in den nächsten Tagen ausreichend trinken, gut essen und Euch schonen«, riet uns der Zunu, bevor er sich wieder aufs Pferd schwang und sich auf den Weg zu seinem nächsten Patienten machte.

»Anderta, was ist los?«, fragte Frislan.

»Wir hatten eine Hammerkraut-Vergiftung«, erklärte ich und sah Frislan und Rustan erschrocken zusammenzucken. Sie wussten, was das bedeutete.

»Verdammt!«

»An, wo ist Sanjan?«, wollte Frislan wissen, als er begriff, dass der Junge fehlte und niemals so lange fortgeblieben wäre, wenn es uns nicht gut ging.

Meine Hand zitterte, als ich ihm die Nachricht reichte. Frislan las, während sich sein Gesicht bei jedem Wort mehr verfinsterte und schließlich fluchte er: »Verdammte Bastarde!«

»Was ist los? Was steht da?«, fragte Tirasan ängstlich. Frislan reichte ihm die Nachricht und der andere Passario zitterte kurz darauf so stark, dass er sie beinahe fallen gelassen hätte.

Rustan nahm ihm die Nachricht ab, las und schaute dann seinen Freund an. Seine Miene wurde grimmig.

»Wir müssen ihnen folgen und Sanjan befreien«, verkündete er entschlossen. »Es muss mehr als eine Person gewesen sein. Sie konnten nicht riskieren, dass auch nur einer von uns wach ist, daher haben sie uns ungefähr zeitgleich mit Hammerkraut betäubt. Andernfalls wären entweder Frislan oder ich von ihren Geräuschen wach geworden.«

»Du darfst nicht vergessen, dass es letzte Nacht gedonnert hat. Vielleicht hätte auch eine Person ausgereicht, um uns zu betäuben und den Jungen zu entführen. Wir hätten beim Gewitter ihr Anschleichen nicht gehört«, wandte Tirasan ein. Er schien es gewohnt zu sein, Diskussionen wie diese mit seinem Freund zu führen, denn beide hatten ihren Streit vergessen und waren nach der ersten Panik und dem Zorn rasch in der Lage, sich logisch der Situation zu widmen.

Ich hätte beinahe hysterisch über meine eigenen Gedanken gelacht. Das war keine verfluchte *Situation*, sondern die Entführung meines Sohnes!

»Doch wer tut so etwas?«, fragte Frislan verstört. »Wer würde einen kleinen Jungen entführen und drohen, ihn zu töten, um sich zu rächen? Sanjan ist unschuldig! Er hat mit euren Verbrechen nichts zu tun.«

»Ich weiß es nicht«, sagte ich und schluckte schwer, als mich Frislans Blicke trafen. Es war meine Schuld, dass unser Sohn jetzt in Gefahr war. Und Frislan sah es ganz genauso.

»Was hast du getan, Anderta? Wie konntest du nur unseren Sohn in eure Verbrechen hineinziehen? Hast du etwa gedacht, ihr kommt damit durch? Und jetzt muss Sanjan den Preis bezahlen!«

»Gegenseitige Anschuldigungen helfen uns nicht weiter!«, versuchte Rustan vergeblich die Situation zu beruhigen. Frislan funkelte mich immer noch voller Wut an und ich kämpfte mit den Tränen.

»Denkt nach! Ihr und Eure Magie müsst doch eine Ahnung haben, wer Euer Feind ist!«, meinte Rustan ungeduldig.

»Oder womöglich habt du und Londurs auch so viele Leute betrogen, dass du dich noch nicht einmal an alle erinnern kannst? Was hast du gedacht, was passiert, wenn du dich mit ihm zusammentust? Er ist ein Kurbabu, die sind alle Verbrecher! Ich wünschte, ich hätte früher davon erfahren, dann hätte ich gleich dafür gesorgt, dass er ins Gefängnis kommt, wo er hingehört, bevor er dich in seine kriminellen Machenschaften verwickelt!«

»Gebt nicht Anderta die Schuld an den Taten anderer!«, ermahnte ihn Rustan. »Wir wissen nicht, wer der oder die Entführer sind und warum sie es getan haben. Es ist müßig, darüber reden zu wollen, wer schuld ist. Wir müssen jetzt zusammenhalten und gemeinsam überlegen, wie wir den Jungen retten können.«

Ich ließ den Kopf hängen. »Aber in einem hat er recht, Rustan«, gab ich leise zu. »Es *ist* meine Schuld. Ich habe in den letzten Jahren viele Leute belogen, betrogen und bestohlen. Jeder von ihnen könnte der Täter sein!«

Überraschenderweise sah mich Rustan jetzt voller Verständnis an. »Jeder ist für seine eigenen Handlungen verantwortlich, das stimmt. Aber Ihr habt niemanden gezwungen oder bezahlt, Sanjan zu entführen, also trifft die Schuld nur denjenigen, der entschieden hat, ein unschuldiges kleines Kind als Druckmittel zu verwenden. Nichts davon ist Eure Schuld.«

»Natürlich ist es ihre Schuld!«, begehrte Frislan auf. »Verbrechen zahlen sich niemals aus! Ihre Taten sind die direkte Ursache für das, was jetzt mit Sanjan geschehen ist!

Es war ein Fehler, Anderta nicht sofort zur Rede zu stellen, als ich erfahren habe, dass sie dem Kurbabu bei dem Diebstahl geholfen hat. Aber da dachte ich ja auch noch, dass sie sein Opfer ist und dass sie wieder auf den rechten Weg zurückkehrt, sobald Londurs nicht mehr in ihrer Nähe ist. Spätestens, als Anderta Tirasan entführt hat, hätte ich einschreiten und die Stadtwache alarmieren müssen! Verdammt, ich habe geschworen, dem Gesetz zu dienen! Und nur wegen ihr und Sanjan habe ich mich der Mitwisser- und Komplizenschaft schuldig gemacht!«

Es überraschte mich nicht, dass Frislan so dachte. Mich hatte es mehr überrascht, dass er vorgestern nicht sofort die Stadtwache von Himmelstor verständigt hatte. Für ihn hatte die Einhaltung des Gesetzes die oberste Priorität. Bereits in unserer gemeinsamen Zeit hatte er keine Probleme damit gehabt, einen guten Freund ins Gefängnis zu bringen, den er eines Verbrechens überführt hatte. Für ihn gab es nur Schwarz und Weiß. Er hatte sich nicht geändert.

»Ihr hättet die Mutter Eures Sohnes ins Gefängnis gebracht?« Rustan starrte seinen Namensvetter entsetzt an.

»Ihr etwa an meiner Stelle nicht?«

»Nein!«

Die beiden Polliander musterten sich gegenseitig verwundert.

»Aber der Ehrenkodex …«

Rustan schnaubte. »… ist nicht wichtiger als die Menschen, die wir lieben. Würdet Ihr etwa Euren Sohn todunglücklich machen, indem Ihr ihn seiner Mutter beraubt, nur um den Ehrenkodex einzuhalten? Denkt Ihr, dass das richtig ist?«

»Aber es ist auch nicht richtig, einen Verbrecher davonkommen zu lassen! Würdet Ihr etwa Tirasan helfen, wenn er gerade ein Verbrechen begangen hätte?«

»Wenn ich wüsste, warum er es getan hat, und es verstehen könnte, auf jeden Fall! Und selbst wenn ich es nicht verstehen könnte, würde ich eher versuchen, mit ihm zu reden, statt ihn auszuliefern!«

»Ihr seid einer von denen! Von den Stiefelleckern!«

»Besser, als ein kaltherziger Moralapostel zu sein!«

Die beiden Polliander betrachteten sich voller Abscheu, bevor sie sich abrupt voneinander abwandten und Frislan wütend zur anderen Seite der Scheune davonstürmte. Was war das denn bitte gewesen?

Tirasan war neben mich getreten und seufzte nun leise, während sich Rustan daranmachte, die Scheune nach Spuren abzusuchen, Frislan tat auf seiner Seite dasselbe.

»Die beiden kriegen sich schon wieder ein. Mach dir keine Sorgen, Anderta. Wir werden alles tun, um Sanjan wohlbehalten wieder zu dir zurückzubringen.«

Er warf seinem Freund einen Blick zu. »Rustan und ich lassen dich nicht im Stich und geben dir auch nicht die Schuld. Nimm dir Frislans Worte nicht zu Herzen. Leider gehört er einer Dynastie an, die den Ehrenkodex und das Gesetz manchmal über alles andere stellen. Rustan ist nicht so, ihm sind seine Schützlinge und seine Freunde wichtiger. Er will ihnen helfen, nicht sie bestrafen.«

»Aber warum sollte er mir helfen? Er misstraut mir!«

*Nein.*

»Das tut er nicht.« Er schüttelte mit einem leichten Lächeln den Kopf. »Rustan hat ein großes Herz. Er hat dir bereits vergeben, als du uns erzählt hast, warum du mich entführt hast. Abgesehen davon gehört ihr zur Familie.«

Er schwieg einen Moment und grübelte, bevor er sich wieder mir zuwandte.

»Du hast gesagt, dass es jeder sein könnte. Aber das stimmt nicht. Nicht jeder von ihnen weiß, wo wir jetzt sind. Denk nach, Anderta! Es muss jemand sein, der sich erst vor Kurzem von dir betrogen gefühlt hat, damit er uns bis hierher folgen konnte. Jemand wie …«

»Londurs«, vervollständigte ich seinen Satz und mein Magen rutschte mir in die Kniekehlen. Mir war übel. Hasste mich Londurs tatsächlich so sehr, dass er mir das antun würde?

»Du weißt, dass er Sanjan nie mochte. Und er ist ein Kurbabu. Er hätte vermutlich keine Skrupel, den Jungen zu entführen und ihn zu töten.«

Ich hatte bereits einmal bemerkt, dass Tirasan Vorurteile gegenüber Kurbabus hatte, und doch bekam ich erstmals selbst Zweifel. Konnte es wahr sein? Hatte Londurs etwas mit den Ereignissen der letzten Nacht zu tun? Ich wandte mich an meine Magie.

*Nein, Londurs hat mit der Entführung nichts zu tun.*

Ich fühlte einen kurzen Moment der Erleichterung, bevor mich erneut Angst überkam. Ich kannte Londurs schließlich. Er hätte den Jungen niemals töten können, egal wie sehr er mich hasste. Londurs war kein Mörder. Doch ich hatte nicht dieselbe Gewissheit, was den unbekannten Entführer betraf.

»Er war es nicht«, sagte ich schließlich. »Das ist die Wahrheit.«

Tirasan schloss abrupt wieder den Mund, ohne etwas zu sagen.

»Das bringt uns alles nicht weiter«, meinte Rustan schließlich, der uns offenbar zugehört hatte. »Während wir hier herumstehen und grübeln, entfernen sich der oder die Entführer immer weiter von uns. Habt ihr schon mal nach draußen gesehen? Es ist später Nachmittag! Wir waren fast den ganzen Tag bewusstlos. Und wenn sie den Jungen tatsächlich mitten in der Nacht entführt haben, dann haben sie jetzt fast einen ganzen Tag Vorsprung!«

»Aber was können wir tun?«, fragte Tirasan und klang am Boden zerstört.

Zögerlich legte Rustan einen Arm um Tirasans Schultern. Dieser versteifte sich bei der Berührung, doch der Polliander ließ ihn trotzdem nicht los.

»Keine Sorge, Tir!«, sagte er beruhigend. »Wir untersuchen die Spuren vor Ort und informieren die Grekasols. Die Entführer können uns nicht entkommen.«

Kaum hatte er begonnen, sich erneut umzusehen, entdeckte Rustan das Hammerkraut-Pulver neben unseren Schlafstätten. Er ließ sich vom Bedduar eine Schaufel geben, hob neben der Scheune ein Loch aus und vergrub das Betäubungsmittel, damit es keinen weiteren Schaden anrichten konnte. Unterdessen untersuchte Frislan jeden Quadratzentimeter der Scheune nach Hinweisen und versuchte, Tirasan und mich, die ihn beobachteten, so gut es ging, zu ignorieren.

»Wo ist eigentlich Illi?«, durchbrach Tirasan irgendwann die Stille und wir zuckten zusammen.

»Verdammt!«, fluchte Frislan. »Wie konnte ich nur so blind sein, dass mir das nicht auffällt?«

Wo war der Elluren? Es sprach nicht für uns, dass uns in der vergangenen halben Stunde nicht einmal aufgefallen war, dass der junge Namensforscher fehlte. Konnte er etwas mit der Entführung von Sanjan zu tun haben?

Anscheinend sah mir Frislan meine Gedanken und mein Misstrauen an, denn er schüttelte den Kopf und ließ sich trotz seines Zorns auf mich zu einer Bemerkung herab. »Ich hatte in den letzten Wochen Gelegenheit, Illiero kennenzulernen, Anderta. Das würde er niemals tun. Illi ist ein Träumer. Zu einer solchen Täuschung wäre er niemals fähig. Er ist kein Verbrecher, sondern höchstens ein Opfer. Nein, die einzige mögliche Erklärung ist, dass sie ihn ebenfalls entführt haben«, vermutete er.

»Aber warum sollten sie das tun?«

»Kommt hierher!«, rief Rustan von draußen und machte uns ein Zeichen, zu ihm zu kommen. Er stand gebückt ein paar Schritte abseits des Scheunentors und untersuchte etwas am Boden.

»Hier sind Kampf- und Schleifspuren«, erklärte der junge Polliander grimmig. »Der Elluren muss draußen gewesen sein, als es passierte. Vielleicht hat er sie gehört, vielleicht musste er auch einfach nur mal austreten. Auf jeden Fall lassen die Spuren erkennen, dass er hier überwältigt und ein Stückchen den Weg entlang geschleift wurde. Ich habe Hufspuren entdeckt, die nicht von uns oder dem Zunu stammen. Anscheinend haben die Entführer den Namensforscher und den Jungen auf ein Pferd gebunden und sind dann mit ihnen geflüchtet.«

Frislan nickte nachdenklich. »Wir sollten den Bedduar und seine Leute befragen, ob sie etwas gesehen haben. Verdammt, das hätten wir eigentlich sofort tun müssen. Dieses vermaledeite Hammerkraut!«

Wir vergeudeten eine weitere Stunde damit, den Bedduar zu holen, der natürlich sofort bereit war, uns in jeglicher Form zu unterstützen. Die Befragungen brachten jedoch nichts Neues. Niemand war nachts in der Nähe der Scheune gewesen, weder während des Gewitters noch danach. Anhand der Kampfspuren konnten die Polliander erkennen, dass Illis und Sanjans Entführung einige Zeit nach dem Gewitter, also eher in den frühen Morgenstunden, erfolgt war. Doch leider handelte es sich hier um den Hof eines Bedduars. Die Getreidebauern mussten nicht so früh aufstehen wie die Terabees oder die Ibares. Und so hatte keiner etwas bemerkt.

»Bitte weine nicht, An!«, sagte Tirasan plötzlich. »Wir finden ihn, ich verspreche es!«

»Wir werden ebenfalls helfen«, versprach auch Rustan und meinte damit wohl auch Frislan, der trotz seines Streits mit uns nickte.

Warum wollten mich alle trösten? Ich weinte doch nicht!

*Falsch!*

Verwirrt starrte ich die anderen an und griff mir dann mit der rechten Hand ins Gesicht. Ich zuckte zusammen, als ich die Tränen spürte, die über meine Wangen liefen.

»Wie kann das sein?«

*Deine Gefühle werden manipuliert, Anderta.*

Meine Wahrheitsmagie hatte recht. Ich hatte bereits zuvor unter solchen unerklärlichen Weinattacken gelitten. Und damals hatten wir festgestellt, dass mich der andere Passario manipuliert hatte. Doch wie war es dann möglich, dass ich jetzt erneut weinte? Schließlich hatte Tirasan die Verbindung zu seiner Wahrheitsmagie verloren. Er *konnte* mich gar nicht manipulieren!

»Anderta?«, fragte Frislan verwirrt, doch ich hob die Hand.

»Sag mir, wenn es nicht Tirasan ist, der mich jetzt manipuliert, wer dann? Oder war er am Ende gar nicht derjenige, der meine Gefühle manipuliert hat?«, wollte ich von der Stimme wissen.

Es dauerte einen Moment, bis die Stimme antwortete: *Er war es nicht. Er war es nie. Doch es war ein Passario, der dich manipuliert hat.*

Meine Gedanken rasten. Aber das bedeutete …

»Es war Sanjan!«, erkannte ich.

*Ja, du fühlst, was er in diesem Moment fühlt.*

Das hieß, dass Sanjan in diesem Moment weinte. So wie er auch geweint hatte, als Londurs und ich ihn in Sujons zurückgelassen hatten. Und darum hatte die Gefühlsmanipulation auch sofort aufgehört, als ich ihn bei unserem Wiedersehen in die Arme genommen hatte. Er hatte sich gefreut, wieder bei mir zu sein.

»Weiß er, dass er meine Gefühle manipuliert?«, fragte ich die Wahrheitsmagie.

*Nein.*

Ich sah die anderen an, die nun vollends verwirrt waren, hatte ich mich doch laut mit der Stimme in meinem Kopf unterhalten. Rasch setzte ich zu einer kurzen Erklärung an, die alle verblüffte.

»Wie ist das möglich?«, wunderte sich Frislan. »Die Namensmagie erwacht erst bei der Namensgebung. Sanjan sollte dazu gar nicht fähig sein!«

»Und Wahrheit ist neutral, sie betrifft die Fakten oder die Welt um uns herum«, wandte Tirasan ein.

Er hatte recht. Meine Wahrheitsmagie hatte sich zu Gefühlen nie geäußert, nie gewusst, was jemand empfand, wenn die Person es nicht ausgesprochen hatte. Doch wenn ihre Macht nur Tatsachen betraf, wie konnte Sanjan dann meine Gefühle beeinflussen? Das sollte unmöglich sein!

»Und wenn es auch eine Form der eigenen, persönlichen Wahrheit gibt? Tir hat die Wirklichkeit verändert, indem er uns alle sehen ließ, wie er sich die Welt vorstellt. Und wenn Sanjan dich nun fühlen lässt, wie er die Welt empfindet? Kann es sein, dass die magischen Kräfte bei jedem Passario anders sind?«, rätselte Rustan laut.

»Anscheinend wissen wir weniger über Namensmagie oder Wahrheitsmagie, als wir glauben«, sagte ich.

»Tir konnte auch schon vor seiner Namensgebung Wahrheitsmagie ausüben«, überraschte uns Rustan dann mit einer weiteren Erkenntnis.

»Wirklich?«, fragte ich.

Tir machte große Augen und auch Frislan und ich mussten sehr verdutzt ausgesehen haben, denn der gelassene Krieger lächelte uns auf einmal breit an.

»Wirklich«, bestätigte er. »Tir konnte schon früher instinktiv erkennen, wenn jemand lügt. Und das war nur eines der vielen Anzeichen.«

»Stimmt. Das hatte ich ganz vergessen«, gestand Tirasan.

Mir schoss der Gedanke durch den Kopf, dass Illi unsere Diskussion furchtbar spannend gefunden hätte, und ich verkrampfte mich vor Sorge.

»Aber das hilft uns jetzt auch nicht weiter!«, klagte ich mutlos.

»Vielleicht kannst du ja über Sanjans Gefühle mehr herausfinden?«, schlug Frislan vor. Offenbar war er endlich bereit, das Kriegsbeil zu begraben, um unseren Sohn zu retten. »Vielleicht gibt es ja eine Möglichkeit, das Band zwischen euch zu verstärken, sodass du herausfinden kannst, wo er und Illi sich gerade befinden?«

Ich versuchte es. Minutenlang stand ich mit geschlossenen Augen da und horchte in mich hinein. Auch meine Wahrheitsmagie versuchte, die Verbindung zu verstärken. Vergeblich.

»Es ist hoffnungslos«, erklärte ich schließlich. »Die einzige Spur, die wir von den Entführern haben, ist diese Nachricht«, ich wedelte mit ihr herum, »und selbst die ist so gut wie nutzlos.«

»Wartet mal!«, rief Rustan. »Da steht noch was auf der Rückseite!«

# DIE ENTFÜHRER

*»Wer einmal lügt, dem glaubt man nicht.«*

bekannte Weisheit

»Verdammt, er hat recht!«, fluchte Frislan. »Wie konnten wir das vorhin übersehen?«

Ich drehte den Zettel um und erkannte, dass tatsächlich noch etwas auf der Rückseite stand. In blasser Tinte zeichneten sich folgende Worte ab:

*Bringt uns die Holzschatulle!*
*Ihr habt einen Monat Zeit.*
*Und keine Grekasols!*

»Es ist kein Wunder, dass wir im Halbdunkel der Scheune die zweite Nachricht nicht gesehen haben«, stellte Rustan fest. »Und es handelt sich um eine andere Schrift. Was steht dort?«

»Anderta?«, fragte Tirasan.

»An?«, meinte Frislan besorgt.

Ich öffnete den Mund und bekam keinen Ton heraus. Die zweite Nachricht war ein noch größerer Schock als die erste.

Von all meinen Kunden und Opfern war dieser Mann der Letzte, den ich verdächtigt hätte.

Ich reichte Frislan den Zettel und er las ihn sich rasch durch, bevor er die Stirn runzelte. »Die Holzschatulle? Etwa dieselbe Holzschatulle, die bei unserem Streit in Anumas zerstört wurde?«

Ich nickte und er fluchte.

»Das heißt, wir können die Forderung des Entführers nicht erfüllen«, schlussfolgerte Rustan aus unseren Äußerungen.

Wieder nickte ich. Das konnte einfach nicht gut ausgehen!

»Du weißt, wer Sanjan entführt hat«, erkannte Frislan aus meiner verzweifelten Miene und ballte die Fäuste. »Sag es mir! Von wem habt ihr die Holzschatulle gestohlen? Vielleicht können wir den Besitzer auf eine andere Weise entschädigen? Oder vielleicht lässt er oder sie mit sich reden, wenn du dich stellst?«

Rustan schnaubte ungläubig. »Ja, sicher! Daher hat er oder sie ja auch den Jungen entführen lassen«, meinte er.

»Rustan hat recht«, flüsterte ich schließlich. »Er wird nicht mit sich reden lassen. Aber nicht der Besitzer ist das Problem.«

Verdammt! Ich kriegte die Worte einfach nicht über die Lippen! Sie klangen schon in meinem Kopf furchtbar und sie auszusprechen, würde sie nur noch schlimmer machen.

»Anderta? Wer macht dir solche Angst?«, fragte Frislan überrascht und wirkte zum ersten Mal um meinetwillen besorgt. Er zog mich in eine schützende Umarmung, wie er es in alten Zeiten stets getan hatte. Erst da bemerkte ich, dass ich am ganzen Leib zitterte.

»Terlios Tolbo«, flüsterte ich kaum hörbar und mein ehemaliger Geliebter sog scharf die Luft ein.

Rustan, der meine Worte nicht gehört hatte, runzelte nachdenklich die Stirn: »Warte! Hattest du nicht Tir und mir erzählt, dass der Diebstahl eine Auftragsarbeit gewesen ist? Für einen aus einer der Herrscherdynastien von Wonspiel?« Er sah unsere Mienen und fluchte genauso wie Tirasan, dessen Gesichtsausdruck sich jetzt verfinsterte.

»Ich wusste es! Es war zu schön, um wahr zu sein. Lass mich raten: Du bekamst den Auftrag von Lostaria Imlanda oder einem anderen Vertreter ihrer Dynastie, oder?«

»Wieso denkst du das, Tirasan?«, wollte ich wissen.

»Sie war diejenige, die Rustan entführt und mich erpresst hat, um die Alleinherrschaft zu erlangen«, erklärte er grimmig. »Durch die Wirklichkeitsveränderung verschwand sie spurlos aus Himmelstor, ebenso wie die beiden Räuber aus der Nateri-Dynastie, Molli und sein unterwürfiger Namensvetter, die hinter meinem Geld her waren. Doch wie mir meine Magie anschließend verraten hat, habe ich sie lediglich fortgewünscht und nicht getötet. Zuerst war ich darüber erleichtert: Ich musste einmal jemanden töten – nie wieder, hatte ich mir geschworen. Aber wenn es eine Intrige gibt, in der jemand aus einer Herrscherdynastie seine Finger im Spiel hat, dann ist es garantiert Lostaria Imlanda! Sie hat ihren Plan bestimmt noch nicht aufgegeben. Außerdem ahnt sie nicht, dass ich ihn in einer anderen Wirklichkeit bereits durchkreuzt habe!«

»Warte mal! Ihr kennt Molli Nateri und Uster?«, fragte ich verblüfft. Irgendwie war es einfacher, sich mit diesem Zufall auseinanderzusetzen, als sich mit Terlios Tolbo zu beschäftigen.

Rustan zuckte mit den Schultern. »Na ja, ich erinnere mich durch die Wirklichkeitsveränderung zwar nicht mehr an sie, aber anscheinend schon.«

»Ja, genau, ich kenne sie«, bestätigte Tirasan.

»Die beiden hatten Sanjan und mich im Palza-Wald gefangen genommen, bevor Frislan uns befreien konnte«, erklärte ich. Das war also des Rätsels Lösung, wieso die Nateri-Dynastie ihren

Herrschaftsanspruch in der neuen Wirklichkeit verloren hatte. Tirasan hatte ihr das Recht zu herrschen entzogen.

»Aber in diesem Fall waren es weder die beiden Nateris noch Lostaria Imlanda«, klärte ich die beiden auf. »Der Auftrag kam von Terlios Tolbo, einem Mitglied der Dynastie in Xorlis.«

»Und der Tolbo lässt deinen Sohn entführen, nur weil du ihm nicht diese ... Kiste gebracht hast? Ist das nicht etwas übertrieben? Es passt auch nicht zu einem Tolbo!«, wandte Tirasan ein.

»Es passt zwar nicht zu deinem Vater, Gilmaja Tolbo. Aber denk doch nur an Clerano, seinen Namensvetter«, wandte Rustan ein.

Tirasan nickte nachdenklich. »Stimmt, du hast recht.«

»Aber was machen wir jetzt wegen Terlios Tolbo?«, fragte Frislan, der langsam ungeduldig wurde. »Bist du sicher, dass er es war, der Sanjan entführt hat?«

»Hat er Sanjan entführt?«, fragte ich meine Magie.

*Nicht persönlich, aber seine Leute.*

»Ja, ich bin mir sicher«, antwortete ich dann laut.

»Scheiße! Verdammter Mist!«

Ich fühlte genauso und bereute inzwischen bitterlich, dass ich diesen Auftrag jemals angenommen hatte. Doch ich war mir auch nicht sicher, ob der Tolbo uns in Ruhe gelassen hätte, wenn wir abgelehnt hätten. Er schien die Holzschatulle unbedingt besitzen zu wollen.

»Ha!«, machte Rustan plötzlich triumphierend.

»Was?«

»Die Entführer haben einen Fehler gemacht«, triumphierte der junge Polliander. »Habt ihr gelesen, dass sie uns einen Monat Zeit gelassen haben, um ihnen die Holzschatulle zu bringen? Ich nehme an, dass wir sie nach Xorlis bringen sollen, wo sich der Tolbo aufhält. Aber warum lassen sie uns dafür einen Monat Zeit?«

»Weil das die Zeit ist, die wir von hier bis zur Hauptstadt von Wonspiel benötigen werden«, antwortete ich verständnislos.

Rustan grinste. »Nein, es gibt schnellere Möglichkeiten, zum Beispiel wenn man von Himmelstor aus ein Schiff nimmt. Aber daran haben die Entführer nicht gedacht. Was bedeutet, dass sie ebenfalls planen, den Landweg zurück nach Xorlis zu nehmen!«, schlussfolgerte er.

*Er hat recht.*

»Das heißt, wir können sie eventuell noch vorher einholen?«

Ich spürte neue Hoffnung in mir aufsteigen. Mir graute vor der Aussicht, in den Palast der Tolbos einbrechen und mich ihm und all seinen Leuten stellen zu müssen.

»Genau!«

Auch Frislan wirkte nun euphorisch. »Und da sie voraussichtlich nicht so schnell reiten können wie wir, da sie Sanjan und Illi dabeihaben, können wir ihren Vorsprung mit jedem Tag etwas dezimieren!«, meinte er.

Danach brach Hektik aus. Rasch suchte jeder von uns seine wichtigsten Habseligkeiten zusammen. Den Planwagen und die Kutschpferde mussten wir beim Bedduar zurücklassen, sie würden uns nur aufhalten. Und auch das Problem, dass wir damit nur drei schnelle Pferde – Illieros Schimmelstute, Frislans Rappen und Rustans Fuchswallach – für vier Leute hatten, hatten wir schnell gelöst. Der Bedduar besaß selbst ein gutes Pferd, das er mir im Gegenzug für unsere beiden Kutschpferde verkaufte. Den Planwagen mit all unseren Habseligkeiten durften wir zudem so lange bei ihm unterstellen, wie wir wollten.

»Viel Glück!«, wünschte er uns zum Abschied und drückte mir noch ein kleines Päckchen mit belegten Broten in die Hand. »Ich hoffe, Ihr bekommt Euren Jungen bald wieder! Und denkt an die Anweisung des Zunus: Immer viel trinken und ausreichend essen!«

Mit diesem Ratschlag im Ohr verließen wir am Abend den Hof. Im Galopp preschten wir die Giabella entlang in Richtung Osten. Es war ein anstrengender Ritt, besonders nachdem die Sonne untergegangen war. Zum Glück war es eine sternenklare, mondhelle Nacht und die Wiesen in Flussnähe erlaubten uns eine unverstellte Sicht auf die Straße, sodass wir auch im Mondschein noch eine Weile weiterreiten konnten. Es war Mitternacht, als wir endlich abstiegen, etwas aßen und tranken. Anschließend versuchten wir ein wenig zu schlafen, was uns jedoch nicht gut gelang. Ich hörte, dass sich die anderen ebenso unruhig umherwälzten wie ich selbst.

Einige Stunden später saßen wir wieder im Sattel und ritten im ersten Licht des neuen Morgen weiter. Die Sorge um Sanjan und Illi trieb uns an.

Ich hätte es nicht für möglich gehalten, aber ich vermisste meine beiden Plagegeister. Immer wieder stellte ich mir vor, wie es den beiden in diesem Moment wohl ging. Ich spürte Sanjans Erschöpfung durch unser Band und verfluchte die Entführer dafür, dass sie keine Rücksicht auf den Jungen nahmen. Hin und wieder weinte er und Frislan musste mir sein Taschentuch reichen, damit ich mir das Gesicht trocknen konnte. Viele Reisende, die auf der Handelsstraße von Himmelstor nach Zislaf unterwegs waren, sahen mich besorgt an und ich wusste, dass wir in der Nähe von Himmelstor keinesfalls die Aufmerksamkeit der Grekasols erregen durften. Bestimmt hatten die Soldaten aus der Hauptstadt sie bereits über Tirasans Entführung informiert. Auch wenn Tirasan und Rustan die Sache aufklären könnten, so würde uns die Begegnung nur unnötig aufhalten.

Irgendwann erreichten wir die erste Brücke über die Giabella und machten eine kurze Pause, damit ich herausfinden konnte, auf welcher Flussseite die Entführer weitergeritten waren. Aber anscheinend hatten sie das Gewässer hier noch nicht überquert.

»Sie machen bestimmt in Zislaf halt«, meinte Rustan optimistisch. »Und wenn sie das tun, können wir weiter Boden gutmachen!«

Wir ritten weiter. Zwischendurch mussten wir unsere Pferde in Schritt fallen lassen und absteigen, um sie zu tränken. Aber die Pausen waren kurz, denn die Tiere waren es gewohnt, den ganzen Tag ausdauernd zu laufen. Was uns betraf, so sah das allerdings anders aus. Besonders Tirasan und ich waren erleichtert, als die Stadt Zislaf in Sichtweite kam.

»Eine halbe Stunde Pause zum Essen und Ausruhen, in Ordnung?«, bat ich und Tirasan nickte zustimmend.

Rustan und Frislan, die beide so frisch aussahen, als wären sie gerade erst losgeritten und nicht schon seit vielen Stunden unterwegs, wechselten einen Blick. Dann seufzte Frislan und Rustan meinte: »Dann nutzen wir die Zeit, um Lebensmittel und Zelte zu besorgen.«

Damit waren alle einverstanden und so suchten Tirasan und ich uns ein kleines Gasthaus, in dem wir den Tageseintopf bestellten. Ich achtete nicht auf das Tuscheln der anderen Gäste, als ich das Essen so schnell herunterschlang und schlürfte, wie ich konnte. Sollten sie sich doch über die Frau ohne Manieren mokieren! Mir war das egal.

Wir gingen gerade zu den Pferden zurück, als wir angesprochen wurden. »Anderta Passario?«, fragte jemand staunend. »Seid Ihr es wirklich?«

»Ja?«

In der Erwartung, einen meiner früheren leichtgläubigen Kunden zu sehen, drehte ich mich mit einem Lächeln um – und sah in das verdutzte Gesicht eines Grekasols. Und er war nicht allein.

Scheiße!

»Schnappt sie euch!«, rief der Anführer. »Anderta Passario, ich verhafte Euch wegen der Entführung von Tirasan Passario!«

Tirasan und ich erstarrten für einen Moment. Ich hatte keine Ahnung, was ich jetzt tun sollte, und sah mich hektisch um. Unsere Pferde waren zwar nur wenige Meter entfernt an einer Tränke angebunden, aber von Frislan und Rustan war weit und breit nichts zu sehen. Wir waren auf uns allein gestellt.

»Scheiße!«, flüsterte ich.

»Das ist alles ein Missverständnis«, sagte Tirasan neben mir. »Ich bin Tirasan Passario. Und wie Ihr seht, geht es mir gut. Ich bin freiwillig bei ihr. Ihr könnt sie daher nicht wegen Entführung verhaften lassen. Im Gegenteil! Ihr solltet ihr und uns helfen, da jemand ihren Sohn Sanjan entführt hat.«

Ich sah an der Miene des Offiziers, dass Tirasans Geschichte ihn nicht überzeugt hatte.

»Ach ja?«, meinte er. »Dann könnt Ihr Euch sicher ausweisen?«

»Selbstverständlich.«

Erleichtert holte Tirasan sein Wappen hervor, das er während des Ritts unter sein Wams gesteckt hatte, legte seine rechte Hand auf es und sprach: »Mein Name ist Tirasan Passario.«

Jetzt hätte das Wappen anfangen müssen zu glühen als Beweis für seine Identität. Doch die Magie reagierte nicht. Völlig perplex sah Tirasan auf seine Brust herab, als nichts geschah. Er vergewisserte sich, dass seine Hand auch das Wappen berührte, wiederholte: »Ich bin Tirasan Passario«, und …

Es passierte nichts.

Verdammt! Verdammt, verdammt!

Offensichtlich hatte Tirasans Ablehnung seiner Wahrheits- und Wirklichkeitsmagie unerwartete Folgen. Die Erkenntnis war wie ein Schlag ins Gesicht und Tirasan fiel die Kinnlade herab, als er begriff, dass sein Freund mit seiner Aussage recht gehabt hatte.

Dass seine Magie ein untrennbarer Teil von ihm war. Und dass er ohne seine Magie nicht Tirasan Passario sein konnte.

Doch wir hatten nicht die Zeit, um uns um das unerwartete Problem zu kümmern. Die Grekasols wurden unruhig und kamen zu ihren eigenen Schlüssen.

»Lauf!«, zischte ich ihm zu. »Zu den Pferden!«

»Betrüger!«

Es kam erneut Bewegung in die Grekasols. Ich packte Tir bei der Hand und zerrte ihn hinter mir her. Zum Glück hatten wir uns durch die Pause etwas erholt, doch ich wusste, dass unser Sprint uns gegen die ausgeruhten Grekasols nicht viel helfen würde.

In diesem Moment sah ich Rustan neben unseren Pferden auftauchen. Er erkannte die Gefahr augenblicklich und zog sein Schwert, während er uns entgegenrannte.

»Auf die Pferde! Schnell! Reitet los und wartet nicht auf uns!«

Ein paar lange Schritte später war er an uns vorbei und wir hörten Schwerter klirren und Männer und Frauen fluchen, als sie es mit dem erbosten Leibwächter zu tun bekamen.

»Rustan!«, rief Tirasan und wollte stehen bleiben. »Was machst du da? Mist!«

»Weiter!«, schrie ich ihn an. »Rustan kann auf sich selbst aufpassen!«

Ich zerrte ihn weiter. Dann hatten wir unsere Pferde erreicht und ich ließ seine Hand los. Schnell entknotete ich die Zügel und schwang mich in den Sattel. Tirasan brauchte nur einen Augenblick länger als ich. Als wir unsere Pferde in einen schnellen Galopp fallen ließen, warf ich einen Blick zurück und staunte. Rustan war gut, erstklassig sogar. Ich hatte immer Frislan als den besten Schwertkämpfer der Welt angesehen, doch der junge Polliander übertraf ihn. Mühelos nahm er es mit einem halben Dutzend Gegner gleichzeitig auf. Drei Stadtwächter hatte er bereits entwaffnet, sie lagen mit schmerzverzerrten Gesichtern auf dem Boden.

Wir galoppierten aus der Stadt. Nach zehn Minuten ließ ich mein Pferd in den Schritt fallen. Tirasan folgte meinem Beispiel und sah sich besorgt um.

»Ich sehe ihn nicht«, meinte er und hielt sein Pferd an. »Wir sollten hier auf Rustan und Frislan warten.«

»Spinnst du? Wir sind noch nicht in Sicherheit! Außerdem patrouillieren die Grekasols auch außerhalb der Stadt. Was denkst du, wie lange es dauern wird, bis die nächsten Soldaten uns verhaften wollen? Und du kannst dich nicht ausweisen!«

Das war ein echtes Problem.

»Ich weiß, ich habe dir bei unserer Begegnung Vorwürfe gemacht, Tirasan, aber denkst du nicht, dass es langsam reicht? Dass du genug bereut und dich lange genug in Selbstmitleid gesuhlt hast?«

Ich fuhr rasch fort, als Tirasan mir gereizt widersprechen wollte, um meine harten Worte etwas abzumildern: »Sieh mal, ich habe mich getäuscht. Du hattest die besten Absichten, als du die neue Wirklichkeit erschaffen hast. Und ja, es mag sein, dass deine Gabe als Bedrohung empfunden wird, weil sie so mächtig ist. Dass es viele geben wird, die versuchen werden, sie auszunutzen.«

Nicht nur ich dachte in diesem Moment an die Regentin Lostaria Imlanda, die versucht hatte, ihn zu erpressen.

»Aber du kannst dich nicht vor ihr verstecken! Rustan hat recht. Unsere Magie ist ein Teil von uns. Wenn du sie ablehnst, lehnst du dich selbst ab. Deshalb hat es nicht funktioniert, als du dich ausweisen wolltest. Du verleugnest dich selbst. Hör auf damit!«

»Jetzt willst du also wieder, dass ich meine Magie und die

Wirklichkeitsveränderung akzeptiere?«, fragte Tirasan ungläubig und starrte mich skeptisch an. »*Du* warst doch diejenige, die gesagt hat, dass ich mit ihr zu mächtig bin, dass ich das geworden wäre, was ich selbst gefürchtet habe: ein tyrannischer Alleinherrscher! Und du hast damit ja auch recht! Ich bin gefährlich – vor allem, weil ich keine Kontrolle über meine Magie habe. Dass sie dir Angst macht, kann ich sehr gut verstehen. Ich mache mir selbst Angst. Das war bereits das zweite Mal in zwei Leben, dass ich die Wirklichkeit grundlegend verändert habe, ohne dass irgendwer ein Mitspracherecht hatte. Beim letzten Mal habe ich unbeabsichtigt die Familien zerstört. Und dieses Mal habe ich meine Vergangenheit mit Rustan kaputt gemacht und wer weiß, welche anderen Folgen meine Magie noch hatte. Schließlich bist du die Einzige, die sie – abgesehen von mir – sehen und mich zur Rede stellen kann. Übrigens, auch ohne meine Magie weiß ich, dass du immer noch davon träumst, in die frühere Wirklichkeit zurückzukehren.«

*Ertappt.*

Meine Magie war mal wieder wenig hilfreich.

»In Ordnung. Ich will immer noch zurück«, gab ich zu und seufzte. Ich vermisste die vergangenen Zeiten, das unbeschwerte Leben mit Londurs, die Leichtigkeit, den Nervenkitzel bei unseren Abenteuern und Betrügereien. Und auch sein zweiter Vorwurf stimmte, ich hielt ihn immer noch für gefährlich, auch wenn ich wusste, dass er dies nicht sein wollte.

Und dennoch konnte ich das Thema nicht auf sich beruhen lassen. Ich musste ihn überzeugen, dass es besser für uns alle wäre, wenn er wieder im Besitz seiner Magie war.

»Es mag sein, dass sie gefährlich ist. Aber deine Magie ist auch nützlich«, wandte ich ein, während ich meinen Blick zurück zur Stadt schweifen ließ. »Du hast Fähigkeiten, die ich nicht habe. Deine Magie ist stärker als meine. Mit ihr wäre es ein Leichtes,

Sanjan zu finden, ihn und Illiero zu befreien und den Tolbo und seine Männer ein für alle Mal auszuschalten.«

»Ich bin doch keine Waffe und kein Mörder!«

Es war, als hörte ich Londurs reden. Entsetzt blickte ich in Tirasans wütendes Gesicht. Hatte ich eben wirklich das Gleiche getan wie die Leute, die Londurs als Kurbabu abstempelten? Tirasan war natürlich mehr als nur ein Werkzeug seiner Magie!

»Tirasan, es tut mir leid.«

»Spar dir das! Lass uns lieber weiterreiten, in Ordnung?«

Ich nickte voller Reue.

Stundenlang ritten wir. Tirasan warf immer wieder besorgte Blicke über unsere Schulter, doch wir wurden nicht verfolgt, weder von unseren Feinden noch von unseren Freunden. Verdammt, wo blieben die beiden? Hatten die Grekasols von Zislaf es etwa geschafft, sie zu überwältigen, und sie verhaftet? Irgendwie mochte ich das angesichts von Rustans und Frislans beeindruckenden Kampfkünsten nicht glauben. Anders als die beiden Polliander vermochte es Sanjan jedoch nicht, selbst auf sich aufzupassen, und so lauschte ich in mich hinein, in der Hoffnung, ein Gefühl von ihm zu empfangen. Doch leider blieb es still und meine Sorge wuchs.

Der Abend brach an und wir näherten uns langsam der Grenze zu Wonspiel, als wir es endlich wagten, eine längere Pause zu machen. Wir waren zu erschöpft, um weiterzureiten, und unsere Pferde benötigten ebenfalls dringend eine Rast. Gierig tranken sie aus einem kleinen Bach abseits der Straße.

»Und jetzt?«, wollte Tirasan wissen. »Warten wir?«

Ich zuckte die Achseln. »Ja.«

Von Verfolgern war weit und breit nichts zu sehen. Ich war zuversichtlich, dass wir die Grekasols aus Zislaf abgehängt hatten. Dummerweise hatten wir aber auch Frislan und Rustan abgehängt – und mit ihnen unsere Vorräte und Zelte. Jeder von uns hatte gerade einmal einen Wasserschlauch, die wir nun im Bach auffüllten, und ich konnte ein paar trockene Kekse zu unserem Abendessen beisteuern. Mir grummelte der Magen, nachdem ich getrunken und gegessen hatte. Und ich spürte jetzt, wie mein Kopf pochte. Anscheinend hatten wir während des Rittes zu wenig getrunken und spürten immer noch die Folgen der Vergiftung, denn auch Tirasan rieb sich die schmerzenden Schläfen.

Stunden des Wartens vergingen. Mittlerweile war die Sonne untergegangen und von unseren Freunden fehlte jede Spur. Konnten sie wirklich so weit hinter uns sein? War ihnen vielleicht doch etwas passiert?

»Warum hat er das nur getan?«, fragte Tirasan schließlich, nachdem wir lange geschwiegen und die Straße beobachtet hatten. »Warum riskiert er ständig sein Leben für mich? Trotz allem, was ich getan habe?«

»Wer? Rustan?«

»Ja. Er ist einfach zurückgeblieben und hat für uns gekämpft. Und er begleitet uns auf der Suche nach den Entführern, obwohl er eigentlich nur nach Himmelstor zurückwollte.«

Ich sah ihn an. Wusste er es denn nicht?

»Er macht es für dich«, klärte ich ihn auf. »Ich glaube, er hat dir längst verziehen. Und außerdem ist das sein Wesen. Er ist nicht nur dein bester Freund, sondern auch dein Polliander, dein Beschützer. Er würde sogar sein Leben geben, um dich zu retten.«

»Aber ich habe das nicht verdient! Warum sieht er es denn nicht? Sein Leben ist viel mehr wert als meins! Und ich? Ich laufe wieder einmal davon, weil ich mit meinen Problemen nicht klarkomme. Und bei unserem Wiedersehen habe ich ihn zu allem Überfluss auch noch mit einer Bettrolle niedergeschlagen! Welcher Freund tut so etwas? Er müsste doch froh sein, mich los zu sein!«

Ich lachte bei der Erinnerung an Rustans entgeistertes Gesicht. Zum ersten Mal seit der Entführung fiel die Anspannung von mir ab.

»Das spielt keine Rolle«, antwortete ich ihm mit einem Grinsen und schaute in sein liebenswert verwirrtes Antlitz.

Und plötzlich veränderte sich etwas in mir. Zum allerersten Mal sah ich in Tirasan meinen kleinen Bruder.

# VERFOLGUNGSJAGD

*»Kinder sind unantastbar.«*

Paragraph 3
aus dem Ehrenkodex der Polliander

Die Nacht war schon fortgeschritten, als wir einige einsame Reiter näher kommen hörten. Wir hatten beschlossen, an diesem Abend nicht mehr weiterzureiten, sondern am Bach zu bleiben und auf unsere Freunde zu warten. Die Straße war verlassen.

Wir lauschten angespannt und wussten nicht, was wir tun sollten. Waren es Grekasols? Oder unsere Freunde?

»Anderta? Tirasan?«

»Frislan! Hier rüber!«, rief ich erleichtert.

Tirasan sprang auf und lief den beiden entgegen.

Die beiden Polliander wirkten erschöpft und sehr ernst.

»Wir sollten uns weiter von der Straße entfernen und dann unser Nachtlager aufschlagen«, sagte Frislan anstelle einer Begrüßung.

Zehn Minuten später entzündeten wir in einem Wäldchen ein kleines Lagerfeuer. Tir und mir entfuhr ein Keuchen, als wir Rustan nun genauer betrachten konnten. Sein Hemd war auf einer Seite blutgetränkt und er presste sich einen rotgefärbten Lumpen an die Seite.

»Keine Sorge, es ist nicht so schlimm. Nur ein Kratzer«, wollte uns der junge Krieger beruhigen und lächelte, doch es wirkte in meinen Augen gequält. Rustan hatte ganz eindeutig Schmerzen.

»Ich werde die Wunde gleich verbinden«, meinte Frislan im gleichen besänftigenden Tonfall. Sahen wir denn so aus, als würden wir gleich ausflippen? »Vielleicht könnt ihr schon mal die Zelte aufbauen?«

»Klar«, erwiderte ich, holte aber lediglich die Zelte aus Frislans Satteltaschen, bevor ich mich wieder den anderen zuwandte.

Tirasan und ich sahen besorgt zu, während Frislan Rustan aus dem Hemd half. Die Wunde an seiner Seite sah mir nach mehr als nur einem Kratzer aus, blutete immer noch und war lang und vermutlich auch tief. Erst als Frislan die Wunde verbunden hatte, kam Bewegung in uns. Während ich die Zelte entrollte, ging Tirasan auf Rustan zu.

»Das machst du nie wieder, hörst du?«, forderte er verärgert.

»Was denn?«

»Zurückbleiben und dein Leben riskieren. Was, wenn du gestorben wärest? Sie hätten uns schon nicht umgebracht, das waren Grekasols. Stattdessen kämpfst du für uns – für *mich* –, als wären wir noch die besten Freunde. Als wäre alles wie früher. Aber das ist es nicht! Wir sind nicht mehr beste Freunde! Ich habe keine Ahnung, wie wir nach alledem überhaupt noch befreundet sein können.« Das Letzte flüsterte er traurig.

Rustan sah ihn ernst an. »Wenn ich so denken würde, dann könnte ich gleich aufhören zu hoffen. Aber ich werde niemals aufhören, an dich zu glauben. Du bist mein bester Freund, egal was geschieht, egal was zwischen uns auch vorgefallen ist. Und egal was du sagst.«

Tir brach in Tränen aus, wandte sich ab und rannte davon. Ich seufzte. Mein kleiner Bruder war ja ganz schön dramatisch veranlagt. Ich wollte ihm hinterherlaufen, aber Frislan hielt mich davon ab.

»Er braucht etwas Zeit.«

Tirasan war auch zum Essen noch nicht zurück. Rustan warf immer wieder besorgte Blicke in die Dunkelheit zwischen den Bäumen, erhob sich ein paarmal, bevor er es sich anders überlegte und sich wieder setzte. Erst als Frislan und ich den Abwasch erledigt hatten, kam sein Freund wieder zu uns ans Lagerfeuer. Ich bot ihm etwas zu essen an, doch Tirasan mochte nichts, sondern wollte nur noch schlafen.

Auch Rustan wirkte sehr erschöpft, was Frislan bemerkte. »Ich übernehme die erste Wache und wecke dich dann«, schlug er vor. Rustan nickte dankbar.

Ich hatte zuvor nicht über die Zelt-Situation nachgedacht, aber als Rustan in Tirasans Zelt verschwand und ich begriff, dass ich mir das zweite Zelt mit meinem ehemaligen Geliebten teilen musste, wurde mir ganz anders. Zumal das Zelt auch nicht sehr breit war. Zwei Personen passten gerade so hinein.

»Ist alles in Ordnung, An?«, fragte Frislan, als ich mich bemühte, auf dem unbequemen Untergrund eine halbwegs komfortable Schlafposition zu finden, ohne ihn dabei zu berühren. Trotz seiner Ankündigung, Wache zu halten, hatte er sich ebenfalls mit hineingelegt und spähte nun durch die Öffnung nach draußen in die Dunkelheit, die lediglich vom Mond etwas erhellt wurde.

Der Mann machte mich wahnsinnig! Trotz seiner Vorwürfe am Vortag machte er keine Anstalten, mich den Grekasols auszuliefern, sondern arbeitete mit uns zusammen. Mit Rustan verstand er sich unerklärlicherweise seit dessen Verletzung bestens, die beiden waren sogar zum vertraulichen Du übergegangen. Nur die Spannungen zwischen Tirasan und Rustan zerstörten das Bild einer friedlichen Gemeinschaft.

Die und die Tatsache, warum wir jetzt zusammen unterwegs waren. Der Gedanke an Sanjan zog mir das Herz zusammen. Durch das Band spürte ich seine Verzweiflung und Erschöpfung.

»Alles bestens«, log ich. »Schlaf gut, Frislan!«

Es war erstaunlich, woran sich der eigene Körper alles erinnerte. Frislans gleichmäßiges Atmen während des Schlafs war mir immer noch so vertraut, als wären wir erst am Vortag aneinandergekuschelt eingeschlafen. Fünf Jahre – ausgelöscht innerhalb von wenigen Sekunden.

Ich wollte mich nicht an damals erinnern, mich wieder fühlen wie das frisch verliebte, dumme Mädchen von einst. Und doch ertappte ich mich dabei, dass ich dieses vertraute, regelmäßige Atmen beruhigend fand. Rasch war ich eingeschlafen.

Am nächsten Morgen war ich allein im Zelt, als ich erwachte. Ich hatte erwartet, mich an Frislans breite Brust gekuschelt vorzufinden, und hatte schon einige bissige Worte vorbereitet – nur für den Fall. Jetzt war ich beinahe enttäuscht. Wo war Frislan?

Ich steckte den Kopf aus dem Zelt und entdeckte den Vermissten nur wenige Schritte entfernt am neu entzündeten Lagerfeuer. Etwas brutzelte verführerisch über dem Feuer und mir lief das Wasser im Mund zusammen.

»Guten Morgen!«, begrüßte mich Frislan leise.

»Morgen«, erwiderte ich und blinzelte ins noch schwache Licht der aufgehenden Sonne. »Rustan und Tirasan sind noch nicht wach?«

»Nein. Ich habe beschlossen, die beiden noch etwas schlafen zu lassen, bis das Frühstück fertig ist. Wegen seiner Verwundung braucht Rustan die Ruhe dringend. Dann können wir den Vorsprung der Entführer hoffentlich dezimieren. Aber wenn du magst, kannst du schon mal unser Wasser auffüllen, während ich das Zelt abbaue. Dann können wir direkt nach dem Frühstück aufbrechen.«

Ich nickte. Wenige Minuten später steckte auch Rustan, begleitet von Tirasan, den Kopf aus dem Zelt und ich erschrak. Der junge Krieger wirkte müde und erschöpft. Die Verletzung schwächte ihn doch mehr, als er gestern zugeben wollte.

Der Ritt machte Rustan zusätzlich zu schaffen, obwohl er darauf bestand, in normalem Tempo weiterreiten zu können. Am Vormittag passierten wir die Grenze zu Wonspiel. Ein einsames Schild am Straßenrand informierte darüber, dass Frislan und ich uns jetzt auf heimatlichem Boden befanden.

Bis zum Mittag machten wir nur eine einzige Pause, dann ging die Verfolgung weiter. Doch auch wenn Frislan und ich begierig waren, die Entführer so schnell wie möglich zu stellen, so war es doch Rustan, der uns und unsere Reittiere am meisten antrieb.

»Wie viel Vorsprung haben sie noch, Anderta?«, fragte er immer wieder. Und als meine Wahrheitsmagie irgendwann meinte, dass die Entführer nun keine sechs Stunden mehr vor uns wären, lächelte er siegesgewiss und meinte: »Bis heute Abend haben wir sie eingeholt!«

Doch er hatte die Rechnung ohne Tirasan gemacht. Es war früher Nachmittag, wir durchquerten gerade ein größeres Dorf, als Tirasan einfach sein Pferd anhielt, abstieg und auf einen der Dorfbewohner zuging.

»Tir?«, fragte Rustan verwirrt, der zuerst bemerkte, dass sein Freund uns nicht mehr folgte. Frislan und ich zügelten ebenfalls unsere Pferde. Was machte Tirasan dort?

Rustan wendete sein Pferd und ritt auf ihn zu. »Ist alles in Ordnung?«, erkundigte er sich besorgt. »Brauchst du eine Pause?«

Er war genauso überrascht wie wir, als Tirasan ihn wütend

anfunkelte. »Ist das dein Ernst?«, rief er zornig. »Du bist verletzt, Idiot! Wenn hier jemand eine Pause braucht, dann bist du das! Und daher werden wir jetzt eine Rast machen und ein Zunu wird deine Verletzung behandeln! Vorher reite ich keinen einzigen Meter weiter!«

Der Streit erregte die Aufmerksamkeit der Dorfbewohner. Rustan wirkte fassungslos. Dass Tirasan ihn anschreien würde, damit hatte er sichtlich nicht gerechnet. Während er den Mund öffnete, ohne zu wissen, was er erwidern sollte, ging Tir auf einen der Dorfbewohner zu und erkundigte sich nach einem Zunu.

Es dauerte anderthalb Stunden, bis der Zunu, der einen Patienten außerhalb des Dorfes behandelt hatte, zurückkehrte. Ich rutschte inzwischen unruhig auf der Bank des Gasthauses hin und her und auch Frislan drängte es, endlich weiterzureiten und Sanjan zu befreien, doch keiner von uns wagte, etwas zu sagen. Denn Tirasan hatte recht. Rustans Wunde musste behandelt werden, wenn wir alle diese Verfolgungsjagd durchhalten wollten.

Die Heilung selbst dauerte am Ende keine fünf Minuten, aber den heute herausgerittenen Vorteil hatten wir inzwischen eingebüßt.

Wir holten die Entführer an diesem Tag nicht mehr ein und am nächsten sorgte ein kräftiger, stundenlanger Regen für schlechtes Vorankommen auf matschigen Straßen.

Am Abend wurde der Frust noch größer, als die Befragung meiner Wahrheitsmagie ergab, dass die Entführer ihren Vorsprung an diesem Tag noch weiter ausgebaut hatten.

»Verdammt!«, fluchte Frislan. »Die müssen vor dem Regen die Straße entlanggeritten sein!«

Wir hatten inzwischen die Giabella überquert und Duw, ein

kleines Städtchen nahe der Brücke, hinter uns gelassen. Bis zur nächsten Stadt Togwu erwartete uns nun ein mühsamer Ritt durch Moore und Hügel.

Die Stunden und Tage im Sattel zogen sich endlos hin. Tirasan hatte sich nach dem Regentag einen Schnupfen zugezogen und bemühte sich klaglos, unser Tagespensum durchzuhalten. Dennoch mussten wir abends früher Rast machen, als wir es uns gewünscht hätten, weil es nicht mehr ging und die Pferde müde waren. Auch ich spürte die Erschöpfung mittlerweile in jedem Knochen und in jedem Muskel meines Körpers.

Wir holten auf, aber nur langsam. Inzwischen war der Vorsprung der Entführer wieder auf unter sieben Stunden geschrumpft, als wir Togwu erreichten.

Es war ein kleines Städtchen vor den Gipfeln der Numberge, von der Größe vergleichbar mit Duw, mit nicht ganz tausend Einwohnern. Bis ins Gebirge war es von hier aus nicht mehr weit, sodass die Bergarbeiter aus der Mhorog-Dynastie hier häufig anzutreffen waren, um ihre Vorräte und ihre Ausrüstung aufzufüllen, bevor sie wieder in ihre Minen zurückkehrten.

Es war ein rauer Menschenschlag, der die Stadt bewohnte, und auf dem Hinweg nach Himmelstor hatte ich nur rasch meine Vorräte aufgefüllt und dann zugesehen, dass ich schnell weiterritt. Dieses Mal erreichten wir die Stadt gegen Abend, sodass Rustan und Frislan beschlossen, dass wir uns eine Nacht in einem Gasthaus gönnen konnten.

Ich hatte gerade ein Bad genommen und war wieder in meine Kleidung geschlüpft, als es an der Tür klopfte. In der Erwartung, Frislan zu sehen, mit dem ich mir das Zimmer teilte – die beiden Polliander bestanden darauf, uns auch weiterhin nachts zu beschützen, schließlich wussten wir nicht, ob uns unsere Gegner vielleicht eine Falle gestellt hatten –, öffnete ich die Tür und blickte in eine Wand aus Männern mit langen Messern.

Ich hatte vergessen, auf das vereinbarte Klopfzeichen zu achten!

Mein Unterbewusstsein musste schneller sein als mein Verstand, denn ich hatte die Tür schon zur Hälfte wieder geschlossen, als die Männer hereindrängten. Dennoch hatte ich keine Chance.

Ich hatte Angst, was sie mir wohl auch ansahen, denn sie lachten. »Keine Sorge, Schätzchen!«, sagte einer von ihnen herablassend. »Dir passiert nichts, wenn du schön brav bist!«

Sie fesselten mich und trugen mich die Treppe hinunter. Dabei begegneten wir einigen Lottarus und Andertis, aber niemand machte Anstalten, mir zu helfen. Langsam begriff ich, warum die Männer sich nicht die Mühe gemacht hatten, mich zu knebeln. Von den Bewohnern Togwus war keine Hilfe zu erwarten. Noch nicht einmal von den Menschen von außerhalb kam eine Reaktion. Ich sah einen Nivian, der mit einer Botschaft in die Stadt gekommen war, einfach nur dastehen, während er stumm meinen Abtransport durch die Straßen verfolgte.

*Das ist kein Nivian, sondern ein Imlanda,* klärte mich die Stimme auf.

Bitte?

*Der Kurier ist kein echter Nivian, sondern er tarnt sich nur als solcher.*

»Aber warum?«, wollte ich von der Stimme wissen. Es war ungewöhnlich, einen Imlanda ohne seine lange Kutte und aufgesetzter Kapuze zu sehen. Zum ersten Mal konnte ich einem Mitglied dieser geheimnisvollen Dynastie ins Gesicht sehen. Verbargen die Imlandas ihre Gesichter etwa deshalb in der Öffentlichkeit? Damit sie jede Identität annehmen konnten, die ihnen für ihre Spionage nützlich war? Aber warum wurden sie nie erwischt? Sich als jemand anders auszugeben, war strengstens verboten!

*Und wer sollte sie entlarven? Solange sie sich unauffällig verhalten und sich nicht ausweisen müssen, kann ihnen niemand außer einem Passario auf die Schliche kommen.*

Da hatte die Stimme natürlich auch wieder recht.

Doch die Frage beschäftigte mich nicht länger, als ich durch einen festen Griff an meine eigene Lage erinnert wurde. Was wollten die Männer von mir?

»Wer seid ihr?«, fragte ich schließlich.

»Wir sind Mhorogs«, gab einer von ihnen erstaunlich freimütig preis. Inzwischen nur noch zu viert, trugen sie mich durch den dunklen Ort. Ich hatte keine Ahnung, wo meine Freunde waren. In diesem Moment spürte ich wieder Sanjans Verzweiflung und Tränen liefen mir in wahren Sturzbächen die Wangen herunter.

»Schätzchen, wir tun dir wirklich nichts«, sagte einer meiner Entführer, der anscheinend Mitleid mit mir hatte. »So ein feiner Pinkel von einem Polliander hat uns gut dafür bezahlt, dass wir die nächsten beiden Polliander, die in die Stadt kommen, mitsamt ihren Begleitern für 'ne Weile hier festhalten. Warum, hat er zwar nicht gesagt, aber wir haben darauf bestanden, dass niemandem etwas passiert. Keine Ahnung, welche Probleme ihr miteinander habt, aber wir sind keine Mörder. Wir machen nicht für einen großen Namen die Drecksarbeit und gehen anschließend an seiner Stelle ins Gefängnis. Das hier ist für uns nur leicht verdientes Geld in schwierigen Zeiten. Seid ihr Konkurrenten bei einer Schatzsuche oder so was?«

Dieser Bastard!

Ich erinnerte mich noch gut an den Polliander des Tolbos, der mir schon in Xorlis unheimlich gewesen war. Aber dass er den Trupp anführen würde, der Sanjan und Illi entführt hatte, damit hatte ich nicht gerechnet. Ich hatte angenommen, dass der Tolbo Söldner für die Drecksarbeit angeheuert hatte, nicht aber seinen eigenen Leibwächter.

»Sind überhaupt Kurbabus unter den Entführern?«, fragte ich meine Magie.

*Nein.*

»Wer sind sie dann?«

*Ein Polliander und ein Dutzend Grekasols.*

Ich verstand es nicht. Sowohl die Polliander als auch die Grekasols waren bekannt dafür, dass sie das Gesetz vertraten und Verbrecher dingfest machten. Nicht dafür, dass sie selbst Verbrechen im Dienst ihres Herrn begingen. Warum also taten sie es? Wie hatte der Tolbo sie dazu gebracht, bei diesem Wahnsinn mitzumachen? Was hatte er ihnen versprochen? Oder hatte er ihnen gedroht?

Mittlerweile befanden wir uns außerhalb der Stadt und durchquerten die Hügellandschaft, bis wir eine einsame Hütte erreichten, wo bereits weitere Bergarbeiter mit Fackeln und Laternen in den Händen standen und uns entgegensahen. Die Mhorogs setzten mich vor ihr ab und einer der anderen Männer öffnete die Tür zum Kohlekeller, die vor der Hütte in die Veranda eingelassen war. Unten erwarteten mich schon Tirasan und Rustan. Nur von Frislan war weit und breit nichts zu sehen.

Meine Entführer nahmen mir die Fesseln ab und zwangen mich, die Leiter hinabzusteigen, bevor sie sie wieder hochzogen und uns im Halbdunkeln zurückließen. Nur durch ein paar Ritzen in der Luke und zwischen den Deckenbalken fiel etwas Licht in den Keller, das jedoch rasch weniger wurde, als die Männer sich vom Eingang entfernten. Anscheinend hatten sie jedoch ein paar Laternen dort gelassen, ansonsten wäre es jetzt komplett finster geworden.

»Geht es euch gut?«, fragte ich besorgt. Ich hatte im Schein der Laternen und Fackeln draußen zwar keine Verletzung erkennen können, aber das wollte ja nichts heißen.

»Einfach großartig!«, grummelte Tir und mied Rustans Blick.

»Was hätte ich denn machen sollen?«, fauchte Rustan zurück. »Sie haben dir ein Messer an den Hals gehalten!«

Oha! Sie stritten sich schon wieder.

»Ja und? Du hättest weglaufen können, statt dich kampflos zu ergeben!«

»Und dich in der Gewalt dieser Kerle lassen sollen? Vergiss es!«

»Natürlich! Deine Lösung war ja auch so viel *besser*!«, höhnte Tir. »Falls du es noch nicht bemerkt hast, jetzt sind *wir beide* in der Gewalt dieser Kerle!«

Sie funkelten sich an und ich bemühte mich, die Wogen zu glätten. »Ich glaube nicht, dass sie uns etwas tun werden«, sagte ich rasch. »Sie wurden von den Entführern bezahlt, damit sie uns eine Weile hier festhalten.«

»Mist! Das heißt, sie haben geahnt, dass wir sie möglicherweise einholen werden«, schimpfte Rustan und fuhr sich durch die langen, blonden Haare, wobei er Dreck verteilte. »Sie sind uns in jeglicher Hinsicht einen Schritt voraus.«

Die Feststellung war deprimierend, zumal ich über mein Band zu Sanjan spürte, wie dessen Verzweiflung wieder zunahm. Vermutlich hatte ihm jemand erzählt, dass mit einer Rettung durch uns nicht zu rechnen war, weil wir hier festsaßen.

»Und jetzt?«, fragte Tirasan mutlos.

»Wollen wir hoffen, dass es Frislan irgendwie gelingt, uns zu befreien«, sagte ich.

Doch die Stunden verstrichen, ohne dass sich jemand blicken ließ. Zuerst verspürten wir Hoffnung, da das bedeuten musste, dass Frislan unseren Häschern entkommen war, doch je mehr Stunden verstrichen, desto mutloser wurden wir.

Am nächsten Morgen war die Stimmung dementsprechend schlecht. Unsere Wärter ließen Getränke und Essen in einem Eimer zu uns herunter, aber das half nur kurzfristig, um die Laune etwas zu heben. Denn unsere Hoffnung, dass Frislan den Wächtern zu unserem Gefängnis gefolgt war und sich nun bemerkbar machen würde, wurde bitter enttäuscht. Es blieb still.

Immerhin begruben Rustan und Tirasan ihren Streit fürs Erste, um an einem Fluchtplan zu arbeiten. Doch selbst als Tirasan sich auf die kräftigen Schultern des Kriegers stellte und mit aller Kraft gegen die Luke in der Decke drückte, bekam er sie nicht auf.

»Verdammt! Das kann doch nicht sein!«, schimpfte er. »Anderta, kannst du herausfinden, ob etwas auf der Luke steht?«

Er hatte recht mit seiner Befürchtung, doch aufgeben wollte er deswegen noch lange nicht. Als Nächstes untersuchte er mit Rustans Hilfe die Decke auf Schwachstellen. Und als Rustan langsam müde wurde und seinen Freund nicht mehr tragen konnte, machten sie mit den Wänden und dem Boden weiter.

Zwischendurch ließ mich Tirasan immer wieder Vermutungen auf ihren Wahrheitsgehalt überprüfen. Doch auch wenn die Stimme ungewöhnlich hilfsbereit war, spürte ich, wie bei Tirasan der Frust zunahm. Offenkundig störte es ihn, auf meine Magie angewiesen zu sein und nicht auf seine eigene zugreifen zu können. Zudem schien er meine Antworten nicht als besonders hilfreich zu empfinden, vermutlich, weil seine Wahrheitsmagie zuverlässiger gewesen war als meine.

Also versuchte er erstmals wieder, auf seine Gabe zuzugreifen. Ich hatte gedacht, dass es ausreichen würde, wenn Tirasan seine Magie wieder benutzen wollte, aber nun stellte sich heraus, dass ich mich getäuscht hatte. Was auch immer geschehen war und zum Verlust seiner Fähigkeiten geführt hatte, es ließ sich nicht so schnell beheben.

Am späten Vormittag war die Enttäuschung bei uns allen dementsprechend groß. Ich verfluchte unsere Untätigkeit, aber noch mehr unsere Gegner. Das Schlimmste war, dass wir es schon fast geschafft hatten, die Entführer einzuholen und Sanjan und den

Elluren zu befreien, und dann in ihre hinterlistige Falle getappt waren. Der Zorn auf die Entführer wuchs von Stunde zu Stunde, besonders als ich Rustan und Tirasan verriet, dass der Anführer selbst ein Polliander war.

»Eidbrecher!«, zischte Rustan und spuckte aus. Das war die schlimmste Bezeichnung, die Polliander für einen der Ihren hatten.

Wir dösten gerade etwas, als ein unerwartetes Geräusch mich hochschrecken ließ. Ich spürte mehr, als dass ich es im Zwielicht sah, wie Tirasan sich neben mir rührte, während Rustan grunzte und sich im Schlaf auf die andere Seite drehte.

Da! Über uns war jemand!

Unwillkürlich sprang ich auf, als jetzt etwas von der Luke gezogen wurde, und nach ein paar Sekunden angespannter Stille hörte ich, wie sie geöffnet wurde. Ich blinzelte gegen das Licht und starrte atemlos nach oben, als plötzlich die Leiter heruntergelassen wurde. Mein Puls raste und ich blinzelte, um die große Gestalt besser zu erkennen, die sich nun zu uns herab in den Keller begab. Hatte Frislan uns endlich gefunden und kam, um uns zu befreien?

*Das ist nicht Frislan.*

Meine Hoffnung schlug in Furcht um. Schnell flüsterte ich Tirasan die Erkenntnis zu und sah mich rasch zu Rustan um, der jedoch immer noch schlief und noch nichts von unserem Besucher mitbekommen hatte. Dann sprang jener die letzten Stufen hinab – und Tirasan schlug ihm auf den Kopf.

»Aua!«

Mein Herz setzte kurz vor Überraschung aus. Doch bevor ich etwas sagen konnte, wurde Tirasan auch schon am Handgelenk gepackt und mit schmerzhaftem Griff gezwungen, das große Stück Kohle loszulassen, mit dem dieser zugeschlagen hatte.

»Rustan!«

Ich hörte, wie der junge Krieger bei Tirasans Ruf aufsprang und sich auf den anderen Mann stürzen wollte.

»Nicht!«, rief ich. »Das ist Londurs!«

Ich konnte es immer noch kaum fassen, doch mein Kurbabu stand tatsächlich am Fuß der Leiter und ließ nun endlich Tirasan los, der sich das Handgelenk massierte, während Londurs sich über den Kopf strich und mich unverwandt anstarrte.

Plötzlich wusste ich nicht, was ich sagen sollte. Mit einem Wiedersehen mit Londurs in dieser Wirklichkeit hatte ich nach unserer Trennung nicht gerechnet und eine Wiedervereinigung in der anderen Wirklichkeit war in den letzten Tagen immer unwahrscheinlicher geworden. Doch nun stand er vor mir, ausgerechnet hier, und sah mich an, als könnte er es ebenfalls kaum glauben.

»Was machst du hier?«

»Na, dich retten natürlich! Oder wonach sieht es für dich aus?«

»Anderta?«, fragte Rustan, der nicht wusste, wie er Londurs einordnen sollte. Er hatte Tirasan hinter sich gezogen und selbst ohne Waffe wirkte er kampfbereit.

»Leute, das ist Londurs Kurbabu. Wir waren die letzten fünf Jahre zusammen …«

»Reden können wir später!«, unterbrach mich Lon. »Erst einmal sollten wir hier raus, bevor die Mhorogs wiederkommen!«

Er kletterte als Erster nach oben, sah sich gründlich um und machte uns dann ein Zeichen, dass wir ihm folgen konnten.

Wir beeilten uns, die Leiter zu erklimmen. Die Sonne war gerade dabei unterzugehen, wir sahen noch das letzte Abendrot, als wir ins Tal schauten. Der hinterhältige Plan der Entführer hatte uns einen ganzen Tag gekostet.

»Und jetzt?«, fragte Tirasan mutlos.

»Nun verschwinden wir erst einmal von hier. Dolch oder

Schwert?« Überraschenderweise bot Londurs Rustan seine Waffen an, während wir uns zügig auf den Weg ins Tal machten, und der Polliander ergriff mit einem dankbaren Nicken das Schwert. Nur Tirasan hatte misstrauisch die Augen zusammengekniffen und hielt Abstand.

»Was machst du hier? Und wie hast du uns gefunden?«, fragte ich atemlos.

»Es tut mir so leid, An. Ich war ein Narr, ein eifersüchtiger Idiot«, gestand Londurs. »Ich hatte so viel Angst, dich zu verlieren, dass ich dich immer wieder von mir gestoßen und genau das bewirkt habe, wovor ich mich gefürchtet hatte. Doch das ist mir erst nach unserer Trennung klar geworden.

Als es mir gelungen war, aus dem Gefängnis auszubrechen, in das mich dieser selbstgefällige Bastard nach dem Einbruch gesteckt hatte, habe ich mich daher sofort auf die Suche nach euch gemacht, um mich bei dir für mein Verhalten und meine bösen Worte zu entschuldigen. Es mag sein, dass ich zu spät bin, dass du inzwischen wieder mit Frislan zusammen bist, aber ich muss es versuchen. Und als ich eurer Spur dann nach Togwu gefolgt bin, habe ich durch Zufall zwei Mhorogs belauscht, die sich darüber unterhalten haben, wie sie eine hübsche junge Frau und ihre beiden Freunde gefangen genommen haben und der Polliander sich noch nicht einmal gewehrt hat. Ich dachte, sie reden über dich, Frislan und Illiero. Also habe ich die beiden überwältigt und ausgequetscht, was sie mit euch gemacht haben. So erfuhr ich von eurem Gefängnis. Doch auch wenn ich zugegebenermaßen darauf brenne zu erfahren, wer die beiden Typen sind und was mit Frislan und Illiero geschehen ist, sollten wir zunächst einmal aus der Stadt verschwinden. Ich habe die beiden Mhorogs nur gefesselt und geknebelt. Und bestimmt werden sie von ihren Kumpels auch schon vermisst. Wir sollten abhauen, bevor sie bemerken, dass ihr frei seid.«

»Er hat recht«, meinte auch Rustan. »Wir sollten zusehen, dass wir unser Gepäck und unsere Pferde aus dem Gasthaus holen. Und vielleicht finden wir dann auch heraus, was mit Frislan geschehen ist.«

Diese Frage beschäftigte mich auch. Sosehr ich mich über Londurs Auftauchen freute – ich konnte es mir nicht erklären, dass mein erster Partner uns nicht gefunden hatte. Frislan wäre bestimmt nicht untätig gewesen. Er hätte einen Stadtbewohner nach dem anderen befragt, bis er gewusst hätte, was mit uns geschehen war. Immerhin war das seine Aufgabe in der Stadtwache von Anumas gewesen. Was also war mit ihm geschehen?

Wir schlichen uns zurück in die Stadt, eilten mit gezückten Waffen durch die Straßen und huschten durch den Hintereingang in unser ehemaliges Gasthaus. Lange wollten wir uns dort nicht aufhalten, und so schnappten sich Rustan und Tirasan nur rasch ihre Taschen, bevor wir weiter zu meinem und Frislans Zimmer eilten, das unerklärlicherweise noch genauso aussah, wie ich es verlassen hatte. Anscheinend hatten die Dorfbewohner die Anweisung, unsere Sachen an Ort und Stelle zu lassen, oder zu viel Angst, wie wir auf eine Plünderung reagieren würden, wenn sie uns irgendwann endlich freigelassen hätten. Doch ich hielt wie erstarrt inne, als ich den Brief auf meinem Gepäck fand. Er war von Frislan.

*Anderta, ich habe keine Ahnung, wo du bist oder was mit dir und den anderen geschehen ist. Ich hoffe, du bist wohlauf und dass dich die Grekasols, die ich verständigt habe, schnell finden. Ich habe mich wieder auf die Verfolgung der Entführer gemacht. Einer der Stadtbewohner hat mir erzählt, dass er Sanjan und Illi in der Gewalt eines Dutzends bewaffneter Männer gesehen hat. Ich folge ihnen bei Tagesanbruch und werde versuchen, die beiden zu befreien. Frislan*

Nach dem Lesen reichte ich den Brief stumm weiter und schluckte, als ich begriff. Frislan hatte mich nicht einmal gesucht. Stattdessen hatte er die Aufgabe irgendwelchen Grekasols übertragen, die vielleicht sogar mit den Mhorogs gemeinsame Sache machten, und war den Entführern hinterhergeeilt. Beinahe hätte ich gelacht, als mir klar wurde, wie Frislan reagiert hätte, wenn er gewusst hätte, dass unsere Befreiung nicht durch seine geschätzten Vertreter des Gesetzes, sondern durch einen berüchtigten, kleinkriminellen Kurbabu erfolgt war.

Auch wenn ein Teil von mir hoffte, dass er Sanjan und Illi schnell fand, so war ein anderer Teil von mir verletzt. Ich fühlte mich von ihm im Stich gelassen.

»Zum Glück haben sie ihn nicht ebenfalls geschnappt!« Tirasan las die Nachricht voller Erleichterung.

»Das wissen wir nicht«, meinte Rustan realistisch. »Es kann durchaus sein, dass sie ihn noch erwischt haben, nachdem er die Nachricht geschrieben hat. Anderta?«

Im ersten Moment wusste ich nicht, was er von mir wollte. Dann jedoch begriff ich.

*Frislan befindet sich weiterhin auf dem Weg Richtung Süden.*

Ich gab die Erkenntnis weiter und wir beeilten uns, in die Stallungen des Gasthofs einzudringen und unsere Pferde bereit zu machen, während Londurs Wache hielt. Trotz der hereingebrochenen Dunkelheit ritten wir sofort los. Von den Mhorogs und den anderen Stadtbewohnern versuchte uns niemand aufzuhalten. Vermutlich erkannten sie, dass ihnen der Versuch nicht gut bekommen wäre, denn Rustan hob jedes Mal das Schwert, wenn uns jemand ansah. Bald hatten wir die Stadt mit ihren Straßenlaternen hinter uns gelassen. Die Nacht umfing uns und wir mussten uns auf die Sicht unserer Pferde verlassen, denn es war so dunkel, dass wir noch nicht einmal die Hand vor den Augen sehen konnten.

Wir kamen nur langsam voran, aber stetig, schließlich hatten wir uns ja den ganzen Tag ausruhen können. Am Morgen hatten wir den Vorsprung unserer Feinde um vier Stunden reduzieren können und auf dem Weg nach Anumas schmolz er weiter und weiter.

Wir redeten nicht viel miteinander. Die Stimmung war angespannt. Ich hatte Londurs darüber aufgeklärt, wer Tirasan und Rustan waren und was mit Sanjan und Illi geschehen war, aber seitdem nur das Nötigste mit ihm geredet. Es fiel mir schwer, ihm zu vergeben, auch wenn er mir jeden Tag deutlich machte, dass er bereute, mich verlassen zu haben. Und es half auch nicht, dass Frislan mich ebenfalls im Stich gelassen hatte. Momentan war ich nicht in der Lage, einem der beiden Männer zu vertrauen oder gar zu vergeben. Ich blieb auf der Hut.

Als wir ein paar Tage später die Stadt erreichten, in der alles schiefgelaufen war und in der sich Londurs von mir getrennt hatte, rechnete ich mit allem. Nur nicht damit, Frislan an der Stadtgrenze von Anumas vorzufinden. Was machte er hier? Warum folgte er nicht den Entführern? Oder war es ihm gelungen, Sanjan und Illi zu befreien?

*Nein.*

»Anderta, wir müssen reden«, sagte er grimmig und warf einen Blick voller Abscheu auf Londurs, den jener mit Verachtung erwiderte. »Und zwar ohne den da! Ich verstehe nicht, wie du dich überhaupt noch mit dem Typen abgeben kannst, nach allem, was er dir angetan hat. Er hat dich zur Verbrecherin gemacht! Sobald du die Stadt betrittst, muss ich dich und deine Begleiter leider verhaften. Denn meine Kollegen suchen nach dir und diesem entflohenen Kriminellen!«

Londurs lief rot an vor Wut. »Ach ja? Und wessen Schuld ist das? Wer hat mich denn ohne offizielle Anklage und ohne Prozess ins Gefängnis geworfen, um mich dort verrotten zu lassen?

Ihr wusstet genau, dass Ihr keine Beweise hattet, Ihr wolltet mich einfach aus dem Weg räumen! Praktisch, nicht wahr, wenn man ein Polliander ist, dem jeder glaubt! So kann man ganz bequem das Gesetz beugen, wie es einem passt! Wenn sich ein Kurbabu und ein Polliander streiten, dann muss der Kurbabu ja der Böse sein!«

Er spuckte aus. »Heuchelt nicht Sorge um Anderta! Wenn Ihr Euch wirklich Sorgen um sie machen würdet, hättet Ihr sie gesucht und sie nicht im Stich gelassen! Und was soll das heißen, *nach allem, was* ich *ihr angetan habe*? Ich habe ihr nie etwas angetan! Im Gegensatz zu Euch!«

»Ich habe Anderta nie verletzt!«

»Du verdammter Lügner!«, zischte Londurs, der jetzt den letzten Respekt fallen ließ. »Und ihr Polliander behauptet immer, ihr wärt besser als wir! Noch nicht einmal zu euren Fehlern könnt ihr stehen! Wer hat denn Anderta an ihre Feinde verraten, sodass diese sie gefangen nehmen und foltern konnten? Das warst doch du!«

Frislans hochrotes Gesicht verlor plötzlich jegliche Farbe, während Tirasan keuchend ausatmete und Rustan neben ihm seinen Schwertgriff umfasste. Entsetzt starrte Frislan mich an und erkannte, dass der Kurbabu die Wahrheit sagte.

Nicht auch das noch!

»Anderta, wovon redet er da?«, fragte Frislan leise. »Ist das der Grund, warum du dich dem Kurbabu angeschlossen hast? Du denkst, ich hätte dich verraten und dich foltern lassen?«

Ich kämpfte mit mir, doch Frislans Blick, der voller Entsetzen und Schmerz war, ging mir durch und durch. Bevor ich es mich versah, sagte ich: »Erinnerst du dich noch an jenen Tag im Sommer vor fünf Jahren? Es sollte für Jahre der letzte Tag sein, an dem wir morgens nebeneinander aufgewacht sind …«

Ich schluckte gegen den plötzlichen Kloß in meinem Hals an,

als die Erinnerungen und Gefühle mit aller Macht in mir aufkamen. Es fühlte sich an, als wäre es erst letzte Woche gewesen. Und während ich erzählte, konnte ich die schrecklichsten Tage meines Lebens wieder vor mir sehen.

# Schmerzhafte Erinnerungen

*»Die Wahrheit kennt keine Liebe und keinen Hass.«*

Anderta Passario

Kennt ihr das? Wenn ihr aufwacht und die Welt ist in Ordnung? Wenn ihr wisst, dass es ein guter Tag werden wird, egal wie das Wetter auch sein mag? Nun, ich hatte mich an jenem Morgen geirrt.

Ich lächelte glücklich, als ich mich auf die Seite drehte und in Frislans friedliches Gesicht sah. Er murmelte etwas im Schlaf und sein Arm um meine Schulter zuckte, um mich noch näher an sich heranzuziehen.

Es war noch früh am Morgen, aber nicht zu früh für einen Guten-Morgen-Kuss, also küsste ich meinen Liebsten, bis seine Augenlider sich hoben, er mich breit anlächelte und den Kuss leidenschaftlich erwiderte. Wir hatten uns erst am vergangenen Abend geliebt, dennoch fühlte ich mich wie ausgehungert nach Frislans Küssen und Zärtlichkeiten. Ich konnte nicht genug von ihm bekommen. Jede seiner Berührungen war mir vertraut, sein Geruch war die Essenz der Geborgenheit und sein Lächeln war das Licht meines Lebens.

Ich wusste, dass ich Glück gehabt hatte, als ich der Liebe meines Lebens vor vier Monaten durch einen Zufall begegnet war. Hätte ich nicht beim Ritt aus Xorlis eine meiner Taschen verloren, weil sie nicht richtig an meinem Sattel befestigt gewesen war, hätte Fris das nicht zufällig mitbekommen und wäre mir nicht hinterhergerannt, dann würde ich jetzt wahrscheinlich in Mirabortas leben, ohne zu ahnen, welches Glück mir entgangen war.

»Guten Morgen, mein Schatz«, flüsterte Fris schließlich zärtlich. »Hast du gut geschlafen?«

»Hm, einfach wunderbar!«, erwiderte ich mit einem breiten Lächeln. »Ich hatte ein herrliches Kissen, auch wenn es etwas schnarcht.«

Frislan fasste sich an die Brust und riss gespielt schockiert die Augen auf. »Ich? Ich schnarche doch nicht!«, behauptete er und ich kicherte.

Wir alberten noch eine Weile herum, bevor mein Schatz plötzlich ernst wurde. »Ich wünschte, ich müsste heute nicht arbeiten und wir könnten unseren besonderen Tag zusammen verbringen«, gestand er leise.

Bislang hatten wir *unseren Tag* jeden Monat gemeinsam gefeiert, doch dieses Mal hatte sich mein Liebster nicht freinehmen können.

Verständnisvoll lächelte ich ihn an. »Ich verstehe es, Fris«, beruhigte ich ihn. »Du brauchst kein schlechtes Gewissen zu haben. Geh zur Arbeit! Und heute Abend feiern wir dann bei edlen Speisen und Wein. Einverstanden?«

Er grinste mich an. »Und wie!«

Wir küssten uns noch gut ein Dutzend Mal, bis Frislan endlich in seine Uniform geschlüpft war, mir ein letztes Mal zuwinkte und zur Tür hinausging.

»Bis heute Abend!«, hörte ich ihn noch rufen und musste lachen. Kaum waren seine Schritte auf der Treppe verklungen, huschte ich zu meinem Kleiderschrank und kontrollierte, ob meine Überraschung noch da war. Ich hatte Fris nicht nur einen schlichten Goldring gekauft, von dem ich hoffte, dass er ihm gefallen würde, ich hatte zudem vor ein paar Tagen auch einen der angesehensten Lakonitas der Stadt aufgesucht, um ein kleines Vermögen für ein atemberaubendes Nachtgewand auszugeben. Ich freute mich schon auf Frislans Gesicht, wenn ich es heute Abend zur Feier des Tages zum ersten Mal anzog.

Ich pfiff vergnügt, als ich mir Frühstück machte. Fris und ich hatten eine kleine Wohnung in der Nähe des Hauptmarktes. Sie war nicht weit vom Hauptsitz seines Dienstherrn entfernt, sodass Tummas Wallori keine Einwände hatte, als mein Liebster ihn vor drei Monaten gebeten hatte, aus dem Hauptsitz aus- und mit mir zusammenziehen zu dürfen. Nicht jeder Herr wäre so verständnisvoll gewesen wie der gutmütige, ältere reisende Händler.

*Und was machen wir jetzt? Wo verbreiten wir heute die Wahrheit?*, fragte mich die Stimme.

»Ich hätte Lust auf einen Spaziergang zum Hafen«, meinte ich.

Es war ein herrlicher Spätsommertag und ich genoss die frische Luft, die mir vom Wasser aus entgegenwehte. Ich lächelte und winkte, als ich zahlreichen Leuten begegnete, die ich kannte. Nachdem ich letzten Monat eine Piratenbande entlarvt hatte, waren mir nicht nur die Soldaten der Stadtwache, sondern auch die Bewohner des Hafenviertels dankbar für den wiederhergestellten Frieden. Die Piraten hatten insgeheim wochenlang die ansässigen Hadasus und Kumtas terrorisiert, um ihre gestohlenen Waren unerkannt in Xorlis an die Käufer bringen zu können.

»Guten Morgen, Anderta!«

Freundliche Grüße schallten mir entgegen. Ich winkte, lachte und grüßte zurück, bis ich einen jungen Mann hektisch den Pier entlanglaufen sah. Er wirkte verzweifelt und ich zögerte nicht.

»Kann ich Euch helfen?«, erkundigte ich mich.

*Er hat etwas verloren.*

So viel hatte ich mir bei seinem suchenden Blick auch schon gedacht.

»Und was?«, wollte ich von der Stimme wissen. »Wo ist es?«

»Wie?«, fragte der junge Anderti verwirrt. »Sprecht Ihr mit mir?«

*Er hat den Geldbeutel seines Herrn verloren! Das gibt Schläge, wenn er ohne das Geld und die Einkäufe zurückkehrt!*

»Ich helfe Euch bei der Suche nach dem Geldbeutel«, bot ich dem verzweifelten Anderti an, der überrascht zusammenzuckte.

»Woher wisst Ihr, dass ich ihn verloren habe?«

»Ich bin Anderta Passario, eine Wahrheitsfinderin«, ich zwinkerte ihm verschmitzt zu, »und manchmal auch eine Finderin von verlorenen Geldbeuteln.«

*Hab ihn!*, verkündete meine Magie zufrieden und zusammen schafften wir es innerhalb von nicht einmal zehn Minuten, den jungen Anderti vor Freude weinen zu lassen.

»Vielen, vielen Dank! Ihr habt mir das Leben gerettet!«

Er bedankte sich überschwänglich und konnte sein Glück kaum fassen. Er wollte mich bezahlen, aber ich wusste, dass er nur einen kargen Lohn erhielt, und mir reichte es, dass ich ihm hatte helfen können.

»Das ist wirklich nicht nötig«, wehrte ich daher ab.

Gut gelaunt verabschiedete ich mich von dem jungen Mann und machte mich auf den Weg zur Arbeit. Ich hatte keine feste Anstellung, aber das brauchte ich auch nicht. Nachdem ich im Frühling doch nicht persönlich nach Mirabortas gereist war, hatte ich mir über die Erbverwaltung von Xorlis einen Teil meines Vermögens hierher schicken lassen. Ich hätte nicht arbeiten müssen, aber ich wollte es. Es brachte mir Freude, meine besondere Gabe nutzbringend einzusetzen. In der Regel nahm ich auch kein Geld dafür, dass ich verlorene Gegenstände oder Haustiere wiederfand. Nur von den Grekasols ließ ich mich bezahlen und nun war ich auf dem Weg zu ihnen, um zu fragen, ob sie meine Hilfe bei einem Vermisstenfall, einem Diebstahl oder einem Mord benötigten.

Fröhlich winkte ich in die Runde, als ich die Stadtwache am Hauptmarkt erreichte. Doch anders als sonst wirkten die Soldaten und Soldatinnen grimmig und erwiderten meinen Gruß nicht. Etwas Schlimmes musste passiert sein und ich wandte mich an Dasslum Grekasol, meinen Ansprechpartner und den Leiter des Reviers.

»Guten Morgen, Dasslum. Wie kann ich euch helfen?«

»Gar nicht«, erwiderte der alte Offizier grimmig. Sein Gesicht wirkte müde und erschöpft, Falten hatten sich tief hineingegraben und ließen ihn streng wirken.

»Komm schon, Dass! Was ist das Problem?«

Seine Worte trafen mich wie ein eiskalter Regenschauer: »Du bist das Problem, Anderta!«, sagte er grimmig. »Ich habe einen Haftbefehl, der auf deinen Namen lautet.«

Ich wollte lachen, wollte das Ganze als Unsinn, als fiesen Scherz abtun, aber ich erkannte an seiner Miene, dass er die Wahrheit sagte, noch bevor es mir meine Magie bestätigte.

»Was?«, krächzte ich.

Mir schwirrte der Kopf. Ich konnte es nicht fassen. Ein Haftbefehl? Gegen *mich*?

»Weswegen?«, wollte ich wissen, als ich den anfänglichen Schock überwunden hatte. Hatte ich jemanden beleidigt? Jemandes Eigentum beschädigt, ohne es zu bemerken? Worum ging es hier?

»Die Anschuldigungen sind ernst, Anderta«, antwortete Dasslum. »Sehr ernst. Unter anderem wird dir Verleumdung von unbescholtenen Bürgern, Verschwörung, Betrug und Vorspiegeln von nicht vorhandenen magischen Fähigkeiten vorgeworfen. Wodurch zahlreiche rechtschaffene Bürger von Xorlis zu Schaden gekommen sind.«

»*Was?*«, rief ich. »Das ist Irrsinn!«

Sie glaubten, dass ich meine Wahrheitsmagie nur vortäuschte? Dass ich sie alle belogen hatte? Wie kamen sie nur darauf?

»Es tut mir leid«, sagte mein früherer Kamerad. »Aber bis zur Klärung des Sachverhalts oder bis zur Gerichtsverhandlung, je nachdem, muss ich dich leider festnehmen.«

Geschockt ließ ich zu, dass er meine Hände nahm und sie hinter mir zusammenband. Ich verstand nicht, wie mir geschah. Irgendjemand hatte mich angezeigt und einen Meran dazu gebracht, einen Haftbefehl gegen mich auszustellen. Aber wieso? Ich hatte nie jemandem Schaden zugefügt. Wie also konnte sich jemand von mir gefährdet fühlen?

Dasslum führte mich über den Hauptmarkt und dirigierte mich in Richtung Gefängnis. Ich fühlte mich wie betäubt, als ich neben ihm durch die Straßen taumelte. Nur am Rande bekam ich mit, wie Bekannte und Freunde mich ansprachen und wissen wollten, was los war. Antworten konnte ich nicht, denn ich verstand es selbst nicht.

Kurz darauf hatten wir das Stadtgefängnis erreicht und Dasslum übergab mich an einen der dortigen Grekasols. »Die Gefangene Anderta Passario«, erklärte er, wobei er stur an mir vorbeischaute. Keines seiner Worte und keine seiner Gesten ließen erkennen, dass wir Verbündete waren und gemeinsam etliche Fälle aufgeklärt hatten. Er behandelte mich, als wäre ich eine Fremde, und in mir starb etwas, als ich erkannte, dass er mich schon vor meinem Prozess für schuldig hielt. Wie konnte er das von mir denken? Dasslum kannte mich doch!

Ich bekam eine Einzelzelle in einem der oberen Stockwerke und starrte stundenlang an die Wand. Bald brach der Abend an und mein Herz schlug etwas schneller, als ich an Frislan dachte. Inzwischen musste mein Liebster nach Hause gekommen sein und bemerkt haben, dass ich verschwunden war. Und mit Sicherheit hatte ihn auch schon einer unserer Bekannten, die mich als Dasslums Gefangene gesehen hatten, informiert, was mit mir geschehen war. Es würde sicher nicht mehr lange dauern, bis Fris wütend an die Tür des Stadtgefängnisses klopfen und meine Freilassung fordern würde.

Ich wartete voller Hoffnung – selbst dann noch, als die Sonne unterging, als der Mond aufging, sogar als der Lärm der Gefangenen und Wächter im Gefängnis verstummt war. Aber Frislan kam nicht. Ich weinte, als sich meine Pläne für unsere Feier endgültig in Luft auflösten. Wo blieb Frislan nur? Glaubte er den Anklagen etwa? Nein, das würde er niemals!

Es tröstete mich, dass ich immerhin mit meiner Magie sprechen konnte, und gemeinsam überlegten wir, wem ich diesen Albtraum verdankte. Nur hatte ich keine Feinde und keiner der Männer und Frauen, die ich entlarvt und ins Gefängnis gebracht hatte, hatte etwas mit meiner Verhaftung zu tun. Mir gingen die Ideen aus.

Es war weit nach Mitternacht, als ich plötzlich Schritte von mehreren Personen auf dem Gang hörte. Jemand näherte sich meiner Zelle und ein Schlüsselbund klirrte. In der Hoffnung, nun endlich Frislan zu sehen, blickte ich zur Tür.

Doch es war nicht Fris, der nun die Zelle betrat. Es war aber auch kein Wächter. Es war Tummas Wallori, Frislans Arbeitgeber.

Sein sonst so gutmütiges Gesicht voller Lachfalten wirkte ungewöhnlich ernst, als er meine Zelle betrat und mich schweigend anstarrte. Mir wurde der Magen flau, als ich erkannte, dass er der Anklage anscheinend glaubte.

»Das hätte ich nie von dir gedacht, Anderta«, sagte der wohlhabende Händler schließlich. »Ist dir klar, dass du Frislan das Herz brichst? Er ist der beste Polliander, den ich je hatte. Er lebt für Loyalität, Ehre und Prinzipien. Und du? Du bist eine Betrügerin, die seine Ideale mit den Füßen tritt!«

»Das bin ich nicht!«

Warum glaubte er mir nicht? Er kannte mich doch!

»Schlimm genug, dass ich auf dich hereingefallen bin und dich bei meinen Geschäften hin und wieder zurate gezogen habe. Ich mag mir gar nicht ausmalen, mit welchen Methoden du mich getäuscht hast. Hast du mit meinen Konkurrenten unter einer Decke gesteckt, um mich zu übervorteilen? Hast du dich vorab mit meinen Geschäftspartnern getroffen, um mit deinem Wissen glänzen zu können?«

»So hört mir doch zu!«, flehte ich verzweifelt. »Ich bin keine Betrügerin! Ich bin wirklich eine Passario und eine Wahrheitsfinderin!«

»Oh, es bezweifelt niemand, dass du Anderta Passario bist«, gestand der reisende Händler mir zu. »Doch wer sagt denn, dass die Passarios Wahrheitsfinder sind? Dafür gibt es keinen Beweis! Die Ellutoren und Ellusans von Xorlis wurden zurate gezogen, aber nirgends gibt es Aufzeichnungen von Passarios mit der Gabe der Wahrheitsmagie. Wir haben dir geglaubt und dir vertraut, als du dich uns als Wahrheitsfinderin vorgestellt hast. Wie dumm und leichtgläubig von uns! Du musst dich köstlich auf unsere Kosten amüsiert haben, nicht wahr?«

Tummas Wallori starrte mich voller Abscheu an. Mit jedem seiner Worte war seine Stimme boshafter geworden, bis ich mich unter seinem hasserfüllten Blick krümmte.

»Aber noch ist es nicht zu spät«, überraschte er mich dann mit versöhnlicher Stimme. »Noch ist kein großer Schaden entstanden. Wenn du zugibst, dass du uns getäuscht hast, und dich in Zukunft nicht mehr als Wahrheitsfinderin ausgibst, dann werde ich meine Anklage zurückziehen und dafür sorgen, dass du freigelassen wirst.«

»Ihr wart es?«, erkannte ich geschockt. »Ihr habt dafür gesorgt, dass ich verhaftet werde?«

*Ja.*

Ich brauchte nicht die Bestätigung des Walloris, als mir nun meine Wahrheitsmagie seinen Verrat offenbarte.

»Warum?«, wollte ich wissen, doch Frislans Arbeitgeber antwortete mir nicht.

Stattdessen fragte er: »Du willst also kein Geständnis ablegen? Überlege es dir gut, Anderta! Dir wird die Alternative nicht gefallen!«

Ich lachte bitter. »Ich werde kein Verbrechen gestehen, das ich nicht begangen habe. Ich bin eine Wahrheitsfinderin! Und denkt Ihr wirklich, dass mich das Gericht verurteilen wird? Oder dass Frislan weiter für Euch arbeiten wird, wenn er herausfindet, dass Ihr mein Leben zerstören wollt?«

»Natürlich.«

»*Was?*«

Der Wallori lächelte siegesgewiss. »Wundert es dich denn nicht, dass Frislan in diesem Moment nicht bei dir ist?«, wollte er wissen. »Dass er nicht sofort an deine Seite geeilt ist, als er von deiner Verhaftung erfahren hat? Du hast ihn bitterlich enttäuscht, Anderta. Er steht voll und ganz auf meiner Seite und ich bin mir sicher, er wird am Ende auch vor Gericht gegen dich aussagen.«

Er lachte, während ich unwillkürlich den Kopf schüttelte. »Nein«, flüsterte ich. »Das würde Fris niemals tun. Er liebt mich!«

»So sehr, dass er euren besonderen Tag lieber bei einem Auftrag für mich verbringt, anstatt mit dir zu feiern? So sehr, dass er sich vor einigen Wochen dazu bereit erklärt hat, auf eine Reise nach Rigoras zu gehen, die wahrscheinlich ein halbes Jahr dauern wird? Na?«

»Ihr lügt! Er würde niemals nach Rigoras gehen, ohne mir davon zu erzählen oder mich zu fragen, ob ich ihn begleiten will!«

*Anderta, er sagt die Wahrheit.*

Ich spürte, wie mein Herz einen Schlag aussetzte, als meine Magie sich auf die Seite meines Feindes schlug und ich erkannte, dass ich allein war. Frislan würde nicht kommen und mich retten. Etwas zerbrach in mir und ich wusste, dass ich nie mehr dieselbe sein würde.

»Glaub, was du willst!«, meinte der Wallori geringschätzig. Dass er meinen Glauben an das Gute und an die Liebe zerstört hatte, kümmerte ihn nicht. »Du hast bis Mittag Zeit, um dein Geständnis abzulegen.«

Er wandte sich um, klopfte an die Zellentür, die von einem der Grekasols geöffnet wurde, und ging.

Ich bemerkte nicht, wie die Nacht dem Tag wich, wie die anderen Gefangenen erwachten, wie das Frühstück kam oder was meine Wahrheitsmagie mir sagen wollte. Erst als gegen Mittag die Tür erneut geöffnet wurde und ich ein letztes Mal hoffte, dass es Frislan sein würde, der sich doch noch besonnen hatte und mich retten wollte, sah ich von meinem Platz am Boden auf. Es war der Wallori und all meine Hoffnung starb.

»Und?«

Ich starrte ihn an. Selbst wenn ich etwas zu sagen gehabt hätte, ich konnte es nicht. Ich war außerstande, einen klaren Gedanken zu fassen oder ihn auszusprechen.

»Nun gut. Denk daran, dass du dir das Folgende selbst zuzuschreiben hast. Du hättest einfach nur gestehen müssen. Wachen!«

Zusammen schleiften zwei Grekasols mich aus meiner Zelle

auf den Gang, wo schon ein Kurbabu auf uns und den alten Händler wartete. Er schenkte mir einen so kalten und abschätzenden Blick, dass ich urplötzlich Angst bekam. Was hatten sie mit mir vor?

Ich rechnete damit, vor einen Meran oder einen Hero geführt zu werden. Doch stattdessen brachten sie mich in den Keller und schleppten mich einen langen Gang entlang in eine anscheinend vor langer Zeit aufgegebene Zelle, wo sie meine Hände in Ketten legten, die von der Decke hingen.

»Schreist du?«, fragte der Kurbabu plötzlich, der bislang noch keinen Ton gesagt hatte. »Ich liebe es, wenn sie schreien.«

Wenn sie schreien?

Was nun kam, war so furchtbar, dass ich auch Jahre später jedes Mal schweißgebadet war, wenn mich die Erinnerungen an diesen Tag im Keller heimsuchten. Sie zogen mir das Oberteil aus und lachten, als ich meine Blöße bedecken wollte und es wegen der Ketten nicht konnte. Dann nahm der Kurbabu eine Peitsche und fing an.

Ich wusste nicht, wie lange er auf mich einschlug, denn ich verlor mehrmals das Bewusstsein. Mein Rücken brannte, blutete und schien das einzige Körperteil zu sein, aus dem ich noch bestand, als ich schrie und schrie. Doch niemand hatte Erbarmen mit mir. Niemand kam, um mir zu helfen.

Die Nacht war angebrochen, als ich ein weiteres Mal aus der Bewusstlosigkeit erwachte und erkannte, dass ich allein war. Mein Rücken, meine Arme und meine Schultern brannten von der stundenlangen Gefangenschaft in den Ketten und der Folter. Meine Kehle war vom vielen Schreien ausgetrocknet und rau wie Schleifpapier. Im ersten Moment dachte ich, ich wäre in einem Albtraum gefangen und müsste nur aufwachen, um mich besser zu fühlen, bis mir die Stimme sagte, dass dies die Wirklichkeit war. Es war dieser Moment, in dem ich erkannte, dass meine Wahrheitsmagie keine Gefühle hatte. Sie wusste nicht, was Lieben, Fühlen, Leiden oder Hassen war. Sie konnte nur zwei Dinge unterscheiden, nämlich Wahrheit und Lüge. Der Rest war egal. Jedes Mal, wenn ich mir sagte, dass Frislan gleich kommen würde, um mich zu retten, dass nichts von alledem wirklich war, zerstörte sie meine tröstlichen Illusionen. Und da wusste ich, dass ich meiner Magie nie mehr bedingungslos vertrauen würde.

»Scheiße!«

Jemand fluchte und riss mich aus meiner erneuten Bewusstlosigkeit. Ich blinzelte orientierungslos in das Licht einer Laterne und verkrampfte mich wimmernd vor Furcht, als mein Blick auf das Wappen eines Kurbabus fiel. Mein Peiniger war zurückgekehrt!

»Hab keine Angst! Ich tue dir nichts. Warte, ich mache dich gleich los!«, sagte die Stimme, doch ich traute ihren Lügen nicht, auch wenn meine Wahrheitsmagie etwas anderes behauptete.

Ich schrie auf, als die Kette plötzlich nachgab und mein Gewicht nicht mehr hielt. Doch starke Hände fingen mich auf, bevor ich auf dem Boden aufschlagen konnte. Ob dies jedoch besser war, wusste ich nicht. Denn die rauen Hände lagen auf meinen gepeinigten Muskeln und meinem aufgerissenen Rücken. Ich schrie ein weiteres Mal, dann wurde ich ohnmächtig.

Als ich das nächste Mal erwachte, lag ich in einem Bett, die Sonne schien durchs Fenster und auf dem Stuhl neben mir saß ein Fremder und las. Ich zuckte zusammen, als ich sein Wappen sah und erkannte, dass der junge Mann ein Kurbabu war.

»He!«, sagte eine erstaunlich sanfte Stimme, die ich dem Söldner nicht zugetraut hätte. Der Kurbabu musterte mich besorgt. »Geht es dir gut? Möchtest du etwas trinken?«

Ich nickte, denn meine Kehle war trocken. Er half mir, mich etwas aufzurichten, und flößte mir dann langsam einige Schlucke aus einem Becher Wasser ein. Erst da kehrte mein Misstrauen zurück und ich wich vor ihm zurück. War das etwa eine neue Folter, die sich der Wallori und seine Kumpane ausgedacht hatten? Erst waren sie nett zu mir, um mich dann erneut zu quälen?

»Du brauchst keine Angst zu haben. Du bist in Sicherheit«, erklärte der Mann behutsam. »Mein Name ist Londurs Kurbabu und ich arbeite nicht für die Peiniger, die dir das angetan haben. Ich sehe, dass du mir nicht glaubst, und ich kann das verstehen. Daher verrate ich dir jetzt ein Geheimnis, das mich in große Schwierigkeiten bringen wird, wenn du es jemandem erzählst, in Ordnung? Damit du auch etwas gegen mich in der Hand hast.«

Ich nickte stumm. »Ich bin ins Gefängnis eingebrochen, um einen der Gefangenen zu befreien.« Ich musste ihn wohl mit großen Augen angesehen haben, denn er lächelte verschmitzt und ich bemerkte zum ersten Mal, dass er gut aussah.

»Ehrlich! Wenn du mich an die Grekasols verpfeifst, stecke ich in ernsten Schwierigkeiten. Na ja, ich stecke jetzt schon in ernsten Schwierigkeiten, denn als ich von der Kanalisation den Durchbruch in den Keller machte, habe ich nicht damit gerechnet, dass sich dort irgendjemand aufhält – und am wenigsten, dass einer der Kellerräume als Folterkammer benutzt wird. Als ich dich wimmern gehört habe, habe ich dich entdeckt und befreit. Nun ja, mein Auftraggeber hatte eigentlich einen anderen Gefangenen im Sinn. Doch da die Grekasols den Ausbruch inzwischen bemerkt haben, kann ich meinen Auftrag nicht mehr ausführen. Also sind wir zwei Hübschen inzwischen untergetaucht.«

Er schenkte mir wieder sein lausbübisches Lächeln, das wohl mein Vertrauen gewinnen sollte. Doch nach den Erfahrungen der letzten beiden Tage blieb ich auf der Hut.

»Wo sind wir?«, krächzte ich.

»Bei einem Zunu, der mir noch einen Gefallen schuldet«, antwortete der Kurbabu. »Schlaf! Hier sind wir in Sicherheit, versprochen!«

Also schlief ich und als ich das nächste Mal erwachte, war der Kurbabu wieder da, begrüßte mich mit seinem jungenhaften Lächeln und gab mir etwas zu essen und zu trinken. Langsam erholte ich mich. Körperlich war ich seit meinem ersten Erwachen im Bett geheilt, geistig war eine andere Geschichte. Ich hatte Panikattacken, Albträume und zweifelte immer wieder an den Absichten des Kurbabus.

Stunde um Stunde saß der junge Söldner neben mir und erzählte von sich, um mir die Angst vor ihm zu nehmen. Er schilderte Ereignisse aus seinem Leben und aus seinen früheren, wo es jedoch nicht viel zu berichten gab, weil er immer jung gestorben war, und von seinem großen Traum, es dieses Mal anders zu machen und reich zu werden. Und irgendwann war er nicht mehr der Kurbabu für mich, sondern Londurs, ein Mensch aus Fleisch und Blut. Langsam begann ich das Misstrauen ihm gegenüber abzulegen. Ich wusste zwar, dass mich meine Rettung höchstwahrscheinlich noch etwas kosten würde, denn Londurs war und blieb ein Kurbabu, aber das würde nur Geld sein. Ein Preis, den ich verschmerzen konnte.

»Wie kam es, dass du im Gefängnis und dort unten in der Zelle warst?«, fragte mich Londurs schließlich nach einer Woche. Ich hatte gerade zum ersten Mal das Bett verlassen, und der Kurbabu nahm an, dass ich inzwischen bereit für Fragen wäre.

Ich zitterte dennoch unwillkürlich. »Ich wurde verraten. Sie haben mich beschuldigt, eine Betrügerin zu sein. Was nicht stimmt! Und derjenige, der die Anklage erhoben hat, wollte mir durch Folter ein Geständnis abpressen.«

»War der Ankläger ein Meran oder ein Hero?«

»Nein. Wieso?«

Londurs hatte misstrauisch die Augen zusammengekniffen.

»Wenn dein Ankläger weder ein Vertreter des Gesetzes noch ein Grekasol – so wie ich dich verstanden habe – war, wie kommt es denn, dass er etwas mit deiner Befragung und mit deiner Folter zu tun hatte? Die Grekasols foltern die Gefangenen nicht. Das Ganze stinkt zum Himmel.«

»Es war ein Kurbabu«, sagte ich leise, als ich erkannte, dass er recht hatte.

»Siehst du! Kurbabus arbeiten nicht im Gefängnis, dafür haben die großen Namen viel zu viel Angst, dass wir uns kaufen lassen. Also muss etwas faul an der Sache sein. Und die Grekasols, die dabei waren, wurden bestochen«, schlussfolgerte Londurs.

*Er hat recht.*

»Doch warum?«, fragte ich.

»Kennst du deinen Ankläger eventuell?«, wollte Londurs wissen und ich nickte überrumpelt. »Aus irgendeinem Grund hat er eine Gefahr in dir gesehen. Man foltert niemanden, um ein Geständnis zu erpressen, wenn man nicht eine ganze Menge zu verlieren hat.«

*Das ist wahr.*

Meine Gedanken rasten, während ich zum ersten Mal seit Tagen anfing zu verstehen. Tummas Wallori fürchtete, dass ich eine Wahrheit über ihn aufdeckte, und darum hatte er versucht, mir ein Geständnis abzuringen, das meine Wahrheitsmagie als Betrug darstellte. Doch warum erst jetzt? Der reisende Händler war mir vier Monate lang mit Wohlwollen begegnet. Was hatte sich geändert, dass er mich nun als Bedrohung sah und es sogar riskiert hatte, Frislan gegen sich aufzubringen?

Ich schluckte beim Gedanken an Frislan und verbannte ihn schnell aus meinen Grübeleien. Es half niemandem, wenn ich jetzt in Tränen ausbrach. Frislan war ein Polliander – und als es hart auf hart gekommen war und er sich zwischen seinem Herrn und seiner Freundin hatte entscheiden müssen, hatte er sich gegen mich entschieden. Es war dumm von mir zu glauben, dass er seine Liebe zu mir jemals über seine Pflichten oder seinen Kodex stellen würde.

Ich widmete mich wieder meinem Feind. Was also war vor Kurzem geschehen, dass sich der Wallori entschlossen hatte, gegen mich vorzugehen? Hatte er ein Verbrechen begangen? Oder plante er ein Verbrechen?

*Er hat ein Verbrechen begangen.*

Aber was? Diebstahl? Betrug? Vergewaltigung? Mord?

Ich erkannte, dass eigentlich nur ein schweres Verbrechen infrage kam. Eines, aus dem er sich nicht mit seinem Vermögen rauskaufen konnte.

Mord.

»Wer wurde gerade ermordet?«, fragte ich Londurs, der mich verdutzt ansah.

»Was?«

»Wer wurde gerade ermordet?«, wiederholte ich und starrte ihn an.

»Keine Ahnung«, erwiderte er. »Ich war hier bei dir. Ich weiß nicht, was in der Stadt los ist. Warte, ich hole den Zunu!«

Er verschwand und kam mit einem alten Mann von vielleicht siebzig Jahren zurück. Ich hatte ihn zuvor nicht gesehen, da ich bewusstlos gewesen war, als er mich geheilt hatte, und Londurs sich seitdem um meine Pflege gekümmert hatte.

»Nun, ich weiß nicht über alle Morde Bescheid«, antwortete der Zunu, der über die Frage sichtlich überrascht war. »Aber der bekannteste Todesfall ist wohl der Mord an Utlis Rernber vor einer Woche.«

»Der Regent?«, fragte Londurs verdutzt und warf mir einen merkwürdigen Blick zu. »Warum habe ich davon nichts gehört?«

»Die Leiche wurde erst vor vier Tagen gefunden«, erklärte

der alte Heiler. »Und die Rernbers haben lieber verschwiegen, dass ihr Regent vermisst wird, als die Stadtwache zu informieren.«

»Tummas Wallori hat Utlis Rernber ermordet«, sagte ich laut und der Zunu und Londurs zuckten zusammen.

*Wahrheit!*

»Anderta, weißt du, was du da sagst?«, fragte Londurs schockiert.

»Das ist die Wahrheit«, entgegnete ich grimmig. »Ich bin eine Wahrheitsfinderin und kann das erkennen. Darum hat er mich zum Schweigen bringen wollen. Damit ich ihn nicht als Mörder entlarve. Doch genau das werde ich jetzt tun!«

Zuerst nahmen sie mich anscheinend nicht ernst, denn ich war schon zur Tür heraus und auf dem Weg zum Gericht, als ich hinter mir schnelle Schritte hörte. Ich drehte mich um und erkannte Londurs, der hinter mir herrannte. Ein Stückchen zurück und um einiges langsamer folgte der Zunu keuchend.

Der alte Mann ließ es sich nicht nehmen, uns zum Gericht zu begleiten – und das war auch gut so, denn beim Betreten des Gebäudes wollten sie mich gleich verhaften und wieder ins Gefängnis stecken. Erst als der Zunu bezeugte, dass er mich von den Folgen schlimmster Folter geheilt hatte, begannen die Grekasols meinen Gefängnisausbruch mit anderen Augen zu sehen.

Das Warten war eine Tortur. Es dauerte zwei Stunden, bis endlich jemand mit der Autorität, die Entscheidung zu treffen, beschloss, die Angelegenheit vor einen Richter zu bringen. Die Meran, die uns verhörte, war entsetzt über das, was mir im Gefängnis widerfahren war.

»Wie konnte es dazu kommen?«, wollte sie wissen.

»Tummas Wallori wollte mich zum Schweigen bringen, weil ich eine Wahrheitsfinderin bin und daher herausfinden konnte, dass er der Mörder von Utlis Rernber ist«, berichtete ich und sorgte damit für einen geschockten Moment der Stille, bevor alle durcheinanderschrien.

Am Abend war mein Verleumder derjenige, der vor Gericht stand, und es bereitete mir eine große Freude, all seine Lügen aufzudecken. Meine Wahrheitsmagie war eifriger als je zuvor und nach einer Stunde hatten wir so viel belastendes Wissen über ihn enthüllt, dass die Grekasols die Beweise nur noch einsammeln mussten. Am späten Abend wurde er zur Namenlosigkeit verurteilt und ich verfolgte, wie der einstige reisende Händler aus dem Saal geführt wurde, nachdem er alles verloren hatte. Dann erkannte ich jedoch, dass er das bessere Los erwischt hatte. Ich hatte mir ausgleichende Gerechtigkeit gewünscht, doch anders als ich würde der Namenlose niemals wissen, was genau er verloren hatte. Ich weinte, als ich an Frislan dachte.

»Es tut mir leid«, sagte plötzlich jemand neben mir und ich erschrak. Dasslum Grekasol wirkte müde und voller Reue. Doch ich hatte keine Vergebung für ihn und war nicht in der Lage, seine Entschuldigungsversuche anzunehmen.

Stattdessen wandte ich mich ab, verließ das Gebäude und stand dann schwer atmend – und endlich frei – auf der nächtlichen Straße. Doch ich wusste nicht weiter. Es zog mich nach Hause und zugleich graute mir davor. Aber mir war klar, dass es mir keine Ruhe lassen würde, wenn ich nicht heimkehrte. Ich musste Frislan sehen und ihn zur Rede stellen.

»He, Anderta, warte!«

Ich ließ zu, dass Londurs und der Zunu mir folgten. Ein Teil von mir freute sich über ihre Begleitung. Allein hätte ich es wahrscheinlich nicht geschafft. Besonders als mir einige Minuten später vor meiner Tür klar wurde, dass ich keinen Schlüssel hatte, da die Grekasols ihn mir im Gefängnis abgenommen hatten und ich keine Ahnung hatte, wie man eine Tür aufbricht.

Nun, Londurs wusste es zum Glück und so betrat ich kurz darauf meine dunkle Wohnung. Der letzte Zweifel verschwand, als ich sah, dass der Mann, den ich geliebt hatte wie keinen anderen, seine Sachen aus unserer Wohnung geholt und nur die Andenken an unsere gemeinsame Zeit zurückgelassen hatte. Der Wallori hatte tatsächlich die Wahrheit gesagt.

Londurs hielt mich, als ich zusammenbrach, und der Zunu tätschelte mir unbeholfen die Schulter.

»War er der Vater des Kindes?«, fragte er schließlich und ich musste ihn verständnislos angestarrt haben, denn er sagte: »Oh! Ihr wusstet noch nicht, dass Ihr schwanger seid.«

Er warf Londurs einen Blick zu und der junge Söldner zuckte schuldbewusst zusammen. »Ich dachte, sie soll sich erst einmal erholen, bevor sie die Neuigkeit erfährt«, rechtfertigte er sich.

Ich holte tief Luft und schrie so laut, dass meine Nachbarn erwachten und herbeieilten, weil sie das Schlimmste befürchteten. Der Zunu legte eine Hand auf mich und an die nächsten beiden Tage erinnerte ich mich nicht.

Als ich dieses Mal erwachte, lag ich wieder im mir nun schon vertrauten Bett und Londurs schlief im Sessel neben mir. Ich war froh, dass sie mich aus meiner Wohnung herausgeschafft hatten, und wusste, dass ich nie wieder einen Schritt in sie hinein machen würde.

»Weißt du, dass ich ziemlich beeindruckt von deiner Gabe bin?«, fragte Londurs irgendwann und schrak aus meinen düsteren Gedanken. »Damit könnte man richtig viel Geld verdienen.«

Ich sah ihn müde an. »Ich brauche kein Geld.«

»Überleg doch mal, welche Möglichkeiten du hast!«, meinte Londurs begeistert. »Du könntest dafür sorgen, dass solche korrupten Verbrecher wie der Wallori für ihre Taten bezahlen!«

»Damit der Nächste gegen mich vorgeht und mich umbringt?«, fragte ich skeptisch und schnaubte. »Nein danke!«

»Wer sagt denn, dass sie wissen müssen, von wem die Informationen stammen?«, sagte Londurs verschmitzt und seine Augen funkelten.

»Ich soll sie beschuldigen, ohne meine Identität preiszugeben?«

»Na, so könnte man es auch nennen«, meinte er grinsend und ich erkannte endlich, dass seine Gedanken in eine ganz andere Richtung gingen.

»Erpressung?«, fragte ich schockiert.

»Nun überleg doch mal, Anderta! Wäre das nicht die ideale Möglichkeit, es all diesen Mistkerlen heimzuzahlen, ohne dass du den Preis dafür aufbringen musst? Oder willst du weiterhin deinem Leben mit dem Polliander nachtrauern und Leute vor Gericht bringen, bis du eines Abends in einer dunklen Gasse ein Messer in den Rücken gerammt bekommst?«

Danach schwärmte mir Londurs immer wieder von gemeinsamen Abenteuern und Reisen in fremde Länder vor, wo wir Verbrechern ein Schnippchen schlagen und ein Vermögen auf Kosten der korrupten Reichen machen würden. Es dauerte drei Tage, bis ich einknickte.

Am Ende war es der Besuch einer Nachbarin, der den Ausschlag gab. Nichtsahnend fragte sie danach, ob Frislan zur Geburt unseres Kindes aus Rigoras zurück sein würde oder ob ich plante, ihm hinterherzureisen.

»Scheiß auf Frislan!«, rief ich, die Hand auf meinen noch flachen Bauch gepresst. Er war derjenige gewesen, der mich dazu ermutigt hatte, meine Gabe in den Dienst der Stadtwache zu stellen. Und ich erkannte, dass ich nicht länger an seine Ideale, die sich als wertlos herausgestellt hatten, glaubte.

Die Nachbarin wirkte erschrocken, als ich sie zur Tür hinausdrängte und in Londurs' Gästezimmer stürmte.

»In Ordnung«, sagte ich. »Ich bin dabei. Aber ich habe ein paar Bedingungen.«

Londurs hob die Brauen. »Und welche?«

»Wenn wir jemanden bestehlen, gehen wir keine Risiken ein. Wir nehmen nur das Nötigste mit und nur das, was uns nicht verraten kann, also Geld und unauffälligen Schmuck. Ich werde niemanden selbst überfallen oder erpressen. Ich werde dir nur sagen, was ich über die Verbrecher weiß. Der Rest ist deine Sache.«

»Einverstanden, Partnerin«, erwiderte er und grinste breit, als er mir die Hand entgegenstreckte. Ich schüttelte sie.

Als wir am nächsten Tag Xorlis verließen, sah ich nicht zurück.

# AUSSPRACHE

*»Es sind diejenigen, die wir lieben, bei denen es uns am schwersten fällt, die Wahrheit zu sagen.«*

unbekannt

Stille herrschte, als ich meine Erzählung beendete. Dann war Tirasan da und nahm mich in seine Arme, während ich weinte.

»Tir, darf ich?«, fragte Frislan schließlich und bekam ein gefauchtes »Nein!« zu hören.

»Bitte!«, flehte er. »Es ist nicht so, wie du denkst! Bitte, Anderta, Tummas Wallori hat dich belogen! Ich habe dich nicht verraten und ich war nie auf seiner Seite! Überprüfe mich mit deiner Wahrheitsmagie! Bitte!«

Ich sah über die Schulter meines Bruders hinweg und blinzelte die Tränen fort. Frislan wirkte verzweifelt und völlig fertig, doch ich wusste nicht, ob ich mir seine Erklärungen anhören und weitere Wunden aufreißen wollte.

»Hör ihm zu, Anderta!«, sagte Rustan überraschend. »Ich weiß, ich habe keine Vorstellung davon, was du damals durchgemacht hast. Aber eins weiß ich: Der Frislan, den ich kennengelernt habe, hätte dich niemals verraten.«

Ich fuhr zurück, als die Worte mich wie ein Schlag trafen.

»Aber ich weiß doch, was die Wahrheit ist!«, schlug ich zurück. »Spart euch die Mühe!«

Frislan sah mich mit traurigen Augen an und schwieg. Ich dachte, er hätte aufgegeben, mich von seinen Lügen überzeugen zu wollen, als er plötzlich etwas aus seiner Brusttasche holte. Es war ein Ring.

Ein *Diamantring*.

»Den hatte ich dir an jenem Abend geben wollen«, erklärte er, als ich geschockt auf seine Hand starrte, die mir immer noch den Ring entgegenstreckte.

»Ich hatte alles so gut geplant: Bei deinem Lieblings-Lottaru erwartete uns die beste Flasche Wein, das Essen war bereits ausgewählt und zum Dessert wollte ich dir einen Strauß Rosen überreichen. Wochenlang hatte ich mir überlegt, was ich dir sagen würde. Ich wollte, dass der Moment perfekt wird, wenn ich dir meine Liebe gestehe und dich bitte, meine Frau zu werden.«

»Was?«, krächzte ich.

Frislan lächelte bitter. »O ja, ich habe den Fehler gemacht, die Pflichten meinem Dienstherrn gegenüber über unsere Liebe zu stellen«, gestand er. »Aber anders, als du denkst. Du weißt ja, dass Tummas mich hin und wieder auf Reisen geschickt hat, um den Transport wichtiger Waren zu begleiten oder um Verhandlungen in seinem Namen mit Geschäftspartnern zu führen. Doch jedes Mal, wenn ich fort war, konnte ich nicht bei dir sein – aber ich wollte auch nicht, dass du mich begleitest, wenn der Auftrag gefährlich war. Also bat ich meinen Herrn um einen Gefallen.«

»Um welchen?«, fragte ich unwillkürlich, während die Stimme nun aufgeregt anfing zu wispern.

*Wahr, wahr, wahr …*

»Ich wollte die Leitung über seinen Hauptsitz in Xorlis«, erzählte er. »Dann hätte ich einteilen können, wer in der Stadt bleibt und wer auf Reisen geht. Ich hätte jeden Abend zu dir nach

Hause kommen können. Doch Tummas war nicht ohne Weiteres zu diesem Zugeständnis bereit. Er schätzte meine Arbeit, aber ich sollte einen letzten Auftrag für ihn erfüllen, der mich für eine Weile nach Rigoras führte. Das war seine einzige Bedingung, aber der Lohn dafür, dass ich danach bei dir in Xorlis bleiben konnte, schien mir akzeptabel. Also willigte ich ein.«

»Dann hat er, was die Reise nach Rigoras betrifft, von der du mir nichts erzählt hast, also nicht gelogen«, stellte ich fest. Ich fühlte mich betäubt und wusste nicht mehr, was ich empfinden sollte. Frislans Geständnis riss mir den Boden unter den Füßen weg.

»Ich hatte vorgehabt, dir an diesem Abend davon zu erzählen und dich zu fragen, ob du mich begleiten willst. Im Nachhinein war es dumm von mir, dir die Reise bis zum Antrag verschweigen zu wollen. Aber damals fand ich die Idee romantisch.« Er lachte bitter. »Und ich Idiot dachte, ich hätte damit ja auch noch Zeit. Bis Tummas an unserem besonderen Tag plötzlich auf mich zukam und von Problemen in Rigoras berichtete, von denen er soeben erfahren habe. Ich müsse sofort aufbrechen und nicht erst eine Woche später wie ursprünglich geplant. Ich wollte zwar nicht, aber er drohte, dass ich dann meine Beförderung vergessen könnte. Also kehrte ich nach Hause zurück und packte für eine längere Reise. Ich wusste, dass du enttäuscht sein würdest, also schrieb ich dir einen Brief, um dir alles zu erklären, und legte ihn auf den Tisch. Eine Stunde später war ich fort. Der größte Fehler meines Lebens.«

Es gab nur noch ihn und mich, als er mir nun flehentlich und voller Selbstverachtung in die Augen blickte. »Es war anderthalb Monate später«, fuhr er leise fort, »als ich von einem Kollegen die Nachricht erhielt, was geschehen war. Dass Tummas Wallori ein Mörder und Verräter war, dass er dich ins Gefängnis hatte werfen lassen, aber dass du trotzdem die Wahrheit über seine

Verbrechen ans Licht gebracht hast. Von der Folter wusste er allerdings nichts und auch nicht, dass Tummas dir eingeredet hatte, ich hätte dich verraten. Ich bin sofort nach Xorlis zurückgekehrt. Doch als ich in der Stadt ankam, warst du fort und keiner unserer Freunde und Bekannten wusste, wohin du verschwunden warst. Ich stellte unsere Wohnung auf den Kopf auf der Suche nach einer Spur – und entdeckte, dass du den Brief nie gelesen hattest, denn er lag halb unter einem Schrank verborgen, als hätte der Wind ihn dorthin geweht. Du musst mir glauben, Anderta, ich habe dich überall gesucht. Zwei Jahre lang. Doch als ich nach all der Zeit nicht ein Lebenszeichen von dir entdeckte, gab ich schließlich auf. Ich bekam die Stelle als Offizier der Stadtwache in Anumas angeboten und blieb hier. Ich hätte nie damit gerechnet, dich jemals wiederzusehen.«

»Warum hast du dann den Ring behalten?«, fragte ich ihn.

»Weil ich nicht aufhören konnte, dich zu lieben, und dies dein Ring ist. Es stand mir nicht zu, ihn zu verkaufen oder ihn jemand anderem zu geben«, sagte er schlicht.

Und in diesem Moment glaubte ich ihm. Ich brauchte nicht die Stimme meiner Magie zu hören, um zu wissen, dass alles, was er erzählt hatte, der Wahrheit entsprach. Denn die Wahrheit, seine Liebe für mich, seine Reue und sein Schmerz sprachen aus jedem seiner Blicke, aus jedem seiner Worte und aus jeder seiner Gesten.

»Fris!«

Ich wusste nicht, wie es geschah, aber plötzlich lag ich in seinen Armen und wir weinten.

»Es tut mir so leid, An«, flüsterte er rau. »Nie hatte ich vor, dich im Stich zu lassen. Nur durch meine Schuld ist dir so etwas Schreckliches widerfahren. Ich hätte ihn durchschauen müssen, erkennen müssen, dass seine Nachricht eine Hinterlist war, mit der er mich nur aus der Stadt kriegen wollte, um seine finsteren Pläne umzusetzen! Kannst du mir jemals vergeben?«

»Ich vergebe dir«, sagte ich und schluckte gegen den Kloß in meinem Hals an. »Kannst du mir verzeihen, dass ich nicht an dich und an unsere Liebe geglaubt habe?«

»Oh, Anderta!«

Ich hatte vergessen, dass wir nicht alleine waren. Doch plötzlich zog mich jemand zurück und aus Frislans Armen. »Du kannst doch nicht auf seine rührselige Erklärung hereinfallen, Anderta!« Londurs klang entsetzt. Sein Blick war voller Schmerz und ich begriff, dass ich ihn ungewollt tief verletzt hatte.

Und sein Schmerz bewies mir deutlicher als jede Entschuldigung, dass er mich immer noch liebte. Mir klopfte plötzlich das Herz bis zum Hals, als ich erkannte, dass auch ich noch immer etwas für ihn empfand. Wie hatte es nur dazu kommen können, dass ich nun zwischen zwei Männern stand und hin- und hergerissen war?

»Du denkst, er würde dich immer noch lieben, dass er noch genauso empfindet wie vor fünf Jahren? Bitte! Dann frag doch deine Magie, ob es stimmt! Denn ich glaube ihm nicht! Der will sich doch nur als den Helden und nicht den Schurken in dieser Geschichte darstellen!«

Bevor ich Londurs erneut erklären konnte, dass meine Magie über Gefühle keine Aussagen treffen konnte – was er nach all den Jahren eigentlich wissen sollte –, zuckte Frislan zusammen und wandte den Blick ab.

Nein!

Ich schüttelte den Kopf und wollte es nicht glauben. »Fris?«

»Er … ich … in gewisser Weise hat er recht«, gestand er schließlich und mein Herz wollte bei seinen Worten erneut brechen. »Ich empfinde nicht mehr genau dasselbe wie einst. Ich bin nicht mehr der junge Mann, der blind lieben und vertrauen kann. Dich wiederzusehen, zu erfahren, dass wir einen Sohn haben, hat all die Gefühle von damals wieder geweckt. Doch dann habe ich erkannt, dass du nicht mehr die lebenslustige, junge Frau bist, in die ich mich damals in Xorlis verliebt habe. Du stellst deine Gabe nicht länger in den Dienst des Guten, du hilfst nicht mehr, Verbrecher dingfest zu machen, oder unterstützt andere Menschen mit deiner offenen, hilfsbereiten Art. Du bist bitter geworden, zum Teil selbstsüchtig und skrupellos. Ich hätte nie gedacht, dass du fähig wärst, Verbrechen wie Diebstahl, Betrug oder Entführung zu begehen! Ich verstehe die Frau nicht, die du geworden bist. Du bist die Mutter meines Sohnes und wirst immer meine große Liebe bleiben … auch wenn ich nicht weiß, ob ich noch mit dir zusammen sein kann oder will.«

Frislans Worte waren wie eine Ohrfeige, obwohl ich sie nach seinem anfänglichen Herumgedruckse und seinen Vorwürfen nach Sanjans Entführung irgendwie erwartet hatte.

Auch wenn ich etwas anderes gehofft hatte.

Und zum ersten Mal fragte ich mich, warum das so war. Hatte ich gehofft, dass all die Bitterkeit der letzten Jahre mit einem Schlag ausgelöscht wäre, wenn Frislan mich nur wieder liebte? Dass wir die Zeit zurückdrehen und noch einmal von vorne anfangen könnten? Er hatte recht. Wir waren nicht mehr die verliebten Sechzehn- und Achtzehnjährigen von vor fünf Jahren. Unsere Erfahrungen hatten uns verändert, uns erwachsen werden lassen. Und nur weil wir uns einst geliebt hatten, ein gemeinsames Kind hatten und in Tirasans neuer Wirklichkeit Familien hoch angesehen waren, hieß das nicht, dass wir zusammengehörten.

Ich trat einen Schritt zurück, atmete tief durch und hob die Hand, als Frislan noch etwas sagen wollte. »Danke für deine ehrlichen Worte. Du hast recht, vergangen ist vergangen. Wir sollten nicht zurückblicken, sondern nach vorne. Und momentan ist sowieso nicht der richtige Zeitpunkt dafür. Lasst uns Sanjan und Illiero finden und befreien.«

»Du hast recht«, meinte Frislan und Londurs wirkte erleichtert, als der Polliander einen Schritt zurücktrat, den Ring wieder einsteckte und dann zurück zur Stadt sah, die mehrere hundert Meter vor uns aufragte.

»Es tut mir leid, aber ihr könnt nicht durch Anumas reiten oder dort übernachten«, wechselte er dann das Thema. »Ich weiß, dass das meine Schuld ist, weil ich Londurs ins Gefängnis gesteckt habe.«

Ich konnte es kaum fassen, dass er das getan hatte. Als Londurs seine Gefangenschaft zum ersten Mal erwähnt hatte, war ich zu wütend gewesen, um mich damit auseinanderzusetzen.

»Aber zu dem Zeitpunkt hielt ich das für eine gute Idee. Ich dachte, wenn ich dafür sorge, dass er dir fernbleibt, dann wäret du und Sanjan vor seinem Einfluss sicher.«

»Du täuschst dich in Londurs«, seufzte ich und war auch ein bisschen enttäuscht, weil Frislan die Worte an mich richtete und sich nicht direkt bei meinem Kurbabu entschuldigte. Londurs war derjenige, dem er Unrecht getan hatte, nicht mir. Doch das konnte er nicht zugeben.

»Ich habe mich bei meinen früheren Kameraden von der Stadtwache erkundigt, ob sie Sanjan, Illi, irgendwelche Kurbabus oder andere Leute des Tolbos gesehen haben. Aber leider konnten sie mir nicht weiterhelfen. Ich fürchte, wir haben ihre Spur verloren.«

Ich seufzte. Frislan wusste ja noch nicht das Neueste. »Wir suchen keine Kurbabus. Die Entführer sind der Polliander von Terlios Tolbo und einige Grekasols.«

»Was? Du musst dich irren!«

Frislan schüttelte ungläubig den Kopf.

»Weil es sich um einen Polliander handelt? Den du noch nicht einmal kennst?«, fragte Londurs spöttisch. Er machte auf mich den Eindruck, als wäre er eifersüchtig, wütend und gereizt zugleich. »Entschuldige, dass ich dir deine kindischen Illusionen rauben muss, aber Polliander sind nicht immer die Guten und Kurbabus die Bösen! Jeder tut mal gute und mal schlechte Dinge, also komm von deinem hohen Polliander-Ross runter!«

Vermutlich hatte noch nie jemand so mit Frislan gesprochen, denn er war sprachlos.

»Er hat recht«, pflichtete Tirasan ihm nachdenklich bei. »Nicht einmal derjenige, der gute Absichten hat, handelt stets richtig. Das weiß niemand besser als ich.«

Er warf mir einen Blick zu, lächelte kurz und fuhr dann fort: »Ich hatte mir für die neue Wirklichkeit gewünscht, dass die Menschen auch unabhängig von ihrer Dynastie andere Tätigkeiten ausüben können. Ich weiß noch, wie ich immer ein Ellutor-Lehrling in der Schulbibliothek meines Freundes Gerunder werden wollte – und es nicht durfte, weil ich kein Ellutor bin. Aber warum sehe ich jetzt niemanden, der in einem anderen Job als seiner eigenen Dynastie arbeitet? Warum nutzen die Menschen ihre Freiheit nicht?«

Tirasan sah enttäuscht aus, während ich vermutlich genauso wie vor den Kopf geschlagen wirkte wie die Männer.

»Ist das dein Ernst?«, wollte Londurs wissen, der als Erster die Sprache wiederfand. »Ich muss kein Söldner sein, wenn ich nicht will?«

Als ich zu ihm herübersah, erkannte ich, dass er den Tränen nahe war. Ich wusste, wie viel ihm die Worte meines Bruders bedeuteten. Lächelnd griff ich nach seiner Hand. »Du bist so viel mehr als das, Lon!«

Frislan hingegen hatte an Tirasans Worten zu knabbern. »Aber was ist dann mit der gesellschaftlichen Ordnung?«, wollte er empört wissen. »Wie soll das funktionieren, wenn die Menschen sich nicht an die Regeln und an das Dynastiensystem halten? Es wird Chaos ausbrechen!«

Fast tat mir Frislan leid, doch genauso war ich über seine unnötige Panikmache verärgert.

»Tir, ich fürchte, dass dieser Wunsch nicht Wirklichkeit geworden ist«, wandte Rustan ein, der sehr nachdenklich wirkte. »Denn damit das funktioniert, hättest du gleichzeitig die Dynastien abschaffen müssen. Überleg doch mal: Wozu braucht man Dynastien, wenn die Menschen ihren Beruf frei wählen können?«

Tirasan wirkte zutiefst entsetzt über diesen Vorschlag. »Aber wenn ich das tue, verdamme ich alle zum Tode! Die Dynastien sind ein bedeutender Teil der Namensmagie. Ich kann sie nicht abschaffen, denn wenn ich das täte, würden die Namen vielleicht nicht wiedergeboren! Und was ist mit den Namen, die momentan keinen Träger haben? Sie würden einfach … verschwinden. Das will ich auf keinen Fall!«

»Ich weiß«, sagte Rustan, ohne den Blick von seinem Freund abzuwenden, und es schwang in seinen Worten mehr mit als nur Zustimmung.

»Irgendwie beruhigend, dass ich anscheinend doch nicht allmächtig bin, nicht wahr?«, fragte Tirasan mit einem zaghaften Lächeln, das Rustan erwiderte. Anscheinend hatten sich die beiden endlich versöhnt.

»Wir sollten weiterreiten«, meinte ich nach einer Weile, als mir bewusst wurde, dass wir nur grübelnd – und tatenlos – herumstanden. Die Entführer entfernten sich mit jeder Minute weiter von uns!

»Du hast recht«, erwiderte Frislan. »Aber, wie gesagt, ihr könnt nicht hierbleiben. Am besten reitet ihr bis ins nächste Dorf und sucht dort ein Quartier für die Nacht. Ich folge euch so bald wie möglich.«

»Wir brauchen deine Hilfe nicht. Wir sind die letzten Tage auch gut ohne dich ausgekommen!«, höhnte Londurs, der Frislan immer noch nicht verziehen hatte.

Mein früherer Partner wollte etwas sagen, bemerkte dann jedoch meinen Blick und seufzte stattdessen. »Möglicherweise hast du recht. Aber Sanjan ist auch mein Sohn und Illi mein Freund. Ich lasse die beiden nicht im Stich.« Dann wandte er sich um und marschierte strammen Schrittes von dannen.

Wir schwangen uns in den Sattel und ritten in einem großen Bogen um Anumas herum. Ich war froh, als wir die Stadt, mit der ich keine guten Erinnerungen verband, endlich hinter uns ließen, und noch froher, als schließlich das nächste Dorf in Sichtweite kam.

Ich fühlte mich wie durch die Mangel gedreht. Besonders die Aussprache mit Frislan hatte mich emotional stark mitgenommen. Ich wusste nicht, ob ich es noch einen Moment länger im Sattel aushielt.

»Wie weit sind die Entführer vor uns?«, fragte ich meine Magie.

*Anderthalb Tage.*

Die Antwort war ernüchternd. Durch den verschlagenen Plan unserer Gegner und den Hinterhalt der Mhorogs hatten wir viel Zeit verloren, und der Umweg um Anumas hatte nicht gerade dazu beigetragen, diesen zu verringern. Dennoch war es an der Zeit, sich eine Unterkunft zu suchen.

Ich ließ den Kopf hängen, während wir in das Dorf ritten, und dachte verzweifelt an Sanjan. Bereits seit Längerem hatte ich keine Gefühle mehr von ihm empfangen. Ob es ihm und Illi wohl gut ging? Oder war er inzwischen so erschöpft, dass er noch nicht einmal mehr weinen konnte?

Wütend ballte ich die Fäuste, während ich an den skrupellosen Polliander und seine Leute dachte. Ich würde dafür sorgen, dass er und seine Männer dafür bezahlten, was sie ihm angetan hatten!

Ich war so in Grübeleien versunken, dass ich wohl am Gasthaus vorbeigeritten wäre, hätten die anderen nicht haltgemacht. Auch meinen Hunger hatte ich offenbar nicht bemerkt. Als keine zehn Minuten später ein köstliches Getränk und eine warme Mahlzeit vor mir standen, hätte ich vor Erleichterung weinen können.

Auch Londurs und Tirasan knurrte der Magen. Lediglich Rustan steckte noch immer voller Tatendrang. »Könnt Ihr mir sagen, wo ich einen Nivian finde?«, erkundigte er sich beim Lottaru und erklärte uns anschließend: »Durch die Entführung haben wir völlig vergessen, eine Nachricht nach Hause zu schicken. Unsere Eltern, Nelia, Baro, Allira und mein Bruder werden sich bestimmt große Sorgen machen.«

Tirasan erbleichte. »Du hast recht. Das ist meine Schuld. Wenn ich nicht davongelaufen wäre …«

»Vergiss es, Tir!«, unterbrach ihn Rustan. »Lass uns nicht schon wieder damit anfangen. Geschehen ist geschehen. Und sie werden so erleichtert sein zu hören, dass es uns gut geht, dass sie uns bestimmt schon halb verziehen haben, wenn wir endlich nach Hause zurückkehren.«

Tir schwieg, während wir alle in Gedanken versunken unser Mahl beendeten. Anschließend brach Rustan auf, um einem ansässigen Kurier seine Nachricht zu überbringen, und wir übrigen suchten unsere Zimmer auf. Es war ungewohnt, dass ich mein Zimmer mal nicht mit jemandem teilte, denn Londurs war so rücksichtsvoll gewesen und hatte sich ein eigenes genommen und Tirasan teilte seins wie gewohnt mit Rustan. Ich nutzte die Gelegenheit, um ein Bad zu nehmen, das die Verspannungen meines Körpers etwas lockerte.

Nach dem Bad kleidete ich mich an und kehrte in mein Gästezimmer zurück. Ich fühlte mich wie ein neuer Mensch und das gute Essen hatte sein Übriges getan. Ich schätzte, dass etwas über eine Stunde verstrichen war, als es plötzlich an meine Tür klopfte. Es war Rustan.

»Ist Tir bei dir?«, wollte er wissen.

»Nein«, sagte ich überrascht.

»Verdammt!«, fluchte der junge Krieger plötzlich besorgt. »Er ist nicht auf unserem Zimmer und Londurs hat ihn auch nicht gesehen. Und er würde doch niemals durchs Dorf spazieren, wenn er hier niemanden kennt!«

Plötzlich hatte ich ein ungutes Gefühl. »Du denkst, ihm ist etwas passiert?«, fragte ich.

Rasch wandte ich mich an meine Wahrheitsmagie: »Wurde er entführt?«

*Nein, er hat das Gasthaus aus freien Stücken verlassen.*

Ich verstand es nicht. Warum würde Tir so etwas tun?

»Was könnte er für einen Grund haben, uns nicht Bescheid zu geben?«

»Vielleicht hat er das ja«, überlegte Rustan laut und eilte nach unten in den Schankraum. Ich folgte ihm. »Hat unser Freund eine Nachricht für uns dagelassen?«, wollte er vom Lottaru wissen.

»Ja, das hat er. Hier.«

Er reichte ihm eine Notiz.

*Lieber Rus, liebe Anderta, es tut mir leid, dass ihr euch Sorgen um mich macht, aber mir ist klar geworden, dass ich nicht länger vor mir selbst davonlaufen kann oder möchte. Inzwischen bin ich so weit, dass ich meine Magie und mit ihr meine Stärken und Schwächen akzeptiert habe. Doch leider bedeutet das auch, dass ich Hilfe brauche, um meine Magie zurückzubekommen. Da ich noch nicht nach Himmelstor zurückkehren kann, um meine Mutter um Hilfe zu bitten, habe ich mich erkundigt, wo sich der nächste Ellusan befindet, und wurde nach Anumas verwiesen. Da ich weiß, dass ihr mir mit Sicherheit folgen würdet, bin ich allein aufgebrochen. Anderta, denk daran, dass du und Londurs in der Stadt gesucht werdet! Ihr dürft mir auf keinen Fall folgen! Macht euch keine Sorgen, mich kennt dort niemand. Ich bin bald zurück. Tirasan*

Rustan zerknüllte das Pergament in seiner Faust, kaum dass ich zu Ende gelesen hatte. »Manchmal macht er mich wahnsinnig!«, schimpfte er. »*Mich* kennt dort auch niemand! Bleib hier! Ich folge ihm.«

Anscheinend kannte mich Rustan inzwischen schon ein wenig, denn er seufzte nur, als ich ihm nacheilte, um mein Pferd zu holen und mich in den Sattel zu schwingen. Aber als ich meine schwarze Perücke aus der Satteltasche nahm und aufsetzte, staunte er nicht schlecht. Er hatte mich noch nie als Madame Anderta erlebt.

»Die perfekte Tarnung«, grinste ich schief und fügte entschlossen hinzu: »Auf nach Anumas!«

Die Sorge ließ mich meine Erschöpfung vergessen und wir ritten zurück nach Anumas. Schon bald konnte ich in der Ferne die ersten Bauernhöfe sehen und kurz darauf hatten wir den Stadtrand erreicht. Die Häuser standen hier weiter auseinander, dennoch wuchs meine Beklemmung trotz Tarnung stetig. »Da!«, rief Rustan plötzlich, als das Licht der Abendsonne auf einen jungen Mann fiel, der auf eine Gestalt im Schatten zuging. Es war Tir.

Wir waren noch hundert Meter entfernt, als Tirasan die Gestalt erreichte. Ich konnte nicht erkennen, wer der Mann oder die Frau war. War es ein Polliander oder ein Grekasol? Ich befürchtete das Schlimmste, als sie Tir plötzlich am Arm packte und sich zu uns umdrehte. Sie lächelte.

Dann trat die Gestalt einen Schritt vor in die Sonne und ich erkannte, dass es sich um keinen unserer Feinde handelte.

Der Mann trug das Wappen eines Ellusans.

# DER ELLUSAN

*Ellusans sind die Geburtshelfer der Seelen.*

»Tir!«

Ich war so erleichtert, ihn gesund und munter vorzufinden, dass mein ganzer Zorn auf ihn mit einem Mal verpuffte. Es ging ihm gut. Nichts anderes zählte.

Leider sah Rustan das anders. Er drängte sich an mir und dem Ellusan vorbei und packte Tirasan am Kragen, um ihn zu schütteln.

»Sag mal, spinnst du?«, brüllte er. »Einfach so aus dem Gasthaus zu verschwinden? Wir haben uns Sorgen um dich gemacht, du Idiot! Wir dachten, du wärst unseren Feinden in die Hände gefallen oder dir wäre etwas anderes passiert! Hast du den Verstand verloren? Warum konntest du nicht mit uns reden? Und warum, verflucht, hast du nicht auf mich gewartet?«

»Weil ich nicht wollte, dass dir meinetwegen erneut etwas Schlimmes passiert«, sagte Tirasan schlicht und Rustan verstummte abrupt. Er ließ ihn los. »Du bist immer für mich da und passt auf mich auf … Aber manchmal muss man für sich selbst einstehen. Ja, ich wusste, dass es nicht ungefährlich ist, alleine nach Anumas zu reiten. Der Feind kann uns überall auflauern.

Aber gerade deshalb musste ich es tun. Für Anderta, für Sanjan, für Illi – für uns alle. An hatte recht, als sie meinte, mit meiner Magie hätten wir die beiden schon längst retten können. Ich muss mich endlich meiner Verantwortung stellen – und den Folgen meines Magieausbruchs. Danke, Rus, dass du trotz allem immer zu mir hältst. Du zeigst mir jeden Tag, wie man ein besserer Mensch wird.« Er lächelte ihn an und Rustan wusste nicht, was er sagen sollte. Sein Zorn hatte Fassungslosigkeit und Überraschung Platz gemacht. Hatte er nicht gewusst, dass Tir ihn bewunderte?

»Ich will nicht länger nutzlos sein!«, resümierte Tirasan. »Aber dafür muss ich meine Magie zurückerlangen.«

»Interessant«, meinte der Ellusan und musterte Tirasan neugierig. »Ihr sagt, Ihr habt Eure Magie verloren? Ich dachte, so etwas wäre unmöglich.«

Der Mann hatte ein fröhliches Gesicht mit wachen Augen und ich mochte ihn sofort. Einige ungebändigte Strähnen seines langen schwarzen Haares hingen ihm ins Gesicht. Er wischte sie fort, als er sich uns zuwandte.

»Bitte!«, flehte Rustan. »Könnt Ihr ihm helfen?«

»Das weiß ich nicht. Aber ich will es gerne versuchen. Was ist denn genau passiert?«

Tir holte tief Luft und begann zu erzählen. Es dauerte eine Weile, denn er erklärte ihm auch, wie sich seine Namensmagie nach der Namensgebung zunächst verzögert entfaltet hatte, bis er schließlich seine magischen Kräfte entdeckt und die Wirklichkeit verändert hatte.

Der Ellusan hörte ihm gebannt zu. Die außergewöhnliche Gabe der Passarios, selbst Tirasans Wirklichkeitsmagie, schien ihn nicht zu überraschen. Mein Bruder erzählte anschließend, wie wir uns begegnet waren und welche unbarmherzigen Wahrheiten ich ihm an den Kopf geworfen hatte, woraufhin er anschließend zunächst sein Gedächtnis, aber auch seine Magie verloren hatte.

»Ich war zutiefst entsetzt, als ich erkannte, dass sie recht hatte. Es war falsch, was ich getan hatte. Ich habe Anderta ihr vertrautes Leben gestohlen. Ich habe den Menschen die Erinnerungen geraubt. Doch am schlimmsten ist für mich, was ich Rustan angetan habe. Ich verachte mich selbst dafür.«

Rustans Miene wurde weicher bei diesen Worten. Wir schwiegen, jeder in seine eigenen Gedanken versunken.

»Ich glaube, ich weiß, was passiert ist«, sagte der Namensfinder schließlich. »Es steckte eine Menge Abscheu auf Euch und Eure Magie in Euch, richtig?«

Tirasan nickte und mein schlechtes Gewissen kehrte zurück. Zu all dem wäre es vermutlich nicht gekommen, wenn ich einfach normal mit ihm geredet hätte.

»Nun, manchmal erlebt eine Seele einen solchen Schock, dass sie eine Zeit lang braucht, um sich von ihm zu erholen. Der Gedächtnisverlust – der womöglich gar nicht mal Folge des Sturzes war – und das Erlöschen Eurer Magie waren ein Reflex, um Euch zu schützen. Er sollte Eurer Seele Zeit geben, wieder zu heilen. Die Wahrheit über einen selbst oder andere kann eine mächtige Waffe sein oder sich gegen einen richten. Ihr musstet Euch dessen bewusst werden. Vorher konntet Ihr Euch nicht vergeben. Doch es ist die Frage, ob Ihr bereits wahrhaftig akzeptiert habt, was und wer Ihr seid. Denn davon wird abhängig sein, ob Eure Seele endgültig heilen und Eure Magie zu Euch zurückkehren wird.«

»Soll das heißen, Eure Magie kann ihm nicht helfen?«, fragte ich.

Der Namensfinder sah mich ernst an. »Man sagt, dass die Ellusans die Geburtshelfer der Seelen sind. Ich werde mein Möglichstes geben, aber den ersten Atemzug muss Tirasan selbst tun.«

Mit bangem Blick verfolgte ich, wie der Ellusan sich vor Tirasan stellte, seine Hand nahm und ihm in die Augen sah. Er runzelte die Stirn.

Ich wartete voller Hoffnung, dass einer der beiden etwas sagte. Doch die Minuten verstrichen und obwohl ich spürte, dass der Ellusan Magie wirkte, geschah bei Tirasan nichts. Irgendwann ließ der Ellusan Tirasans Hand los und trat zurück.

»Es tut mir leid, mehr kann ich nicht für Euch tun«, sagte er. »Der Rest braucht Zeit, Verständnis und Liebe. Aber ich denke, da seid Ihr bei Eurer Familie und Freunden in guten Händen.«

Wir verabschiedeten uns von dem Mann, kehrten zu unseren Pferden zurück und machten uns schweigend auf den Rückweg ins Dorf. Ich war inzwischen hundemüde.

»Bist du enttäuscht?«, wollte Rustan irgendwann wissen und warf Tir einen vorsichtigen Blick zu.

»Auch wenn ihr mir das vermutlich nicht glaubt, aber nein. Er hat mir klargemacht, dass ich mehr als nur meine Wahrheitsmagie habe, die ich verstehen und akzeptieren muss. Besonders, dass zu einfach ist, alle Probleme mit ihrer Hilfe lösen zu wollen. Eine Sache gibt es noch, die ich vorher klären muss«, antwortete Tirasan und warf dem Polliander einen langen Blick zu.

Die Sonne war untergegangen, als wir ins Dorf zurückkehrten. Inzwischen war auch Frislan angekommen und erwartete uns im Schankraum. Er war erkennbar erleichtert, als er uns sah, und ein wenig verdutzt angesichts meiner Perücke, doch ich glaubte nicht, dass er wusste, dass wir gegen seine Empfehlung nach Anumas geritten waren. Londurs hatte es ihm bestimmt nicht erzählt – falls er es überhaupt mitbekommen hatte, dass wir verschwunden gewesen waren.

»Gut, dass ihr da seid. Wir sollten früh schlafen gehen, damit wir uns bei Sonnenaufgang auf den Weg machen können.«

Wir nickten. Als Frislan mir jedoch auf mein Zimmer folgen wollte, kam Spannung auf, aber Tirasan hielt ihn zurück, noch bevor ich etwas sagen konnte.

»Das halte ich für keine gute Idee«, erklärte er ernst. »Abgesehen davon, dass meine Schwester wegen dir einiges durchmachen musste und jetzt bestimmt etwas Abstand und Zeit braucht, können wir keinen Unfrieden mit Londurs gebrauchen. Nimm dir ein eigenes Zimmer!«

Ich nickte Tirasan dankbar zu. Für eine weitere Aussprache mit Frislan hatte ich heute nicht mehr die Energie. Ich brauchte Zeit für mich. »Gute Nacht!«, wünschte ich und huschte in mein Zimmer.

»Aber das Gasthaus ist komplett belegt!«, hörte ich Frislan noch protestieren, als ich die Tür schloss.

»Nun, zufällig weiß ich, dass Londurs noch ein Bett auf seinem Zimmer frei hat.«

Manchmal war mein Bruder echt böse.

Die Nacht war furchtbar. Ich war müde und konnte doch nicht schlafen. Immer wieder plagten mich die Erinnerungen an die Ereignisse vor fünf Jahren, an meine Trennung von Londurs, die Aussprache heute und zwischendurch spürte ich, wie Sanjan im Schlaf weinte.

Am Morgen war ich alles andere als erholt und die anderen sahen auch nicht besser aus.

Tir mied den direkten Blickkontakt mit Rustan, der zutiefst verwirrt aussah und ihn immer wieder verunsichert musterte. Irgendetwas schien letzte Nacht noch zwischen ihnen vorgefallen zu sein.

»Haben die beiden sich gestritten?«, wollte ich von meiner Magie wissen.

*Nein.*

»Was war dann? Haben sie miteinander geredet und sich ausgesprochen?«

*Tirasan hat geredet, Rustan hat zugehört und nichts gesagt.*

Ich seufzte. Manchmal war meine Magie wenig hilfreich.

Eine Stunde nach Sonnenaufgang machten wir uns auf den Weg nach Xorlis. Ich hatte es aufgegeben, ständig den Vorsprung der Entführer zu überprüfen. Das deprimierte mich nur. Wir ritten den ganzen Tag, ohne dass jemand etwas sagte. Am Abend erreichten wir den Rand des Palza-Waldes und schlugen unser Lager auf.

Die Stimmung war seltsam angespannt. Dass Frislan und Londurs nicht miteinander zurechtkamen, war zu erwarten gewesen. Dafür, dass sie sich gegenseitig verabscheuten und Rivalen waren, gingen sie jedoch erstaunlich friedlich miteinander um. Irgendwann würde ich mit den beiden ein ernstes Wort reden müssen, aber oberste Priorität hatte für mich momentan Sanjan und nicht mein verkorkstes Liebesleben.

Was mich jedoch überraschte, war, wie sich Tir und Rustan verhielten. Nach dem Besuch beim Ellusan hatte ich gedacht, dass zwischen ihnen wieder alles wie früher sein würde, aber anscheinend hatte mein Bruder am Vorabend noch einige Dinge gesagt, die zu neuen Spannungen geführt hatten.

Ich nutzte die Gelegenheit, als Rustan Feuerholz holen wollte, und folgte ihm. »Rustan?«, fragte ich leise, als wir außer Hörweite der anderen waren. »Geht es dir gut? Ich hoffe, Tirasan hat dich nicht verletzt?«

Rustans verdutzter Gesichtsausdruck wäre komisch gewesen, wenn ich nicht gewusst hätte, dass er irgendetwas anderes verbarg.

»Nein. Wie kommst du auf so einen irrwitzigen Gedanken?«, wich er aus und verstärkte damit nur meine Neugier.

»Spuck's aus! Was hat er gesagt? Und sag nicht, ihr hättet nicht miteinander gesprochen! Du kannst mich nicht belügen! Er kann dir nicht einmal mehr in die Augen sehen. Was war es?«

Er bückte sich geistesabwesend, um abgebrochene Zweige aufzulesen, aber ich konnte erkennen, dass er mit seinen Gedanken eigentlich ganz woanders war. »Rustan?«

»Es war nicht das, was er gesagt hat«, erklärte er schließlich leise und wurde überraschend rot. »Es war etwas, was er getan hat.«

Rustan zu entlocken, was passiert war, stellte sich als weitaus schwieriger heraus, als Sanjan oder Illi zum Schweigen zu bringen. Ich starrte ihn an, bis er endlich damit herausplatzte.

»Er hat mich geküsst!«

Damit wollte er auf dem Absatz umdrehen und zum Lager zurückkehren, nun flammendrot im Gesicht. Ich packte ihn am Arm, als er an mir vorbeieilen wollte, und stoppte ihn.

»Wie bitte? Er hat *was?*«

Das hatte ich jetzt nicht erwartet.

»Und was hast du gemacht?«

»Ich? Ich habe gar nichts gemacht!«

Ich seufzte, als ich das Problem erkannte. »Wie kam es denn zum Kuss? Und was hast dabei empfunden?«

Er druckste erneut herum und ich musste ein frustriertes Stöhnen unterdrücken. Rustan würde mir garantiert nichts verraten, wenn ich ihn anblaffte.

»Nun, Tir meinte, dass es eine Sache wäre, wenn ich ihm vergebe. Aber etwas stünde immer noch zwischen uns: Nämlich dass ich ihm in der anderen Wirklichkeit meine Liebe gestanden habe. Er hat lange darüber nachgedacht, ob er mich auch liebt, bevor er begriffen hat, dass er nicht weiß, wie sich Liebe anfühlt. Er wusste nur, dass er nicht dieselbe Schwärmerei für mich empfindet wie direkt nach der Namensgebung für Allira. Wirklich, das ist für mich okay! Ich meine … ich …«

»Du liebst ihn trotzdem?«, vermutete ich und hatte wohl ins Schwarze getroffen, denn er zuckte zusammen und sah mich verlegen an.

»Ich dachte, es wäre falsch, so zu fühlen. Immerhin sind wir zusammen aufgewachsen und auch wenn zwischen uns nur wenige Monate Altersunterschied liegen, so war ich doch immer so was wie sein großer Bruder. Doch als Tirasan von der Liebeserklärung in der anderen Wirklichkeit erzählte und mich um Verzeihung bat, wurde ich nachdenklich. Weißt du, ich war nie wütend auf ihn, weil es nichts zu verzeihen gab. Ja, ich habe vergessen, was damals passiert ist. Aber durch Tirasans Geständnis ist mir bewusst geworden, dass ich unter all den freundschaftlichen Gefühlen und unter meinem Beschützerinstinkt schon länger in ihn verliebt war und es mir nur nicht eingestehen konnte. Möglicherweise hat er mich vergessen lassen, doch meine Liebe hat er nie ausgelöscht. Sie war immer da.«

Ich hatte ihn nie so viel am Stück reden gehört, aber ich war gerührt und ertappte mich bei einem sehnsüchtigen Seufzer. Die beiden würden so ein süßes Pärchen abgeben!

»Aber das ist doch großartig!«, freute ich mich und strahlte glücklich. »Und er liebt dich auch? Immerhin hat er dich geküsst!«

»Ähm … das weiß ich nicht«, gestand er und wirkte bedröppelt. »Wir haben nicht wirklich darüber geredet. Als er mich geküsst hat, wollte er herausfinden, ob das, was er für mich empfindet, wirklich Liebe ist. Keine Ahnung, zu welcher Erkenntnis er kam. Ich hätte es nicht ertragen können, wenn er sagt, dass er meine Gefühle nicht erwidert … da bin ich getürmt.«

Diese beiden machten mich *wahnsinnig*! Ich hoffte, dass sie endlich erkannten, was sie einander bedeuteten, und glücklich wurden. Das hieß, sofern ich sie nicht vorher umbrachte, weil die beiden zu verstockt waren, um ihre Probleme auf die Reihe zu bekommen!

*Nun, dasselbe könnte man dir auch vorwerfen.*

Ich seufzte und atmete tief ein und aus. »Rede mit ihm! Wie willst du es je herausfinden, wenn du euch beiden keine Chance gibst?«

Nach meinem unerwartet weisen Ratschlag – ich hörte die Stimme hämisch kichern – ging ich zurück zum Lager.

Die anderen Männer hatten bereits die Zelte aufgebaut, ein Lagerfeuer entfacht und unterhielten sich ungewohnt einträchtig.

Londurs erzählte gerade von dem Auftrag des Feindes: »... Im Nachhinein kommt es mir auch seltsam vor, dass der Tolbo bereit war, uns ganze sechstausend Goldmünzen für eine *Holzschatulle* zu bezahlen. Hallo? Dafür könnte ich eine Schar Söldner ausrüsten – mit Schwertern, Pferden, weiteren Waffen und Ausrüstung – und hätte immer noch einen kleinen Schatz übrig.«

Londurs hatte recht. Wir hatten nur die Belohnung gesehen und keine Fragen mehr gestellt.

»Was will der Tolbo mit der Holzschatulle?«, fragte Frislan und wandte sich mir zu. »Wisst ihr das?«

»Ich habe nicht gefragt«, antwortete ich nachdenklich. »Ich fand sie schön und dachte, das wäre der Grund, warum er sie besitzen will. Das oder weil sie ihm in einem früheren Leben gehört hatte.«

*Das stimmt nicht.*

»Aber das tat sie nie«, offenbarte ich den anderen.

»Vielleicht geht es nicht um die Holzschatulle selbst, sondern darum, was in ihr aufbewahrt wurde. Habt ihr Gelegenheit gehabt, in sie hineinzuschauen?«, wollte Tirasan wissen und wir schüttelten betreten die Köpfe.

Wir rätselten noch eine ganze Weile, zusammen mit Rustan, der kurz nach mir ans Feuer zurückgekehrt war, aber wir kamen nicht auf die Wahrheit. Uns fiel nichts ein, was den Aufwand wert gewesen wäre und das seltsame Verhalten des Tolbos und seiner Leute erklärte.

Am Ende gingen wir ratlos ins Bett, doch ich verspürte Entschlossenheit. Auch wenn die Entführer anderthalb Tage Vorsprung hatten, wir würden sie einholen und Sanjan und Illiero befreien!

# Zwischen Hoffnung und Verzweiflung

*Liebe ist die stärkste Kraft von allen.*

Wir durchquerten den Palza-Wald in Rekordzeit. Wir ritten so lange und so schnell unsere Pferde konnten und der Vorsprung der Entführer schrumpfte jeden Tag um ein paar Stunden. Es war diese Tatsache, die uns neue Hoffnung schöpfen und die Strapazen des Gewaltritts durchhalten ließ.

Meine Muskeln protestierten jeden Abend aufs Neue, wenn ich vom Pferd absteigen, Holz sammeln, die Zelte aufbauen oder Essen kochen sollte. Ich hatte längst nicht mehr die Energie, noch etwas anderes zu tun, und sei es nur, mit den anderen zu reden. Den anderen erging es ähnlich, da Tirasan und Rustan immer noch unbeholfen miteinander umgingen. Eine Aussprache war offensichtlich noch nicht erfolgt.

Während des Ritts spürte ich Sanjans Müdigkeit und seine Mutlosigkeit von Tag zu Tag stärker. Je näher wir dem Jungen kamen, desto besser konnte ich seine Gefühle in mir spüren. Ich schwankte zwischen Verzweiflung und Hoffnung. Denn auch wenn mir das Herz blutete, spürte ich, dass wir nicht mehr allzu weit zurücklagen. Wenn alles gut lief, konnten wir die Entführer bis Sujons einholen.

Fris schenkte mir immer wieder ein aufmunterndes Lächeln, wenn mich Sanjans Niedergeschlagenheit mutlos machte. Doch auch Londurs war sehr fürsorglich und entlastete mich bei den täglichen Arbeiten, wo es nur ging. Und er war der Einzige, der es hin und wieder schaffte, mich zum Lächeln zu bringen, wenn er eine seiner typischen Londurs-Grimassen zog oder seine Augen in lausbübischer Manier funkelten.

Hin und wieder, wenn Rustan den Blick nicht von Tirasan abwenden konnte oder wenn Tir etwas sagte und er dabei unwillkürlich seinen Freund ansah, glaubte ich, dass wir alle Probleme der Welt bewältigen könnten, wenn wir nur zusammenhielten. Doch im nächsten Moment überkamen mich schon wieder Zweifel. Wir waren zu fünft, gegen einen mächtigen Tolbo und all seine Verbündeten. Noch hatte keiner von uns darüber sprechen wollen, was geschehen würde, sollten wir die Entführer einholen – oder sollten wir es nicht schaffen.

Der Gedanke deprimierte mich. Nur meinetwegen war Sanjan entführt worden und durchlitt Qualen. Und Illi? Er hatte stets an mich geglaubt, nur das Beste von mir denken wollen. Ich hingegen hatte ihn verhöhnt und bedroht, als die beschämende Wahrheit über mich und meine Taten ans Licht gekommen war. Das hatte er nicht verdient. Daher würde ich alles geben, um meine Fehler wiedergutzumachen.

Der Vorsprung der Entführer schrumpfte weiter. Von zehn Stunden auf sechs und dann nur noch auf zwei Stunden. Unser Schweigen wurde angespannter, als wir auf Sujons zuritten.

Die Sonne war vor wenigen Minuten untergegangen, doch wir ritten nicht langsamer oder suchten nach einem Lagerplatz für die Nacht. In der Ferne konnten wir die Lichter der Stadt sehen. Nicht mehr lange und wir wären da. Nicht mehr lange und ich würde endlich wieder in Sanjans Nähe sein!

Mein Herz raste vor Aufregung, als ich den anderen zunickte.

»Sie haben Rast gemacht«, sagte ich laut.

Dieses Mal würden die Entführer uns nicht wieder abschütteln oder uns in eine Falle locken!

»Halt! Wer da?«

Die Grekasols von Sujons stoppten uns, als wir in die Stadt reiten wollten. Misstrauisch beäugten sie uns.

Frislan trieb sein Pferd langsam ein paar Schritte weiter ins Licht der Laternen, sodass sie ihn erkennen konnten. »Guten Abend«, grüßte er freundlich. »Mein Name ist Frislan Polliander und meine Freunde und ich sind auf der Suche nach einem Gasthaus für die Nacht. Vielleicht könnt Ihr uns eins empfehlen?«

Seine Höflichkeit und die Tatsache, dass er ein Polliander war, ließen das Misstrauen der Männer und Frauen der Stadtwache schwinden. Einer der Soldaten empfahl uns ein Gasthaus in der Nähe und gab uns eine Wegbeschreibung, bevor wir weiterritten.

»Und jetzt?«, fragte ich. Wir brauchten unbedingt einen Plan, wie wir weiter vorgingen.

»Wissen die Entführer, wie dicht wir ihnen auf den Fersen sind?«, wollte Frislan von mir wissen.

*Nein.*

»Nein«, antwortete ich laut. Die Hoffnung ließ mich strahlen. Doch Frislan und Rustan bremsten mich.

»Wir sollten nicht übermütig werden.«

»Frislan hat recht. Auch wenn sie nicht wissen, wie dicht wir ihnen auf den Fersen sind, könnten sie uns eine Falle gestellt haben«, stimmte Rustan ihm zu. Der junge Polliander sah sich während unseres langsamen Ritts durch die Straßen aufmerksam um, während seine Hand auf dem Griff seines Schwerts lag. Er schien mit einem Angriff aus dem Hinterhalt zu rechnen.

»Wenn wir das Gasthaus erreichen, in dem unsere Gegner

übernachten, gehen Frislan und ich voran, gefolgt von Londurs«, verkündete Rustan den Plan. »Wir wissen nicht, was uns dort drinnen erwartet. Falls es zum Kampf kommt, könnten andere Gäste zu Schaden kommen, das will ich unbedingt vermeiden. Während wir versuchen, herauszufinden, wo Sanjan und Illiero gefangen gehalten werden, und die beiden befreien, bleibt ihr, Tir und Anderta, bitte zurück und überlasst uns das Kämpfen.«

Alle nickten. Die Anspannung der Männer wuchs von Minute zu Minute. Ich war ebenfalls wachsam und auch meine Magie schien in Habtachtstellung zu sein, denn bei jedem Geräusch, bei dem ich zusammenzuckte, erklärte sie mir, was es war. *Ein Hund, eine Katze, ein Betrunkener, eine knarrende Tür …* – es beruhigte mich, ihre Stimme zu hören.

Wir hatten nicht darüber gesprochen, wohin wir ritten, aber das mussten wir auch nicht. Die anderen ließen mich voranreiten. Die Richtungsangaben des Grekasols außer Acht lassend, führte ich sie durch die nächtlichen Straßen.

Wir ritten im Schritt, um nicht die Aufmerksamkeit der Soldaten zu erregen. Jede Minute kam mir wie eine Stunde vor. Ich wusste nicht, wie lange wir bereits in der Stadt unterwegs waren, als ich endlich spürte, dass wir ganz in Sanjans Nähe waren.

Ich zügelte mein Pferd und hob die Hand. »Stopp!«, flüsterte ich und der Hufschlag hinter mir verstummte.

Ich starrte das große, dreistöckige Gebäude an, das vor mir aufragte und dessen Eingang gut beleuchtet war. Von drinnen drang Gelächter zu uns auf die Straße und mein Magen verkrampfte sich. Es stand so viel auf dem Spiel.

»Sind wir in Gefahr?«, fragte ich meine Magie.

*Nein, alles friedlich.*

Angespannt schwang ich mich vom Pferd und ging auf den Stall des Gasthauses zu. Ich spürte mehr, als dass ich es hörte, dass Frislan ebenfalls abgesessen war und mir nun folgte.

»Befindet sich im Stall ein Feind?«

*Nein, nur ein Anderti.*

Meine Wahrheitsmagie hatte recht. Ein junger Anderti begrüßte uns und schien sich nicht über so späte Gäste zu wundern. »Herzlich willkommen in Nutis Gasthaus!«, sagte er. »Darf ich euch die Pferde abnehmen?«

Der Stall war ziemlich voll, aber der junge Stallbursche fand dennoch Platz für unsere fünf Pferde. Wir nahmen unsere Sachen und näherten uns dann der Eingangstür, während der Anderti die Pferde absattelte und trocken rieb.

»Bereit?«, fragte Rustan und wir nickten angespannt, als wir zur Tür starrten.

Hinter dieser unscheinbaren Holztür befanden sich unsere Feinde, Sanjan, Illiero und viele weitere Unschuldige. Wir wussten nicht, was uns erwartete, sobald wir die Klinke hinunterdrückten und die Tür öffneten. Meine Wahrheitsmagie war leider auch keine große Hilfe. Laut ihr befanden sich ein halbes Dutzend unserer Feinde im Schankraum und knapp ein weiteres Dutzend im Gasthaus verteilt. Doch würden sie uns erkennen und angreifen, sobald wir die Stube betraten?

Rasch gab ich flüsternd mein Wissen weiter, während wir uns darauf vorbereiteten, das Haus zu stürmen. Frislan, Rustan und Londurs hatten ihre Dolche gezückt und gaben Tir und mir Zeichen, hinter ihnen zu bleiben. Wir nickten.

Dann öffnete Frislan die Tür und ging hinein. Rustan folgte ihm und hielt dem anderen Polliander den Rücken frei. Londurs huschte hinterher und ich hoffte, dass er mit den beiden anderen Kriegern zusammenarbeiten würde.

Ich wusste nicht, was ich erwartet hatte, als ich durch die Tür trat. Nicht jedoch, dass die Gäste im Schankraum weiter fröhlich lachten und unsere Ankunft noch nicht einmal bemerkt hatten. Sie hoben ihre Becher, tranken, riefen nach den Lottarus, damit sie ihre Trinkgefäße auffüllten, klopften einander auf die Schultern, diskutierten, stritten und sangen. Es war ein ganz normaler Abend in einem Wirtshaus.

Das sollte sich allerdings bald ändern.

Frislan und Londurs beobachteten die Anwesenden, während Rustan auf den Tresen zuging. Unter den Gästen waren auch Grekasols. Doch waren dies die Grekasols, die Sanjan und Illi entführt hatten, oder Grekasols aus Sujons? Mit einem mulmigen Gefühl erkannte ich, dass wir im Nachteil waren. Wir wussten nicht, wer unsere Feinde waren, und mussten daher abwarten, bis diese uns angriffen.

»Kannst du erkennen, wer die Entführer sind?«, fragte ich meine Magie.

*Hinter dir!*

Ich sprang unwillkürlich zur Seite und wirbelte herum. Die große Hand, die mich packen wollte, griff an mir vorbei ins Leere. Der dazugehörige Mann fluchte leise. Es war der Polliander des Tolbos.

Ich wurde blass und Angst überkam mich. Panisch warf ich einen Blick zu Frislan und Londurs hinüber, doch die beiden suchten noch immer den Schankraum nach Feinden ab, ohne zu bemerken, dass deren Anführer das Gasthaus hinter uns betreten hatte. Und es kam noch schlimmer: Tirasan war bereits in seiner Gewalt und der Krieger hatte einen Arm fest um seinen Hals geschlungen.

»Keinen Mucks!«, warnte der feindliche Polliander leise, während er den Druck auf Tirasans Kehle verstärkte. Angst lag in den Augen meines Bruders und er wagte es nicht, sich zu rühren, während der Polliander ihm jederzeit die Luft abschnüren konnte. Mit der Rechten zückte jener nun einen Dolch, den er mal auf mich und mal auf Tirasan richtete.

Ich kam nicht einmal auf die Idee, mich der Anweisung des

Pollianders zu wiedersetzen. Unsere Freunde waren nur wenige Schritte von uns entfernt und doch zu weit weg, um uns zu retten, falls der Polliander sich entschließen sollte, uns zu töten.

»Und jetzt?«, fragte ich leise, während Tir flach atmete und sich bemühte, seine Panik in den Griff zu bekommen.

»Du bleibst dicht bei mir, wenn du nicht willst, dass dem hier etwas passiert«, drohte der Polliander. »Ihr zwei seid meine Geiseln.«

Ich wusste nicht, was es war, das Rustan plötzlich herumwirbeln ließ. Er stand mit dem Rücken zu uns und sprach mit dem Lottaru an der Theke. Hatte er uns im Lärm des Schankraums gehört? Hatte er bemerkt, dass wir nicht hinter ihm waren? Hatte der Lottaru ihn gewarnt? Oder hatte er die Gefahr, in der wir schwebten, einfach gespürt?

Rustan erfasste die Lage mit einem Blick. Sein Gesicht wurde blass, dann entschlossen. Er kam auf uns zu.

»Eidbrecher«, sagte er an seinen Namensvetter gewandt und der andere Polliander zuckte kaum merklich zusammen, bevor er seinen Griff um Tirs Kehle verstärkte. Tirasan wimmerte.

»Was?«, fragte Frislan verwirrt. Endlich drehten er und Londurs sich zu uns um und erkannten die Gefahr. Beide hoben ihre Dolche.

»He!«, rief der Lottaru an der Theke. »Keine Kämpfe in meinem Gasthaus!«

Plötzlich herrschte Stille. Dann drehten sich alle zu uns um und im nächsten Moment sprangen die Grekasols an den Tischen auf und griffen zu ihren Waffen. »Lasst sofort die Waffen fallen!«, befahlen sie.

»Gehören sie zu den Entführern?«, wollte ich von meiner Wahrheitsmagie wissen.

*Zum Teil.*

Das half mir nicht weiter. Ich wusste nicht, vor welchen Soldaten ich meine Freunde warnen sollte. Unsicher starrte ich von einem Grekasol zum nächsten, während meine Gedanken rasten.

»Kommt nicht näher!«, warnte Frislan die Soldaten. »Dies hier ist unser Kampf! Wir wollen niemanden verletzen, also mischt euch nicht ein!«

Die Grekasols ignorierten seine Warnung. Sie schoben Tische und Stühle zurück und drängten die übrigen Gäste auf die andere Seite des Raumes.

»Wie kannst du nur?«, wollte Rustan von seinem Namensvetter wissen. Er hatte ihn und Tirasan nicht aus den Augen gelassen und schien noch nicht einmal mitzubekommen, was rings um uns herum geschah. »Du bist ein Polliander und hast geschworen, Unschuldige zu beschützen!«

»Du verstehst nicht, worum es hier geht!«, antwortete der feindliche Polliander. »Was auf dem Spiel steht!«

»Unschuldige Menschenleben? Das Wohl eines Kindes? Das Leben meines … besten Freundes?«, fragte Rustan.

Der andere Polliander verkrampfte sich und zog Tir noch näher an sich heran. »Bleib zurück, wenn du nicht willst, dass deinem besten Freund etwas passiert!«, warnte er ihn, während er langsam zur Tür zurückwich.

Er schien vergessen zu haben, dass ich ebenfalls seine Geisel war. Plötzlich war ich außerhalb seiner Reichweite und wich erleichtert einen Schritt zur Seite.

Doch ich hatte mich zu früh gefreut. Während ich meine Aufmerksamkeit auf den Polliander, Rustan und Tir gerichtet hatte, waren die Grekasols unbemerkt näher gekommen. Frislans und Londurs' drohend erhobene Waffen hielten die Stadtwache auf Abstand.

Plötzlich schabte direkt neben mir ein Stuhl über den Boden. Ich wirbelte herum, als ein Grekasol unter dem Tisch hervorgekrabbelt kam, aufsprang und mich packte. Er zerrte mich an sich, sodass er mich mit einem Arm unter Kontrolle halten konnte. Überrumpelt kam ich zu spät auf die Idee, mich zu wehren. Und plötzlich spürte ich eine Klinge an meinem Hals.

»Zurück!«, zischte der Mann, der mich gepackt hatte. Ich erstarrte.

»Bist du wahnsinnig?«, fragte einer der Grekasols, der Frislan in Schach hielt.

»Moment mal! Der gehört nicht zu uns!«, rief einer seiner Kameraden überrascht. »Diesen Mann habe ich noch nie zuvor gesehen!«

Nun war die Verwirrung perfekt. Indessen zitterte ich voller Angst in der Gewalt des Entführers und spürte, wie sein Messer meine Haut ritzte. Hilfesuchend starrte ich Rustan an, der mir am nächsten stand.

Ich konnte den Kopf nicht wenden, daher sah ich nicht, was der Grund dafür war, dass Rustans Gesicht jegliche Farbe verlor, doch im nächsten Moment stürzte er vor. Ich keuchte unwillkürlich und zuckte zurück.

Dabei trat ich dem Entführer auf den Fuß. Der Mann fluchte vor Schmerz und lockerte dabei seinen Griff. Während sich seine Hand mit dem Messer senkte, warf Rustan seinen ersten Dolch.

Ich hörte, wie er auf Holz traf, und drehte mich zur Tür, durch die der fremde Polliander gerade fliehen wollte. Er hielt Tirasan weiter fest umklammert, während er sich anschickte, mit seiner rechten Hand die Tür zu öffnen, um im Chaos zu entkommen.

Rustans Dolch vibrierte neben dem Türgriff und die Hand des Pollianders hielt inne. In diesem Moment warf Rustan schon den zweiten Dolch und ich erkannte, warum der junge Krieger keine Rücksicht nahm und es sogar riskierte, Tir zu verletzen. Das Gesicht seines Freundes verfärbte sich. Den Mund weit aufgerissen, versuchte er panisch nach Luft zu schnappen, während seine Augen hervortraten und der fremde Polliander ihm weiterhin die Luft abdrückte.

Tir erstickte!

Rustans zweiter Dolch flog haarscharf am Kopf des Polliianders vorbei, da dieser gerade rechtzeitig einen Schritt zur Seite machte und Tir mit sich zerrte. Nur sein Arm um Tirs Kehle hielt meinen Bruder aufrecht. Tir hatte das Bewusstsein verloren!

Ich spürte, wie sich ein panischer Schrei von meinem Bauch aus die Kehle emporarbeitete. Doch bevor ich ihn ausstoßen konnte, stürzte sich Rustan auf den Polliander. Er hatte keine Waffe in den Händen. Seine beiden Dolche hatte er bereits geworfen, das Schwert hing ungenutzt in der Scheide an seiner Seite. Doch das hielt Rustan nicht auf. Rücksichtslos stürzte er sich auf den anderen Polliander und rammte ihm einen Ellenbogen in die Seite, der ihn seinen Griff um Tirs Kehle lockern ließ.

Ich schrie, als Tir zu Boden sackte und Rustan – jede Gefahr für sich selbst vergessend – die Hände ausstreckte, um ihn aufzufangen.

Ich schrie, als der andere Polliander wütend herumwirbelte, in der rechten Hand immer noch das Messer, mit dem er mich und Tir zuvor bedroht hatte, und es Rustan in den Rücken rammte.

Und ich schrie ein letztes Mal, als Rustan ächzte, in die Knie ging und sich und Tir dabei geistesgegenwärtig zur Seite drehte, sodass er nicht auf ihn fiel.

Es wurde still im Schankraum, bis auf das Geräusch von Rustans Aufprall und sein qualvolles, schmerzerfülltes Stöhnen. Tir wimmerte und schien wieder zu sich zu kommen. Er schlug die Augen auf, erkannte irgendwie instinktiv, dass es Rustan war, der ihn in den Armen hielt, und drehte sich zu ihm um.

»Rustan?«

Voller Dankbarkeit und Zuneigung sah er ihn an, doch sein

aufblühendes Lächeln erstarb, als er Rustans gepeinigten Gesichtsausdruck bemerkte.

»Rus?«, fragte er flüsternd.

»Tir, ich liebe dich«, sagte sein Freund leise und schloss ein letztes Mal die Augen.

Als Rustan starb, stieß Tir einen Schrei aus, als würde nicht nur sein Herz, sondern auch seine Welt zerbrechen.

# DAS ENDE

*»Die Wahrheit kommt immer ans Tageslicht.«*

alte Weisheit

Nein!

Mein Herzschlag setzte aus, als ich erkannte, dass Rustan sich geopfert hatte, dass nun nicht mehr alles gut werden würde, so wie ich es mir erträumt hatte. Dies war keine Heldengeschichte, wie ich sie aus Büchern kannte – hier starben die Falschen, nämlich die Guten und nicht die Bösen.

Hinter mir kam Unruhe auf, nur vage war mir bewusst, wie Frislan an mir vorbei auf den feindlichen Polliander zurennen wollte. Doch es war bereits zu spät, um Rustan noch zu helfen. Zu spät, um ihn noch zu retten.

Tir schrie, wie ich nie zuvor einen Menschen schreien gehört hatte. Ich spürte seinen Schmerz, seine Qualen, seine Verzweiflung, seine Liebe zu Rustan und in diesem Moment tat es auch jeder andere im Schankraum.

Der feindliche Polliander wurde blass, als er erkannte, dass er einen Namensvetter getötet hatte. Es musste doch noch ein guter Kern in ihm stecken trotz allem, was er getan hatte. Reue und Schuld fraßen sich in sein Gesicht. Dies hatte er nicht gewollt.

Tirs Schrei verstummte abrupt, als er die Augen schloss, die vor Tränen überquollen, und die Hand nach seinem besten Freund ausstreckte. Als er fühlte, wie das Herz unter seiner Hand nicht mehr schlug, sagte er nur ein Wort: »Nein.«

Es war kein Schrei, es war kein Flüstern. Es lag kein Gefühl in diesem einen Wort, weder Schmerz noch Kummer. Es war nur ein Wort.

Es war das Wort, das die Welt veränderte.

Plötzlich sah ich Magie in Tir aufblitzen, ihn ausfüllen. Sie breitete sich rasend schnell aus, erfasste den Schankraum, das Gasthaus, die umliegenden Gebäude, die Stadt, das Land, die ganze Welt.

Ich fühlte mich unendlich klein, als ich erkannte, welche Macht in ihm ruhte, als ich zum ersten Mal *tatsächlich* begriff, dass mein kleiner Bruder der Herrscher der Welt war.

Auch wenn Tirasan sich selbst weder so sah noch dies sein wollte. Es war ihm nicht wichtig, dass wir unter seiner Machtexplosion in die Knie gingen, ihn ehrfürchtig anstarrten und vor Furcht erstarrten. Es war ihm nicht wichtig, was wir von ihm hielten.

Der einzige Gedanke, der ihn beherrschte, war, dass eine Welt ohne Rustan keine Welt war, in der er leben wollte.

Und daher veränderte er sie. Ich spürte, wie Rustans Namensmagie auf einmal wieder da war, wie seine ruhige, Sicherheit versprechende Präsenz den Raum ausfüllte.

Dann knallte es in meinen Ohren und ich hörte mich schreien, als die neue Wirklichkeit vor uns Gestalt annahm.

Rustan stand vor Tir, ein Arm ausgestreckt, um ihn mit seinem Körper abzuschirmen, in der anderen Hand einen Dolch, mit dem er nun den feindlichen Polliander bedrohte.

»Ergibst du dich?«, fragte er unseren Feind.

Dieser ließ das Messer fallen und ich erschauderte, als ich erkannte, dass dies das Messer war, das Rustan getötet hatte … und doch nicht getötet hatte, denn es war kein Blut auf ihm. In dieser Wirklichkeit hatte Rustan den anderen Polliander überwältigt und Tirasan befreit, bevor es zu dem tödlichen Messerstich gekommen war.

»Ich ergebe mich«, sagte der Polliander. Dann wandte er sich an seine Leute: »Legt die Waffen nieder! Es ist vorbei.«

Die Grekasols von Sujons verhafteten den Polliander und seine Männer vorsichtshalber, bevor sie sich von uns erklären ließen, was eigentlich geschehen war. Frislan übernahm das Reden zusammen mit Rustan. Beide schienen nicht zu bemerken, dass Tir und ich ungewöhnlich ruhig waren. Keiner der Anwesenden begriff, was wirklich passiert war. Für sie waren eine drohende Kneipenschlägerei und eine Geiselnahme gerade noch einmal abgewendet worden.

»Geht es dir gut?«, fragte ich Tir leise, der zu Boden starrte und die Arme um sich geschlungen hatte. Er wirkte blass und zitterte.

»Ich …«, begann er, bevor Schritte die Treppe herunterpolterten.

Ich drehte mich zur Treppe um und traute meinen Augen kaum, als ich ihn sah.

»Sanjan!«

»MAMA!«, schrie er überglücklich, rannte die letzten Stufen hinab und dann warf er sich in meine Arme.

»Oh, Sanjan!«

Ich weinte und dieses Mal wusste ich, dass es nicht Sanjan war, der mich manipulierte, und auch nicht Tirasan, der die Welt so verändert hatte, dass ich mich wie eine richtige Mutter fühlte.

Dies war ich selbst, dies waren meine eigenen Gefühle, die ich nun nicht länger leugnete.

Ich hatte mich selbst belogen, als ich gesagt hatte, dass ich die Zeit zurückdrehen und alles tun und alles aufgeben würde, um meine gestohlene Wirklichkeit zurückzubekommen. Beinahe lachte ich bei dem absurden Gedanken, wie ich Sanjan fast gegen Londurs und mein Leben als reisende Betrügerin eingetauscht hätte. Tir hatte bei unserem Streit recht gehabt. Ich hatte mir selbst etwas vorgemacht. Ich, die Wahrheitsfinderin, hatte mich selbst belogen.

»Geht es dir gut?«, fragte ich meinen Sohn und hielt ihn ein Stückchen von mir weg, um ihn genau zu mustern.

»Jetzt ja, Mama«, sagte er und strahlte übers ganze Gesicht.

Plötzlich war Frislan neben mir, kniete sich hin und legte die Arme um uns.

»Papa!«, rief Sanjan glücklich, während ich mich nach Londurs umsah und ihm ein erleichtertes Lächeln schenkte.

Ich wusste nicht, wie lange wir auf dem Boden knieten, uns umarmten und gegenseitig festhielten. Irgendwann sah ich auf und bemerkte Illiero, der vor uns stand und uns anlächelte. Vorsichtig stand ich auf, einen Arm immer noch um Sanjan gelegt, und näherte mich ihm.

»Illi!«

»Illi hat auf mich aufgepasst, während wir in der Gewalt der bösen Männer waren«, erklärte Sanjan.

»Danke«, sagte ich schlicht.

»Das ist doch selbstverständlich, Anderta«, meinte der junge Namensforscher verlegen. Aber er lächelte mit rosigen Wangen und freute sich über meine Dankbarkeit.

»Was passiert nun mit dem Polliander und den Grekasols?«, wollte er wissen, als die Stadtwache von Sujons den Polliander und das Dutzend krimineller Grekasols nun abführen wollte.

»Wartet!«, bat Frislan und ging auf seinen Namensvetter zu. »Warum hast du das getan? Du bist ein Polliander, bei den großen Namen! Was war dir so wichtig, dass du dafür sogar deinen obersten Eid vergessen und das Gesetz gebrochen hast?«

Der feindliche Polliander, von dem ich immer noch nicht seinen vollständigen Namen wusste, starrte Frislan an. »Das würdest du nicht verstehen«, erwiderte er. »Und selbst wenn du es verstehen würdest, würde ich es dir nie verraten.«

»Du hältst immer noch zu deinem niederträchtigen Herrn?«, fragte Frislan ungläubig. »Selbst jetzt noch?«

»Er ist nicht niederträchtig«, entgegnete der Polliander und zum ersten Mal lag Wut in seiner Stimme.

Er würde seinen Herrn nicht verraten. In seiner fehlgeleiteten Loyalität, die die Wünsche seines Herrn – egal welche – an oberste Stelle setzten, war er unerschütterlich. Und ich erkannte, dass der Fall nie ganz abgeschlossen sein würde, solange wir nicht eine Antwort auf das Warum bekommen hatten.

»Es ist noch nicht vorbei«, stellte ich leise fest, als die Soldaten den Schankraum räumten und ihre Gefangenen zum Stadtgefängnis abführten. »Ich denke nicht, dass der Tolbo uns in Ruhe lassen wird, solange er nicht seine verdammte Holzschatulle bekommen hat oder wir ihn endgültig losgeworden sind.«

»Du willst einen Tolbo umbringen?«, fragte Illi schockiert.

»Nein, aber ich will ein paar Antworten von ihm und das Versprechen, dass er uns fortan in Ruhe lässt. Ihr nicht auch?«

Ich sah die anderen an. Frislan und Illi nickten. Londurs hatte während unserer Unterhaltung etwas abseits gestanden, uns verständnisvoll Zeit für uns gegönnt. Anscheinend hatte er jedoch zugehört, denn er nickte ebenfalls. Er musterte mich entschlossen, aber ohne Eifersucht. Nur Tir und Rustan bemerkte ich auf den ersten Blick nicht, bis meine Wahrheitsmagie mir einen Stups gab und meine Aufmerksamkeit auf die andere Seite des

Schankraums lenkte, wo die beiden sich anscheinend in einer ruhigen Ecke unterhielten.

Frislan, der meinen Blick bemerkt hatte, seufzte. »Und wir müssen noch einen Weg finden, um Tir seine Magie zurückzugeben, bevor dies alles vorbei ist«, sagte er.

»Ich denke, das wird nicht mehr nötig sein«, erwiderte ich leise, in Gedanken bei meinem Bruder und seinem besten Freund. Worüber die beiden wohl sprachen?

»Tir hat seine Magie zurück?«, rief Illi aufgeregt und Sanjan quietschte begeistert. Bevor ich die beiden aufhalten konnte, stürzten sie auf Tir zu und Frislan folgte ihnen. Mist!

Doch Tir lächelte nur, als wir uns ihnen näherten, auch als sich Sanjan in seine Arme warf und hochgehoben werden wollte. Doch er wirkte müde. Der Ausbruch seiner Wahrheitsmagie und der Zusammenbruch davor hatten ihn erschöpft.

»Onkel Tir!«, jubelte Sanjan glücklich.

»He, Sanjan! Geht es dir gut?«

»Die bösen Männer wollten mich nicht zurück zu Mama, Papa und dir lassen. Und sie haben Illi geschlagen, als sie mich angebrüllt haben, weil ich geweint habe und er mich verteidigt hat. Kommen die bösen Männer jetzt ins Gefängnis?«

»Ja, sie kommen jetzt ins Gefängnis, San«, sagte Frislan beruhigend, der wie ich die Angst in den Augen des Jungen gesehen hatte. »Und dort werden sie auch eine ganze Weile bleiben. Sie werden dir und Illi nichts mehr tun.« Das beruhigte Sanjan.

»Und du hast tatsächlich deine Magie wieder?«, wollte Illi aufgeregt wissen.

Tir lächelte leicht. »Ja.«

Illi und Sanjan jubelten, während Frislan verdutzt wirkte. »Wie ist das denn passiert? Vorhin hattest du sie doch noch nicht zurück, oder? Bist du einem Ellusan begegnet, der dir helfen konnte? Nein, ich habe keinen hier im Schankraum gesehen.

Was also ist passiert? Ist deine Magie einfach so zurückgekehrt?«

Tir schloss die Augen und Rustan legte einen Arm um ihn. »Hat das Zeit bis morgen?«, fragte er. »Ich verstehe, dass du Antworten willst, aber Tir ist erschöpft und uns allen geht es nicht viel besser. Lass uns erst mal schlafen gehen und morgen weitersehen.«

Ich sah Frislan an, dass er gerne etwas gesagt hätte, besonders als Tir nun den Kopf an Rustans Schulter lehnte. Doch er nickte nur.

Wir waren zu müde, um uns noch nach einem anderen Gasthaus umzusehen, trotz all der Ereignisse und schlechten Erinnerungen, die wir, Illi und Sanjan mit diesem Gasthaus verbanden. Der Lottaru wirkte erst wenig begeistert, als wir ihn um Zimmer baten, doch angesichts der Tatsache, dass wir die Opfer beim Vorfall gewesen waren, konnte er uns auch nicht vor die Tür setzen. Grummelnd gab er uns seine letzten drei Zimmer.

Ich hatte ein schlechtes Gewissen bei dem Gedanken, dass Londurs sein Zimmer mit dem stets plappernden Illi teilen musste, während Frislan bei mir und Sanjan war, ohne dass wir die Situation zwischen uns geklärt hatten. Doch dann war ich einfach nur froh, dass ich meinen Sohn bei mir hatte. Trotz meiner Müdigkeit konnte ich nicht aufhören, Sanjan anzusehen. Vorsichtig strich ich ihm eine Strähne aus dem Gesicht, während er zwischen uns auf dem breiten Bett lag und schlief.

»Ich lasse euch zwei nie wieder gehen«, flüsterte Frislan und lächelte mich voller Zärtlichkeit und Erleichterung an. »Egal, was auch passiert, An. Ihr seid meine Familie. Morgen oder nach dem Sieg gegen den Tolbo können wir darüber sprechen, was wir in Zukunft tun und wo wir leben wollen, was deine Wünsche sind.

Ganz gleich, was sie sind, ich werde mein Bestes geben, um sie zu erfüllen.«

»Was meine Wünsche sind? Und was ist mit deinen?«, fragte ich leise. Was meinte er damit? Wollte er doch wieder mit mir zusammen sein?

»Ich kann dir nicht sagen, was aus uns beiden wird. Ob wir erneut ein Paar und glücklich sein werden. Aber das ist auch egal, solange wir alle zusammen sind. Sanjan, du, ich, Illi, dein Bruder und sein Freund. Meinetwegen sogar auch Londurs«, entgegnete Frislan. Es war die perfekte Antwort und glücklich schlief ich ein.

Am nächsten Morgen standen wir erst spät auf. Sogar Sanjan, der mich sonst morgens gerne weckte, sobald er wach war, schlief dieses Mal lange und war erschöpft. Ich verfluchte die Entführer erneut dafür, dass sie einem kleinen Jungen solche Strapazen aufgezwungen hatten.

Ich blieb noch eine Weile liegen und beobachtete, wie die beiden sanft schlummerten. Irgendwann regte sich Sanjan und kurz darauf erwachte auch Frislan.

»Guten Morgen«, sagte ich und lächelte.

»Morgen«, grüßte Frislan und wollte noch was sagen, doch Sanjan hatte keine Geduld mit uns und verlangte Frühstück.

»Ich habe Hunger!«, krähte er empört, als wir lachten. »Und Illi und Onkel Tir haben sicher auch Hunger. Ich geh sie wecken!«

Er war schon fast zur Tür heraus, bevor ich ihn einholen konnte.

»Stopp, Sanjan!«, sagte ich streng. »Vor dem Frühstück wird sich erst noch umgezogen. Und du rennst nicht alleine durchs Gasthaus, sondern wartest auf uns. Verstanden? Danach kannst du Illi wecken.«

Wir waren alle todmüde ins Bett gefallen, ohne uns noch umzuziehen. Der Dreck und der Schweiß von gestern klebten noch an uns und ich merkte, dass ich unangenehm roch.

»Aber dann muss ich mit dem Frühstück warten, während ihr euch alle fertig macht. Ich will Illi und Onkel Tir *jetzt* sehen!«, schmollte Sanjan. »Und ich habe jetzt Hunger!«

»Also schön!«, meinte ich, als der Junge nicht nachgeben wollte. »Du kannst mit deinem Vater Illi wecken gehen und ich wecke Tir. Einverstanden? Und anschließend ziehst du dich um, ohne zu jammern!«

Ich war mir nicht ganz sicher, was ich vorfinden würde, wenn ich zu Tirs und Rustans Zimmer kam. Ich zögerte einen Moment, bevor ich klopfte.

»Wer ist da?«

»Ich bin's, Anderta.«

Rustan öffnete die Tür und ließ mich herein. Tir lag noch im Bett und schlief.

»Wie geht es ihm?«, fragte ich leise.

»Müde, verwirrt, wie durch die Mangel gedreht«, antwortete Rustan. »Aber er ist wieder ganz er selbst.«

»Und wie geht es dir?«, wollte ich dann von ihm wissen. Er erinnerte sich zwar nicht daran, dass er gestern gestorben war …

*Falsch, Anderta.*

Ich keuchte erschrocken. »Du erinnerst dich?«, rief ich schockiert. Wie konnte Rustan so … normal wirken, wenn er vor einigen Stunden erst gestorben war?

»Ja.«

»Ich habe ihm einmal die Erinnerungen weggenommen, als ich die Wirklichkeit verändert habe«, erklärte Tir, den wir anscheinend geweckt haben. »Die Erinnerungen und *mehr*. Und das war falsch. Das wollte ich ihm nicht noch einmal antun.«

Rustan setzte sich neben ihn aufs Bett und legte den Arm um ihn. »Und darüber bin ich froh«, meinte er und lächelte ihn sanft an. »Obwohl sich ja herausgestellt hat, dass noch nicht einmal deine Wirklichkeitsmagie stark genug war. Also hör endlich mal auf, dich deswegen schuldig zu fühlen. So schnell wirst du mich nicht wieder los.«

Er grinste seinen Freund verschmitzt an, dessen Augen sich überrascht und voller plötzlicher Hoffnung weiteten, bevor er ernst sagte: »Ich liebe dich, Tir. Egal was passiert. In jedem Leben und in jeder Wirklichkeit.«

»Und darüber bin ich froh«, flüsterte Tirasan und erwiderte Rustans innigen Blick zaghaft. Auch wenn sie noch Zeit brauchen würden, um all ihre Probleme auszumerzen, und die beiden nicht zu den spontanen Menschen gehörten, die im Laufe eines Tages eine neue Beziehung begannen, so war ich doch optimistisch, dass die beiden miteinander glücklich werden würden. Sie passten einfach zueinander.

Ich erkannte, dass ich störte, und ging zur Tür. »Wir wollen in einer Stunde frühstücken. Kommt nach, wenn ihr so weit seid!«

Ich wusste nicht, ob sie mich überhaupt gehört hatten.

Die Stunde verging wie im Flug. Inzwischen war es später Vormittag und ich musste Sanjan beinahe mit Gewalt davon abhalten, nach seinem Onkel zu sehen, nachdem er sich endlich von mir hatte umziehen lassen. Ich scheuchte ihn nach unten, wo zum Glück schon Illi und Londurs auf uns warteten, denn kaum sah Sanjan Illi, so war jeder andere vergessen. Fröhlich begann er zu plappern. Ich war froh, dass Illi anscheinend eine unendliche Geduld hatte, denn er lächelte nur, während der Junge erzählte, und antwortete auf jede seiner Fragen.

Plötzlich räusperte sich Londurs und sagte: »Es tut mir leid.« Doch er entschuldigte sich weder bei mir noch bei Frislan, sondern bei Sanjan. »Ich war wirklich gemein zu dir, bevor du entführt wurdest. Manchmal machen auch Erwachsene aus Angst dummme Dinge und ich hoffe, du kannst mir irgendwann verzeihen und dass wir dann Freunde sein können. In Ordnung?«

Ich war gerührt. Auch wenn Sanjan vermutlich zu klein war, um zu verstehen, was er ihm damit sagen wollte, so war es ein erster Schritt. Das erste Anzeichen, dass es ihm ernst war, nicht nur mit uns beiden, sondern mit uns als Familie. Mein gebrochenes Herz hatte in den letzten Wochen definitiv zu viele Aufs und Abs erfahren. Dennoch begann es endlich wieder freudig und aufgeregt zu klopfen, wenn ich meinen Kurbabu ansah – auch wenn wir noch genügend andere Probleme hatten und ich mein Gefühlschaos in Bezug auf Frislan noch nicht beseitigt hatte. Noch wusste ich nicht, ob ich wieder mit Londurs zusammenkommen würde oder mit Frislan – oder möglicherweise auch mit keinem der beiden –, aber ich war nicht länger gegen die Liebe eingestellt und von Misstrauen erfüllt.

»Ich mag dich trotzdem nicht!«, zerstörte Sanjans patzige Antwort meinen Moment der Rührung und ich musste lachen, als ich sah, wie sich die beiden anstarrten und bald daraus ein Wettbewerb wurde, wer zuerst wegschaute.

»Lasst uns essen!«, schlug ich vor und schließlich gaben die beiden Dickköpfe nach.

Wir waren schon eine Weile gemütlich beim Essen, als Tir und Rustan endlich herunterkamen. Beide wirkten glücklich und gelöst, als hätten sie sich endlich ausgesprochen, und ich lächelte bei ihrem Anblick.

»Und jetzt?«, fragte Londurs irgendwann, als wir alle satt und zufrieden waren. »Stellen wir den Tolbo zur Rede?«

»Ja«, sagten Frislan und ich beinahe gleichzeitig. Rustan, Illi und Tir nickten.

Wir ließen uns Zeit. Nach dem Gewaltritt der letzten Tage und der Verhaftung des Pollianders und seiner Helfer zwang uns keiner mehr zur Eile. Wir kauften noch ein Pferd und gaben Illi seine Schimmelstute zurück. Sanjan ritt abwechselnd bei mir, Frislan oder Illi mit und plapperte unentwegt. So verging der Ritt nach Xorlis wie im Flug.

Am Vormittag des vierten Tages erreichten wir dann endlich die Hauptstadt von Wonspiel. Wir zügelten die Pferde und starrten auf die prunkvollen Gebäude vor uns, über denen düstere Wolken bedrohlich aufragten.

»Und wie gehen wir vor?«, fragte Illi nervös. »Ich meine, er ist ein Tolbo! Er lebt in einem Palast voller Grekasols und Polliander!«

»Wir klopfen«, erwiderte Tir schlicht und ein merkwürdiges Glitzern lag in seinen Augen. Es dauerte einen Moment, bis ich erkannte, dass es Wut war.

»Das ist der Plan?«, fragte Londurs ungläubig. Er schien noch etwas anderes, wenig Schmeichelhaftes sagen zu wollen, doch ein warnendes Funkeln von Rustan hielt ihn davon ab.

»Wir klopfen«, bekräftigte der junge Polliander.

Ich war nicht so dumm, weitere Fragen zu stellen. Tirasan hatte sich anscheinend schon genau überlegt, wie er den Tolbo zur Rede stellen wollte. Und so ritten wir zum Palast des Tolbos und klopften.

Nun gut, es war kein richtiges Klopfen, denn die Wächter am Tor zum Palast der Tolbos ließen uns nicht nah genug heran für so etwas.

»Ihr wünscht?«, fragten die Grekasols.

»Wir wollen mit Terlios Tolbo sprechen.«

»Und wer seid Ihr?«

»Sagt ihm, dass Anderta Passario da ist. Es geht um die Holzschatulle«, erwiderte ich.

Die Worte wirkten Wunder, denn die Wachen schickten einen Boten in den Palast und auf dem Rückweg vom Palast rannte er und konnte uns gar nicht schnell genug einladen hereinzukommen, wofür ich dankbar war, da nun die ersten Tropfen fielen.

Ich schenkte dem Weg, den wir zurücklegten, wenig Beachtung. Das musste ich auch nicht, denn Frislan, Rustan und Londurs waren wachsam. Sanjan und Illi betrachteten alles staunend und vielleicht hätten wir sie zurücklassen sollen, bevor wir uns auf den Weg zum Tolbo gemacht hatten. Aber ich war so lange von Sanjan getrennt gewesen, dass ich ihn jetzt nicht allein lassen wollte und sei es nur für eine oder zwei Stunden. Und außerdem spürte ich tief in mir, dass die beiden nicht in Gefahr waren. Keiner von uns würde es zulassen, dass jemand sie bedrohte.

Der Tolbo empfing uns in einem anderen Raum als beim letzten Mal. Statt des karg eingerichteten Arbeitszimmers erwartete uns dieses Mal ein geräumiger Empfangssaal inklusive eines Throns. Terlios Tolbo war nicht allein. Zwei Dutzend Grekasols bewachten ihn.

Der Blick des jungen Tolbos fiel auf mich und verharrte dort. War es Arroganz, die ihn meine Begleiter vernachlässigen ließ? Ich wusste es nicht.

»Anderta«, begrüßte er mich und lächelte. »Schön, Euch zu sehen.«

Ich schnaubte unwillkürlich. Wenn er glaubte, mich mit ein paar höflichen Floskeln und seinen Soldaten dazu bringen zu können, nach seiner Pfeife zu tanzen, dann irrte er sich!

»Das kann ich nicht zurückgeben«, entgegnete ich. »Nicht, nachdem Ihr den Polliander und ein Dutzend Grekasols auf uns gehetzt habt, die uns überfallen, meinen Sohn und einen Freund entführt und unser aller Leben bedroht haben.«

»Ich bedaure, dass das notwendig gewesen ist«, sagte der Tolbo glatt. »Aber nun seid Ihr ja hier und habt mir meine Holzschatulle mitgebracht. Also alles vergeben und vergessen.«

Er lächelte erneut und mir verschlug es für einen Moment die Sprache.

»Ich fasse es nicht!«, rief Londurs wütend. »Ihr glaubt, dass wir so einfach ruhigzustellen sind?«

»Ja«, sagte der Tolbo schlicht. »Sechstausend Goldmünzen im Austausch für meine Holzschatulle und alle sind zufrieden.«

»Nun, dann haben wir ein Problem«, meinte Frislan grimmig. »Denn ich kann Euch nicht vergeben, was Ihr Sanjan, Illi und Anderta angetan habt. Ihr seid ein Verbrecher und als solcher gehört Ihr vor Gericht gestellt.«

»Und wer seid Ihr?«, fragte Terlios Tolbo mäßig interessiert.

»Frislan Polliander.«

»Natürlich, ein Polliander. Ich hätte es mir denken können. Immer so selbstgefällig und selbstgerecht, diese Polliander!«

»Und wir haben noch ein zweites Problem. Wir haben die Holzschatulle nicht. Sie wurde zerstört«, erklärte Londurs mit unverhohlener Schadenfreude.

»*Was?*«

Zum ersten Mal verlor der junge Tolbo die Fassung. Er sprang auf und wollte sich auf uns stürzen, bevor es seinen Grekasols gelang, ihn zurückzuhalten.

»Ihr lügt!«, rief er.

»Er lügt nicht«, erwiderte ich. »Die Holzschatulle ist verbrannt. Es war ein Unfall. Und nichts, was Ihr sagt oder tut, wird sie wieder zurückbringen. Aber warum wollt Ihr diese Schatulle unbedingt? Für den Preis von sechstausend Goldmünzen hättet Ihr Euch dutzende Repliken originalgetreu nachbauen lassen können.«

»Die Holzschatulle ist unersetzlich!«, brüllte der Tolbo. »Was soll ich mit einer Replik?«

»Wegen ihres Inhalts, nicht wahr?«, fragte Tirasan, der nun

zum ersten Mal etwas sagte. »Die Holzschatulle selbst interessiert Euch gar nicht.«

Der Blick, mit dem der Tolbo ihn nun bedachte, machte deutlich, dass Tir recht hatte. »Wer seid Ihr überhaupt?«, fragte er misstrauisch. »Mein Geschäft betrifft nur Anderta und ihren Kurbabu.«

»Ich bin derjenige, der Eure Holzschatulle hat«, sagte Tir dann. Ich hielt es für einen Bluff, bis ich sah, dass er aus seinem Gepäck tatsächlich die Holzschatulle holte. Das konnte nicht sein!

*Anderta, du vergisst, dass er die Wirklichkeit verändern kann!*

Nicht nur ich war für einen langen Moment sprachlos. Frislan, Londurs, Illi und Sanjan, die ebenfalls gesehen hatten, wie die Holzschatulle verbrannt war, starrten das Kistchen in Tirs Hand ungläubig an. Nur Rustan wirkte nicht überrascht. Er hatte hiervon gewusst.

»Also? Ich will eine Antwort«, forderte Tirasan ruhig. Er starrte den Tolbo an und ignorierte uns. »Warum wollt Ihr diese Holzschatulle so verzweifelt, dass Ihr meine Familie dafür bedroht habt?«

Der Tolbo sah voller Staunen die kleine Holzkiste an. »Sie ist es tatsächlich!«, flüsterte er. »Die Holzschatulle des Kaisers!«

Hä?

»Nicht schon wieder!«, stöhnte Tir und wirkte genervt.

»Sie enthält ein kaiserliches Dekret«, erklärte der Tolbo, den der Anblick der Holzschatulle anscheinend in Plauderlaune versetzt hatte. »Und wenn ich dieses Dekret habe, dann kann ich dafür sorgen, dass endlich wieder Ordnung in Wonspiel herrscht! Ich bin es so leid, dass diese lächerlichen Narren von Rernbers und Kligheros uns immer reinreden, wie wir Xorlis und Wonspiel zu regieren haben, und uns mit ihren Gegenstimmen immer wieder blockieren. So kann man doch nicht vernünftig regieren! Sobald ich das Dekret habe, kann ich die anderen Dynastien in ihr jeweiliges Land zurückschicken und wir Tolbos herrschen fortan allein über Wonspiel! Lasst sie meinetwegen die anderen Länder ins Chaos stürzen, aber hier in Xorlis will ich sie nicht mehr haben!«

»Ihr seid ein Idiot, wisst Ihr das?«, fragte Rustan ruhig. »Egal was in diesem Dekret steht, Ihr werdet niemals die alleinigen Herrscher über Wonspiel sein. Die Tolbos waren einst die Herrscher von Mirabortas, nicht von Wonspiel.«

»Was?«

Der Tolbo wirkte wie vor den Kopf geschlagen. Er schien Rustan nicht glauben zu wollen. Verunsichert starrte er zur Seite, auf einen Punkt hinter den Soldaten zu seiner Rechten, von wo plötzlich ein Lachen ertönte.

Eine Gestalt in einem langen Kapuzenmantel trat vor und ich hörte Tir und Rustan erschrocken nach Luft schnappen. Auf einmal hatte ich ein ganz ungutes Gefühl, als ich mich an den Beobachter im Kapuzenumhang erinnerte, der uns bei unserem letzten Besuch im Palast belauscht hatte.

Dann waren plötzlich noch mehr von den vermummten Gestalten da. Sie überwältigten die überrumpelten Grekasols und hatten uns umstellt, bevor ich begreifen konnte, was geschah.

»Du hast mich hereingelegt!«, sagte der Tolbo fassungslos zu der Gestalt, die immer noch lachte.

»Richtig«, entgegnete sie und schlug ihre Kapuze zurück. Zum Vorschein kam eine Frau mittleren Alters mit blutroten Augen. »Und es war so leicht!«

Sie wandte sich an Tir. »So sehen wir uns also wieder. Ich wusste, dass es einfach kein Zufall sein konnte, dass du ausgerechnet jetzt wiedergeboren wurdest, so kurz vor der Verwirklichung meiner Pläne. Ich hatte diesen Idioten und seine Leute noch gewarnt, als ich vor ein paar Wochen die Nachricht aus Himmelstor bekam, dass du zurück bist und deine Namensgebung hattest. Aber das macht nichts. Du kannst mich nicht aufhalten! Und jetzt gib mir die Holzschatulle!«, forderte sie.

»Nein«, antwortete er und zum ersten Mal sah ich so etwas wie Hass über das Gesicht meines Bruders huschen. Er kannte die Frau.

»Lostaria Imlanda«, sagte Rustan grimmig und zog sein Schwert.

Ich keuchte erschrocken, als ich begriff. Tirasan hatte die ganze Zeit recht gehabt, dass es seine Erzfeindin war, die hinter allem steckte. Nur hatte das niemand erkannt, weil alles auf Terlios Tolbo und seine Leute hingedeutet hatte. Dabei hatte es durchaus Hinweise gegeben: den Beobachter im geheimen Zimmer, der getarnte Imlanda, den ich in Duw gesehen hatte … Und nicht zuletzt Sanjans Entführung, die nie einen Sinn ergeben hatte: Warum hatte man uns nicht direkt bekämpft, als sich die Gelegenheit geboten hatte? Der Polliander und seine Grekasols waren in der Überzahl gewesen und sie hatten zwei Geiseln gehabt. Aber nein, wir hatten nach Xorlis kommen sollen – damit Lostaria Imlanda uns direkt konfrontierte.

»Rustan Polliander, natürlich wie immer an der Seite seines Liebsten!«, höhnte sie und warf Tir einen Blick voller Abscheu zu. »Ich habe so lange auf diesen Moment gewartet. Ich habe dir zugetraut, meine Pläne wieder zu vereiteln, und hatte schon einen Ersatzplan in der Hinterhand, um dich zum Gehorsam zu zwingen, aber das ist nun ja nicht mehr notwendig. Dass ausgerechnet Tirasan Passario, der Ursprung allen Übels, mir meine Holzschatulle bringt, ist einfach grandios! Und nun her damit!«

Die Frau litt anscheinend unter Stimmungsschwankungen, denn sie wechselte von Triumph zu Hass zu Wut schneller, als ich gucken konnte.

Ersatzplan?

Angesichts von Tirasans hasserfüllter Miene ahnte ich, wie

dieser ausgesehen hätte. Anscheinend genauso wie in der anderen Wirklichkeit, als sie alle bedroht hatte, die Tirasan liebte.

Nur dass sie nicht ahnte, dass sie mit diesem Plan bereits einmal gescheitert war.

Tirasan musterte die Holzschatulle in seiner Hand. Er ignorierte ihre Forderung. Stattdessen fuhr er mit der Hand über die Schnitzereien und Juwelen, die die Schatulle verzierten. Ich sah nicht genau, was er tat, aber plötzlich klickte es und der Boden der Schatulle öffnete sich seitlich.

Ein Geheimfach!

»Worum geht es hier eigentlich?«, fragte Illi verwirrt.

»Das ist Lostaria Imlanda, einst Fürstin und Alleinherrscherin von Fusslan, bevor die Dynastien und die Namensmagie entstanden«, erklärte Tirasan seelenruhig. »Die fünf Fürsten unterstanden damals einem Kaiser, der die Herrschaft über sie alle hatte. Doch als er starb, hinterließ er kein Testament. Jeder der Fürsten glaubte, dass ihm oder ihr selbst der Kaiserthron zustünde, und die fünf standen kurz davor, den Kontinent mit Krieg zu überziehen. Doch zuvor kamen sie noch zu mir, um mich dazu zu bringen, eines ihrer gefälschten Testamente als echt zu erklären. Ich weigerte mich und erschuf stattdessen die Namensmagie.«

In der Stille hätte man eine fallende Stecknadel hören können. Viele der Anwesenden waren in Ehrfurcht und Unglauben erstarrt, nicht jedoch Lostaria Imlanda, in deren blutroten Augen der Hass und die Gier funkelten.

Tir holte ein altes, verwittertes Blatt Papier aus dem Geheimfach der Schatulle. »Ich nehme an, dies ist das echte Testament? Ah ja«, sagte er, als es seine Wahrheitsmagie bestätigte.

»Her damit!«, kreischte Lostaria Imlanda. »Das ist *meins*!«

Sie stürzte sich wie eine wahnsinnige Furie auf meinen Bruder, doch bevor ich einschreiten konnte, war Rustan schon zur Stelle und warf sie mit einem gewaltigen Schlag zurück. Sie flog ein paar Meter und landete dann mit einem lauten Krachen auf dem Boden. Sie musste sich Knochen gebrochen haben, aber in ihrem Wahn bemerkte sie es anscheinend nicht – sie hatte sich schneller aufgerappelt, als ich es ihr zugetraut hätte.

»Zurück!«, befahl Rustan drohend und stellte sich zwischen sie und Tir.

Mein Bruder ignorierte den Zwischenfall und öffnete vorsichtig das gefaltete Testament. Während er stumm las, was dort stand, wurden seine Augen immer größer und am Ende lachte er.

»Hier!«, rief er und warf Lostaria Imlanda das Schriftstück vor die Füße. »Ich denke, Ihr werdet feststellen, dass Euer geliebter Kaiser Euch erneut betrogen hat. Das Testament ist wertlos für Euch. Wie ich Euch schon damals sagte: Ihr werdet niemals Kaiserin sein.«

Sie hörte ihm nicht zu, sondern beugte sich begierig zum Testament herab. Während sie las, wurden ihre blutroten Augen immer dunkler und dann brüllte sie vor Zorn und zerriss das kostbare Dokument in Fetzen.

»Nein!«, schrie sie. »Nein! Dieser verfluchte Bastard!«

Sie tobte, während Tirasan sie mit einem unergründlichen Blick bedachte. »Die Imlandas verdienen es nicht zu herrschen«, erklärte er und ich spürte die Magie in seinen Worten.

Die Kapuzengestalten taumelten und gingen in die Knie, während Lostaria Imlanda plötzlich aufhörte zu kreischen und nach ihrem Wappen griff. Ich konnte nicht sehen, was sich darauf befand, aber anscheinend war es nicht länger der schlichte Goldreif, das Zeichen der Imlanda-Dynastie. Sie heulte wehklagend.

»Schafft sie fort!«, befahl Tirasan den Grekasols des Tolbos und schien nicht einen Moment daran zu zweifeln, dass sie ihm gehorchen würden.

Die Soldaten trieben die Kapuzengestalten, die zitterten und weinten, gemeinsam mit ihrer wahnsinnigen Anführerin aus dem Saal. Terlios Tolbo blieb allein mit uns zurück.

»Damit lasse ich Euch nicht durchkommen!«, erklärte er grimmig. »Die verrückte alte Schachtel mag Euch gefürchtet haben, weil sie Euch aus ihrem ersten Leben kannte, doch Ihr seid ein Niemand. *Ich* scheue mich nicht davor, das zu tun, was notwendig ist. Sie hat mich zwar überredet, Euch hierherzubringen, statt Euch gleich loszuwerden, aber diesen Fehler werde ich beheben. Ich weiß nicht, wer Ihr seid, abgesehen von Tirasan Passario, aber die Grekasols stehen unter meinem Befehl! Ihr habt hier gar nichts zu sagen.«

»Irrtum!«, donnerte nun plötzlich eine zornige Stimme durch den Saal. Ein wütender Mann von Anfang fünfzig stürmte herein. Er hatte große Ähnlichkeiten mit dem jungen Tolbo. »Sie stehen unter *meinem* Befehl!«

»Vater!«

Der Tolbo-Regent packte seinen Sprössling und schüttelte ihn. »Du denkst, du bist bereit zu herrschen? Du denkst, du könntest hinter meinem Rücken gegen die anderen großen Dynastien intrigieren und dich sogar mit einer wahnsinnigen Imlanda verbünden? Du denkst, ich würde das klaglos hinnehmen? Nun, da hast du dich getäuscht! Ich entziehe dir jegliche Befehlsgewalt über die Stadtwache und unsere Leute hier im Palast! Und nun schafft ihn mir aus den Augen!«, brüllte er und schleuderte seinen Sohn seinen beiden Polliandern entgegen, die ihn auffingen und wegbrachten.

Dann wandte sich der Regent der Tolbos uns zu. Ich wich unwillkürlich einen Schritt vor ihm zurück und zog Sanjan näher an mich heran.

»Ich entschuldige mich für das unverzeihliche Verhalten meines Sohnes«, sagte der Regent. »Ich werde dafür sorgen, dass er seine Taten bereut und dass dies nie wieder vorkommt. Ihr habt nichts mehr von ihm zu befürchten.«

»Danke«, erwiderte Frislan.

»Als Entschädigung möchte ich euch alle heute Abend zum Essen einladen. Und dann müsst ihr mir erklären, was mein Sohn alles angestellt hat.«

»Einverstanden«, willigte Tir ein. Der Regent wandte sich ihm zu, stutzte, als müsste sein Anblick ihm etwas sagen, und nahm dann einen geistesabwesenden Gesichtsausdruck an.

»Wie …?«, stammelte er.

»Keine Sorge, Ihr werdet nicht wahnsinnig. Ihr erinnert Euch nur langsam daran, was geschehen ist, bevor sich vor zwei Monaten alles änderte. Lasst Euch Zeit.«

Tirasan lächelte gepresst, bevor er sich zum Gehen wandte.

Als wir zehn Minuten später vor dem Palast der Tolbos standen, konnte ich immer noch nicht ganz begreifen, was dort drinnen passiert war. »Du hast die Namensmagie erschaffen?«, fragte Illi. Der junge Namensforscher starrte meinen Bruder voller Ehrfurcht an.

»Ja, aber das war ein Versehen«, erklärte Tir knapp. »Ich war wütend damals.«

»Ich war so dumm! Nach allem, was du mir erzählt hast, hätte ich erkennen müssen, dass sie dahintersteckt!« Ich konnte es immer noch nicht fassen.

Tirasan seufzte und schüttelte den Kopf. »Das war nicht deine Schuld. Sie ist gut im Intrigieren und sie hatte uns ja einen perfekten Sündenbock geliefert. Ich wusste nur, dass sie nicht aufhören würde, mir Ärger zu machen.«

»Pah!« Ich schnaubte. »Sie hat *mir* Ärger gemacht und den jungen Tolbo nach ihrer Pfeife tanzen lassen.«

Zu meiner Überraschung lächelte Tir. »Nun, ich bin froh darüber. Wer weiß, ob wir uns sonst kennengelernt hätten«, meinte er.

»O doch, auf jeden Fall«, erklärte ich und grinste. »Immerhin hast du mir die Wirklichkeit gestohlen, erinnerst du dich nicht?«

Ich nahm ihn in die Arme und war verdammt froh, dass er es getan hatte. Wer hätte gedacht, dass ein Diebstahl mich um so vieles reicher machen würde?

»Aber eins interessiert mich noch: Weißt du, warum dich der Regent so erschrocken angesehen hat?«, wollte ich wissen und musterte ihn eindringlich, bevor ich ihn wieder losließ.

Überrascht bemerkte ich, dass Tirasan unangenehm berührt aussah. »Nun, du erinnerst dich, dass du mir vorgeworfen hast, alle manipuliert und ihnen die Erinnerungen an die andere Wirklichkeit gestohlen zu haben? Ich habe eingesehen, dass das falsch war. Dass ich keine Wirklichkeit möchte, in der die Menschen unbewusst eine Lüge leben. Und daher habe ich beschlossen, ihnen – und euch allen – ihre Erinnerungen an die andere Wirklichkeit zurückzugeben. Ganz langsam, jedem in seinem eigenen Tempo, damit ihr euch daran gewöhnen und die doppelten Erinnerungen verkraften könnt, auch wenn es hart genug wird, mit zwei verschiedenen Vergangenheiten im Kopf zu leben. Und ich habe euch eine Entschuldigung und eine Erklärung mitgegeben, sodass der Tolbo mich vermutlich erkannt und sich dadurch erinnert hat.«

Er sah Rustan, Illi, Frislan und Londurs entschuldigend an. »Doch ich wollte es nicht riskieren, dass unsere Feinde – besonders Lostaria Imlanda nicht – sich zu früh erinnern, daher habe ich mir gewünscht, dass sich die ersten erst ab dem Zeitpunkt erinnern, in dem die Schuldigen ausgeschaltet worden sind. Diese sollten die ersten sein, die ihre Erinnerungen zurückbekommen. Nun, Lostaria hat anscheinend nicht gefallen, was sie gesehen hat, nämlich dass sie gleich zweimal gescheitert ist.«

»Heißt das, die Leute werden wissen, was du getan hast?«, fragte ich beklommen. Wenn ich schon so wütend auf meinen

Bruder gewesen war, was würden dann die anderen tun, sobald sie dahinterkamen, was geschehen und wer dafür verantwortlich war?

»Ja, das heißt es. Ich weiß, dass mich viele Leute hassen werden, andere vermutlich fürchten, manche sogar beides, aber damit muss ich leben. Geschehen ist geschehen. Und selbst mit meiner Gabe, die Wirklichkeit zu verändern, kann ich die Zeit nicht komplett zurückdrehen und meinen Fehler ungeschehen machen. Das habe ich akzeptiert. Ich werde mit den Folgen leben.«

»Aber du bist dabei nicht allein«, mischte sich nun Rustan ein. Sein Blick war liebevoll und besorgt zugleich. Wie Tirasan machte er sich keine Illusionen darüber, dass die nächste Zeit nicht leicht sein würde und dass sein Freund mehr Feinde haben würde als jemals zuvor.

Oder vielleicht auch nicht. Vielleicht würden die Menschen ja – so wie ich – einsehen, dass sie im Grunde nichts verloren, sondern nur etwas dazugewonnen hatten. Ich hoffte es jedenfalls.

Wir schwangen uns auf die Pferde und verließen das Palastgelände.

»Und was stand nun eigentlich in dem Testament?«, wollte Londurs wissen, als wir in die Innenstadt ritten, um uns ein Gasthaus zu suchen. »War es überhaupt ein Testament?«

»Ja, es war eins«, bestätigte Rustan und grinste, als Tirasan verlegen errötete. »Der alte Kaiser war anscheinend echt ein listiger Fuchs. Denn ratet mal, wen er zu seinem Nachfolger bestimmt hat?«

Er sah seinen Freund an. »Ich liebe dich, mein Kaiser«, sagte er liebevoll. Und dann küsste er ihn.

# NAMENSVERZEICHNIS

*Namen*

ALLIRA VARIANDA: gute Freundin von Tirasan Passario, berühmte Sängerin, großer Name, einst *Nummer 9*

ANDERTA PASSARIO: Wahrheitsfinderin und Wahrsagerin in Wonspiel, Schwester des ersten Tirasan Passario

BARO DERADA: guter Freund von Tirasan Passario, berühmter, brillanter reisender Händler, großer Name, einst *Nummer 2*

BIRAS POLLIANDER: Bruder von Rustan Polliander, Anführer der Wache um das große Namensarchiv von Himmelstor

BLOMRAS ELLUSAN: Namensfinder in Wonspiel

BOPPIN DESMORTU: Spielzeugmacher in Sujons

BRIOLTA MERAN: Richterin in Lodessis

CEOR BLUBER ELLUREN: Namensforscher, lebte u.a. im 6. Jahrhundert

CLERANO TOLBO: Namensvetter von Gilmaja Tolbo, großer Name, einst Fürst von Mirabortas und älterer Bruder des ersten Gilmaja Tolbo

CLUDIOS MASRADA GREKASOL: Soldat in der Stadtwache von Anumas, Waffenbruder von Frislan

DASSLUM GREKASOL: Andertas Ansprechpartner bei der Stadtwache in Xorlis, Leiter der Stadtwache am Hauptmarkt

ELOMIS PRALK MOSNAROL: Erbverwalter in Xorlis
FLOMMIS KARRESIS: Kräuterhändler in Lodessis
FRISLAN POLLIANDER: berühmter Krieger, ehemaliger Geliebter von Anderta Passario und Vater von Sanjan Passario
GILMAJA TOLBO: Stiefvater von Tirasan Passario, einer der fünf Regenten von Himmelstor, Leiter der Stadtwache von Mirabortas, großer Name
HOTTA IPSO: ermordete Großhändlerin in Lodessis
ILLIERO BEROS ELLUREN: junger Namensforscher in Wonspiel, persönlicher Chronist von Anderta Passario
JASTURIA WELLBANN: Wettermacherin in Verzibroig
JURUNDO WABLOO: junger Magier in Imkaja
KOMNATU BEDDUAR: alter, wohlhabender Getreidebauer in der Nähe von Himmelstor
LOMAJI ERNGIS TALANTIA: junge Köchin in Verzibroig
LONDURS KURBABU: Söldner, Partner von Anderta Passario
LORINA ELLUSAN: Mutter von Tirasan Passario, berühmte Namensfinderin, großer Name
LOSTARIA IMLANDA: eine der fünf Regenten von Himmelstor, großer Name, einst Fürstin von Fusslan, Feindin von Tirasan Passario
MOLLI NATERI: Gauner, zuvor einer der fünf Regenten von Himmelstor, einst ein großer Name und Fürst von Rigoras
NELIA WABLOO: gute Freundin von Tirasan Passario, junge Magierin, einst *Nummer 5*
NINDASA GERIS ANDERTI: ermordete Dienerin eines Deradas in Lodessis
NUTLIRG MOSNAROL: junger Erbverwalter in Verzibroig
RUSTAN POLLIANDER: bester Freund von Tirasan Passario, berühmter Elitekämpfer und Leibwächter, großer Name, einst *Nummer 1*

SANJAN PASSARIO: vierjähriger Sohn von Anderta Passario und Frislan Polliander, einst *Nummer 11*
TERLIOS TOLBO: Mitglied der Herrscherdynastie in Xorlis
TIRASAN PASSARIO: mächtiger Wahrheitsmagier, Bruder von Anderta Passario, einst *Nummer 19*
TUMMAS WALLORI: älterer reisender Händler, einst Frislans Arbeitgeber in Xorlis
ULIRE KANRES BONISA: mörderischer Maler in Lodessis
USTER HORIN NATERI: Namensvetter von Molli Nateri
UTLIS RERNBER: ermordeter Rernber-Regent in Xorlis
VANI NATERI: einst Regentin von Mirabortas
VERUKJA UNGABAS: Schulleiter in Sujons
WASIRIO RERNBER: einst Fürst von Wonspiel

## *Titel*

FÜRST: veralteter Titel, Alleinherrscher über eins der fünf Königreiche
KAISER: veralteter Titel, oberster Herrscher über die fünf Fürsten und die fünf Königreiche
MADAME: Titel ehrenhalber für große weibliche Namen
REGENT: ältester lebender Name mit zwei Namensteilen einer der fünf großen Dynastien, einer von fünf Herrschern über die Hauptstadt und sein Heimatland
STADTNAME: wird an einen Namen mit zwei Namensteilen angehängt und bezeichnet ein Ratsmitglied in dieser Stadt

ANDERTI: Diener. Wappen: Besen
ASKALDO: Holzfäller und Holzlieferant. Wappen: Stapel Holzstämme
BEDDUAR: Getreidebauer. Wappen: Getreide
BONISA: Maler. Wappen: Pinsel und Farbpalette
BRITLOS: Fischer aus Lindero. Wappen: roter Krebs
CRESSERO: Schiffsoffizier. Wappen: Segelschiff
DERADA: reisender Händler. Wappen: Lagerhaus, Pferd, beladener Wagen, Münzen
DESMORTU: Spielzeugmacher. Wappen: Puppe, Holzpferd und Ball
ELLUBIS: Bibliotheksassistent. Wappen: ein Stapel Bücher
ELLUREN: Namensforscher. Wappen: offenes, leeres Notizbuch, Tintenfass und Feder
ELLUSAN: Namensfinder. Wappen: Augenpaar
ELLUTOR: Bibliothekar oder Leiter eines Namensarchivs. Wappen: Regal mit Büchern
ERANJA: Hebamme. Wappen: Hände, die ein Baby halten
EWANNIT: Süßigkeitenmacher. Wappen: Lollis und Kekse
FABREKOS: Bäcker. Wappen: ein Laib Brot
FIENTO: Obstbauer. Wappen: Apfel, Birne und Kirschen
FLIWA: Buchhändler. Wappen: ein Stapel Bücher
GREKASOL: Soldat der Stadtwache. Wappen: Dolch und Schild
HADASU: Hafenarbeiter. Wappen: Stapel aus Holzkisten und Tau
HERO: Jurist. Wappen: Buch mit Paragraphen-Symbol
IBARES: Viehzüchter von größeren Nutz- und Lasttieren. Wappen: Rind und Esel

IMLANDA: Regent oder Mitglied der geheimnisvollen Herrscherdynastie. Wappen: schlichter Goldreif
IPSO: Großhändler oder Geschäftsinhaber. Wappen: Schaufenster mit Schild und Eingangstür
KARRESIS: Kräuterhändler. Wappen: Bündel Kräuter
KLIGHERO: Regent oder Mitglied der Herrscherdynastie, verantwortlich für den Handel. Wappen: silberne Krone und verschiedenfarbige Münzen
KUMTA: Einzelhändler. Wappen: Marktstand
KURBABU: Söldner. Wappen: rote Blutstropfen und ein Messer
KURIAN: Dichter. Wappen: Feder und Papier
LAKONITA: Schneider. Wappen: Nadel, Faden und Schere
LISLO: Maurer. Wappen: halbfertige Mauer und Kelle
LOTTARU: Wirt. Wappen: Bierhumpen
MALUM: Gemüsebauer. Wappen: Kohl, Karotten, Tomaten und Gurken
MERAN: Richter. Wappen: eine goldene Waage auf schwarzem Grund
MHOROG: Bergarbeiter. Wappen: Spitzhacke, kleine Klumpen aus Eisen und Gold
MOSNAROL: Verwalter in der Erbverwaltung. Wappen: Münzen, Bücher und Rechenschieber
MURFLIG: Matrose. Anker und Taue
NATERI: einst Regent oder Mitglied der Herrscherdynastie, Förderer der Künste. Wappen: edel verzierte Goldkrone mit zahlreichen Juwelen
NERIYA: Fischer, spezialisiert auf den gefährlichen Fang von Tiefsee-Kraken. Wappen: Kraken
NIVIAN: Kurier. Wappen: Hand mit Schriftrolle
OLJUS: Kinderbuch-Autor. Wappen: aufgeschlagenes Buch mit Illustration

PASSARIO: Wahrheitsfinder. Wappen: Kreis
PIOSTI: Apotheker. Wappen: Mörser und Stößel
POLLIANDER: Elitekämpfer oder Leibwächter. Wappen: goldenes Schwert
RERNBER: Regent oder Mitglied der exzentrischen Herrscherdynastie, verantwortlich für die Namensarchive. Wappen: Krone, Türmchen und Schleifen-Bänder
TALANTIA: Koch. Wappen: Teller mit Mahlzeit
TEERIES: Lautenspieler. Wappen: Laute
TERABEE: Viehzüchter oder Trainer von Reittieren und intelligenten Tieren. Wappen: Pferde und Falken
TOLBO: Regent oder Mitglied der strengen Herrscherdynastie, Oberbefehl über die Stadtwachen. Wappen: eiserner Handschuh und Eisenkrone
UNGABAS: Lehrer. Wappen: Schiefertafel und Kreide
URIA: Verwaltungsassistent in der Erbverwaltung. Wappen: Rechenschieber und Feder
VARIANDA: Sänger. Wappen: goldene Noten
WABLOO: Magier mit verschiedenen magischen Fähigkeiten. Wappen: glühende Hand (Handfläche nach oben)
WALLORI: reisender Händler. Wappen: Pferd und Karren
WELLBANN: Wettermacher. Wappen: Blitz, Wolken und Sonne
ZUNU: Heiler. Wappen: glühende Hand (Handfläche nach unten)

# DANKSAGUNG

Seit der Veröffentlichung von »Die Magie der Namen« hat sich unheimlich viel in meinem Leben getan. Dass ihr nun die Fortsetzung in den Händen halten könnt, daran hatten viele Personen ihren Anteil:

Mein bester Freund Konrad, der der Erste war, der von einer Fortsetzung gesprochen hat. Du bist der beste Testleser, den ich mir wünschen kann. Danke, dieses Buch widme ich dir.

Meine Testleserrunde: herzlichen Dank an Andrea, Claudia, Lillith, Manuela, Petra, Susanne und natürlich an meine Mutter.

Das Piper-Team, das so einen tollen Job macht, um Tirasan, Anderta und Co. an die Leser zu bringen: Mein Dank gilt euch/Ihnen allen und ganz besonders meiner Lektorin Sabrina. Danke für das Finger-in-die-Wunde-legen, die vielen hilfreichen und motivierenden Kommentare – und natürlich auch für #TeamLondurs. ;-)

Timo Kümmel, der mit seiner großartigen Karte der Welt auf wunderbare Weise Gestalt verleiht. Danke!

Und nicht zuletzt möchte ich euch allen danken, den eifrigen und begeisterten Lesern. Eure tollen Rezensionen und Nachrichten, eure vielen Fragen und Anmerkungen haben mich als Autorin unheimlich beim Weiterschreiben motiviert.

Herzlichst, Nicole Gozdek

Ebistal
Himmelsgebirge
Himmelstor
Zislaf
Giabella
MIRABORTAS
Buckelhügel
Duw
Numberge
Numteri
Anum
Palza-Wald
WONSPIEL
Mialo
Iriliada
Numteri
Sujons
Blau-Wald
Verzibroig
Oziro-
See
Xorlis
Sturmberge
Imkaja
Lodessis

Etzbann
Fallifa-Stadt
Arenpol
Brug
Fallifa
Pelkus
WONSPIEL
Plera
Giabella
Idri-Seen
Kessis
Tandari
Soim-Hügel
Ori-Inseln
Hondliz
Fahl
Diglos
Tokbar
Rostari-Wüste
Simmis-Wald
Bakur
FUSSLAN

# IVI Das aktuelle Programm

400 Seiten · € 16,99 [D] · ISBN 978-3-492-70383-3

336 Seiten · € 16,00 [D] · ISBN 978-3-492-70438-0

400 Seiten · € 15,00 [D] · ISBN 978-3-492-70377-2

496 Seiten · € 15,00 [D] · ISBN 978-3-492-70458-8

**Besuche uns auf**
**www.lesen-was-ich-will.de**
**www.facebook.com/ivi.verlag**

- Gewinne großartige Preise
- Lies exklusives Bonusmaterial vorab
- Entdecke besondere Specials

Ebistal
Himmelsgebirge
Himmelstor
Zislaf
Giabella
MIRABORTAS
Buckelhügel
Duw
Numberge
Numteri
WONSPIEL
Palza-Wald
Mialo
Iriliada
Sujons
Numteri
Blau-Wald
Verzibroig
Oziro-See
Xorlis
Sturmberge
Imkaja
Lodessis